VERLIEBT IN DEN ROCKIES

Aus Der Serie: Wings of the West (Buch 8)

KRISTY MCCAFFREY

Edited by

MICHELLE BRÄNDLE

Bücher von Kristy McCaffrey in englischer Sprache

Wings-of-the-West-Serie

The Wren

The Dove

The Sparrow

The Blackbird

The Bluebird

The Songbird (Novella)

Echo of the Plains (Short Story)

The Starling

The Canary

The Nighthawk

The Swan

The Falcon

Weitere Romane

Into the Land of Shadows

Deep Blue

Cold Horizon

Ancient Winds

Sapphire Waves

Kurzromane

The Crow Brothers Collection

The West: A Romance Collection

Novellas

Alice: Bride of Rhode Island

Rosemary

Blue Sage

The Peppermint Tree

A Mirthful Wish

Bücher von Kristy McCaffrey auf Deutsch

Wings-of-the-West-Serie

Verliebt in Texas

Verliebt in New Mexico

Verliebt am Grand Canyon

Verliebt in Arizona

Verliebt in Colorado

Wiedersehen in Texas

Echo über der Prärie

Verliebt in den Rockies

Titel der amerikanischen Originalausgabe:

The Starling – Wings of the West: Book 8

Deutsche Erstausgabe © 2026

Übersetzt von ScribeShadow

Lektorat der deutschsprachigen Übersetzung: Michelle Brändle

Verlag: K. McCaffrey LLC, Scottsdale, 85266 Arizona, USA

Coverdesign: Earthly Charms

German Edition Ebook ISBN-13: 978-1-952801-75-4
German Edition Print ISBN-13: 978-1-952801-76-1

kmccaffrey.com
kristy@kmccaffrey.com

Rezensionen der Wings-of-the-West-Serie

VERLIEBT IN TEXAS

„… McCaffreys Westernromane zeichnen sich durch ein realistisches Setting und die detailgetreue Darstellung historischer Ereignisse aus.“ ~ Romantic Times BOOKclub

„Ich bin ein großer Fan von Western-Liebesromanen, und dieses Buch ist wirklich außergewöhnlich. Ein schöner Auftakt zu einer tollen Serie.“ ~ The Romance Studio

VERLIEBT IN NEW MEXICO

„… eine wundervolle Beschreibung des Sangre-de-Cristo-Gebirges, von Las Vegas im späten 19. Jahrhundert und der Ranch der Ryans. Die Rezensentin fühlte sich beim Lesen in diese Zeit und an die beschriebenen Orte versetzt.“ ~ Love Romances

„Ms McCaffrey schreibt aus dem Herzen … definitiv eine Leseempfehlung.“ ~ The Romance Studio

VERLIEBT AM GRAND CANYON

„McCaffreys Geschichten sind historisch akkurat … ein phänomenaler Lesegenuss, ich lege das Buch allen ans Herz, die historische Liebesromane mit dem gewissen Extra mögen." ~ Jonel Boyko, Reviewer

„Die Legenden der Hopi und Havasupai haben in McCaffrey eine neue Stimme gefunden. Ihr mitreißender Stil machte die mystische Reise ihrer Protagonistin in ein anderes Reich glaubhaft. Ich konnte das Buch nicht mehr aus der Hand legen und habe es an einem Abend gelesen." ~ City Sun Times

VERLIEBT IN ARIZONA

„Fiese Bösewichte, jede Menge Action, eine starke Heldin, überraschende Wendungen, ein sexy Cowboy und eine sinnliche Liebesgeschichte – dieser historische Western-Liebesroman bietet von allem und für alle etwas." ~ Janna Shay, InD'tale Magazine

„… ergreifend und fesselnd … kaum aus der Hand zu legen." ~ Chanticleer Book Reviews

VERLIEBT IN COLORADO

„… rasant erzählt mit tiefgründigen Charakteren und einer Geschichte, die mich von der ersten bis zur letzten Seite in ihrem Bann hielt …" ~ Jo, Romance Junkies

„So spannend, dass ich wie gefesselt war … ein unterhaltsames Leseerlebnis!" ~ Belinda Wilson, InD'tale Magazine, a Crowned Heart review

WIEDERSEHEN IN TEXAS

„Fesselnd von Anfang bis Ende! Eine großartige Ergänzung zu einer wunderbaren historischen Western-Romance-Serie. Es geht um Geheimnisse, Liebe, indianische Legenden und den unerschütterlichen optimistischen Einfallsreichtum einer Gruppe unvergesslicher Kinder. Als ich einmal angefangen hatte zu lesen, konnte ich das Buch nicht mehr aus der Hand legen.“ ~ Edwina Bailey Brown, BookBub-Rezension

VERLIEBT IN DEN ROCKIES

„Kates und Henrys Geschichte war eine perfekte Mischung aus Romantik, Abenteuer, Verbrechensbekämpfung, Erlösung und dem Lernen, wieder zu vertrauen. Ich habe es genossen und empfehle das Buch sehr!“ ~ Goodreads-Rezensent

Für das Durchhalten,
besonders in schweren Zeiten.

Kapitel Eins

Trinidad, Colorado
Mai 1899

Kate Ryan rutschte auf dem harten Sitz des Pferdewagens hin und her, während er die Straße entlang ratterte. Die untergehende Sonne warf von ihrer Position im Westen Lichtstrahlen, die wie eine Blume blühten.

„Warum hat Ihr Mann Sie nicht abgeholt und zu dieser Feier gebracht?" Die Frage durchbrach den Zauber ihrer gespannten Erwartung. Der Kutscher, ein stämmiger älterer Mann, den die Pinkerton-Agentur in letzter Minute angeheuert hatte, blickte sie an.

„Ich bin einen Tag zu früh angekommen und hatte keine Gelegenheit, Hen –" Im letzten Moment fing sie sich: „Gilbert Bescheid zu geben." *Der Name meines Mannes ist Gilbert.* Sie wiederholte das Mantra noch ein paar Mal und versuchte, es sich ins Gedächtnis zu hämmern. Henry Maguire war der Mann, der ihren Ehemann spielte. Sie bekam die Chance ihres Lebens – die Möglichkeit, mit nur neunzehn Jahren als vollwertige Agentin an einem Fall zu arbeiten, und sie wollte es nicht vermasseln, indem sie die Tarnung des anderen Agenten auffliegen ließ.

„Es ist eine Überraschung“, fügte sie hastig hinzu.

„Hm.“

Kate runzelte die Stirn, während Unsicherheit in ihrer Brust flatterte. „Sie halten das für keine gute Idee?“ Ihr Herz raste in einem stetigen Rat-a-tat-tat, ihre Handflächen waren feucht und ihr Mund fühlte sich an wie ein Wattebausch, was kaum half, ihre trockenen Lippen zu befeuchten.

Ihre Nerven waren zum Zerreißen gespannt.

„Er weiß nicht, dass Sie kommen, und er ist ohne Sie auf der Feier der Wingates? Es ist nur …“ Er zog an den Zügeln, lenkte das Gespann um eine Straßenkurve und warf ihr einen mitleidigen Blick zu: „Sie wirken wie eine nette junge Frau. Ich will nur nicht, dass Sie enttäuscht werden … oder Ihre Gefühle verletzt werden.“

Einen Moment lang wusste Kate nicht, was er meinte, und dann traf es sie wie ein Schlag, so wie es ihr Bruder Eli manchmal schaffte, wenn die beiden sich stritten. Kein richtiger Schlag, sondern eine verbale Tirade. Kate hatte sich jedoch schon immer gegen ihren älteren Bruder behauptet. Und das musste sie auch jetzt tun.

Der Mann deutete an, dass ihr Ehemann ein Schürzenjäger war. Von allen Umständen, mit denen sie gerechnet hatte, war ihr dieser ehrlich gesagt nicht in den Sinn gekommen. Wahrscheinlich hauptsächlich, weil dies keine echte Ehe war. Es stimmte wahrscheinlich, dass Henry irgendwo eine Frau hatte, obwohl sie aus dem Pinkerton-Büro wusste, dass er nicht verheiratet war. Nun, dieser Kutscher würde sie nicht aus der Fassung bringen. Sie hatte eine Aufgabe zu erledigen. Und ein Teil dieser Aufgabe war es, Henrys liebende Ehefrau und seine Partnerin im Job zu sein. Sie konnte es. Sie *würde* es.

„Ich bin sicher, es ist alles gut. Ich kenne meinen Gilbert, und er wäre jederzeit ein Gentleman. Er erwartet mich für morgen. Ich bin nur einen Tag zu früh. Er hat mir im Haus eine Nachricht hinterlassen, wo er heute Abend sei", fügte sie hinzu, während ihr die Lügen, die ihr über die Lippen kamen, immer besser gefielen.

„Also wusste er, dass Sie kommen? Aber Sie haben doch gesagt, er wüsste es nicht."

„Nun, ich, äh…", sie räusperte sich, „Er wusste nicht genau, wann ich ankommen würde. Ich habe meine Mutter besucht. Sie ist sehr krank, wissen Sie. Ich hatte ihm gesagt, ich könnte heute Abend oder morgen ankommen. Ich habe ihm gesagt, er solle zur Feier gehen und nicht auf mich warten." *Hör auf zu reden, Kate.* Sie faltete ihre behandschuhten Hände in ihrem Schoß und blickte auf die Landschaft, in der dichte Kiefern im schwindenden Licht Wache hielten. Lügen würde sich für sie als eine Herausforderung erweisen.

Ihre Mentorin bei der Agentur, Louise Foster, die Kate diesen Auftrag im Alleingang verschafft hatte, hatte ihr während ihrer Ausbildung geraten, die Unwahrheiten auf ein Minimum zu beschränken. Das würde es einfacher machen, sich daran zu erinnern.

„Nun denn", sagte der Kutscher. „Ich bin sicher, es wird alles gut gehen. Ihr Gilbert wird sich riesig freuen, Sie zu sehen."

Sie fuhren unter einem großen schmiedeeisernen Bogen hindurch und betraten eine riesige Ranch. Es war keine lange Fahrt von der Hütte gewesen, in der sie und Henry als Ehepaar zusammenwohnen würden, aber ihr Hintern tat vom Pferdewagen weh. Sie wäre viel lieber auf ihrem eigenen Pferd geritten, aber Edgar Jones, ihr Chef, hatte darauf bestanden, dass sie sich nicht allein ins Getümmel stürzte. Er schätzte die Zusammenarbeit mit weiblichen Agenten auf seiner Gehaltsliste, achtete aber auch sorgfältig auf ihre Sicherheit.

Mr. Jones hatte Henry per Kurier mitteilen lassen, dass sie

ankam, aber es war nicht klar gewesen, ob die Nachricht empfangen worden war. Sie hatte Louises Vorschlag enthalten, dass Kate an der Feier teilnehmen sollte. Louise hatte von ihrem Krankenbett aus mit Jones diskutiert, dass Henry manchmal zu stur sei, wenn es darum ging, allein zu arbeiten, und dass er Kate von der Untersuchung fernhalten könnte, wenn sie sie ihm nicht aufdrängten. Kate war bei diesem Austausch unangenehm berührt anwesend gewesen, was sie zur Frage veranlasste, ob Henry überhaupt ein guter Agent war, aber bei der Diskussion lag aufrichtige Besorgnis in den Stimmen von Jones und Louise.

Doch jetzt, da Kate hier war, tat sich das größere Problem auf – Henry erwartete Louise als seine „Ehefrauen"-Partnerin, nicht Kate. Tatsächlich hatte Kate Henry nie getroffen, also würde er natürlich nicht wissen, wer sie war, wenn sie ankam.

Daher ihre Angst.

In der Ferne leuchteten die Lichter des Haupthauses und wurden heller, je näher sie kamen. Der vordere Bereich war überfüllt mit Kutschen, Pferden und Fuhrwerken. Ihr Kutscher war gezwungen, in einiger Entfernung der Veranda anzuhalten.

Er zog die Bremse an, stieg ab und kam zu Kates Seite hinüber. Sie raffte die weiten Falten ihres königsblauen Kleides zusammen, dem bei Weitem elegantesten, das sie je getragen hatte. Auf der Rocking Wren, der Ranch ihrer Eltern, war dieses Maß an Feinheit selten erforderlich. Sie ergriff die Hand des Kutschers und stieg aus.

Sie vergewisserte sich, dass ihr Retikül um ein Handgelenk geschlungen war, und fuhr sich dann über ihr braunes Haar, das zu einer eleganten Hochsteckfrisur frisiert war. Sie musste darauf vertrauen, dass sie präsentabel aussah, obschon sie sich hinter der Hütte hatte umziehen müssen, weil sie verschlossen gewesen war und sie keinen Schlüssel gehabt hatte.

Sie wandte sich an den Kutscher: „Es tut mir so leid, aber ich habe Ihren Namen nicht erfahren."

„Francis, Ma'am. Es war mir ein Vergnügen, Mrs. Gilbert …" Er hob fragend eine buschige Augenbraue.

„Holmes. Und bitte nennen Sie mich Sallie." Sie war immens stolz darauf, dass sie ihren Decknamen richtig hinbekommen hatte, obwohl sie keinen Zweifel daran hatte, dass dies die kleinste Prüfung war, die sie zu bestehen hatte. Dennoch musste sie jeden Sieg mitnehmen, den sie bekommen konnte.

„Soll ich auf Sie warten, Sallie?", fragte Francis, sein Blick war von aufrichtiger Sorge erfüllt. Kate tat es leid, dass sie ihn für etwas seltsam gehalten hatte, als sie ihn vor der Hütte auf sie wartend vorgefunden hatte. Er hatte die vordere Treppe inspiziert und die Stirn gerunzelt, und aus irgendeinem Grund hatte sie sein Verhalten als eigenartig empfunden.

„Nein, natürlich nicht. Mein Mann wird mich nach Hause bringen." Das hoffte sie zumindest.

Francis setzte seinen Hut auf, nickte und zupfte an der Krempe. „Es war mir eine Freude, Sie kennenzulernen."

„Vielleicht sehe ich Sie wieder, Mr. Francis …" Sie beugte sich vor und hob eine Augenbraue.

Er kicherte. „O'Malley. Ich bin neu in der Stadt, aber ich leite die Leihkutschen und die Schmiede. Wenn Sie ein Pferd beschlagen lassen müssen, rufen Sie nach mir. Ich mache es umsonst. Das ist das Mindeste, was ich tun kann."

Als sie sich zum Gehen wandte, fügte er hinzu: „Und passen Sie da drinnen auf sich auf."

Sie blickte über ihre Schulter zu ihm. Er war wirklich ein netter Mann und ihr erster Kontakt bei diesem Auftrag. Ein Hauch von Verlegenheit überkam sie wegen ihres seltsamen ersten Treffens.

„Mrs. Wingate, sie kann ein wenig … anstrengend sein. Lassen Sie sich nicht von ihr einschüchtern. Leute wie sie wittern Angst und stürzen sich darauf. Jemand wie Sie hat das nicht verdient. Wenn Sie jemals Ärger haben und Ihr Mann seine Arbeit nicht macht, kommen Sie zu mir, hören Sie?“

Kate entspannte ihre Schultern und spürte die aufrichtige Sorge, die von Francis ausging. „Danke. Das weiß ich zu schätzen. Wirklich.“

Sie verließ ihn und machte sich auf den Weg zum Eingang des prächtigen Hauses, wobei sie das Gefühl hatte, dass jeder Schritt sie näher in die Höhle des Löwen führte. Aber sie würde keine Angst haben. Sie hatte seit ihrem sechzehnten Lebensjahr eine Karriere bei der Strafverfolgung angestrebt. Deshalb hatte sie sich um eine Anstellung bei der Pinkerton National Detective Agency bemüht, einem der wenigen Orte, an denen Frauen – und insbesondere junge Frauen – die Chance erhielten, wichtige Arbeit zu leisten.

Der Vordereingang war offen und wurde von einem Butler bewacht. Kate holte tief Luft und überschritt die Schwelle.

Henry überflog den belebten Ballsaal, der von plappernden Partygästen erfüllt war – Männer in Anzügen und Frauen in farbenprächtigen Kleidern. Jeder liebte eine gute Wingate-Extravaganz, oder zumindest hatte Henry das in der letzten Woche seiner verdeckten Ermittlung gelernt.

Sein Blick ruhte kurz auf Arthur Wingate, seinem Ziel in dieser Untersuchung. Der Mann war überdurchschnittlich groß, was es leicht machte, ihn in einer Menschenmenge zu finden, sein schwarz-grau meliertes Haar war nach hinten gekämmt. Er hielt mit drei Männern Hof. Während er die beiden auf der linken Seite nicht erkannte, wusste Henry, dass der andere William Phelps war, ein Manager der First National Bank of Trinidad.

Und das war seltsam, denn das war die Bank, die die

Pinkertons überhaupt für diesen Auftrag engagiert hatte. Sie hatten die Agentur angeheuert, um mögliche Geldfälschungen und Versicherungsbetrug zu untersuchen, und Henry war sich sicher, dass Wingate im Zentrum stand. Er musste es nur beweisen. Aber er war sich auch sicher, dass Phelps in keine der Diskussionen mit Henrys Chef, Edgar Jones, in seinem temporären Hauptquartier in Albuquerque einbezogen war. Jonesy hätte es ihm sonst gesagt.

Aber Henry hatte auch einen zweiten Grund, hier zu sein, einen, den er seinem Chef nicht mitgeteilt hatte, obwohl er und Jonesy mehr als nur Arbeitgeber und Arbeitnehmer waren. Sie waren auch Freunde. Aber Henry wollte nicht, dass Jonesy und die Agentur hineingezogen würden, wenn die Sache schiefging. Henrys Vater, Hugh Maguire, war vor acht Jahren in Trinidad gestorben. Die offizielle Version: Er war in einen Minenschacht gefallen, und es war als Unfall eingestuft worden. Aber Henry hatte Grund zu der Annahme, dass das nicht der Fall gewesen war.

Und im Zentrum von allem stand Arthur Wingate.

Henry war hier, um zu beweisen, dass Wingate nicht nur ein Krimineller, sondern auch ein Mörder war.

Die Stimme seines Bruders hallte in Henrys Kopf wider. „Es gab eine Untersuchung, Henry“, hatte Ian gesagt, „und es wurde kein Fremdverschulden festgestellt.“ Er und sein älterer Bruder waren oft nicht einer Meinung, weshalb Henry niemandem seinen wahren Grund für seine Anwesenheit hier verraten hatte, am allerwenigsten Ian.

Er nahm einen Schluck von seinem Brandy … kaum merklich. Er hatte nicht die Absicht, sein Urteilsvermögen an diesem Abend mit Alkohol zu trüben.

„Sir.“ Ein Diener lenkte seine Aufmerksamkeit auf sich.

Henry nickte zur Bestätigung.

„Ihre Frau ist angekommen, Sir.“

Meine Frau …

Was zum Teufel? Louise war hier? Jetzt?

Jonesy hatte zugestimmt, dass Louise Foster gerufen würde, wenn Henry Bescheid gab. Und er hatte nicht Bescheid gegeben. Verdammt.

„Natürlich“, antwortete Henry. „Danke.“

„Bitte folgen Sie mir, Sir.“

Henry überlegte, das Getränk, an dem er die letzte Stunde genippt hatte, stehen zu lassen, behielt es aber stattdessen, als er dem Diener durch Gruppen von Menschen und dem leisen Lärm von Gerede und Gelächter folgte. Tatsächlich nahm er beim Gehen einen großen Schluck, um seine Nerven zu beruhigen. Manchmal mussten seine eigenen Regeln eben geändert werden. Das war keine Katastrophe, erinnerte er sich. Louise war eine gute Außendienstagentin, eine, mit der er mehr als einmal zusammengearbeitet hatte, und er respektierte ihre Fähigkeiten. Sie war auch seine Freundin, eine der ganz wenigen neben Jonesy. Wenn sie jetzt hier war, musste es einen guten Grund geben. Obwohl seine Tarnung eine Ehefrau einschloss, arbeitete Henry lieber allein, und er hatte Jonesy gesagt, dass Louise sich ihm anschließen könnte, wenn es notwendig schien. Und es war nicht notwendig gewesen … noch nicht. Aber anscheinend hatte Edgar Jones seinen Rang ausgespielt und anders entschieden.

Als Henry die Eingangshalle betrat, fiel sein Blick auf eine junge Frau in einem atemberaubenden blauen Kleid, Locken aus dunkelbraunem Haar betonten ihr ovales Gesicht, ihre Figur war schlank und jugendlich. Ihre zurückhaltende Miene deutete auf ihr Unbehagen hin, als sie sich mit Arthurs Frau, Lottie, in der Nähe des Vordereingangs unterhielt, und Henry konnte nicht umhin, Mitleid mit ihr zu empfinden. Lottie Wingate war ihm gegenüber meist abweisend gewesen.

Die Haltung der jungen Frau fesselte seinen Blick, und für einen Moment dachte Henry darüber nach, wie es wäre, wenn er nicht arbeiten würde, wenn er einfach ein Gespräch mit einer attraktiven Frau führen könnte. Er hatte sich bewusst nirgends niedergelassen. Seine Arbeit machte es unmöglich. Nun, nicht unmöglich. Er hatte einfach noch nie eine Frau getroffen, die seine Aufmerksamkeit von seinem Job ablenken konnte.

Und verdammt, wenn ihn das nicht daran erinnerte, dass er seinem Alten mit jedem Tag ähnlicher wurde.

Er schob die Erinnerungen an das letzte Mal, als er seinen Vater gesehen hatte, beiseite, jene an den schrecklichen Streit, den sie gehabt hatten, die Wut, die weißglühend in Henry pulsiert hatte.

Stattdessen konzentrierte er sich erneut auf die verlockende Ablenkung, die Frau in Blau, und dann riss er widerwillig seine Augen von ihr los und suchte die Eingangshalle nach Louise ab, aber sie war nirgends zu sehen.

„Sie muss in ein anderes Zimmer gegangen sein“, sagte Henry zum Diener.

„Nein, Sir.“ Der junge Mann blieb stehen und nickte in die Richtung von Mrs. Wingate und der auffälligen Frau neben ihr.

Henry durchlebte einen kurzen Zustand der Verwirrung, ein unnatürliches Vorkommnis, da er alles in seinem Leben in Fächer unterteilte und in Ordnung hielt.

Er erholte sich schnell und sagte: „Natürlich, danke. Ich brauche wohl meine Brille heute Abend.“ Er ließ den Diener stehen, bevor er gezwungen war, weiter zu reden und noch mehr Gelegenheiten für Patzer zu bieten. Er ging langsam auf die beiden Frauen zu, da er nicht sicher war, was er sagen sollte. Offensichtlich war der Diener falsch informiert worden.

Henry blickte über seine Schulter und vergewisserte sich, dass der Mann die Eingangshalle verlassen hatte. Als die Luft rein war, änderte Henry seinen Weg, um die beiden sich unterhaltenden Frauen zu umgehen, obwohl ein Anflug von Bedauern aufflammte. Ein kleiner Teil von ihm fragte sich, was passieren würde, wenn er ein Gespräch mit der Frau anfangen würde, die seinen Blick so mühelos auf sich zog. Aber jetzt war nicht die Zeit für persönliche Interessen. Gerade als er in einem Abstand von knapp einem Meter an den Frauen vorbeiging, ertönte eine Stimme: „Gilbert! Liebling!“

Henry blieb stehen und wandte sich der Frau zu, die in kurzer Zeit ein so intensives Interesse in ihm geweckt hatte. Sie hatte seinen Decknamen benutzt. In einem Augenblick wurde alles klar.

Sie war seine Frau.

Verdammt.

Er setzte das breiteste Lächeln auf, das er aufbringen konnte. „Sallie, da bist du ja.“ Er ging zu ihr und pflanzte einen Kuss auf ihre Wange, die Weichheit brannte sich auf seine Lippen, während der Duft von Geißblatt ihn umgab, warm und fruchtig.

Seine Sallie errötete, ihre Wangen leuchteten karmesinrot, was ihre Schönheit noch stärker unterstrich und seinen Frust vergrößerte.

Er hielt seinen Gesichtsausdruck freundlich und verliebt, spielte die Rolle eines glücklichen und überraschten Ehemannes und sagte: „Ich hatte keine Ahnung, dass du kommst.“ Aber unter allem drohte die Wut in seiner Brust zu brodeln.

Er fand ein gewisses Maß an Vergnügen daran, als seine neue Frau ganz leicht zusammenzuckte und zweifellos den Tadelblitz auffing, den er seinem Blick entkommen ließ. Er konnte sie als seine Frau akzeptieren, aber das bedeutete nicht, dass es ihm gefallen musste, ob sie nun fesselnd war oder nicht.

Aber trotzdem, wo zum Teufel war Louise? Warum hatte Jonesy diese viel zu junge Frau geschickt, mit der er nicht bekannt war und deren Fähigkeiten als Agentin er daher nicht einschätzen konnte? Um das Ganze noch schlimmer zu machen, hatte sein Puls sich beschleunigt, als er in ihre klaren grünen Augen geblickt hatte. Sie mochte jung sein, aber ein Funke Intelligenz sprang über die Distanz zwischen ihnen.

„Es war eine kurzfristige Entscheidung, Liebling", antwortete sie, ihre Stimme hatte einen aufgeregten Unterton.

Es war zu spät, um jetzt einen Rückzieher zu machen. Sie hatten ein Publikum mit Lottie Wingate, die sie aufmerksam beobachtete. Er konnte es sich nicht leisten, irgendeinen Verdacht auf sich zu ziehen. Er hatte es geschafft, sich bei Arthur Wingate einzuschmeicheln, indem er sich als Schriftsteller ausgab, der angeheuert wurde, um die Lebensgeschichte des Mannes zu schreiben, aber Lottie war von Anfang an kalt gewesen.

„Ich bin begeistert, dass du hier bist", sagte er und nahm Sallies Hand. Er wandte seine Aufmerksamkeit der älteren Frau zu. „Wenn Sie uns entschuldigen, ich würde gerne ein privates Wort mit meiner wunderschönen Braut wechseln."

„Sicherlich", sagte Lottie mit nachdenklichem Blick. Sie war eine auffallende Frau mit heller Haut und rotem Haar, das dem Grau noch nicht erlegen war. „Es war reizend, Sie kennenzulernen, Sallie. Ich hoffe, wir bekommen noch mehr Gelegenheiten, uns auszutauschen. Und Sie müssen Gilbert begleiten, wenn er das nächste Mal hierherkommt." Henry entging das aggressive Funkeln in ihrem Blick nicht. Lottie hatte ihn von dem Moment an nicht gemocht, als er angekommen war, und das Gefühl beruhte auf Gegenseitigkeit. „Wir könnten Tee trinken, während die Männer ihre Geschäfte besprechen."

„Das würde mir gefallen", sagte Sallie.

Henry, der sein Getränk auf einem Beistelltisch deponiert hatte, hakte Sallies behandschuhte Hand in seinen gebeugten Arm und führte sie in den nächsten Raum. Er wollte privat sprechen, wusste aber blitzschnell, dass dies unmöglich sein würde. Es war zu riskant, sich auf irgendein Gespräch einzulassen, das über das Unverfängliche hinausging, während sie auf dieser Feier waren.

„Möchtest du etwas trinken?“, fragte er leise. Er könnte noch einen vertragen.

Sallie lächelte und nickte, warf ihm einen schnellen Blick zu und ließ dann ihre Augen durch den Raum schweifen.

Sie fanden einen Kellner, und bald hielt die behandschuhte Hand seiner Frau einen Sherry und seine einen Whiskey, pur. Er trank ihn in einem Zug. Seine Frau verengte ihre Augen, das erste Anzeichen von etwas Rückgrat der Frau.

„Ich weiß, meine Ankunft ist unerwartet, Gilbert“, murmelte sie über den Rand ihres Sherryglases und nahm einen Schluck. „Aber sei versichert, ich bin hier, um zu bleiben. Du bist nicht länger allein.“

Kapitel Zwei

Kate benutzte das Glas Sherry als Schutzschild. Es war offensichtlich, dass der verdeckte Ermittler Henry Maguire fassungslos war, sie zu sehen, und alles andere als erfreut über ihre Anwesenheit. Zum Glück hatte sie dank eines Fotos, das Mr. Jones ihr gegeben hatte, gewusst, nach wem sie Ausschau halten musste, obwohl es dem Mann vor ihr kaum gerecht wurde.

Henry Maguire hatte Präsenz. Dafür gab es einfach kein anderes Wort.

Seine intensiven blauen Augen betonten seine harte Kieferlinie wie die gefrorenen Hänge von Colorado, wo ihre Cousine Molly Rose gelebt hatte. Kate konnte nicht umhin, sein glatt rasiertes Gesicht und den zitrusartigen Duft, der von ihm ausging, zu bemerken. Es war auf eine Weise angenehm, die sie verunsicherte, und sie war sich absolut nicht sicher, warum.

Aber sie war gewarnt worden … Henry erwartete Louise Foster und würde keine Ahnung haben, wer Kate war. Es war unglücklich, dass Mrs. Wingate Kate direkt an der Tür abgefangen und ein Gespräch mit ihr begonnen hatte, denn das hatte die Kontaktaufnahme mit ihrem „Ehemann“ brandgefährlich gemacht.

Aber das war vorbei. Henry hatte sich auf die Scharade eingelassen, und sie arbeiteten jetzt zusammen. Er hatte gesagt, er wolle privat mit ihr sprechen, aber das hatte er bisher nicht getan, also konnte Kate nur schlussfolgern, dass es während der Party nicht sicher war. Sie schwor sich, nicht gegen das Protokoll zu verstoßen. Sie würde Henry nichts sagen, was seine liebende Ehefrau, die fast zwei Monate von ihm getrennt gewesen war, nicht sagen würde.

„Wann bist du angekommen?“, fragte Henry.

„Am frühen Abend.“

„Wie bist du hierhergekommen?“

„Ein Mann namens Francis O’Malley hat mich hergebracht. Ich habe ihn angeheuert.“ Die Pinkertons hatten ihn angeheuert, aber das konnte sie nicht laut sagen. „Ich glaube, er ist Schmied in der Stadt und betreibt auch einen Mietstall. Er hat angeboten zu bleiben, aber ich habe ihm versichert, dass du hier sein und mich nach Hause bringen würdest.“ Ihre Lippen verzogen sich zu einem Lächeln, aber sie konnte Henrys Blick nicht standhalten, da er sie ziemlich eindringlich beobachtete, also ließ sie ihren Blick durch den Raum schweifen.

Er war ziemlich festlich. Der Reichtum der Wingates wurde mit funkelnden Kristallleuchtern, die von Blechdecken hingen, zur Schau gestellt, sowie einem gefliesten, mit kunstvollen Teppichen bedeckten Boden und gepolsterten Stühlen, die wahrscheinlich aus Europa importiert worden waren.

Als sie ihre Aufmerksamkeit wieder auf ihren „Ehemann“ richtete, bemerkte sie, dass er sie immer noch anstarrte und diese eisblauen Augen sie kurz gefangen hielten. Er musste sie die ganze Zeit beobachtet haben, während sie den Raum überblickt hatte. Sie bewegte sich, fühlte sich ein wenig unwohl und wollte mehr als alles andere reinen Tisch machen.

Hatte sie etwas falsch gemacht? War sie unpassend gekleidet?

Doch ein zweiter Blick durch den Raum verriet ihr, dass ihr Kleid zwar nicht ganz so schick sein mochte wie die der vielen anwesenden Damen, aber gut genug. Es war schließlich Louises Kleid gewesen, und Kate musste annehmen, dass ihre Mentorin sehr gut darauf vorbereitet gewesen war, als Henrys Ehefrau an dieser Operation teilzunehmen.

Das war es. Henry war wegen Louise aufgebracht.

Sie wandte sich ihm zu. „Ich bin sicher, du machst dir Sorgen um meine liebe Schwester Louise."

Er betrachtete sie mit Interesse. „Das tue ich", erwiderte er in gemessenem Ton. „Geht es ihr gut?"

„Leider nein. Sie ist im Moment indisponiert, aber es sollte ihr bald besser gehen."

Henry nahm die Nachricht mit einem Nicken zur Kenntnis, und sein Blick verriet einen Anflug von Sorge. Plötzlich fühlte sich Kate schrecklich. Louise hatte deutlich gemacht, dass sie Henrys Fachkenntnis ebenso wie seine Freundschaft schätzte, aber weiter hatte Kate nicht gedacht.

Der zusätzliche Auftrag, den Louise Kate erteilt hatte – privat und außerhalb der Vorgaben des Jobs – schien nun einen anderen Ton anzunehmen. Louise hatte Kate gebeten, ein Auge auf Henry zu haben, denn vor acht Jahren war sein Vater bei einem Unfall in Trinidad ums Leben gekommen, als er offenbar in einen Minenschacht gestürzt war. Kate hatte daraus geschlossen, dass Louise Henry für befangen hielt, und ihn das in einen Konflikt mit dem Auftrag bringen könnte, für den die Pinkertons entsandt worden waren.

Aber nun sagte die Sorge in Henrys Augen, so kurz sie auch war, etwas anderes. Hatten er und Louise eine Beziehung, die über die von Geschäftspartnern hinausging? Ging es bei seiner Gereiztheit darum? Liebte Henry sie? Und warum verursachte dieser Gedanke eine weitere Welle des Unbehagens in Kate?

Sie ignorierte es und fügte hinzu: „Sie wird wieder gesund. Du brauchst dir keine Sorgen zu machen. Die Kugel hat keine lebenswichtigen Organe getroffen."

Sein Blick schnellte zu ihr zurück und spiegelte Schock wider.

Oh, nein. Er liebte sie wirklich.

Sein ausdrucksloser, kontrollierter Gesichtsausdruck wich langsam hochgezogenen Augenbrauen und ganz leicht geweiteten Augen. „Sie wurde angeschossen?", fragte er so leise, dass sich sein Mund kaum bewegte.

Sie führte das Sherryglas an ihre Lippen und murmelte aus dem Mundwinkel: „Kaum."

Sie begegnete wieder seinem Blick, und er hielt ihn für einen langen Moment. Schließlich nickte er erneut, und Kate schien es, als deute diese Geste eine Art Akzeptanz seinerseits für die Umstände an, in denen sie sich nun befanden.

„Gilbert", dröhnte ein älterer Herr, als er auf sie zukam. „Lottie hat mir erzählt, dass deine Frau hier ist." Der Mann wandte sich Kate zu, nahm ihre Hand und drückte einen Kuss auf ihren Knöchel, der zum Glück noch behandschuht war. „Du hast uns nie erzählt, dass sie so eine Schönheit ist."

„Sallie", sagte Henry und betonte ihren Namen. „Ich möchte dir Arthur Wingate vorstellen. Das ist seine Gala."

„Es ist mir eine Freude, Sie kennenzulernen, Sir", erwiderte Kate. „Ihr Haus ist wunderschön."

„Danke", sagte Wingate lächelnd. Er war ein imposanter Mann mit einer selbstbewussten Ausstrahlung, aber der Anflug von Bewunderung in seinen Augen, als er sie ansah, ließ Kate sich unwohl fühlen. Vielleicht sogar übel, aber das war schwer zu sagen, da ihre Nerven an diesem Abend bis zum Zerreißen gespannt waren.

Als sie ihre Hand sanft aus seinem Griff zog, einen Kontakt, den er etwas länger als nötig in die Länge gezogen hatte, streckte Henry die Hand aus und erledigte die Aufgabe für sie, indem er ihre Finger wieder in seine Armbeuge schob. Die Geste beruhigte sie, und sie lehnte sich ganz leicht an ihren „Ehemann“, während sie den Sherry noch in der linken Hand hielt.

Kate war während ihrer Vorbereitung auf den Job gebrieft worden, aber es war in der Tat schnell gegangen. Louise war erst zwei Tage zuvor außer Gefecht gesetzt worden, und Kate war in letzter Minute als ihr Ersatz hinzugezogen worden.

Was sie wusste: Arthur Wingate war ein Geschäftsmann mit einer Mehrheitsbeteiligung an mehreren Kohleminen in der Gegend. Er war 1876 hierhergezogen, angeblich um in der Nähe seines Vaters, Ellis Wingate, zu sein, der in der Nähe ein bescheidenes Gehöft besaß. Aber Arthur stellte seinen Reichtum auffällig und kühn zur Schau, was zu einer Entfremdung von seinem Vater führte, obwohl weiter nichts bekannt war. Ellis Wingate war vor über neun Jahren gestorben. Es wurde berichtet, dass Arthur bei vielen Investitionen seine Hände im Spiel hatte: Export von Eisen- und Stahlmaschinen, das Meiste davon Motoren und elektrische Maschinen, aber auch Druckpressen.

Und nun hatte die First National Bank of Trinidad Grund zu der Annahme, dass Wingate möglicherweise Versicherungsbetrug begangen hatte. Man glaubte auch, dass in der Gegend ein Fälscherring aktiv war. Könnte Wingate darin verwickelt sein? War die Herstellung von Druckpressen eine Tarnung für Maschinen, die US-Währung drucken konnten? An der Oberfläche schien es absurd. Der Mann hatte mehr als genug Vermögen, wenn die vorläufigen Ermittlungen stimmten, warum also sollte er ein Verbrechen begehen, um noch mehr zu bekommen? Aber die Bank hatte die Agentur beauftragt, Beweise zu finden, und nun war es Kates Aufgabe, Henry bei der Untersuchung zu unterstützen.

„Wie gefällt Ihnen unsere schöne Stadt im Vergleich zu Italien?“, fragte Mr. Wingate sie.

Sie richtete ihre Aufmerksamkeit schlagartig wieder auf ihn. „Verzeihung?“

„Henry hat uns erzählt, dass ihr beide Anfang des Jahres wegen eines Schreibauftrags, den er hatte, nach Mailand gereist seid. Ich muss zugeben, es ist eine Stadt, die Lottie und ich noch nicht gesehen haben. Sollte ich sie dorthin mitnehmen?“

„Natürlich“, antwortete Kate und versuchte, nicht zu zögern. Sie war noch nie in Mailand gewesen und hoffte aufrichtig, dass Wingate dieses Thema nicht weiterverfolgen würde.

Nervös zog sie ihre rechte Hand von Henry weg und nahm den Sherry in diese. Als Reaktion trat Henry näher und legte eine Hand auf ihren unteren Rücken, was ein scharfes Kribbeln entlang ihrer Wirbelsäule auslöste. Es war unterstützend, was sie zu schätzen wusste, aber auch beunruhigend, weil Henrys Anwesenheit aus all den falschen Gründen schnell zu einer Ablenkung wurde.

Gott steh ihr bei. Sie fühlte sich zu ihrem Ehemann hingezogen.

Ausgerechnet …

Unwillkürlich blitzte ein Bild von Henry und Louise in Kates Gedanken auf und ärgerte sie. Aber ehrlich gesagt, jetzt, wo Kate darüber nachdachte, hatte es nie einen Moment gegeben, in dem Louise Henry mit verliebten Augen angesehen hatte. War seine Zuneigung zu Miss Foster einseitig? Nach dem wenigen, was Kate über Henry Maguire wusste, schien der Gedanke, dass er einer Frau nachschmachtete, die seine Gefühle nicht erwiderte, weit hergeholt.

„Ich glaube, Sallies Lieblingsbeschäftigung war es, den

Mailänder Dom zu besuchen“, sagte Henry. „Nicht wahr, Liebling?“

„Ja. Die Architektur ist atemberaubend. Ich bin sicher, Mrs. Wingate würde es sehr genießen, wenn Sie sie dorthin mitnehmen.“

Wingate nickte. „Dann ist es abgemacht. Jetzt muss ich meine Frau noch überreden. Sie mag all ihre Projekte und Kunst-Wohltätigkeitsorganisationen sehr, deshalb könnte es schwierig werden, sie zu einer gemeinsamen Reise zu überzeugen.“

„Ich bin sicher, Sie können recht überzeugend sein“, fügte Kate hinzu. Henrys Hand war auf ihrem Rücken geblieben. Sie schluckte den letzten Rest ihres Sherrys hinunter und ließ einen Kellner ihr leeres Glas mitnehmen. Da ihr etwas heiß wurde, zog sie zuerst den einen und dann den anderen Handschuh aus. Sie reichten ihr nur bis zu den Handgelenken, sie waren also nicht sperrig, aber ihr Täschchen war klein, und es wäre eine Herausforderung, sie hineinzustopfen. Sie hatte sich damit abgefunden, sie in der Hand zu halten, als Henrys Hand ihre streifte.

„Lass mich die für dich aufbewahren.“ Er steckte sie in die Innentasche seines Jacketts.

Eine Frau in einem pfirsichfarbenen Kleid mit hochgestecktem blondem Haar erschien plötzlich neben Wingate. „Und wer ist das?“, fragte sie und richtete ihre Aufmerksamkeit auf Kate.

Der Drang zu fliehen überkam Kate, aber sie blieb an Henrys Seite, der sagte: „Das ist meine Frau, Sallie. Liebste, das ist Delia Wingate, Arthurs Nichte.“

„Freut mich sehr, Sie kennenzulernen“, sagte Kate, aber das leichte Zusammenziehen von Miss Wingates zarten Brauen entging ihr nicht, als diese ein halbherziges Lächeln erwiderte.

„Entzückt, endlich Gilberts lange abwesende Frau kennenzulernen.“

Kates Gedanken waren plötzlich leer und ihr fiel keine Antwort ein. Stattdessen taumelte sie unter der besitzergreifenden Aura, die von dieser Frau ausging und die ganz sicher auf Henry gerichtet war. Sie musste ihre Gedanken von seiner möglichen Beteiligung mit Louise abwenden und nun in Betracht ziehen, dass er eine romantische Verstrickung mit dieser Delia hatte. Kate hatte keine umfassenden Kenntnisse über Romanzen mit dem anderen Geschlecht, aber Delia machte sich nicht die Mühe, ihr Missfallen zu verbergen.

Kate straffte die Schultern. Wenn sie wirklich Henrys Frau wäre, dann würde sie dieses Verhalten nicht tolerieren. „Nun, jetzt bin ich ja hier", sagte sie. Henry hatte seine Hand von ihr genommen, als er ihre Handschuhe einpackte, also griff Kate hinüber, umfasste seinen Bizeps und lehnte sich an ihn. „Ich werde dafür sorgen, dass er gut beschäftigt ist, damit ihr alle ihn nicht unterhalten müsst."

Wingate lachte, aber Delias herzliches Lächeln verschwand ein wenig.

Kates Blick wurde von einer älteren Frau auf der anderen Seite des Raumes angezogen, die knapp über Delias Schulter sichtbar war. Die dichten Locken ihres schwarzen Haares waren weiß meliert, und sie war so klein, dass sie ihren Hals nach hinten neigen musste, um mit ihrem Begleiter zu sprechen.

Das konnte nicht sein.

Als sie von Beunruhigung erfasst wurde, begann Wingate wieder zu sprechen. Kate tat so, als würde sie zuhören, während sie weitere verstohlene Blicke erhaschte.

Ihr Herz wurde schwer.

Die Frau auf der anderen Seite des Raumes war eine Bekannte von Kates Großeltern. Sie war sogar einmal bei ihnen zu Hause gewesen – auf der SR Ranch. Wie war ihr Name? Ethel? Edna? Estelle. Das war es: Mrs. Estelle Marsh.

Kates Gehirn suchte fieberhaft nach einer Lösung. *Der*

Esstisch im anderen Raum. Widerstrebend ließ sie Henry los und wandte sich der Frau zu, die eindeutig ihre Nemesis war. „Miss Wingate, ich habe den ganzen Tag noch nichts gegessen. Würden Sie mir bitte zeigen, wo ich eine Erfrischung bekommen kann?“

Delias Haltung war alles andere als herzlich, also griff Kate hinüber, zog die Frau zu sich und hakte sich bei ihr unter. „Ich freue mich so darauf, dass wir Freundinnen werden.“ Sie blickte zurück zu Henry, der sie mit intensiver Spekulation beobachtete. „Wir sehen uns später, Gilbert“, fügte sie hinzu.

Mit Delia zwischen sich und Mrs. Marsh gelang es Kate, den Raum unbemerkt zu verlassen. Delia nickte einigen Gästen zu, aber Kate sorgte dafür, dass sie in Bewegung blieben.

„Sie müssen ja einen Bärenhunger haben“, sagte Delia.

„Absolut.“

Sie betraten ein großes Esszimmer mit einem langen Tisch, der mit einer Vielzahl von Fingerfood gefüllt war. In Wahrheit *war* Kate hungrig. Sie ließ Delia los, nahm einen Teller und begann, sich zu bedienen.

„Wie kommt es, dass Sie heute Abend angereist sind? Gilbert hat nie erwähnt, dass Sie kommen würden.“ Delias Haltung hatte sich zu einer Selbstbewussten gewandelt – oder hatte Kate den Zorn der Frau zuvor falsch interpretiert? Vielleicht lag sie bei Delia falsch. Und bei Henry.

Kate steckte sich etwas Süßes und Blättriges in den Mund. Das Essen war fantastisch, und sie *hatte* das Abendessen ausfallen lassen, um es zur Party zu schaffen. „Ich wollte ihn überraschen“, sagte sie mit vollem Mund. Es war im Grunde die Wahrheit.

Die Vorbereitungen, die Mr. Jones – und die Pinkerton-Agentur – für sie getroffen hatten, hatten darin bestanden, sie zu der kleinen Hütte zu bringen, in der Henry auf Wingates

Land lebte. Es war Louises Idee gewesen, dass Kate auf der Party ihren großen Auftritt haben sollte.

Kate schnappte sich ein Fleischküchlein von einer großen Silberplatte, biss hinein, und als der Geschmack auf ihrer Zunge zerging, legte sie zwei weitere auf ihren Teller.

Sie begann zu denken, dass Louise Henry entweder nicht mochte – was sie für unwahrscheinlich hielt – oder die Frau einen boshaften Sinn für Humor hatte. Es war klar, dass Kates Anwesenheit hier Henry aus dem Gleichgewicht gebracht hatte.

„Es wird ihm guttun, wenn du unangekündigt auftauchst“, hatte Louise gesagt. *„Er wird dich nicht verstecken können. Die Gemeinde wird wissen, dass du da bist. Henry hält sich für unbesiegbar, aber Agenten sollten nicht allein arbeiten.“*

Hätte Henry sie wirklich in seiner kleinen Hütte eingesperrt, wenn sie heute Abend nicht vor den Augen der Gäste aufgetaucht wäre? Das fand Kate unwahrscheinlich. Außerdem konnte Henry ihr nichts befehlen. Er war nicht nur *nicht* ihr Ehemann, er war auch nicht ihr Chef. Das hatte Louise ebenfalls klargestellt. Henry war ein leitender Agent und hatte daher mehr Erfahrung, aber Kate hatte freie Hand, Spuren nachzugehen, wie sie es für richtig hielt.

Kate beendete ihren Rundgang um den langen Tisch, nachdem sie ihren Teller mit jeder verfügbaren Art von Häppchen beladen hatte, und blieb vor Delia stehen, die an einem Glas Champagner nippte. Kate überlegte, auf denselben Drink umzusteigen, und sei es nur, um sich die Neuheit zu gönnen, aber es gab keinen Grund zu übertreiben. Sie war mit einem Ginger Ale oder einer Sarsaparilla oder sogar einem Hiawatha-Mineralwasser besser dran.

„Wohnen Sie hier bei Ihrer Tante und Ihrem Onkel?“, fragte Kate.

„Ja. Ich habe meine Mutter nie gekannt und mein Vater ist die meiste Zeit verreist, also haben sie mich aufgezogen.“

Kate nickte, da ihr Mund voll war. Sobald sie geschluckt hatte, sagte sie: „Meiner Mutter ging es nicht gut, weshalb ich Gilbert nicht früher Gesellschaft leisten konnte." Sie freundete sich mit der Lüge an, die sie Francis zuvor erzählt hatte. Henrys Deckgeschichte bezüglich seiner abwesenden Frau beinhaltete, dass sie Zeit mit ihrer Familie verbrachte. Kate hatte einfach beschlossen, noch einen Schritt weiterzugehen, denn ein Blick auf Henrys gutaussehendes Gesicht reichte, um zu erkennen, dass sie einen zwingenden Grund brauchte, warum sie für so lange Zeit von ihrem stattlichen Ehemann getrennt sein sollte.

„Das tut mir leid zu hören", sagte Delia. „Gilbert hat es leider nie erwähnt."

Der Gebrauch von Henrys *Alias*-Vornamen auf Delias Lippen ließ Kate die Zähne zusammenbeißen und verdarb ihr den Appetit, aber zum Glück nur für einen Moment. Sie aß auf, was auf ihrem Teller übrig war, und versuchte, ihre Verärgerung unter Kontrolle zu bringen. Ein Agent musste unter Druck einen kühlen Kopf bewahren, und durfte nicht emotional werden. Wenn Henry aus irgendeinem Grund diese Frau umwarb – was von seiner Seite aus gefährlich und unklug wäre –, dann hatte er offensichtlich einen Grund. Kate schätzte Delia erneut ein. Vielleicht sollte sie wirklich versuchen, sich mit der Frau anzufreunden.

„Ich hoffe, Ihrer Mutter geht es besser", fügte Delia hinzu.

„Das tut es. Danke für Ihre guten Wünsche." Sie traf eine schnelle Entscheidung, beugte sich zu Miss Wingate und fügte hinzu: „Darf ich mich Ihnen anvertrauen?"

„Natürlich", antwortete Delia kühl.

„Meine Ehe mit Gilbert ist etwas holprig."

„Oh." Die blauen Augen der Frau blitzten berechnend auf. „Ich verstehe."

„Wir haben einige Zeit getrennt verbracht. Es schien einfach das Beste zu sein. Aber ich bin auf Drängen meiner

Mutter gekommen, um zu versuchen, es wieder gutzumachen. Man kann die Liebe nicht gleich bei der ersten Hürde aufgeben, oder?“

„Ich schätze nicht, nein.“ Delias Stirn legte sich in Falten, was Kate nur als schuldbewusste Verwirrung deuten konnte.

Mrs. Marsh betrat den Raum und riss Kate aus ihrer Schauspielerei. Sie führte ihre Serviette zum Mund und presste das zarte Tuch auf die untere Hälfte ihres Gesichts, um sich zu verbergen. Als Mrs. Marsh auf sie zuging, warf Kate die Serviette zu Boden, bückte sich, um sie aufzuheben, und blieb in dieser Position, bis sie die weinroten Röcke von Mrs. Marsh an sich vorbeihuschen sah.

Wieder aufrechtstehend sagte sie: „Ich bin jetzt ganz ausgedörrt. Sollen wir zurück in den Ballsaal gehen und etwas trinken?“

Delia stimmte zu, und Kate beeilte sich, das Esszimmer zu verlassen, ohne sich umzusehen, damit Mrs. Marsh ihr Gesicht nicht zu sehen bekam. Je eher sie diese Party verließ, desto besser.

Kapitel Drei

Henry ritt auf seinem Pferd durch die Dunkelheit, seine Frau saß auf einer geliehenen Stute der Wingates. Er hatte keine Kutsche mitgebracht, weil er allein zur Party gekommen war. Und Wingate hatte keine Kutschen mehr übrig, da er die, die er besaß, an mehrere andere Gäste verliehen hatte. Aber die Frau, die seine Gattin spielte, saß aufrecht im Sattel, fühlte sich auf dem Tier sichtlich wohl und hatte sich kein einziges Mal über ihr ruiniertes Kleid oder die Unbequemlichkeit beschwert. Sie hatte die Situation angenommen und sich fröhlich mit dem Tier angefreundet, bevor sie aufgestiegen war.

Der Stallbursche hatte einen Damensattel angeboten, aber sie hatte einen normalen gewählt, sodass ihr Rock und ihre Unterröcke nun um ihre Knie gebauscht waren. Das schien sie ebenfalls nicht zu stören. Henry hätte diese Gelegenheit gerne genutzt, um die Einzelheiten ihrer Ankunft zu erfahren und warum die Agentur sie ohne sein Wissen geschickt hatte, doch sie hatten Begleitung. Drei Herren ritten hinter ihnen, ihr Weg zurück in die Stadt fiel mit dem von Henry und seiner „Frau“ zusammen, sodass er zum Schweigen gezwungen war. Selbst als sie an eine Kreuzung kamen und die Männer sich in eine andere Richtung verabschiedeten, hielt Henry seine Zunge im Zaum.

Obwohl er keinen Grund hatte, einen Spion zu vermuten, der ihnen folgte, oder eine verirrte Person, die sich im Unterholz versteckte und sie belauschen könnte, schien es ratsam, die notwendige Unterredung mit dieser Frau in der Privatsphäre seines Hauses zu führen. *Ihres* gemeinsamen Hauses.

Ob er ihre Zusammenarbeit mit ihm nun guthieß oder nicht, ihr Schicksal war bereits besiegelt. Ihre Ankunft auf der Party hatte dafür gesorgt, und Henry konnte den Spieß jetzt nicht mehr umdrehen.

Warum war sie plötzlich auf der Party aufgetaucht? Hatte Jonesy dafür einen bestimmten Grund gehabt?

Louise. Sie musste es gewesen sein, was ihm auf eine gewisse Weise ein besseres Gefühl bezüglich ihrer Situation gab. Ein Knoten der Sorge hatte sich in seiner Magengrube festgesetzt, als „Sallie" ihm erzählt hatte, dass Louise angeschossen worden war. Louise war schon immer ein wenig leichtsinnig gewesen. Er musste hoffen, dass sie sich von dem, worin sie sich hineinmanövriert hatte, erholen würde.

Das Auftauchen dieser Agentin als seine Frau, die ihn in solch einem öffentlichen Rahmen überrumpelte, trug ganz klar Louises Handschrift. Er konnte sich ihr vergnügtes Kichern über sein Unbehagen bildlich vorstellen. Es war dieser Umstand, der ihn gegenüber dem Mädchen neben ihm ein wenig nachsichtiger stimmte. Wenn Louise ihren Segen gegeben hatte, dann musste „Sallie Holmes" fähig sein.

„Es ist eine herrliche Nacht", sagte sie. „Zum Glück nicht zu kalt für Mai."

Er nickte stumm, betrachtete ihr Profil, und seine Brust wurde eng. Sie war eine umwerfende Frau, und das würde mit Sicherheit zu einem Problem werden. Nicht für ihn selbst, aber für Wingate. In der vergangenen Woche war mehr als deutlich geworden, dass der Mann eine Vorliebe für Alkohol und ein Faible für Frauen hatte. Wie weit er diese Bewunderung trieb, wusste Henry nicht, aber vielleicht war das der Grund, warum Mrs. Wingate ständig schlechte Laune hatte. Und Henry war der prüfende Blick nicht entgangen, den Wingate „Sallie" vorhin zugeworfen hatte.

Als sie das Haus erreichten, stieg er ab und wollte ihr herunterhelfen, doch sie war bereits vom Pferd gestiegen.

„Ich kümmere mich um die Tiere", sagte er. „Sie können schon hineingehen. Oder … waren Sie schon drinnen?"

„Nein. Die Tür war verschlossen, deshalb steht mein Koffer auf der Veranda."

„Ich wusste nicht, dass Sie kommen. Ich bitte um Entschuldigung. Und Ihr Name?"

„Kate Ryan."

Sie streckte ihre Hand aus, und er schüttelte sie. Ihr Händedruck war fest und geschäftsmäßig.

„Henry Maguire", erwiderte er.

„Ich weiß."

„Wie sind Sie in Ihr Kleid gekommen?", fragte er, als ihm die Erkenntnis kam.

Sie lächelte unbeeindruckt. „Hinter dem Busch da drüben." Sie nickte zur Seite des Hauses. „Ich hatte einen Knöpfhaken. Es war schwierig, das gebe ich zu, aber ich habe es geschafft."

Sie jammerte nicht, und sie war einfallsreich. Er wusste nicht, ob er erfreut oder besorgt sein sollte.

„Ich kümmere mich um Ihren Koffer, nachdem ich mit den Pferden fertig bin, und dann können wir reden."

„Selbstverständlich."

Er gab ihr den Schlüssel zum Haus, und sie ging hinein. Er sattelte die Pferde ab, striegelte sie, legte frisches Heu in die

Boxen und überprüfte ihr Wasser. Als er jedoch zur Veranda kam, war da kein Koffer mehr. Er trat ein.

„Seine Frau“ hatte die Lampe auf dem Holztisch in der Küche angezündet. Sie hatte den Koffer irgendwie hineingeschleppt und beugte sich nun darüber, um den Inhalt zu sortieren. Sie blickte nicht auf.

„Sie können das Schlafzimmer haben“, sagte er. „Ich hole meine Sachen.“

Er ging in das kleine Zimmer und holte ein paar Kleidungsstücke, doch als er gerade alles mitnehmen wollte, hielt er inne und kehrte dann in den vorderen Raum zurück.

„Ich glaube nicht, dass all meine Sachen im Haus verstreut herumliegen sollten. Es wird verdächtig aussehen, wenn jemand vorbeikommt. Und jetzt, wo Sie hier sind, schätze ich, dass ich – wir – vielleicht mehr Besuch bekommen werden. Damen trinken ja gerne Tee und tratschen.“

„Ich verstehe.“

„Sie sind eine ziemliche Überraschung“, sagte er.

Sie sahen sich für einen Moment an, dann brach er den Bann, indem er den Koffer anhob und ins Schlafzimmer trug.

Als er in die Küche zurückkehrte, sagte er: „Ich nehme an, Sie sind müde.“ Dann fielen ihm die Handschuhe in seiner Jacke ein, also holte er sie hervor und reichte sie ihr.

„Danke.“

„Setzen Sie sich doch.“ Er deutete zum Tisch. „Ich werde Sie nicht lange aufhalten.“

Miss Ryan setzte sich, ebenso wie er.

„Louise?“ Trotz allem drängte seine Sorge um sie in den Vordergrund.

„Es geht ihr gut, wie ich schon sagte. Sie wurde während eines Auftrags in Albuquerque angeschossen. Ich war gerade in der Ausbildung bei der Agentur und wurde sofort als ihr Ersatz hinzugezogen. Sie ist auf dem Weg der Besserung, das kann ich Ihnen versichern. Und sie hat mich über die Einzelheiten dieses Falles informiert. Na ja, so gut sie konnte. Es gab keine Berichte von Ihnen, seit Sie angekommen sind. Louise und Mr. Jones meinten, ich solle so schnell wie möglich kommen. Man sorgte sich um Ihr Wohlergehen."

„Verstehe", sagte Henry. „Ich habe keine Nachricht geschickt, weil ich keine unnötige Aufmerksamkeit erregen wollte. Ich will nicht lügen, Sie *waren* heute Abend eine Überraschung."

„Ich bitte um Entschuldigung. Louise bestand darauf, dass ich …"

Er lachte. „Ich kann mir denken, was Louise gesagt hat. Sie muss große Stücke auf Sie halten."

Miss Ryan zögerte. „Sie hat mich ausgebildet. Ich halte sehr große Stücke auf *sie*."

„Ich auch. Was wissen Sie?"

„Ich wurde über Ihre Mission sowie über Informationen zu den Wingates unterrichtet."

„Können Sie schießen? Reiten?"

„Ja."

„Wie lange sind Sie schon bei der Agentur?"

Miss Ryan zögerte, dann sagte sie: „Vier Monate."

Ach, du lieber Himmel. Sie war ein unbeschriebenes Blatt.

„Ich führe, Sie folgen", sagte er. „Verstanden?"

Er war sich nicht sicher, aber er meinte, einen Funken Auflehnung in ihren Augen zu erkennen.

„Ja." Aber ihre ausdruckslose Stimme und ihr verschlossenes Gesicht verrieten ihm mehr, als sie ahnte. Gut. Sie hatte Feuer. Aber er musste hoffen, dass er sie aus der Sache mit dem Tod seines Vaters heraushalten konnte.

„Wie alt sind Sie?"

„Neunzehn."

Er fluchte leise.

Das traf ihn. Sie sah jung aus, aber er war sich sicher gewesen, dass sie nicht *so* jung sein konnte. Ein Anflug von

Beschützerinstinkt überkam ihn. Obwohl er nicht erwartete, dass in diesem Fall etwas Gewalttätiges passieren würde, war es dennoch möglich. Schließlich glaubte er, dass Arthur Wingate seinen Vater ermordet hatte. Und dass Louise angeschossen worden war, war das perfekte Beispiel dafür, warum Frauen diesen Job nicht machen sollten. Und schon gar nicht junge Frauen, die ihr ganzes Leben noch vor sich hatten.

„Warum sind Sie hier?" Er versuchte, seine Stimme zu mäßigen, damit es nicht wie ein Vorwurf klang. „Sie sind jung. Sie sind wunderschön. Sie könnten ein weitaus besseres Leben haben als dieses."

„Warum sind Sie hier?", konterte sie.

Er antwortete nicht.

Nach einem Moment sprach sie: „Ich bin hier, weil ich Menschen helfen will, weil ich dafür sorgen will, dass die Gerechtigkeit siegt. Deshalb bin ich zu den Pinkertons gegangen. Ich verspreche Ihnen, dass ich hart arbeite und Sie auf mich zählen können."

Die Entschlossenheit in ihrem Blick und ihr ernster Ausdruck trafen ihn.

Verdammt noch mal.

Sie war eine Idealistin.

Er war auch mal einer gewesen. Nicht mehr.

KATE WÄLZTE sich die ganze Nacht hin und her.

Am Morgen stand sie früh auf, zog sich an und machte sich daran, leise die Küche zu erkunden. Die Speisekammer war gut gefüllt mit allem, was eine gute Ehefrau erwarten würde – Mehl, Zucker, Sorghum-Sirup, getrocknete Bohnen, Reis und viele Konserven. Eine schnelle Inspektion offenbarte Pfirsiche, Tomaten und grüne Bohnen. In der Vorratskammer befanden sich Eier, ein Stück Schinken, das in Käsetuch gewickelt war, und Butter. Sie entdeckte auch ein halb aufgebrauchtes Brot.

Henry führte einen sauberen Haushalt. Kate war beeindruckt. Die Männer in ihrem Leben – ihr Vater, ihr älterer Bruder Eli sowie ihre Onkel Logan, Nathan und Cale – waren in häuslichen Angelegenheiten bei Weitem nicht so organisiert.

Sie schaute zu ihrem „Ehemann" und Undercover-Partner hinüber. Er schlief auf der gepolsterten, burgunderroten Couch, sein großer Körper hing über den unteren Rand hinaus. Es sah nicht bequem aus. Sie fragte sich, wie sie die Situation verbessern könnten, aber ihr fiel nichts ein. Das Bett, das er ihr überlassen hatte, war sehr bequem, und sie hatte besser geschlafen als erwartet, ungeachtet des schwachen Dufts seines Rasierwassers, der auf den Kissen zurückgeblieben war. Sie hatte sie umgedreht, nicht weil es sie störte, sondern weil es das nicht tat.

Sie war sich nicht sicher, was der Tag bringen würde. Sie war darauf trainiert worden, wachsam zu bleiben, nach Hinweisen zu suchen, sich mit bestimmten Personen anzufreunden, wenn es vorteilhaft erschien, aber alles war nur Unterricht gewesen. Theorien. Jetzt war sie hier, in einem aktiven Fall, und ihr Magen flatterte vor Nervosität.

Sie würde sich bei den Frauen um Arthur Wingate einschmeicheln. Bisher waren die prominentesten Lottie Wingate und ihre Nichte Delia.

Sie warf einen erneuten Blick auf Henry. Im Schlaf wirkte er weniger streng. Vielleicht lag es daran, dass seine tiefliegenden Augen geschlossen waren und sie nicht beobachten konnten mit … was? Sie hatte Verärgerung und sogar Verachtung gespürt, aber im ersten Moment beim Rufen seines Namens, als er gerade an ihr vorbeigehen wollte, als hätte er nicht gewusst, wer sie war, war da auch Überraschung gewesen. Er hatte es tatsächlich nicht gewusst, also war die

Überraschung verständlich, aber trotzdem … für den kürzesten Moment war da noch etwas anderes gewesen, eine Sorge, vielleicht sogar eine leichte Angst.

Was in aller Welt hatte Henry von ihr zu befürchten?

Sie musterte die Küche noch einmal und nahm an, eine gute Ehefrau würde ihrem Mann ein herzhaftes Frühstück zubereiten, besonders einem, von dem sie so lange getrennt gewesen war. Besonders einem, bei dem sie versuchte, ihre wacklige Ehe zu kitten.

Kate seufzte. Warum um alles in der Welt hatte sie Delia das erzählt? Aber sie wusste es. Es würde die Frau aus dem Konzept bringen und sie glauben lassen, sie hätte einen Vorteil. Es könnte Kate einen Weg in diesen inneren Kreis verschaffen, wer auch immer in diesem Kreis war. Kate war über einige der Männer, die mit Wingate bekannt waren, sowie deren Frauen unterrichtet worden, aber sie hatte keine Möglichkeit wirklich zu wissen, wie es um die Freundschaften und Beziehungen stand, bis sie Zeit mit diesen Frauen verbringen konnte. Und Delia war mit Anfang zwanzig näher an Kates Alter als Mrs. Wingate. Es wäre einfacher, sich mit Miss Wingate anzufreunden.

Sollte sie ihre Strategie mit Henry teilen? Er hatte ihr am Abend zuvor einen sehr kurzen Überblick gegeben. Sie hatte auf mehr gehofft, aber vielleicht war er müde gewesen. Ihr Bauchgefühl sagte ihr jedoch, dass sie sich ihrem „Ehemann" erst beweisen musste. Er hatte von Anfang an keinen Partner gewollt, obwohl er offen damit umgegangen war, dass er eine Frau hatte … irgendwo.

Ihr Gespräch mit Louise kam ihr wieder in den Sinn. Henrys Vater, Hugh Maguire, war 1891 bei einem Grubenunglück in Trinidad ums Leben gekommen. Es war damals von den Behörden als Unfall eingestuft worden, aber zufälligerweise war Hugh mit Arthur Wingate befreundet gewesen. Ihr Chef, Edgar Jones, hatte Louises Vorschlag übergangen, einen anderen Agenten mit diesem Auftrag zu betrauen, da Henry eindeutig einen Interessenskonflikt hatte, aber offenbar hatte Henry Jones davon überzeugt, er wäre der beste Mann für den Job, dass Wingate unmöglich von Henrys Verbindung zu Hugh wissen konnte und er unparteiisch bleiben konnte.

Also hatte Louise Kate, ohne dass Jones davon wusste, einen zweiten Auftrag gegeben. Kate sollte Henry nicht nur bei den Ermittlungen zu Wingates möglicher Geldfälschung und dem Versicherungsbetrug unterstützen, sondern auch Henry selbst beobachten und eingreifen, falls er emotional werden sollte.

Nachdem sie Henry kennengelernt hatte, glaubte Kate nicht, dass er sich jemals von seinen Gefühlen mitreißen lassen würde.

Aber es entging ihr nicht, dass der Grund, warum er sie vielleicht nicht hier haben wollte, die Geschichte zwischen Wingate und Henrys Vater war. Hatte Henry eine andere Agenda? Louise hatte so hoch von ihm und mit so offensichtlich warmer Zuneigung gesprochen, was auf eine starke Freundschaft hindeutete, dass Kate nicht glauben konnte, dass er etwas außerhalb der Zuständigkeit der Pinkertons tun könnte. Und Hughs Tod war ein Unfall gewesen, oder? Oder dachte Henry vielleicht anders?

Kate legte ihre Beobachtungen zu den Akten. Sie würde in den nächsten Wochen Augen und Ohren offen halten.

Sie dachte an Jebediah, den streunenden Hund, den ihre Mutter vor fünf Jahren gefunden hatte. Er war in einem schlechten Zustand gewesen, zu dünn mit sichtbaren Rippen, verfilztem schwarzem Fell und verkrusteten Ohren. Aber ihre Mama war entschlossen gewesen, ihn zu säubern, ihn zu füttern und ihm einen warmen Platz zum Schlafen in der Scheune zu geben. Kate liebte Tiere, aber sie schämte sich ein wenig zuzugeben, dass sie Jeb nicht mit offenen Armen empfangen hatte. Ihr Welpe Marley, den sie zwei Jahre zuvor auf dem Jahrmarkt von Denton erworben hatte, war mehr als genug für sie. Sie war sehr eng mit dem hellbraunen Hund verbunden, der nachts oft in ihrem Schlafzimmer schlief. Sie hatte nicht gewollt, dass irgendetwas diese Beziehung störte.

Aber am Ende der ersten Woche hatte ihre Ma verkündet, dass Kate sich um Jeb kümmern würde.

„Warum?", hatte Kate sich beschwert, vierzehn Jahre alt und ärgerlich darüber, herumkommandiert zu werden.

„Weil Jeb lernen muss zu vertrauen, und du musst dich in Geduld üben."

„Ich kümmere mich um Marley", hatte sie entgegnet.

„Und jetzt wirst du dich auch um Jeb kümmern." Die Stimme ihrer Mutter war leise und fest gewesen.

„Überlass das doch Josie oder Eli." Ihre jüngere Schwester hatte eine Vorliebe für Tiere, besonders für gebrochene, und ihr älterer Bruder war so ein Regeltreuer, dass er die Aufgabe erledigen würde, ob es ihm passte oder nicht.

„Er ist gebrochen, Katie. Ich weiß, dass du die beste Person für diese Aufgabe bist. Manchmal geschehen Dinge aus einem bestimmten Grund."

Kate war vor Wut verstummt. All ihre Freizeit, die sie nicht mit Schularbeiten, Hausarbeiten oder dem Spielen mit Marley verbrachte, würde nun von einem Tier beansprucht werden, das nicht einmal in ihrer Nähe sein wollte.

„Verbringe Zeit mit ihm", hatte ihre Mutter gesagt. „Gib ihm Freiraum. Vergib ihm, dass er nicht das ist, was du von ihm willst – ganz und glücklich. Du musst ihn nicht lieben. Aber Freundlichkeit und Respekt sind Eigenschaften, die man frei geben kann. Manchmal kommen Engel in Verkleidung."

„Du willst damit sagen, dieser Hund ist ein Engel?"

„Nein. Aber vielleicht bist *du* einer."

Kate hatte getan, was ihre Ma befohlen hatte, obwohl es nicht wirklich ein Befehl gewesen war. Molly Hart Ryan war keine strenge Mutter in dem Sinne, dass Regeln immer befolgt werden mussten, aber sie war eine Frau, die von ihren Kindern erwartete, dass sie Mitgefühl für die Kreaturen um sie herum zeigten. Ihre Mutter war als Kind von Comanchen gefangen genommen worden, wobei Kates Großeltern – Mollys Eltern – getötet worden waren. Kate wusste, dass ihre Mama tiefe Narben aus dieser Zeit trug, aber meistens sprach sie von Liebe und Vergebung. Davon, vorwärtszugehen. Davon, nicht nur seinen Platz in der Welt zu finden, sondern auch seine Spuren zu hinterlassen.

Und Kate wusste, dass ihre Mutter versuchte, ihr eine Lektion zu erteilen.

Jeb wurde schließlich, zusammen mit Marley, Kates ständiger Begleiter, und die drei erlebten viele Abenteuer. Der schwierigste Teil des Erwachsenwerdens und der Verfolgung ihrer Träume war gewesen, diese beiden entzückenden Mischlinge zurückzulassen, aber sie waren bei ihrer Ma und ihrem Pa in guten Händen. Ihr Pa ließ sogar *beide* Hunde in seinem Schlafzimmer schlafen, und ihre Ma zog ihn oft damit auf, dass er eine Schwäche für die beiden hatte.

Aber ihre Mutter hatte recht gehabt, was die Freundschaft mit Jeb anging. Es hatte Zeit gebraucht. Ein gewisser Abstand musste eingehalten werden. Kate beschloss, dass dies auch auf ihre Beziehung zu Henry angewendet werden konnte.

Sie musste sich beweisen, nicht nur der Agentur gegenüber, sondern auch gegenüber Henry, bevor er ihr als vollwertige Partnerin vertrauen würde.

Damit konnte sie leben. Es war Zeit, an die Arbeit zu gehen.

Sie würde Henry Frühstück machen.

Kapitel Vier

Henry erwachte beim Geruch von Speck und Kaffee. Er schwang seine Beine über die Bettkante, saß einen Moment lang da und fuhr sich mit einer Hand über das Gesicht. Es war nicht seine beste Nacht gewesen, und die Ursache dafür machte es sich gerade in der Küche gemütlich, doch er dachte bei sich, dass es vielleicht gar nicht so schlimm war, eine Partnerin zu haben.

Ohne Vorwarnung überkam ihn eine Welle von Heimweh.

Tante Lydia und Onkel Jim hatten ihn und seinen älteren Bruder aufgezogen, nachdem ihre Mutter bei Henrys Geburt gestorben war. Die Arbeit ihres Vaters hatte ihn zu sehr in Anspruch genommen, um seinen Söhnen ein normales Leben zu ermöglichen. An einem Morgen wie diesem hätte Tante Lydia in der Küche gesummt, während sie das Frühstück für drei stets hungrige Männer zubereitete.

Er schob die Sehnsucht nach einfacheren Zeiten beiseite, denn selbst jene einfachen Zeiten waren von Groll überschattet gewesen. Durch seine Arbeit für den Secret Service glänzte sein Vater oft mit Abwesenheit, und als Junge war Henry zu dem Schluss gekommen, dass sein Vater ihn und Ian nicht genug geliebt hatte, um in ihrer Nähe zu bleiben. Das alles hatte seinen Siedepunkt erreicht, als Henry sechzehn war, mit einem Streit, der Hugh davon abgehalten hatte, noch einmal zu Besuch zu kommen. Ein Jahr später war er gestorben.

Ian gab Henry immer noch die Schuld daran, ihren Vater vertrieben zu haben.

Die Reife hatte jedoch die Angewohnheit, Wut und Bitterkeit durch Trauer und Bedauern zu ersetzen. Deshalb war Henry endlich nach Trinidad gekommen. Er wollte Wiedergutmachung leisten. Er wollte seinen Vater zur letzten Ruhe betten und herausfinden, was bei seinem Tod wirklich passiert war. Henry hatte Ian, der jetzt U.S. Deputy Marshal war, nicht erzählt, dass er hier war, oder von der Karte, die er kürzlich in einer alten Zigarrenkiste entdeckt hatte, die Tante Lydia ihm überreicht hatte. Er und sein Bruder waren sich in den letzten acht Jahren über wenig einig gewesen, und Henry brauchte nicht noch mehr Kritik von ihm.

Das brachte ihn zurück zu seiner neuen Partnerin.

Als neue Agentin würde sie seinen Fokus auf den Tod seines Vaters wahrscheinlich tadeln und andeuten, dass dies ihren Auftrag gefährdete. Denn wenn sie auch nur ansatzweise so war, wie er bei seinem Eintritt bei den Pinkertons gewesen war – hungrig nach Gerechtigkeit und dem Wunsch, sich zu beweisen –, würde sie darauf bestehen, dass alles nach Vorschrift abgewickelt wurde.

Und wenn Henry in den letzten sieben Jahren als Agent eines gelernt hatte, dann, dass man Regeln manchmal zurechtbiegen musste.

Er hatte die feste Absicht gehabt, Louise so lange wie möglich fernzuhalten, und anscheinend hatte er mit ihrer unglücklichen Verletzung seinen Willen bekommen. Obwohl sie andere Agentinnen ausgebildet hatte, hatte sie ihm gegenüber nie etwas über Kate Ryan erwähnt. Sie hatte nie einen Hinweis darauf gegeben, dass sie eine aufstrebende Agentin hatte, die möglicherweise *sie* ersetzen könnte.

Verdammt, Ryan würde ihm nur im Weg sein.

Er stand auf. Seiner Hausgästin zuliebe hatte er in langer Unterwäsche geschlafen, aber es gelang ihm dennoch, sie zu erschrecken, als er den Essbereich betrat.

„Guten Morgen“, sagte sie und hielt bei seinem Anblick abrupt inne, eine Hand auf der Brust. Ihre rosigen Wangen und ihr strahlender Blick weckten jenes verdammte Interesse, dem er sich in der Nacht zuvor kurz hingegeben hatte, als er sie im Foyer der Wingates gesehen hatte, bevor er wusste, dass sie seine Partnerin werden sollte.

Er schob seine unpässliche Anziehungskraft ihr gegenüber beiseite und sagte: „Morgen. Entschuldige meinen Aufzug. Wir beide werden uns auf ein gewisses Maß an Vertrautheit einigen müssen.“ *Bis ich herausgefunden habe, wie ich dich zurückschicken kann.*

Sie straffte die Schultern und schenkte ihm ein strahlendes Lächeln. „Kein Problem. Ich habe einen älteren Bruder. Mich schockiert so schnell nichts.“

Er unterdrückte ein Grinsen. Normalerweise schlief er mit wenig Kleidung. Er wettete, das würde sie schockieren. Sollte er sich ungebührlich benehmen, in der Hoffnung, dass sie fliehen würde? Das war ein Gedanke, den er aber schnell wieder verwarf. Er schätzte seine Arbeit, und seine Tante und sein Onkel hatten ihn zu einem Gentleman erzogen. Und es war nicht Kate Ryans Schuld, dass Louise sie zu seinem Ärger kopfüber in Henrys Fall geschickt hatte. Es war auch nicht ihre Schuld, dass sie trotz ihrer Jugend eine attraktive Frau war, mit ihrer schlanken Figur, deren Kurven andeuteten, was unter ihrer praktischen elfenbeinfarbenen Bluse und dem braunen Rock liegen mochte. Kurven, die in der Nacht zuvor zur Schau gestellt worden waren.

„Ist es in Ordnung, wenn ich ins Schlafzimmer gehe, um

mich anzuziehen?“, fragte er und schalt sich innerlich dafür, dass seine Gedanken in solche Gefilde abschweiften.

„Natürlich“, antwortete sie. „Ich habe mir die Freiheit genommen, Frühstück zu machen. Es sollte fertig sein, bis du so weit bist.“

„Danke.“ Er hielt an der Tür inne und drehte sich um. „Du musst übrigens nicht für mich kochen.“

„Da wir beide essen müssen und ich technisch gesehen deine Frau bin, wäre es klug, wenn wir den Anschein eines normalen Ehepaares erwecken.“ Sie räusperte sich. „Deine Küche ist ordentlich und gut bestückt. Du hast es mir leicht gemacht.“

Er nickte. „Der Einfluss meiner Tante Lydia.“

„Ihr müsst euch nahestehen.“

„Das tun wir.“ Er ging ins Schlafzimmer und schloss die Tür. Kurze Zeit später saß er am Küchentisch und aß einen Teller mit Spiegeleiern, Bratkartoffeln und knusprigem Speck. Dazu gab es eine Tasse stark gebrühten Kaffee.

„Ich weiß nicht, was ich sagen soll“, sagte er und genoss die Mahlzeit. „Es kommt nicht oft vor, dass eine Frau für mich kocht.“

„Was ist mit deiner Mama?“, fragte Kate von der anderen Seite des Tisches. „Oder deiner Tante?“

„Nun, meine Mutter ist gestorben, als ich noch ein Säugling war.“

„Das tut mir leid.“

„Danke. Ich habe jedoch keine Erinnerung an sie. Meine Tante und mein Onkel haben mich großgezogen, aber ich habe sie schon seit einiger Zeit nicht mehr gesehen.“

Während sie aßen, war ihm bewusst, dass er der leitende Agent war und diese junge Frau nun unter seiner Aufsicht stand. Vielleicht musste er sie nicht ganz loswerden. Vielleicht würde es genügen, sie einfach *in die falsche Richtung zu lenken*. Selbst das nagte an seinem Gewissen. Er erinnerte sich gut an seine Anfänge bei der Agentur und wie sehr er sich beweisen wollte. Er konnte nur annehmen, dass Kate Ryan genauso war. Warum sonst sollte sie hier sein, wenn sie irgendwo mit einem Ehemann und einer Kinderschar um sich herum sein könnte?

Genervt von dieser Vorstellung sagte er: „Ich schätze, ich sollte dir vom Zeitplan für die Woche erzählen."

Sie wartete aufmerksam.

„Normalerweise gehe ich jeden Morgen zu den Wingates, um die Memoiren mit Arthur zu besprechen, und kehre dann nachmittags hierher zurück, um zu schreiben, obwohl ich manchmal auch im Haupthaus geblieben bin, um zu arbeiten. Es hilft, ein Auge auf das Kommen und Gehen von Arthurs Geschäftspartnern zu haben, aber ich darf nicht zu offensichtlich sein."

„Ich verstehe. Du schreibst das Buch also wirklich?"

Er nickte. „Arthur hat darauf bestanden, einige der Entwürfe zu sehen, also war ich dazu gezwungen."

„Möchtest du dabei Hilfe?"

„Bist du Schriftstellerin?"

„Meine Cousine Sophie möchte eine werden, also haben sie und ich, als wir jung waren, zusammen Geschichten geschrieben. Ich würde dir gerne etwas von deiner Zeit freischaufeln."

Henry überlegte. Um ehrlich zu sein, war es etwas mühsam, diese Entwürfe aus den Notizen, die er während der Gespräche mit Arthur machte, niederzuschreiben.

„Ich muss dich warnen, dass meine Handschrift nicht die leserlichste ist."

„Konntest du das Haus schon durchsuchen?", fragte sie.

„Nein. Ich war noch nicht allein, also gab es keine Gelegenheit."

„Vielleicht kann ich dich bei deinen Treffen mit Wingate begleiten?", fragte sie und hob eine Augenbraue.

Das war keine schlechte Idee, aber Henry wollte wirklich

nicht den ganzen Tag an Kate Ryan gebunden sein. Es gefiel ihm auch nicht, dass sie bei Arthur sein sollte. Er war besorgt, dass eine so junge Frau sich nicht gegen einen Mann wie Wingate behaupten könnte, der zweifellos sein Leben lang gelogen und andere manipuliert hatte, um seinen Willen zu bekommen. Und dann war da noch die Tatsache, dass seine Bürgerkriegsgeschichten nur so vor Blut und Gewalt strotzten.

Er war auch weniger geneigt, sie das Haus durchsuchen zu lassen als sich selbst. Sie würde es zweifellos verpfuschen.

„Wir werden sehen", antwortete Henry. „Heute ist Sonntag, also wird nicht gearbeitet, aber Arthur hat uns heute Abend zum Essen eingeladen."

„Um wie viel Uhr?"

„Mach dich gegen drei Uhr fertig."

Sie nickte. „Hast du irgendwelche Spuren bezüglich des Fälscherrings? Oder irgendeinen Beweis, der Wingate mit Versicherungsbetrug in Verbindung bringt?"

„Noch nicht. Die Wells-Fargo-Postkutsche, die die Gelder für Wingates Konto transportierte, wurde überfallen und das Geld gestohlen. Wingate hat die Versicherungssumme für die Gelder kassiert."

„Aber wurden bei dieser Lieferung nicht auch andere Gelder gestohlen?", fragte sie.

„Doch. Aber Jonesy hat ermittelt, und keine davon waren versichert."

„Jonesy?"

„Entschuldigung. Edgar."

„Ihr beide müsst Freunde sein."

Henry nickte. „Größtenteils." Er wollte nicht darauf herumreiten. Er wollte nicht, dass Ryan dachte, er bekäme eine Sonderbehandlung von Edgar, obwohl Jonesy im letzten Jahr einige Ausnahmen für Henry gemacht hatte.

„Also müssen wir Wingate irgendwie mit den Männern in Verbindung bringen, die das Geld gestohlen haben?"

„Genau“, sagte Henry. „Ich habe nach irgendeiner Art von Kommunikationssystem gesucht, bisher aber nichts gefunden.“

„Glaubst du, sie werden einen weiteren Postkutschenüberfall versuchen?“

„Alles ist möglich.“

„Aber so bald schon? Würde das nicht verdächtig wirken?“

„Ja“, antwortete Henry. „Aber ein Mann wie Wingate glaubt wahrscheinlich, dass er über dem Gesetz steht. Wir müssen wachsam bleiben.“

„Ich kann sowohl eine Freundschaft mit Mrs. Wingate als auch mit Delia Wingate anstreben. Und was ist mit der Nachbarin, Mrs. Beckett?“

Henry hielt inne. Kate Ryan war gut informiert. Er nahm an, das hatte er Louise zu verdanken.

„Es ist nicht klar, ob sie irgendwelche Informationen liefern kann oder ob sie vielleicht sogar involviert ist.“

„Sind sie und die Wingates nicht in einen Grenzstreit verwickelt?“

„Das sind sie.“

„Vielleicht sollte ich versuchen, mich auch mit ihr anzufreunden“, sagte sie.

„Das könnte sich als schwierig erweisen, da sie, wie ich annehme, die Wingates nicht mag, aber ja, lass uns das verfolgen.“

Es stellte sich heraus, dass Henry Ryan nicht in die falsche Richtung lenken musste – ihr Fokus auf die Frauen in diesem Fall sollte das für ihn erledigen.

Er hatte seine Mahlzeit beendet, also stand er auf und brachte seinen leeren Teller zum Spülbecken. Er holte auch Ryans Geschirr und begann, es zu spülen und abzutrocknen.

„Das musst du nicht tun“, sagte sie und stand neben ihm. „Ich kann aufräumen.“

„Schon in Ordnung.“ Er konzentrierte sich auf die

Aufgabe und mied ihre grünen Augen. „Wir können uns die Hausarbeit teilen. Das ist nur fair."

Sie brachte den Rest der Küche in Ordnung, während er den Abwasch beendete, eine Szene häuslichen Eheglücks. Es war gleichzeitig peinlich und beruhigend. Zeit, etwas Abstand zwischen sie zu bringen.

Er trocknete seine Hände mit einem Geschirrtuch ab, ging dann zur Tür und griff nach seinem Hut.

„Ich bin später wieder da", sagte er.

„Wohin gehst du?", fragte sie, eine leichte Sorgenfalte auf der Stirn. Mit in die Hüften gestemmten Händen ähnelte sie einer jungen Ehefrau, die ihren Mann dafür tadelte, dass er losstürmte, um Zeit ohne sie zu verbringen.

Sein Tag war bereits verplant, und Kate Ryan würde das nicht ändern.

„Ich muss in die Stadt und ein paar Dinge erledigen", sagte er. „Ich bin zurück, um dich zum Abendessen zu den Wingates zu begleiten."

„Soll ich nicht mitkommen?"

Er setzte den Hut auf seinen Kopf, schlüpfte in seine Jacke und wandte sich von ihr ab. „Nein." Sie anzusehen würde seine Entschlossenheit, Informationen zurückzuhalten, auf die Probe stellen. Aber es musste so sein. Er würde seine Pläne nicht ändern, nur weil sie aufgetaucht war.

„Ich möchte gerne nützlich sein." Der scharfe Ton in ihrer Stimme verriet ihre Verärgerung. „Kann ich irgendwelche deiner Notizen abschreiben?"

Er zögerte, konnte dann aber keine vernünftige Erklärung dafür finden, warum sie es nicht tun sollte, außer dass Henry vielleicht hoffte, dass Arthur Wingate in seinen Ausschweifungen irgendwo einen Fehler bezüglich seiner Verbindung zu Hugh Maguire machen würde. Kate Ryan würde für solche Dinge kein Gespür haben, also sollte es in Ordnung sein, sie seine Notizen ansehen zu lassen.

„Sicher."

Er ging zu seiner ledernen Aktentasche und nahm mehrere Blätter Papier heraus. „Hier ist das Neueste", sagte er und reichte es ihr. „Auf dem Schreibtisch gibt es leeres Papier, Feder und Tinte." Er deutete in die Ecke des Raumes, wo ein bescheidener Holzschreibtisch stand.

Sie nahm die Notizen und vertiefte sich sofort in das oberste Blatt, und ging, ohne aufzusehen, zum Schreibtisch hinüber.

Henry lief zur Tür hinaus, sattelte sein Pferd und ritt südwärts die Hauptstraße entlang, die nach Trinidad führte.

Er versuchte, das Gefühl abzuschütteln, dass er das Vertrauen seiner „Frau" missbrauchte.

Es ist nicht echt, erinnerte er sich.

Warum also schien es dann, als wäre der Teil seines Lebens, der sich immer unpassend angefühlt hatte, plötzlich eingerastet, wie ein fehlendes Puzzleteil?

Kate Ryans intelligenter Blick und ihr attraktives Äußeres kamen ihm in den Sinn.

Meine Frau.

Er schob die aufkeimende Gefühlsregung beiseite, ein unbenanntes Gefühl, das er sofort als unangebracht und absolut unprofessionell erkannte.

Er hatte einen Auftrag zu erledigen.

Eine schöne Partnerin würde daran nichts ändern.

Kapitel Fünf

Henry verbrachte den ersten Teil seiner Zeit in der Stadt mit etwas, das naheliegend schien – er kaufte ein Geschenk für seine frisch eingetroffene Braut. Er stöberte im Gemischtwarenladen und kaufte schließlich eine Auswahl an Lavendelseifen. Dann ging er zum Schmied, um sein Pferd neu beschlagen zu lassen.

Sobald er das Gebäude betrat, erstarrte ein älterer Mann, als er Henry erblickte.

„Ich brauche neue Hufeisen für mein Pferd“, sagte Henry. „Kann ich es hierlassen und in einer Stunde wiederkommen?“

Der Mann nickte und schien die Fassung wiederzuerlangen. „Ja. Das kann ich machen.“

Er erinnerte sich daran, was Kate über ihre Mitfahrgelegenheit zum Fest der Wingates gesagt hatte. „Ich glaube, Sie haben meine Frau gestern Abend zur Wingate-Ranch begleitet.“

„Sallie Holmes.“

„Ja.“

„Sie ist ein nettes Mädchen. Sie können sich glücklich

schätzen, sie zu haben." Der Blick des Mannes unter seinen buschigen grauen Brauen glänzte intensiv.

Sorge um Kate überkam Henry. Warum war der Schmied so auf Henrys „Frau" fixiert?

„Danke." Henry streckte seine Hand aus. „Ich bin Gilbert Holmes."

Der Mann schüttelte sie. „Francis O'Malley, aber die meisten nennen mich Dutch. Was machen Sie da draußen bei den Wingates?"

„Ich arbeite mit Mr. Wingate zusammen, um als Ghostwriter seine Memoiren zu schreiben."

„Ist das so?" Dutch schüttelte abfällig den Kopf. „Passen Sie auf. Da draußen gibt es wahrscheinlich eine Menge Geister, die Ihnen ein Bein stellen könnten."

„Kennen Sie ihn?", fragte Henry.

Dutch schüttelte den Kopf, nach Henrys Geschmack etwas zu schnell. „Nö. Ich habe nur Gerüchte in der Stadt gehört. Die Wingates lassen sich nicht gern in die Karten schauen, warum zum Teufel sollte er also ein Buch schreiben wollen?"

Henry musterte den raubeinigen Schmied. Obwohl Henry Dutchs bissige Einstellung teilte, konnte er dem Mann aus naheliegenden Gründen nicht offen zustimmen.

„Vielleicht möchte er seiner Familie ein Vermächtnis hinterlassen."

„Welche Familie? Er und Lottie haben keine Kinder."

Die Verwendung von Mrs. Wingates Vornamen kam Henry seltsam vor.

„Wie lange sind Sie schon in Trinidad?", fragte er.

„Nicht lange. Erst seit ein paar Monaten. Ich sollte mich jetzt besser um Ihr Pferd kümmern."

Es war offensichtlich, dass Dutch das Gespräch nicht fortsetzen wollte, und Henry musste in Betracht ziehen, dass Kate dem Mann vielleicht mehr Informationen entlocken könnte. Er würde sie anweisen, dieser Spur nachzugehen.

Henry verließ die Schmiede und machte sich auf den Weg zu einem Haus, das etwa drei Straßen entfernt lag. Unauffällig. Genau so, wie Henry es mochte. Es war sein Kontaktpunkt, den Jonesy vor Henrys Ankunft in der Stadt eingerichtet hatte, obwohl dies das erste Mal war, dass Henry hierherkam. In Wahrheit hatte er bis jetzt keinen Grund dafür gehabt. Bis seine „Frau“ angekommen war. Jonesy hatte es für besser gehalten, hier Nachrichten auszutauschen statt im Postamt, und da Jonesy sich gerade in Albuquerque aufhielt, würde sofort ein Kurier losgeschickt werden, sobald Henry seine Korrespondenz hinterlassen hatte.

Henry klopfte an die Tür und wurde von einer Haushälterin begrüßt.

„Ich bin hier, um Mr. Emmons zu sehen“, sagte er.

„Darf ich fragen, wer Sie sind?“, fragte die ältere Frau.

„Gilbert Holmes.“

„Bitte kommen Sie herein.“ Sie führte ihn in das schlicht eingerichtete Foyer und dann in einen Salon.

Ein kleiner, kahlköpfiger Mann mit Brille und Anzug erschien. „Mr. Holmes.“ Er lächelte und schüttelte Henry die Hand. „Es ist mir eine Freude, Sie kennenzulernen. Bitte nehmen Sie Platz. Ich lasse Gertrude Kaffee servieren.“

Die Haushälterin kam herein, stellte ein Tablett mit Tassen, Untertassen und einer Kaffeekanne ab und schenkte beiden eine Tasse ein, bevor sie sich zurückzog und die Tür hinter sich schloss.

Henry nahm einen Schluck und musterte dann den Mann, der ihm gegenübersaß. „Es tut mir leid, dass ich nicht früher gekommen bin.“

„Nun, ich hatte mich schon langsam gewundert. Aber Mr. Jones hat mich angewiesen zu warten, bis Sie Kontakt aufnehmen.“

Henry nickte. „Hätten Sie vielleicht Korrespondenz für mich?“

„Allerdings." Mr. Emmons griff in seine Jacke und zog zwei Briefe heraus. „Ich lasse sie nicht gern herumliegen. Gertrude weiß von all dem nichts, und ich möchte nicht, dass sie sie zufällig findet."

„Kann ich diese privat lesen und dann eine Antwort schreiben?"

„Kein Problem. Ich werde Gertrude sagen, dass Sie einen Vertrag prüfen und sie Sie nicht stören soll. Ich schaue in dreißig Minuten wieder nach Ihnen."

„Das wäre gut." Der Mann verließ den Raum.

Henry öffnete den ersten Brief. Wie erwartet war er von Jonesy.

Gilbert
Eine Amsel wird am 12. Mai eintreffen, um Ihre Sammlung zu erweitern.
Wie geht es mit dem Buch voran?
Smith House Publishing

Henry runzelte die Stirn. Das Datum war der Tag vor dem Fest, also musste es sich auf Louise beziehen, obwohl „Amsel" der Deckname für jede weibliche Agentin war. Er öffnete den zweiten.

Gilbert
Wir haben eine neue Amsel für Ihre Sammlung gefunden und werden sie in Kürze schicken. Freue mich darauf, von Ihren Fortschritten am Buch zu hören.
Smith House Publishing

Henry seufzte. Verdammt. Er konnte sich Jonesys Verärgerung darüber, dass Henry nicht geantwortet hatte, gut vorstellen. Henry ging zum Schreibtisch in der Ecke, auf dem

Papier, Feder und Tinte bereitlagen. Er setzte sich und verfasste eine Antwort.

Zu Händen Smith House Publishing:

Sehr geehrter Herr
Vogel sicher und wohlbehalten angekommen. Nicht meine übliche Art, aber ich sorge dafür, dass sie in meine Sammlung passt. Buch noch in der Entwurfsphase. Mehr dazu später.
Gilbert Holmes

Als Mr. Emmons zurückkehrte, gab Henry ihm den Brief und verabschiedete sich. Als er zum Schmied zurückkehrte, war sein Pferd neu beschlagen, aber von Dutch war nirgends eine Spur. Henry bezahlte bei einem Jungen, der sich um die Tiere kümmerte, und machte sich dann auf den Weg zu seinem letzten Ziel für diesen Tag.

HENRY LENKTE sein Pferd südlich aus der Stadt, als ob er zur Hütte zurückkehren würde, die er mit seiner neuen Partnerin teilte, aber als er zur ersten Weggabelung kam, die nach Nordwesten führte, bog er dort ab.

Er hatte ein weiteres Ziel – den verlassenen Minenschacht, in dem Hugh Maguire gestorben war. Es hatte ihn beschäftigt, ob er den Ort besuchen sollte. Es war, als hätte er seit seiner Ankunft in Trinidad seinen Bruder kanalisiert. *Es war ein Unfall. Lass es gut sein.* Doch die schwierigen Orte zu meiden, würde Henry nicht die Antworten bringen, für die er gekommen war.

In der Ferne füllte Fishers Peak mit der flachen Tafelberg-Silhouette seine Aussicht, und flauschige weiße Wolken betonten den blauen Himmel. Als sein Pferd die Hauptstraße verließ, ging das offene Gelände in einen Wald über, und obwohl Henry die Deckung gefiel, missfiel ihm der Gedanke, dass ihn jemand beobachten könnte.

Trotzdem tat er so, als wäre er nur für einen Sonntagnachmittagsritt unterwegs, um einen Teil von Wingates Grundstück zu erkunden. Bald ging es bergauf, und schließlich erreichte er die Überreste der Ellis-Mine, die nach Arthurs Vater benannt war. Henrys Recherchen hatten ergeben, dass sie in den späten 1880er-Jahren nur zeitweilig in Betrieb gewesen war und nach dem Tod von Hugh Maguire im Jahr 1891 vollständig stillgelegt worden war.

Er kam zu einem mit Brettern vernagelten Eingang, stieg ab und band sein Pferd an einer Anbindestange an, die noch immer stand. Henry ging so nah wie möglich an die verfallene Öffnung heran und hielt inne, in Gedanken bei seinem Vater.

Warum war Hugh in jener Nacht hierhergekommen? Im Polizeibericht stand, dass er etwas untersucht hatte und wahrscheinlich ausgerutscht und gestürzt war. Was hatte er untersucht? Die örtlichen Strafverfolgungsbehörden hatten die Sache nicht weiterverfolgt, und überraschenderweise hatte auch der Secret Service, für den Hugh gearbeitet hatte, nichts unternommen und es als tragischen Unfall zu den Akten gelegt.

Damals war Henry siebzehn und Ian neunzehn gewesen, und keiner von beiden hatte die Mittel gehabt, tiefer zu graben. Tante Lydia hatte die Sterbeurkunde ihres einzigen Bruders mit feuchten Augen und einer Trauer angenommen, die sie größtenteils für sich behalten hatte. Und Henry hatte sich von seinem Zorn auf seinen Vater nachts wärmen lassen, was seinen Drang befeuert hatte, aufzubegehren. Erst als er zu den Pinkertons gefunden hatte, war er in der Lage gewesen, seine Energie in etwas Sinnvolles zu kanalisieren.

Aber jetzt schnürte ihm die Trauer um das, was er verloren hatte, die Brust zu. Ian hatte Henry die Schuld daran gegeben, ihren Vater vergrault zu haben, und vielleicht hatte sein Bruder recht gehabt.

„Es tut mir leid wegen dieses Streits", flüsterte er vor sich hin.

Er würde es nie direkt bei seinem Vater wiedergutmachen können, aber zumindest konnte er herausfinden, was vor acht Jahren passiert war.

Sein Blick fiel nach unten auf Fußspuren im Erdreich. Er ging in die Hocke und untersuchte sie genauer. Sie waren frisch, vielleicht ein oder zwei Tage alt. Er richtete sich auf und folgte der Spur nach rechts, wo er zu einem weiteren Eingang kam, dieser jedoch hatte eine stabile Holztür mit einem Vorhängeschloss. Sicherlich nicht alt.

„Kann ich Ihnen helfen?"

Henry wirbelte beim Klang der Männerstimme herum. Er schien ungefähr in Henrys Alter zu sein, gut gekleidet, als wäre er kürzlich in der Kirche gewesen, sein braunes Haar zurückgekämmt.

„Ich habe nur einen Ausritt gemacht", sagte Henry. „Alte Minen faszinieren mich schon immer."

„Ich bin Walter Beckett." Der Mann setzte einen Bowlerhut auf und streckte Henry die Hand zum Gruß entgegen.

„Gilbert Holmes", erwiderte er und ergriff Walters Hand.

Er musste der Sohn von Clayton und Jean Beckett sein. Aus eigenen Recherchen wusste Hanry, dass Clayton, Arthur und Hugh vor dem Bürgerkrieg in Ohio Freunde gewesen waren.

Anerkennung leuchtete im Blick des Mannes auf. „Sie sind der Schriftsteller, den Arthur angeheuert hat."

„Der bin ich. Stehen Sie Mr. Wingate nahe?"

„Ich arbeite für ihn."

Das war neu für Henry.

„Waren Arthur und Ihr Vater nicht Freunde?“, fragte Henry.

Walter nickte.

„Aber ich habe gehört, dass Ihre Familie und die Wingates einen Grenzstreit haben“, fügte Henry hinzu.

„Das wäre dann meine Mutter. Ich mache mir Sorgen, dass sie auf ihre alten Tage senil wird. Sie ist nicht mehr dieselbe, seit mein Vater vor vier Jahren gestorben ist.“

„Was hält sie davon, dass Sie für Arthur arbeiten?“

Walter zuckte mit den Schultern. „Es gefällt ihr nicht, aber ich bin kein Kind mehr. Ich kann tun, was ich will.“

„Ich dachte, diese Mine wäre stillgelegt. Ich habe gelesen, dass hier vor acht Jahren ein schrecklicher Unfall passiert ist.“

Walters freundlicher Gesichtsausdruck verschwand. „Trotzdem ist das immer noch Wingate-Grundstück. Arthur lagert hier Ausrüstung.“

„Was für Ausrüstung?“

„Für die Minen. Solches Zeug. Es ist einfacher, es hier draußen aufzubewahren als in seinem Lagerhaus in der Stadt.“

Henry hatte nichts von einem Lagerhaus gewusst. Dem würde er nachgehen müssen.

„Darf ich einen Blick hineinwerfen?“, fragte Henry und versuchte, seine Miene unschuldig und neugierig zu halten.

„Tut mir leid. Dazu bräuchten Sie die Erlaubnis von Mr. Wingate.“

Aha. Walter Beckett verbarg etwas.

„Sie haben also eine Frau?“, fragte Walter.

„Ja“, antwortete Henry.

„Und sie ist letzte Nacht aufgetaucht?“ Walter trug ein sanftes Lächeln. „Delia muss das gehasst haben.“

„Weshalb meinen Sie?“

„Es wird gemunkelt, dass sie hinter Ihnen her war.“

„Das fördere ich keineswegs“, erwiderte er. Das war nur eine kleine Lüge. Delias Interesse an Henry war von Anfang an offensichtlich gewesen, aber er hatte wenig getan, um es zu unterbinden, in der Hoffnung, sie könnte nützliche Informationen für den Fall ausplaudern.

„Das spielt bei ihr normalerweise keine Rolle. Passen Sie einfach auf."

„Warum sagen Sie das?"

„Ich war mal mit ihr verlobt."

Kapitel Sechs

Am späten Vormittag hatte sich Kate durch Henrys Notizen gearbeitet und eine neue Version geschrieben, die verwirrende Passagen klarer formulierte. Natürlich würde Henry sie Korrektur lesen müssen, da sie vielleicht einige Fehler gemacht hatte, aber insgesamt war Kate stolz auf ihre Arbeit und fühlte sich ziemlich erfolgreich.

Sie überlegte, eine Liste mit Verdächtigen zu erstellen, entschied sich dann aber dagegen. Ein solches Dokument könnte von jemandem gefunden werden, also war es besser, wenn sie diese Informationen im Kopf behielt. Außerdem hatte sie, ehrlich gesagt, nicht viele, nur die paar Leute, die sie am Vorabend auf der Party getroffen hatte.

Sie dachte wieder darüber nach, dass sie Henry hätte folgen sollen, als er an diesem Morgen gegangen war, um seine Wege zu dokumentieren, aber ihr Gewissen hatte sie davon abgehalten. Um ehrlich zu sein, fühlte sie sich mit dem zusätzlichen Auftrag, den Louise ihr gegeben hatte, nicht ganz wohl. Was, wenn Henry Kate dabei erwischte, wie sie seine Handlungen während des Auftrags infrage stellte? Wie würde sie sich erklären? Jeder Fortschritt, den sie als seine Partnerin gemacht hatte, wäre verloren.

So vieles war im Reich der Theorie geblieben, als Louise sie zur Agentin ausgebildet hatte, und das hatte sich fortgesetzt, selbst als Kate plötzlich hinzugezogen worden war, um Louise an Henrys Seite zu ersetzen. Aber jetzt, wo sie hier war, fühlte es sich … anders an. Henry war ein Mann aus Fleisch und Blut, der den Auftrag, den er erhalten hatte, eindeutig im Griff hatte. Welches Recht hatte Kate, seine Handlungen infrage zu stellen? Seine möglichen Motive? In Wahrheit hatte sie viel von ihm zu lernen.

Und es gab keine Zweifel daran, dass sie bei Henry Maguire gut angeschrieben sein wollte.

Um sich die Zeit bis zu seiner Rückkehr zu vertreiben, machte sie sich eine Tasse Tee und setzte sich mit einem Exemplar von *Die Zeitmaschine* von H.G. Wells auf das Sofa. Sie und ihre Cousine Sophie hatten eine große Liebe zum Lesen und tauschten oft Bücher aus, und es war Sophie gewesen, die ihr dieses empfohlen hatte. Kate fragte sich, wie es wäre, eine Zeitreisende zu sein. Es könnte ihre Karriere als Pinkerton-Agentin erleichtern, denn sie könnte in die Zukunft springen, den Täter herausfinden, dann zurückkehren und alle mit ihren deduktiven Fähigkeiten beeindrucken.

Oder vielleicht könnte sie einfach etwas Nettes tun, wie in der Zeit zurückreisen und Henrys inzwischen verstorbenen Vater kennenlernen.

Als sich eine Pferdekutsche dem Haus näherte, ging Kate zum Fenster. Doch als ihr Blick auf die Passagierin fiel, mit lockigem Haar unter einer Sonnenhaube, duckte sie sich, während ihr Herz raste.

Mrs. Marsh!

Sie wollte ihre Tarnung jetzt nicht auffliegen lassen, nicht, wo sie gerade erst angefangen hatte. Und damit würde zwangsläufig auch Henrys Deckname auffliegen. Das durfte Kate nicht zulassen.

Sie krabbelte auf Händen und Knien zum Schlafzimmer, wobei der Rock und der einzelne Unterrock darunter ihr die ganze Strecke über zu schaffen machten. Schließlich war sie gezwungen, ihn um ihre Taille zu raffen. Im Schlafzimmer angekommen, schloss sie vorsichtig und leise die Tür. Schritte auf der Veranda hallten zu ihr herüber.

Ihr Blick fiel auf das Fenster. Ließ es sich öffnen? Sie stand auf und ging auf Zehenspitzen dorthin. Der Riegel war schwergängig, aber mit einiger Anstrengung drückte sie ihn auf. Es war eine schmale Öffnung und der Sprung zum Boden war ein bisschen tief.

Auf ein Klopfen an der Haustür folgte Mrs. Marshs Stimme, die nach … jemandem rief. War es nach Henry? Oder war die Frau gekommen, um „Sallie“ zu begrüßen? Kate konnte es nicht mit Sicherheit sagen, aber es spielte keine Rolle. Sie durfte nicht zulassen, dass Mrs. Marsh ihr Gesicht sah. Sie hievte sich auf die Fensterbank und zwängte ihr Bein durch die Öffnung, aber ihr Kleid verhakte sich und hielt sie auf. Sie steckte fest, halb drinnen und halb draußen. Während sie sich abmühte, sich zu befreien, stieß sie grunzend Laute aus, als plötzlich der Stoff riss und sie durch die Öffnung schoss. Sie wäre mit dem Gesicht voran im Dreck gelandet, wenn sie sich nicht mit der linken Hand am Fensterbrett festgehalten hätte. Sie ließ los und landete mit einem dumpfen Geräusch auf dem Boden.

Ein Schmerz schoss durch ihr Handgelenk, ihre Handfläche blutete nun von einem Schnitt, und sie unterdrückte ein Stöhnen. Bei genauerem Hinsehen zeigte sich, dass sich ein riesiger Splitter vom hölzernen Fensterbrett in ihre Handkante gebohrt hatte.

Kate verzog das Gesicht.

„Ist alles in Ordnung?“

Kate stand auf, wirbelte herum, und stand direkt einem jungen Mädchen gegenüber, das ein leicht schmutziges, zitronengelbes Kleid trug. Ihr braunes Haar war zerzaust, als hätten die Bäume nach diesem Wildfang gegriffen, während sie durch den Wald streifte.

„Wo kommst du denn her?“, fragte Kate und achtete darauf, ihre Stimme leise zu halten. Sie schätzte das Mädchen auf etwa zehn Jahre.

Das Kind zeigte auf eine Stelle in den Hügeln hinter dem Haus. „Ich wohne da hinten bei meiner Oma. Du blutest. Sollen wir in dieses Haus gehen und dich verarzten?“

„Nein. Mir geht es gut. Wirklich.“

„Wohnst du hier?“

Kate beschloss, mit der Wahrheit herauszurücken. „Ja, aber da ist eine Frau an der Haustür, mit der ich lieber nicht sprechen möchte.“

„Oh. Ich kann helfen. Komm mit.“ Das Mädchen drehte sich um und winkte Kate, ihr zu folgen.

Bald waren sie von den hohen Kiefern verschluckt, und Kates Herzschlag beruhigte sich zu einem gleichmäßigen Rhythmus. Ein Blick über ihre Schulter zeigte ihr, dass Mrs. Marsh sie nicht würde sehen können, selbst wenn sie sich entschließen sollte, die Rückseite des Hauses zu inspizieren – was Kate für zweifelhaft hielt.

Sie untersuchte erneut ihre Hand. Der Schmerz hatte zugenommen, und das Blut floss weiter.

Kate ging schnell, um mit den flinken Füßen des jungen Mädchens Schritt zu halten. „Wie heißt du?“

„Du kannst Nell zu mir sagen.“ Kaffeebraune, schlaffe Locken hüpften auf und ab, während sie ging.

„Heißt du nicht Nell?“

„Nee, das ist mein Spitzname, und der gefällt mir besser.“

„Wie ist dein voller Name?“

Das Mädchen rümpfte die Nase. „Penelope. Aber ich mag

es nicht, Penny genannt zu werden. So nennt mich mein Bruder. Ich mag Nell. Das klingt erwachsener."

„Ich bin Ka–Sallie."

„Hallo, Kasallie."

Kate lachte. „Nein, nur Sallie. Ich bin ein bisschen wie du. Ich habe einen Namen, aber ein anderer ist mir lieber." Kate blickte über den Weg, dem sie folgten. „Wohin gehen wir?"

„Ich bringe dich zu Oma. Sie wird deine Hand verarzten."

Das überraschte Kate. Sie waren in Gehweite eines anderen Anwesens? Das stand in keinem ihrer Briefings.

Es stellte sich als ein ordentlicher Fußmarsch zu Nells Großmutter heraus. Sie stiegen nicht nur einen, sondern zwei Hügel hinauf. Als sie den zweiten hinabstiegen, tat sich ein Tal vor ihnen auf, zusammen mit einem kleinen Gehöft.

„Es ist wunderschön hier", sagte Kate. „Wem gehört dieses Land?"

„Wingate."

„Wie lange lebt deine Großmutter schon hier?"

Nell zuckte mit den Schultern. „Ihr ganzes Leben, schätze ich. Zumindest das Leben, das sie mit Großvater hatte. Aber ich habe ihn nicht gekannt. Er ist in dem Jahr gestorben, in dem ich geboren wurde. Ich bin manchmal zu Besuch hier. Im Moment bin nur ich da und mein Bruder nicht. Der ist mit Mama und Papa in der Stadt. Ich streife lieber auf dem Land umher als auf gepflasterten Straßen mit zu vielen Leuten. Hier kann ich atmen."

„Ich weiß, was du meinst." Kate dachte an die Rocking Wren, die Ranch, auf der sie mit ihrem älteren Bruder und ihrer jüngeren Schwester aufgewachsen war, und eine große Schar von Cousins und Cousinen lebten nur einen Steinwurf entfernt. „Wie heißt dein Bruder?"

„Howard."

„Ist er älter?"

Nell nickte. „Er ist dreizehn. Ich bin neun."

„Ich habe auch einen älteren Bruder“, sagte Kate. „Er heißt Eli. Er kann unausstehlich sein, aber wir verstehen uns besser, jetzt wo wir älter sind.“ Sorge überkam Kate. Vielleicht sollte sie nicht über ihren echten Bruder sprechen. Vielleicht sollte sie ihre ganze Familie erfinden. Diese verdeckte Ermittlung erwies sich als eine Herausforderung.

Nell stieß einen schweren Seufzer aus. „Dann freue ich mich auf die Zukunft, wenn ich ihn lieber mag.“

Sie kamen zu einem niedrigen Zaun und traten durch ein verriegeltes Tor. Eine ältere Frau saß strickend auf der Veranda.

„Oma!“ Nell winkte ihr zu. „Das ist Sallie, und sie hat sich an der Hand verletzt.“

Die Oma stand auf und offenbarte eine stattliche Figur. Sie trat vor und nahm Kates Hand. „Es ist mir eine Freude, Sie kennenzulernen, Sallie.“

Ihr Lächeln war ansteckend, und Kate widerstand dem Drang, die vollen Wangen der Frau zu kneifen, wie man es bei einem Kind tun würde. Das schwarze Haar der Oma war von weißen Strähnen durchzogen und zu einem einzigen Zopf zurückgebunden, und sie erinnerte Kate an die Comanchen-Schwester ihrer Mutter, Running Water. Sieben Jahre zuvor hatte Kates Mutter, Molly, Running Water gefunden, als die Familie auf einem Jahrmarkt in Denton, Texas, war, und seitdem hatten sie ihre Beziehung wiederaufleben lassen.

War die Oma comanischer Abstammung? Und was tat sie hier auf dem Land der Wingates?

„Da ist ein tiefer Splitter“, sagte Kate.

Die Oma nickte. „Kommen Sie rein. Ich helfe Ihnen.“

Kate folgte Nell und der älteren Frau durch eine Fliegengittertür in eine rustikale Küche, in der Kräutertöpfe ein tiefes Regal unter einem Fenster säumten. Auf einer Arbeitsplatte lag eine Fülle von frisch geernteten Karotten, Rüben und Kartoffeln. Die Küche roch nach Erde und

Zitronen und Leben, was Kates Brust vor Heimweh anschwellen ließ.

Die Zeit, die sie mit ihrer Mutter und ihrer jüngeren Schwester Josie beim Kochen in der Küche auf der Rocking Wren verbracht hatte, erfüllte sie mit Erinnerungen an Harmonie und fröhliches Gelächter. Und sie liebte es immer, auf der Ranch ihrer Großeltern zu sein, der SR, benannt nach Susanna Ryan, ihrer Großmutter. Das viel größere Haus war immer voller Familienmitglieder, da Kates Onkel Logan und ihre Tante Claire in der Nähe wohnten, ebenso wie Onkel Nathan und Tante Em und Onkel Cale und Tante Tess. Und Kates viele Cousins und Cousinen waren immer da. Sie war nie einsam gewesen.

Die Oma bedeutete Kate, sich zu setzen, und holte dann eine Schüssel, Handtücher, eine Pinzette und eine Flasche Antiseptikum. Sie machte sich an die Arbeit, nahm Kates Hand und wischte das Blut vorsichtig mit einem nassen Handtuch ab, dann goss sie die Karbolsäure darüber und ließ die Schüssel den Überschuss auffangen.

Kate stöhnte, als ihre Hand brannte. Dann konzentrierte sich die Oma mehrere Minuten lang auf den Splitter. Kate kämpfte darum, ihre Fassung zu bewahren, während die Pinzette ihre Arbeit tat und sie den Schmerz und das Unbehagen ertrug.

Schließlich lehnte sich die Oma zurück. Sie goss mehr Karbolsäure darüber und bandagierte dann Kates Hand mit einem Verband, den sie mit einem Knoten festzog.

„Das wird schon wieder", sagte sie mit gütigen Augen und einem Lächeln, das auf Schalk hindeutete.

„Ich kann Ihnen gar nicht genug danken", sagte Kate.

„Gern geschehen. Und jetzt lernen wir uns kennen. Setzen Sie sich mit Nell auf die Veranda, ich bringe Verpflegung."

Kate folgte Nell zur Vorderseite des Hauses und bemerkte die Kunstwerke, die im Flur hingen. Sie zeigten Außenszenen von Indianern in verschiedenen Umgebungen. Kate war sich sicher, dass es Comanchen waren, und der Stil kam ihr bekannt vor, aber sie ging weiter zur Veranda und nahm auf einem Holzstuhl Platz. Die Oma brachte ein Tablett mit einem Krug Limonade, drei Gläsern und dicken Melassekeksen. Kate schlang die süße Flüssigkeit hinunter und aß zwei Kekse, bevor sie wieder zu Atem kam.

„Das tut gut, nicht wahr?", kicherte die Oma.

„In der Tat. Alles ist köstlich."

„Sallie wohnt in der Purcell-Hütte", sagte Nell.

Die Oma hob eine Augenbraue. „Ist das so?"

Kate nickte und griff nach einem weiteren Keks. Sie war schon immer eine Naschkatze gewesen. „Warum heißt sie Purcell-Hütte?", fragte sie.

„Vor etwa acht Jahren hat ein Mann namens Charlie Purcell dort gewohnt", sagte die Oma. „Sie gehört den Wingates, wie Sie sicher wissen, und er hat für sie gearbeitet. Aber eines Tages ist er verschwunden."

„Man sagt, er hat Arthur Wingate ein Vermögen gestohlen", warf Nell ein.

„Das ist furchtbar", erwiderte Kate und fragte sich, warum nichts davon in ihrem Briefing gestanden hatte, aber sie nahm an, die Nachricht war zu alt. Es hatte nicht wirklich einen Bezug zum aktuellen Fall.

„Und Lottie Wingate hat ihn wahrscheinlich verflucht", fügte Nell hinzu.

Die Oma brachte sie zum Schweigen.

„Ich habe von ihren Séancen gehört", fuhr Nell fort, ihre Augen weit aufgerissen und ihr Kinn trotzig vorgeschoben. „Sie beschwört Dämonen und hetzt sie auf die Leute."

Die Oma warf ihrer Enkelin einen amüsierten Blick zu. „Das glaube ich kaum. Und vielleicht hat Charlie Purcell tatsächlich etwas gestohlen, aber man hat nie wieder etwas von ihm gehört, also werden wir es wohl nie erfahren."

Nell wandte sich an Kate. „Hast du irgendwelche Dämonen in deiner Hütte gesehen?“

„Nein.“ Kate fügte zur Beruhigung ein Lächeln hinzu.

„Aber deine Hand.“ Nells Gesicht spannte sich an, als ihr dämmerte, dass Kates Verletzung einem übernatürlichen Wesen geschuldet sein konnte.

„Das war nur ich, die albern war. Da war eine Frau an der Tür, mit der ich nicht sprechen wollte, also habe ich stattdessen eine überstürzte Flucht durch ein hinteres Fenster unternommen.“

„War sie ein Dämon?“, flüsterte Nell.

Kate lachte. „Nein. Nichts dergleichen.“

„Warum hast du dann versucht wegzukommen?“

Kates Gedächtnis setzte aus. Warum eigentlich? „Sie … nun ja, sie wollte, dass mein Mann ein Buch für sie schreibt, so wie er eines für Mr. Wingate schreibt. Sie ist sehr weitschweifig. Ich war einfach nicht in der Stimmung für ein Gespräch mit ihr.“

„Ich habe gehört, dass ein gutaussehender Junggeselle in der Hütte wohnt“, sagte die Oma.

„Oh?“ Kate räusperte sich, unsicher, ob sie das auf Henry bezog oder nicht.

„Delia Wingate hat es mir erzählt“, fügte die Oma hinzu.

Kein Irrtum also. Delia hatte über Henrys Familienstand gelogen. Der Gedanke wurmte Kate. „Kein Junggeselle“, stellte sie klar. „Das ist mein Mann, Gilbert.“

Erkenntnis breitete sich auf dem Gesicht der Oma aus. Kate konnte nicht genau sagen, warum, aber sie war sich sicher, dass die Oma Delia nicht mochte. Oder vielleicht waren es einfach die Wingates im Allgemeinen.

„Dann bin ich froh, dass Sie hier sind“, sagte die Oma. „Wir können ein weiteres Gesicht in der Nachbarschaft gut gebrauchen. Wie lange werden Sie bleiben?“

Kate zuckte mit den Schultern. „Ich bin nicht sicher. Zumindest, bis Gilberts Geschäft abgeschlossen ist."

„Das Buch?"

„Ja. Er schreibt als Ghostwriter die Memoiren für Arthur Wingate."

Die Oma sah aufrichtig schockiert aus, dann schnaubte sie verächtlich. „Arthur versucht, die Geschichte umzuschreiben? Das sieht ihm ähnlich. Wie klug ist Ihr Ehemann denn?"

Kate hatte Henry gerade erst kennengelernt, also hatte sie in Wahrheit keine Ahnung, aber etwas sagte ihr, dass sein Verstand scharf war und sein Auge ebenso.

„Ich glaube, er ist ziemlich klug." Sie klang wie eine verliebte Ehefrau. Gut. Nur dass sie es nicht spielte.

„Sagen Sie ihm, er soll auf sich aufpassen. Er wird von diesen Leuten sicher eine Menge Blödsinn aufgetischt bekommen." Die Oma schenkte mehr Limonade in Kates Glas und bedeutete ihr zu trinken.

Kate tat dies mit Vergnügen und folgerte: „Ich nehme an, Sie mögen die Wingates nicht."

„Nur einige von ihnen."

„Gibt es dafür einen Grund?"

„Sagen wir einfach, die Schlangen in dieser Gegend sind nicht immer im Wald."

„Ich fürchte, ich habe Ihren Namen nicht mitbekommen."

„Sie können mich Minnie nennen."

Kate wartete und spürte, dass sie noch nicht fertig war.

„Minnie Wingate."

Kapitel Sieben

Henry saß mit Kate an seiner Seite im prachtvollen Speisesaal, während die Dienerschaft der Wingates das Abendessen servierte – saftigen Rinderbraten, in Butter schwimmenden Rosenkohl und warme Brötchen. Henry wollte es nicht genießen, aber der Reichtum der Wingates hatte doch einige Vorteile.

Henry warf einen Blick auf seine Frau und fragte sich, ob sie so gut kochen konnte. Wenn ihr Frühstück von heute Morgen ein Anzeichen dafür war, dann vermutete er, dass die Antwort Ja lautete. Aus irgendeinem Grund munterte ihn der Gedanke auf, was gut war, da seine Treffen mit Wingate ihn anschliessend oft in eine düstere Stimmung versetzten. Es ließ sich nicht leugnen, dass der Mann Charisma besaß. Henry war nicht immun dagegen, und es hinterließ ein zwiespältiges Gefühl in seiner Magengegend. Er erinnerte sich einmal mehr daran, dass Arthur Wingates Reichtum ohne Zweifel unrechtmäßig erworben war und es sehr wahrscheinlich war, dass er den frühen Tod von Henrys Vater verursacht hatte.

Arthur und Lottie saßen an den beiden Enden des reich verzierten Esstisches, mit Henry zu Arthurs Rechten, Kate neben ihm und Delia neben ihr. Ihnen gegenüber saßen zwei Herren: William Phelps, der Direktor der First National Bank, der am Abend zuvor auf der Feier gewesen war – was seine Anwesenheit an diesem Abend noch verdächtiger machte. War er in den Versicherungsbetrug verwickelt? Der jüngere Mann war Ralph Moller, ein Kunsthändler. Anscheinend kaufte und verkaufte Lottie gern Gemälde.

Die Ehefrauen beider Männer waren anwesend. Mrs. Phelps war deutlich jünger als ihr Mann, und obwohl das gewiss kein Verbrechen war, erschien Henry die Paarung doch ungewöhnlich. Und Mrs. Moller versuchte, obwohl sie recht sympathisch war, viel zu sehr, im Mittelpunkt des Gesprächs zu stehen. Sie hatte Henry gerade darüber ausgefragt, wie es war, ein Schriftsteller zu sein, wie es mit Wingates Memoiren voranging und was für wilde Geschichten darin vorkommen würden.

Henry entging das Funkeln in Arthurs Blick nicht, als dieser die junge Mrs. Phelps ansah. Wie kam Arthur mit seiner Frauengeschichte durch, besonders wenn er der Frau eines Geschäftspartners nachstellte? Das musste doch sein Verhältnis zum Ehemann beeinträchtigen.

Charisma hin oder her, Arthur Wingate wurde auf seine alten Tage schlampig. Und Henry würde das ausnutzen.

Henry riskierte einen Blick auf Kate neben sich. Ihr Blick war auf Wingate und sein lüsternes Starren auf Mrs. Phelps gerichtet. „Ich habe heute Minnie Wingate getroffen“, platzte sie plötzlich heraus.

Am Tisch wurde es still.

Henry drehte sich ganz zu seiner „Frau“ um, und anstelle eines Funkelns in seinem Blick warf er ihr einen leicht vorwurfsvollen Blick zu.

Sie schenkte ihm ein kleines Lächeln, und Henry wusste, dass sie die Unterbrechung absichtlich herbeigeführt hatte. Beschützte sie Mrs. Phelps?

Kate richtete ihre Aufmerksamkeit auf Arthur. „Ist sie mit Ihnen verwandt?“

Henry griff unter den Tisch und versuchte, Kates Hand zu ergreifen, doch dann fiel ihm verspätet ein, dass ihre verletzte Hand neben ihrem Teller lag. Seine Finger fanden stattdessen ihr Bein, das er leicht drückte, woraufhin eine Röte auf ihren Wangen aufblühte. Er wusste, dass es zu forsch von ihm war, und die Intimität entfachte eine unerwartete Hitze in seinem Solarplexus, aber er hoffte, sie würde den Hinweis verstehen und aufhören, über die Wingate-Frau zu sprechen.

Arthur räusperte sich. „Ja. Sie ist meine Stiefmutter.“

„Sie war so reizend zu mir. Sie hat mir bei einem Kratzer an meiner Hand geholfen.“ Kate deutete auf den Verband an ihrer linken Hand.

Als sie am frühen Nachmittag mit ihrer verbundenen Hand nach Hause zurückgekehrt war, hatte sie Henry von der Begegnung mit der Frau erzählt, und er hatte ihr gesagt, sie solle Abstand halten. Als er sie weiter nach der Verletzung gefragt hatte, hatte Kate gesagt, sie sei beim Spazierengehen gestolpert und dann Nell begegnet. Sie waren näher am Haus der Wingate-Frau gewesen als an ihrer eigenen Hütte, und so hatte Nell sie dorthin gebracht. Henry spürte, dass mehr hinter der Geschichte steckte, hatte es aber auf sich beruhen lassen. Er hatte versäumt, Kate zu sagen, sie solle es nicht zur Sprache bringen, daher der Druck auf ihr Bein, der seine Gedanken in eine andere Richtung lenkte, eine irritierende Ablenkung, die angenehmer war, als er zugeben wollte.

„Es freut mich, dass sie hilfreich war“, sagte Arthur. „Wir stehen uns nicht sehr nahe. Tatsächlich würde ich Ihnen raten, sich von ihr fernzuhalten. Sie ist schon seit einiger Zeit nicht mehr ganz bei Sinnen.“

„Oh, das tut mir leid zu hören. Mir schien sie vollkommen bei klarem Verstand zu sein.“

„Sie hat ihre lichten Momente.“

„Vielleicht sollte Nell dann nicht bei ihr wohnen“, sagte Kate. „Gibt es einen Grund, warum das Mädchen nicht hier lebt?“

Henry drückte erneut Kates Bein und erntete dafür einen kurzen finsteren Blick von seiner Frau, aber sie fing sich schnell wieder.

„Entschuldigen Sie bitte“, verbesserte sie sich. „Das geht mich nichts an.“ Sie nahm einen Schluck Wasser aus ihrem Kristallkelch.

„Sallie“, sagte Lottie von ihrem Ende des Tisches, „wir würden uns freuen, wenn Sie unserer Damengruppe beitreten. Wir treffen uns dienstags um sechs Uhr genau hier.“

Kate lächelte und willigte ein. „Das klingt reizend. Vielen Dank.“

„Dann ist es beschlossen.“

Der Rest des Abendessens verlief ohne weitere Ärgernisse, sehr zu Henrys Zufriedenheit, aber obwohl er Kate Ryan überhaupt nicht gut kannte, konnte er sich des Gefühls nicht erwehren, dass sie weit von der schüchternen und sanftmütigen Ehefrau entfernt war, zu der sie sich für den Rest des Essens gezwungen hatte.

Nach dem Essen zogen sich die Männer in die Bibliothek zurück, während die Frauen in den Salon gingen. Henry lächelte und gab Kate einen Kuss auf die Wange. Es war unnötig, und er war sich nicht ganz sicher, warum er das getan hatte, aber er verspürte das Bedürfnis, einen privaten Moment mit ihr zu teilen. Um ihr vielleicht zu zeigen, dass er trotz ihrer früheren Fragerei nicht böse auf sie war.

Als er sich von ihr zurückzog, sprachen ihre leicht hochgezogenen Augenbrauen Bände. Sie war von seinem Verhalten nicht begeistert.

„Verzeihung, Liebling“, murmelte er, wohl wissend, dass andere sie noch hören könnten. „Ich wollte dich nur wissen lassen, wie glücklich ich bin, dass du hier bist.“

„Bist du das?"

Er hielt ihren Blick fest. „Natürlich."

Zwiespältigkeit flackerte in ihren Augen. „Versuch, nicht zu viel Brandy zu trinken, mein Lieber."

Er kniff die Augen zusammen, nahm die Neckerei an und gab sie zurück. „Ich vermute, du könntest die Kutsche nach Hause fahren, wenn ich zu tief ins Glas geschaut habe."

Sie beugte sich nah zu ihm und er nahm ihren blumigen Duft wahr. „Das vermutest du richtig." Sie drehte sich um und ging weg, ihre Hüften schwangen unter ihrem lavendelfarbenen Kleid.

Er zwang seine Gesichtszüge zur Neutralität, obwohl er nicht sicher war, warum. Es war ihm erlaubt, seine Frau anzusehen. Es war ihm erlaubt, einen Hauch von Begierde durchscheinen zu lassen.

Er betrat die Bibliothek mit Arthur, Mr. Phelps und Mr. Moller, nahm den Brandy, den der Diener anbot, sowie eine Zigarre und ließ sich in einen bequemen Sessel fallen. Und er tat sein Bestes, das Bild von Kate Ryans schöner Figur aus seinen Gedanken zu verbannen.

„Erzählen Sie uns doch, wie Sie Ihren lieben Gilbert kennengelernt haben", sagte Lottie Wingate und konzentrierte sich auf Kate. Ihr Ton war angenehm, aber Kate konnte nicht umhin, einen Unterton der Abneigung in der Stimme der Frau zu spüren.

Delia saß neben Kate auf dem Sofa und sah verärgert aus, was Kate nur auf ihre offensichtliche Zuneigung zu Henry, oder besser gesagt zu „Gilbert", zurückführen konnte. Kate konnte nicht sagen, ob Henry die Zuneigung der Frau erwiderte oder nicht, da er Delia während des Abendessens ziemlich distanziert behandelt hatte. Kate gegenüber war er jedoch aufmerksam gewesen, und sie war darüber lächerlich erfreut.

Es war seltsam, dass sie wegen einer falschen Ehe so besitzergreifend sein konnte, aber sie redete sich ein, dass es für den Schein wichtig war. Es bedeutete, dass Kate ihre Arbeit machen konnte. Und ihr war nicht entgangen, dass sie bei diesem Fall eine gute Figur machen musste, wenn sie bei den Pinkertons weitermachen und nicht wieder ins Büropersonal zurückgestuft werden wollte. Von Anfang an war es ihr Traum gewesen, eine Außendienstagentin zu sein.

„Wir haben uns vor zwei Jahren an der Ohio State University kennengelernt."

„Sie waren auf dem College?", fragte Delia und schnappte nach Luft.

„Ja", antwortete Kate und fand sich in die Geschichte ein, die Louise ihr gegeben hatte.

„Aber Sie sind so jung", sagte Laura Phelps, deren Kleid fast so gelb war wie ihr Haar. „Und Sie sind eine Frau."

Kate lächelte. „Ob Sie es glauben oder nicht, es gab eine Handvoll Frauen, die dort studierten, also war ich nicht allein. Das College of Arts and Sciences lässt Bewerber bereits ab einem Alter von sechzehn Jahren zu."

„War es schwierig, aufgenommen zu werden?", fragte Helen Moller, ihre eleganten Brauen in einem Stirnrunzeln getrübt.

Obwohl die Geschichte eine Lüge war, ärgerte es Kate, wie fassungslos diese Frauen darüber waren, dass eine Frau versuchen würde, etwas aus sich zu machen. Sie wollte ihnen sagen, dass sie so viel mehr sein könnten als nur Ehefrauen.

„Eine Aufnahmeprüfung ist erforderlich sowie solide Grundkenntnisse in Arithmetik, Geografie, englischer Grammatik und amerikanischer Geschichte." Sie sprach kurz und bündig und versuchte, sie zu belehren. „Man muss auch einen Aufsatz schreiben. Mein Thema war ‚Die bemerkenswerteste Person, die ich je getroffen habe'."

„Und wer war das?", fragte Mrs. Wingate und nahm einen Sherry entgegen, der ihr von ihrer Dienerschaft auf einem Tablett angeboten wurde.

„Meine Mutter, natürlich."

Die Antwort schien Lottie zu erfreuen, obwohl Kate nicht sicher war, warum. Soweit sie wusste, hatten sie und Arthur keine Kinder.

„Gilbert und ich haben uns in einem Kurs über englische Literatur kennengelernt", fügte Kate hinzu, ein Detail, das Henrys Tarnung als Schriftsteller Glaubwürdigkeit verlieh.

Laura seufzte. „Das klingt romantisch. Haben Sie sich bei Shakespeare verliebt?"

Kate lachte. „Ja, in der Tat. Er hat mir aus ‚Ein Sommernachtstraum' zitiert, und ich war hin und weg."

„Und es war Ihre Mutter, die krank war, richtig?", fragte Delia. „Deshalb sind Sie nicht mit Gilbert gekommen, als er ankam?"

„Ja."

„Wie geht es ihr jetzt?", fragte Helen.

„Viel besser, danke", antwortete Kate.

Mrs. Wingate strich unsichtbare Falten aus ihrem Kleid. „Woran hat sie denn gelitten?", fragte sie.

Glücklicherweise hatte Kate in der Nacht zuvor darüber nachgedacht. „Sie ist von ihrem Pferd gestürzt und hat eine Kopfverletzung erlitten."

„Das ist schrecklich." Delias Augen spiegelten echte Besorgnis wider, oder vielleicht war sie einfach eine gute Schauspielerin.

Kate schluckte einen Anflug von Schuldgefühlen hinunter, weil sie von diesen Frauen falsches Mitgefühl erhaschte, aber es rührte auch daher, dass sie ihrer Mutter einen schlechten Dienst erwies. Molly Ryan war bei den Comantschen aufgewachsen, dem wohl mächtigsten Stamm in dem Gebiet, das Teile von Texas, Oklahoma, Kansas und Colorado umfasste, einschließlich der Wildnis um Trinidad. Die verschiedenen Stämme besaßen ein legendäres Wissen über die Pferdezucht. Kates Mutter war nie von einem Pferd gestürzt.

„Sie hat einige Zeit gebraucht, um sich zu erholen", fügte Kate hinzu.

Laura beugte sich vor. „Aber jetzt geht es ihr gut?"

Kate nickte. „Ja."

„Ich bin froh, dass sie auf dem Weg der Besserung ist", sagte Mrs. Wingate. „Ich bin sicher, Sie sind froh, endlich bei Ihrem Mann zu sein. Und da Sie nun einmal *hier* sind, möchte ich Sie zu einem kleinen Treffen einladen, das ich am Dienstagabend veranstalten werde."

„Meinen Sie die Damengruppe?", fragte Kate.

„Dieses Treffen wird danach stattfinden", sagte Mrs. Wingate.

„Oh?" Kate verbarg ihre Verwirrung. „Das klingt reizend."

„Vielleicht", murmelte Delia hinter dem Kristallkelch, den sie an ihre Lippen hielt.

„Ich fürchte, ich verstehe nicht", sagte Kate.

Delia zog eine Augenbraue hoch. „Was halten Sie von Gesprächen mit Verstorbenen?"

Kate hielt inne und gab sich keine Mühe, ihre Überraschung zu verbergen, nicht weil sie das Thema schockierend fand – ihre Tante Em hatte ein Händchen für solche Dinge, also war sie mit einer Fülle von Geschichten über das Unbekannte aufgewachsen –, sondern um Zeit für eine Antwort zu gewinnen. Etwas sagte ihr, dass sie vorsichtig sein musste. Sie erinnerte sich an Nells Ermahnung, dass Lottie Dämonen beschwöre, und es schien, als ob an den Ängsten des Mädchens etwas Wahres dran war.

„Oh, Lottie", sagte Laura und war für den Altersunterschied bedenklich kumpelhaft mit der älteren Frau,

„ich habe gehört, Sie veranstalten Séancen. Machen Sie das am Dienstagabend?“ Eifrige Neugier leuchtete in den Augen der jungen Frau.

„Ja“, antwortete Mrs. Wingate. „Es wird nach unserem Frauentreffen sein. Sie sind natürlich auch herzlich eingeladen, sich uns anzuschließen.“

Laura strahlte und sagte: „Das würde ich gern.“

„Möchten Sie sich uns anschließen, Sallie?“, fragte Mrs. Wingate, ihre Stimme klang nach einer unterschwelligen Herausforderung. „Bei *beiden* Treffen?“

Kate setzte ein beschwichtigendes Lächeln auf. „Lassen Sie mich zuerst mit Gilbert sprechen, dann gebe ich Ihnen Bescheid.“ Sie versuchte, das Thema zu wechseln und richtete ihre Aufmerksamkeit wieder auf Laura. „Erzählen Sie mir doch, wie Sie Ihren Mann kennengelernt haben.“

Kapitel Acht

Henry gab es nur ungern zu, aber er hatte zu viel Brandy getrunken. Er war gezwungen, die Zügel der Kutsche seiner „Frau" zu überlassen.

Hatte er ihre frühere Ermahnung als Herausforderung aufgefasst? Oder lag es daran, dass sie ihn vor den anderen so dargestellt hatte, als würde er manchmal zu viel trinken, und er es sich einfach zu Herzen genommen hatte? Sicherlich lag es nicht daran, dass er zuvor am Minenschacht gewesen war und wegen seines Vaters Schwermut verspürte.

Henry suhlte sich nie in Selbstmitleid.

Irgendwie hatte er jedoch den Überblick darüber verloren, wie viel Brandy er zu sich genommen hatte. Ein Drink nach dem anderen hatte die Verärgerung darüber gelindert, Arthur zuhören zu müssen, wie er vor den beiden anderen Männern über den Reichtum der Wingates dozierte.

Schließlich hatte er aufgehört, doch als Kate stillschweigend die Aufgabe übernahm, sie nach Hause zu bringen, und dabei die Stute und die Kutsche mit geschickter Hand lenkte, verriet ihm eine Schwindelwelle, dass es zu spät gewesen war. Alles, was Henry jetzt tun konnte, war, sich darauf zu konzentrieren, aufrecht sitzen zu bleiben.

Sie warf ihm einen Seitenblick zu. „Hast du heute Abend irgendwas erfahren?“

Nur, dass du ein Rätsel bist und ich mir meine Reaktion auf dich nicht erklären kann.

„Habe ich.“ Er hoffte, dass er nicht lallte.

Als er nicht näher darauf einging, sagte Kate: „Und?“ Ihre Stimme hatte einen verärgerten Unterton.

„Du klingst wütend.“

„Als ich dir sagte, du sollst mit dem Brandy aufpassen, meinte ich nicht, du sollst hingehen und *den Brandy leertrinken*.“

„Ich bin darüber auch nicht glücklich“, murmelte er vor sich hin. Bei der Arbeit ließ er nie seine Deckung fallen. Bis jetzt. *Bis zu Kate Ryan.*

Es war einfacher, ihr die Schuld zu geben, als der Tatsache, dass ihn die Zeit mit Wingate mehr aus der Fassung gebracht hatte, als er erwartet hatte.

Ihre Augen verweilten auf ihm, und er hielt ihrem Blick stand, sog die wilde Intelligenz in sich auf, die sich darin spiegelte. Er hatte nie viel für sanftmütige Frauen übriggehabt. Kate Ryans Ehrgeiz, ihre Hingabe und ihre offensichtliche Unabhängigkeit entsprachen seiner eigenen.

Aber sie war so jung. Was konnte sie schon einbringen? Außer, dass sie schön und selbstbewusst und fähig war. In diesem Moment wusste er, dass sie es bei den Pinkertons weit bringen würde.

Das Verlangen nach ihr flammte blitzschnell auf, weitaus intensiver als zuvor. Er wandte sich ab, bevor sie es spürte, bevor er etwas Dummes tat, wie zu versuchen, sie zu küssen. Nicht, dass sie irgendein Anzeichen dafür gegeben hätte, diese Anziehung mit ihm zu teilen.

Er unterdrückte seine sehr männliche Reaktion, da er wusste, dass es jede Arbeitsbeziehung, die die beiden haben mochten, ruinieren würde. Er musste sich darauf konzentrieren, denn wenn sie so intelligent war, wie er vermutete, würde es ihm schwerfallen, sie von seiner wahren Mission fernzuhalten, nämlich herauszufinden, was mit seinem Vater geschehen war.

Deshalb war er hier. Das war auch der Grund, warum er sie nicht kompromittieren würde, indem er sie darin verwickelte. Sie stand erst am Anfang ihrer Karriere, und er könnte sehr wohl am Ende seiner stehen.

Sie nickte. „Na schön. Sag mir, was du erfahren hast."

Sein Verstand war wie leergefegt, als die Kutsche schaukelte und eine Welle der Übelkeit in seinem Magen entstand. *Verdammt.* Wie viel Brandy hatte er getrunken? Er konnte sich ehrlich nicht erinnern, was nie ein gutes Zeichen war.

„Wingate hat ein Lagerhaus am Stadtrand. Ich werde es durchsuchen." Das Wissen um die Existenz des Gebäudes stammte zwar von Walter Beckett, aber Henry hatte es geschafft, Arthur dazu zu bringen, heute Abend davon zu sprechen.

„Als Nachweis für Fälschungen", stellte Kate fest.

„Nun, anscheinend lagert Lottie dort Kunst, aber ja, ich denke eher an Fälscherausrüstung."

Sie ließ die Zügel schnalzen. „Dann komme ich mit."

„Nein."

„Warum?"

„Weil …" Seine Worte lösten sich in Rauch auf. Was zum Teufel war hier los? Er schien keinen klaren Gedanken fassen zu können, wenn diese Frau in der Nähe war. *Nein, es ist der Brandy, nicht Kate Ryan.* Nach all den Jahren, in denen er das Netz aus Liebe und Lust zu einer Frau gemieden hatte, würde er doch jetzt nicht auf dieses junge, hübsche Mädchen hereinfallen, egal wie gefühlvoll ihre Augen waren.

Sie lachte. „Du kannst dir nicht mal eine gute Ausrede

einfallen lassen. Louise hat mich gewarnt, dass du hoffnungslos starrköpfig bist."

„Ja? Nun …" Sie hatte recht.

„Warum sind alle so versessen darauf, Minnie Wingate zu meiden?", fragte sie und wechselte dankbarerweise das Thema.

„Ich glaube nicht, dass Arthur sie sonderlich mag."

„Warum?"

„Die Geschichte, soweit ich das beurteilen kann", sagte er, während seine Gedanken verschwammen, „ist, dass Arthurs Vater, Ellis, sie geheiratet hat, nachdem er durch diese Gegend gereist war, und sich schließlich hier niederließ. Arthur hat sie nie akzeptiert."

„Weil sie eine Stiefmutter war?"

„Weil sie Comanchin ist."

Ein Stirnrunzeln zeichnete sich auf Kates Profil ab und enthüllte eine entzückende Falte zwischen ihren Brauen, die Henry ablenkte. „Ich dachte mir schon, dass sie es sein könnte."

„Als Ellis starb, hatte Arthur die feste Absicht, sie von dem Land zu vertreiben, auf dem sie lebte, und er machte sich daran, die Ehe zu ihren Ungunsten zu beeinflussen, weil sie Indianerin war, aber dann, aus irgendeinem Grund, ließ er es sein und sie blieb in ihrem Haus. Aber Arthur will nichts mit ihr zu tun haben. Ich hätte dir sagen sollen, dass du vermeiden sollst, über sie zu sprechen. Das war mein Fehler."

„Nun, ich nehme an, das Zerquetschen meines Beins war deine Art, mich in die Schranken zu weisen." In ihrer Stimme lag eine gewisse Schärfe.

„Das tut mir leid. Ich wusste nicht, was ich sonst tun sollte. Und der Kuss tut mir ebenfalls leid, aber wir müssen in der Öffentlichkeit wohl manchmal Zuneigung zeigen."

Ihr dunkler Blick musterte die Schatten seines Gesichts, bevor sie nickte. „Ich verstehe. Ich nehme deine Entschuldigung an, und ich möchte dich um etwas bitten."

Das Schaukeln tat seinem Magen nicht gut.

„Ich möchte dich bitten, Delia Wingates Schwärmerei für dich nicht zu ermutigen."

Er stöhnte. „Kannst du den Buggy anhalten?"

„Nein, Henry. Ich habe ein Recht darauf, mitzubestimmen, wie wir bei diesem Job vorgehen."

„Mir ist nicht gut."

Sie zog kräftig an den Zügeln, und er wurde in seinem Sitz zurückgerissen. Er schaffte es kaum auf den Boden, bevor er würgte.

Verdammt.

Er wischte sich mit dem Handrücken den Mund ab, richtete sich auf, rückte sein Jackett zurecht und kehrte dann zur Kutsche zurück.

„Geht es dir gut?", fragte sie.

„Ja. Tut mir leid." Er kletterte auf seinen Sitz. „Und was Delia Wingate angeht – ich habe sie nicht ermutigt, aber ich habe sie auch nicht wirklich zurückgewiesen."

Kate ließ die Zügel schnalzen, und sie setzten sich wieder in Bewegung. Henry atmete tief durch, um den Schwindel zu vertreiben.

„Ich dachte nur, es wäre besser, keinen Verdacht zu erregen", fügte er hinzu.

„Und du findest es nicht verdächtig, sie glauben zu lassen, sie hätte eine Chance bei dir, obwohl du ein verheirateter Mann bist?"

Henry lachte. „Nein. Daran ist nichts Verwerfliches, außer, dass ich wie ein Schuft aussehe."

„Dem kann ich nicht widersprechen." Kate hielt ihren Blick auf die Straße vor ihnen gerichtet.

Ihr Ton und ihre Miene waren die einer eifersüchtigen Frau. Verdammt. Ryan war eine gute Schauspielerin, eine Fähigkeit, die in ihrem Beruf von Nutzen war. Er schob den

Anflug von Bedauern beiseite, dass ihre Reaktion nicht echt war.

Er mochte Kate Ryan attraktiv finden, aber er war schon früher von attraktiven Frauen umgeben gewesen, sowohl im Beruf als auch außerhalb. Dieses Problem hatte er noch nie zuvor gehabt. Er würde damit fertigwerden. Verdammt, er hatte die letzte Woche Delia Wingate abgewehrt, und allem Anschein nach war sie eine sehr attraktive Frau. Aber es war selbst in seinem betrunkenen Zustand offensichtlich, dass sie keine Kate Ryan war.

Ryan war grün wie das Gras und viel zu jung, aber als sie da mit kerzengeradem Rücken saß, ihre Augen mit kühler Verachtung verengt und ihr Mund zu einem Ausdruck der Bestürzung verzogen, konnte er die stählerne Entschlossenheit in ihrem Auftreten nicht übersehen. In Ryan steckte mehr, als man auf den ersten Blick sah, und er würde gut daran tun, sie nicht zu unterschätzen.

Kate brachte die Kutsche vor ihrem Haus zum Stehen.

„Ich kümmere mich darum", sagte er und bezog sich auf die Kutsche und das Pferd.

Kate stieß einen entnervten Seufzer aus. „Natürlich nicht. Gut für dich, dass ich mich mit so etwas auskenne."

Als sie abstieg und auf seine Seite kam, war er entschlossen, sich nicht bemuttern zu lassen. Aber als er hinabstieg, knickte sein Fuß um, und er prallte gegen sie. Sie hielt ihn fest, damit er nicht zu Boden fiel, und sein Körper entflammte vor Erregung, als ihre Brüste kurz seine Brust berührten. Sein Gesicht kam ihrem gefährlich nahe, und er erinnerte sich an den Kuss, den er ihr zuvor auf die Wange gegeben hatte.

„Gibt es einen echten Ehemann, von dem ich wissen sollte?", fragte er und versuchte, den leichten Blumenduft ihres Haares zu ignorieren.

„Nein." Sie trat an seine Seite und begann, ihn die Stufen

hinauf und auf die Veranda zu führen. „Bist *du* verheiratet, Henry?"

„Nö. Du bist meine erste Frau, Kate Ryan."

Im Mondlicht konnte er ein leises Lächeln an ihren Lippen erkennen. „Dann sind wir wohl quitt. Du bist mein erster Ehemann."

Sie öffnete die Tür und half ihm ins Haus. Alles drehte sich vor seinen Augen. Sanft legte sie ihn auf das Sofa, zog ihm die Schuhe aus und wickelte ihn in eine Decke ein.

Sie musste eine nahegelegene Lampe angezündet haben, denn sie war in ein sanftes, goldenes Licht getaucht, und er blickte in ihr liebliches Gesicht. „An seinen ersten erinnert man sich immer", murmelte er.

Das aufblitzende Zögern in ihren Augen entging ihm nicht, und es appellierte an seine ursprüngliche männliche Seite. Sie war ihm gegenüber nicht immun. Das schmeichelte ihm und hinterließ gleichzeitig ein Gefühl dumpfer Angst. Nicht nur seine Konzentration ließ bei diesem Auftrag nach, er konnte unmöglich mit seiner brandneuen Partnerin anbandeln, die auch noch ganz neu bei der Agentur war. Jonesy wäre nicht erfreut, und Louise würde ihn auspeitschen … oder Schlimmeres.

„Danke für deine Hilfe, Kate."

Sie zog eine Augenbraue hoch und warf ihm einen eisigen Blick zu. „Na ja, ich konnte dich ja schlecht mit dem Gesicht nach unten im Dreck liegen lassen, oder?"

Gut. Sie würde dieser Anziehung genauso wenig nachgeben wie er.

Zufrieden, dass sie zu einer Übereinkunft gekommen waren, schloss er die Augen.

Kapitel Neun

Henry erwachte mit hämmernden Kopfschmerzen.

Kate schritt mit einem Glas in der Hand ins Wohnzimmer. „Guten Morgen. Du wirst doch nicht den ganzen Montag verschlafen, oder?"

Er setzte sich ganz vorsichtig auf und drückte eine Hand gegen seine Stirn. „Das habe ich wohl verdient."

„Das habe ich nie gesagt. Hier." Sie reichte ihm das Glas. „Trink das. Es wird helfen. Meine Tante Claire ist Ärztin und sie hat mir das Rezept gegeben."

Er beäugte das Gebräu. „Tja, es sieht aus wie Wein, riecht aber wie Medizin."

Sie stand mit in die Hüften gestemmten Händen vor ihm. „Hör auf zu jammern. Ich hätte dir auch Kaninchenmist geben können."

Er riss den Blick zu ihr hoch. „Was?"

Sie lachte. „Endlich habe ich Henry Maguire einen Schrecken eingejagt. Keine Sorge, es sind keine Exkremente darin, obwohl Cowboys darauf schwören. Das ist eine mit Früchten versetzte Spirituose mit Kamille, Kardamom, Pfefferminzöl und Myrrhe und ein paar anderen Dingen.

Diese Mischung ist nicht ganz das vollständige Rezept, da ich mit dem arbeiten musste, was in der Speisekammer und in meinen eigenen Vorräten war."

Henry runzelte die Stirn. „Du hast Myrrhe dabei?"

„Es ist ein gutes Schmerzmittel. Na los." Sie machte eine Handbewegung in seine Richtung. „Trink alles aus."

Er verzog das Gesicht, tat aber, wie sie sagte. Sie brachte das Glas zurück in die Küche und kam dann wieder.

„Wir müssen uns in dem Lagerhaus umsehen", sagte sie.

„Einverstanden. Aber ich mache das."

„Ich helfe dir. Du solltest nicht alleine gehen."

„Aber es könnte gefährlich sein."

„Ich weiß deine Sorge um mein Wohlergehen zu schätzen", sagte sie. „Aber was ist mit deinem? Wer hält dir den Rücken frei? Gibt es hier jemanden, dem du vertrauen kannst?"

„Nein."

„Dann musst du wohl mit mir vorliebnehmen. Wir gehen heute Abend, sobald es dunkel ist."

Da er sich nicht auf der Höhe fühlte und ihn der Gedanke an ein weiteres Gespräch bereits erschöpfte, willigte er ein.

„Ich gehe jetzt raus. Kommst du zurecht?"

Er nickte und sah sie dann an. „Wohin?"

„Delia hat mich zum Einkaufen in die Stadt eingeladen."

„Klingt nach Spaß." Aber das tat es ganz und gar nicht.

„Nun ja", sagte sie, „ich schätze, sie würde lieber dich mitnehmen, aber das wäre kaum angemessen."

„Zwischen mir und Delia läuft nichts." Nichts außer der Freundlichkeit der Frau. Henry wusste, was die Signale bedeuteten, hatte es aber bisher geschafft, eine Verstrickung zu vermeiden. „Es tut mir leid, wenn sie angedeutet hat, dass wir mehr als nur Freunde wären. Ich kann dir versichern, das sind wir nicht und werden es auch nie sein."

„Wegen Louise?"

„Was?"

„Schon gut. Es ist nur … wenn es einen triftigen Grund für dein Interesse an Delia gibt, dann verstehe ich das. Ich bitte dich nur, es mir zu sagen, damit ich nicht von ihr überrumpelt werde. Wenn wir miteinander reden, hilft uns das beiden bei unserer Arbeit."

Er seufzte. „Einverstanden." Er lehnte sich auf dem Sofa zurück. „Der einzige Grund, warum ich sie nicht rundheraus abgewiesen habe, ist, dass sie etwas Einzigartiges zu bieten hat."

„Und was wäre das?"

„Sie ist mit ihrem Vater zusammen Teilhaberin einer Firma."

„Ihr Vater ist Arthurs Bruder?"

„Ja. Arthur hat zwei Brüder – Delias Vater Wallace und Nells Vater Roy. Er steht keinem von beiden besonders nahe, aber er und Lottie haben Delia im Grunde aufgezogen."

„Warum hältst du die Firma für wichtig?"

„Ich bin mir nicht sicher", antwortete Henry. „Wallace kauft und verkauft dort Kunst."

„Das könnte eine Möglichkeit sein, Falschgeld zu waschen."

Henry nickte. „Der Gedanke ist mir auch schon gekommen. Ich habe auch noch etwas anderes Interessantes über Delia erfahren. Sie war mit Walter Beckett verlobt."

„Dem Sohn von Jean Beckett?"

„Ja. Die Verlobung wurde aufgelöst, obwohl ich nicht genau weiß, wann."

„Teil der Fehde zwischen den Wingates und den Becketts?", fragte Kate.

„Da gibt es eine kleine Wendung", sagte er. „Walter arbeitet für Arthur."

„Das scheint ein Interessenkonflikt zu sein."

Henry konnte dem nicht widersprechen.

„Oh, das wollte ich dir noch erzählen", fügte sie hinzu.

„Gestern, als ich bei Minnie war, haben sie und Nell gesagt, dass Charlie Purcell, der vor vielen Jahren in dieser Hütte gelebt hat, angeblich Arthur bestohlen haben und dann abgehauen und verschwunden sein soll."

„Wie lange ist das her?"

„Ich weiß es nicht genau. Sagt dir der Name etwas?"

„Nein." Aber Henry fragte sich, ob es mit seinem Vater zusammenhängen könnte. „Ich werde Jonesy bitten, das zu überprüfen."

Kate nickte zustimmend. „Du solltest etwas essen. Ich habe Porridge gemacht."

Sie stand auf und steckte sich einen Hut auf ihr Haar, das sie offen über den Rücken fallen ließ. Henrys Blick wurde von den Kurven angezogen, die unter dem einfachen Kattunkleid sichtbar waren. Als sie sich hinsetzte, um ihre schwarzen Stiefel anzuziehen, konnte Henry sie ausgiebig bemustern, da ihre Aufmerksamkeit auf ihrem Schuhwerk lag. Als sie schließlich zu ihm aufsah, erlaubte er sich, ein Lächeln über sein Gesicht huschen zu lassen.

„Was gibt es da zu grinsen?", fragte sie und bauschte ihren Rock und ihre Unterröcke wieder in eine sittsame Position.

„Nichts. Ich wollte mich nur bei dir bedanken, dass du dich um mich gekümmert hast."

Sie zog Reithandschuhe an. „Machen Partner das nicht so?"

„Ich nehme an, schon."

„Weißt du, Henry, du bist furchtbar jung, um so zynisch zu sein."

Sie drehte sich um und ging, bevor er antworten konnte, und das Haus hatte sofort weniger von allem – weniger Wärme, weniger Aufregung, weniger Energie. Weniger Kate Ryan.

Kate schlenderte mit Delia den Holzsteg entlang und betrachtete die Schaufensterauslagen, an denen sie vorbeikamen. Das Klappern von Pferdehufen auf der roten Backsteinstraße hallte im Hintergrund wider, und die viktorianische Architektur auf der anderen Straßenseite verlieh Trinidad eine weltgewandte Atmosphäre. Kate konnte sich fast vorstellen, sie wären in New York City statt in Colorado, und eines Tages hoffte sie, den Osten der Vereinigten Staaten selbst zu sehen.

Delia trug eine taillierte marineblaue Jacke, die zu ihrem Rock passte, und ihr blondes Haar steckte unter einer schicken Haube. Kates langärmeliges Tageskleid passte ihr gut, da es im Sonnenschein dankenswerterweise etwas warm war, aber sie fühlte sich neben der Frau trotzdem ein wenig zu schlicht gekleidet.

„Glaubst du, du und Gilbert werdet eure Ehe wieder kitten können?", fragte Delia beiläufig, als ob es das Normalste auf der Welt wäre, über die inneren Angelegenheiten der Ehe der Holmes zu plaudern. Kate bedauerte es langsam, diesen Weg eingeschlagen zu haben.

„Ich denke, wir kriegen das hin", sagte Kate glücklich. „Seit ich hier bin, haben Gilbert und ich eine ganz besondere Zeit miteinander verbracht und lange Gespräche geführt. Ich fühle mich viel besser, und ich glaube, er auch. Wir sind beide fest entschlossen, dafür zu kämpfen."

„Das ist wunderbar. Ihr habt euch so schnell wieder zusammengerauft. Vielleicht solltet ihr eine Praxis eröffnen und anderen Ehepaaren helfen, dasselbe Glück zu finden." Ihre Bemerkung war kurz angebunden und schnippisch, und Kate beschloss, sie zu ignorieren.

Trotz allem war ihr Delia nicht direkt unsympathisch. Sie hatte etwas Fesselndes, fast Getriebenes an sich, und das sprach Kates eigenen Ehrgeiz an, ihre Karriere als Pinkerton-Agentin zu verfolgen.

„Warst du schon einmal verlobt?", fragte Kate und fragte sich, ob Delia ihr die Wahrheit sagen würde.

Delia nickte. „Ja, zweimal. Überrascht dich das?"

„Nein, natürlich nicht", log Kate. „Was ist passiert?"

„Der Erste war Walter Beckett." Delia war ehrlich.

„Grenzt das Land der Becketts nicht an das deines Onkels?"

Delia nickte.

„Was ist geschehen?", fragte Kate.

„Ich habe gemerkt, dass wir nicht zusammenpassen, und habe es beendet. Das war vor vier Jahren. Kurz danach verlobte ich mich mit Joseph Crump, aber er war einfach zu alt. Ich bewundere Laura Phelps dafür, mit einem reifen Herrn verheiratet zu sein, aber ich konnte es einfach nicht. Natürlich habe ich ihn nicht geliebt, aber Tante Lottie meinte, ich sei in dieser Hinsicht zu wählerisch. Nun spielt es keine Rolle mehr, da er verstarb, bevor wir heiraten konnten."

„Das tut mir sehr leid."

Delia straffte die Schultern. „Ich habe beschlossen, dass ich zum jetzigen Zeitpunkt nicht wirklich heiraten will. Onkel Arthur und Tante Lottie sehen das natürlich anders. Im Namen meines Vaters, nehme ich an. Ich stand meiner Tante und meinem Onkel immer näher als Papa – meine Mutter habe ich nie gekannt –, aber im Moment habe ich das Gefühl, dass eine Ehe nichts für mich ist. Dass sie mich vielleicht zu sehr einengt."

„Dann heirate nicht", erwiderte Kate. „Du scheinst in einer einzigartigen Position zu sein. Deine Familie ist reich. Du brauchst keinen Ehemann."

„Aber im Moment bin ich finanziell völlig von meinem Onkel abhängig, und er will, dass ich heirate." Sie erwähnte die Firma nicht, die sie angeblich gemeinsam mit ihrem Vater besaß. „Mein Onkel hat nach einer Partie für mich gesucht. Ich muss zugeben, ich hatte eine Weile ein Auge auf deinen

Gilbert geworfen." Sie warf Kate ein schelmisches Lächeln zu. „Ich wusste anfangs nicht, dass er verheiratet ist."

Kate unterdrückte ihre Überraschung, dass Delia ihre Schwärmerei so offen zugab.

„Aber keine Sorge", fügte Delia hinzu. „Jetzt, wo ich dich kennengelernt habe, sehe ich, dass er ziemlich angetan von dir ist. Ich dachte, es wäre lustig, mit einem Schriftsteller verheiratet zu sein und zu Orten wie Italien zu reisen. Ich würde so gerne von hier wegkommen."

„Ich schätze deine Offenheit", sagte Kate sanft. „Ich mag meinen Gilbert auch sehr gerne. Und ja, es ist schön zu reisen. Aber die Ehe ist so viel mehr als das." Und da Kate auf diesem Gebiet keinerlei Erfahrung hatte, verließ sie sich auf die Ehe ihrer Eltern. „Die Ehe umfasst nicht nur eine große Liebe, sondern auch Freundschaft und Toleranz und Vergebung. Man muss Kompromisse eingehen und dabei guter Dinge sein, damit keine Bitterkeit entsteht, die sich ausbreiten und verfaulen könnte, wenn man sie wachsen lässt."

Delia warf ihr einen Blick zu, in dem Erkenntnis aufblitzte. „Du hast mich restlos überzeugt, Sallie."

„Wovon?"

„Dass ich eine Ehe wie die von dir und Gilbert will."

Kate verstummte. Kein Grund zu übertreiben.

Sie betraten ein Modegeschäft und verbrachten die nächste Stunde damit, je zwei Kleider zu bestellen, was Maßnehmen und Anproben erforderte. Die Kleider sollten in drei Tagen abholbereit sein. Danach gingen sie in einem kleinen Lokal auf einen Tee, und Kate genoss den Ausflug sehr. Delia war ziemlich intelligent. Sie war zwar noch nie in Italien gewesen, dafür aber nach London gereist, und sie beschrieb ihren Besuch so detailliert, dass Kate beschloss, eines Tages dorthin reisen zu müssen.

Mit ihrer Arbeit bei den Pinkertons verdiente sie nun ihr eigenes Einkommen. Eines Tages, so plante sie, würde sie reisen. Und obwohl ihre Eltern, Matt und Molly, eine so starke Ehe und eine offensichtlich liebevolle Bindung hatten, war Kate sich nicht sicher, ob sie das jemals haben würde. Sie fürchtete sich davor, aus irgendeinem geringeren Grund zu heiraten und auf einer Ranch mitten im Nirgendwo festzusitzen.

Sie sehnte sich danach, die Welt zu sehen.

Als sie das Café verließen, blieb eine ältere Frau vor ihnen stehen.

„Delia, was für eine Überraschung, Sie heute hier zu sehen."

„Hallo, Mrs. Beckett." Delias Miene wirkte nicht gerade freundlich. „Darf ich Ihnen Sallie Holmes vorstellen. Sallie, das ist Mrs. Jean Beckett."

Mrs. Beckett nickte Kate zu, ihre braunen Augen waren groß und direkt. Sie war eine gutaussehende Frau mit nur einem Hauch von Grau in ihrem dunklen Haar. „Es ist mir eine Freude, Sie kennenzulernen", sagte sie.

„Ganz meinerseits, Ma'am."

„Sind Sie neu in der Stadt, Sallie?"

„Ja."

„Ihr Mann schreibt als Ghostwriter die Memoiren von Onkel Arthur", sagte Delia.

Auf Mrs. Becketts Gesicht zeigte sich echte Überraschung. „Memoiren? Gerade wenn ich denke, Arthur könne nichts Schockierenderes mehr tun, schafft er es, mir das Gegenteil zu beweisen." Sie stieß ein kurzes Lachen aus, und Belustigung tanzte in ihren Augen.

„Kennen Sie die Wingates schon lange?", fragte Kate und versuchte, das Beste aus der Begegnung zu machen. Vielleicht konnte sie ihr etwas Nützliches entlocken, das sie Henry berichten konnte.

„Ja", antwortete Mrs. Beckett. „Mein lieber Clayton, möge er in Frieden ruhen, kannte Arthur, seit sie Jungen in Ohio waren. Sie haben sich sogar zusammen zum Kriegsdienst gemeldet."

„Und sie sind beide in Colorado gelandet?", sagte Kate. „Sie müssen gute Freunde gewesen sein."

„Ich nehme an. Vielleicht einmal, vor langer Zeit."

„Sie wissen doch, dass Onkel Arthur ihre Freundschaft nicht ruiniert hat", mischte sich Delia ein.

Mrs. Beckett verengte die Augen. „Ist es das, was Ihr Onkel Ihnen erzählt hat?"

Delia hakte sich bei Kate unter. „Wir müssen jetzt wirklich gehen."

Delia zog sie mit sich, und Kate war gezwungen, zu winken, einen *guten Tag* zu wünschen und ihres Weges zu gehen.

„Ist Walter ihr Sohn? Mögen Sie sie deshalb nicht?", fragte Kate, als sie zügig den hölzernen Gehweg entlanggingen.

Delia seufzte und blickte geradeaus. „Es ist äußerst unangenehm, mit der Mutter seines Ex-Verlobten befreundet zu sein."

Kapitel Zehn

Henry spähte um das Gebäude herum und suchte die Straße nach Anzeichen von Menschen ab. Es war tief in der Nacht, also sollte sie menschenleer sein.

„Bist du sicher, dass du reinkommst?“, fragte Kate flüsternd neben ihm.

Er nickte. Sie waren beide dunkel gekleidet, um mit den Schatten zu verschmelzen, und Kate hatte sogar eine Hose angezogen. Er musste ihre praktische Ader loben und gleichzeitig versuchen, die umwerfende Erscheinung, die sie abgab, zu ignorieren.

Es gab einige Agenten im Außendienst, die ungern mit einer Frau als Partnerin arbeiteten. Während Henry im Allgemeinen lieber allein arbeitete, hatte es ihm nie etwas ausgemacht, mit Louise zusammenzuarbeiten, die fähig, intelligent und mit der gleichen Arbeitsmoral wie er ausgestattet war. Glücklicherweise war er in seinem zivilen Leben nicht verheiratet, anders als einige der anderen männlichen Agenten. Er hatte von mehr als einem gehört, dass deren Ehefrauen es nicht mochten, wenn sie in engem Kontakt mit weiblichen Agentinnen standen.

Louise war für ihn nie eine Ablenkung gewesen.

Kate Ryan hingegen …

Ein prophetisches Gefühl überkam ihn und er schüttelte es ab. Dieses junge, zierliche Mädchen würde nicht sein Verderben sein.

Leise bewegte er sich die Seitengasse entlang zum vorderen hölzernen Gehweg. Das Lagerhaus befand sich nicht im Hauptteil der Stadt, sondern am westlichen Ende, sodass es um diese Nachtzeit unwahrscheinlich war, dass Passanten vorbeikamen. Oder am frühen Morgen. Seinen Schätzungen zufolge war es gegen zwei Uhr morgens.

Als sie zur Vordertür kamen, flüsterte Kate: „Soll ich das Schloss knacken?“

„Nein“, sagte er und zog einen Schlüssel hervor. „Wir nehmen den.“ Er schloss die Tür auf und sie schlüpften hinein. Leise schloss er die Tür hinter ihnen.

„Wie bist du da rangekommen?“

„Ich habe ihn mir von Wingate ausgeliehen.“

Sie bewegten sich durch den vorderen Raum. Es war so dunkel, dass sie anhalten mussten, damit Kate ein Streichholz anzünden und die Petroleumlampe entzünden konnte, die sie zu diesem Zweck mitgenommen hatte. Ohne ein Wort zu sagen, inspizierten sie die Regale im Lagerhaus und blieben dicht beieinander, um sich das Licht zu teilen.

„Was ist das alles?“, fragte sie.

„Ausrüstung, schätze ich. Wingate besitzt ja mehrere Kohleminen in der Gegend.“

Als nichts auftauchte, das wie eine Druckerpresse aussah, gingen sie zum hinteren Teil des Gebäudes. In einer Ecke standen mindestens ein halbes Dutzend Holzfässer.

Kate brachte das Licht näher und inspizierte eines. „Was meinst du, ist da drin?“

Henry zog ein kleines Messer hervor, das er in seinem Stiefel trug, und hebelte den Deckel ab. Es war leer.

„Wein?“, fragte sie.

Er schnupperte. „Riecht nicht danach.“ Er setzte den Deckel wieder auf und deutete ihr zu zwei Büros hinüber. An jeder Tür waren Schilder angebracht.

Kate hielt die Laterne hoch.

Wallace Wingate.

Walter Beckett.

„Wir durchsuchen beide“, sagte er.

Bevor er sein Werkzeug aus der Manteltasche holen konnte, hatte sich Kate schon auf ein Knie niedergelassen und mit einer langen Metallfeile das Schloss an Wallaces Tür in weniger als zehn Sekunden geknackt.

„Nachhilfe bei Louise?“, murmelte er.

Sie schenkte ihm ein Lächeln und er verweilte einen Moment länger als angebracht auf ihrem Profil.

„Das ist ihr liebstes Unterrichtsfach“, erwiderte Kate und drückte die Klinke hinunter. „Das und Kryptografie.“

Sie betraten das Büro. Eine schnelle Inspektion offenbarte einen sauberen und ordentlichen Schreibtisch mit einem plüschbezogenen Stuhl.

Henry durchsuchte die Schreibtischschubladen, fand aber nichts.

Als Kate sich wieder zur Tür umdrehte, schnappte sie nach Luft.

„Was ist los?“, fragte er.

„Sieh dir dieses Gemälde an“, sagte sie und starrte auf die Wand neben dem Eingang.

In Henrys Augen schien es ziemlich gewöhnlich: Eine Szene im Freien mit Bäumen, blauem Himmel, weißen Wolken und Wasser, das aus einer Quelle sprudelte.

Sie beugte sich vor, um den Namen in der Ecke zu betrachten. „Es ist ein J. Montgomery“, sagte sie.

„Was ist daran so besonders?“

„Sie sind nur sehr schwer zu bekommen. Meine

Großmutter sammelt sie. Na ja, bisher hat sie nur eines, aber sie versucht seit Monaten, ein weiteres zu bekommen. Normalerweise konzentriert sich seine Arbeit auf die Comanchen und ist erfüllt von einem schonungslosen Realismus gepaart mit einem Gefühl für das Göttliche. Etwas davon kann man natürlich auch hier sehen."

Henry runzelte die Stirn. „Natürlich", erwiderte er, aber er verstand nichts von Kunst.

„Normalerweise weist seine Arbeit einen hohen Detaillierungsgrad verschiedener Stammesaktivitäten auf."

„Woher weißt du dann, dass dies derselbe Künstler ist?"

„Der Stil ist sehr ähnlich", antwortete sie. „Wenn es wirklich eines von ihm ist, wie hat Wallace es dann bekommen? Und da es nicht der übliche Fokus von Montgomerys Arbeit ist, wie ist dieses Gemälde entstanden? Aber noch wichtiger ist, dass meine Großmutter dieses hier nicht kennt."

„Woher weißt du das?"

„Sie ist in den letzten Jahren zu einer kleinen Sammlerin geworden und hat mir viel über Kunst beigebracht. Das ist etwas, was sie und ich gemeinsam haben. J. Montgomery ist einer ihrer Lieblinge wegen seiner Darstellungen der Comanchen. Sie war immer sehr beschützend, wenn es um meine Mutter und ihre Zeit bei ihnen ging."

„Deine Mutter hat bei den Comanchen gelebt?"

Sie nickte. „Sie wurde als Kind entführt."

„Aber sie wurde gerettet?"

„Teilweise. Es ist eine lange Geschichte. Vielleicht erzähle ich sie dir irgendwann." Sie wandte sich wieder dem Gemälde zu. „Wenn Wingate versucht, sein Falschgeld zu waschen, dann ist Kunst ein großartiger Weg dafür. Findest du nicht auch? Und war Mr. Moller vom Abendessen neulich nicht Kunsthändler?"

„Ja." Verdammt. Sie hatte recht.

„Kauft und verkauft Wallace Wingate nicht auch Gemälde?"

„Ich glaube schon. Ich werde Jonesy bitten, Wallaces Firma genauer unter die Lupe zu nehmen."

Sie verließen Wallaces Büro, schlossen es ab und gingen dann nebenan zu dem von Walter. Sein Arbeitsbereich war unordentlicher, mit Papieren, die über den Schreibtisch verstreut waren, und einem Aktenschrank in der Ecke. Henry inspizierte die Unterlagen sowie alle Teile des Schreibtisches, aber nichts Bedeutendes tauchte auf.

„Würdest du die Lampe auf den Schreibtisch stellen?", bat er. „Ich will den Aktenschrank durchsehen."

Es gab einen Fall, an dem er vor ein paar Jahren gearbeitet hatte, bei dem sich der Schuldige nicht die Mühe gemacht hatte, irgendwelche Beweise zu verstecken, und sie tatsächlich die ganze Zeit über offen hatte liegen lassen. Die Technik hatte beinahe funktioniert, denn niemand erwartete, dass es direkt vor ihrer Nase lag, also ließen sie natürlich mehrere Hinweise außer Acht. Schließlich dämmerte es Henry jedoch.

Er blickte durch den Raum und sah Kate, die neben einer Sammlung von Herrenschuhen kauerte.

„Suchst du nach Schlammspuren?", neckte er sie.

„Nicht direkt. Nur eine Theorie. Eine, die Louise mit mir geteilt hat."

Kate begann, die Schuhe ernsthaft zu inspizieren, hob sie an, drehte sie hin und her und schaute dann hinein.

Henry schloss den Aktenschrank, gab sich im Stillen geschlagen und kauerte sich neben Kate.

„Wie hast du Jonesy dazu gebracht, dich einzustellen?", fragte er.

„Das klingt, als wäre ich völlig unqualifiziert", murmelte sie.

„So habe ich das nicht gemeint. Es ist nur so, dass die Agentur nicht viele Frauen einstellt."

„Ich weiß“, erwiderte sie. „Mein Großvater kennt den Vater von Mr. Jones.“

Henry kicherte. „Du hast deine Beziehungen spielen lassen.“

Sie warf ihm einen Blick zu. „Ich bin mir bewusst, dass ich sehr jung *und* eine Frau bin. Ich musste einen Fuß in die Tür bekommen, aber es war Louise, die mir geholfen hat, diese Tür offen zu halten.“

„Das überrascht mich nicht. Sie muss dich für qualifiziert gehalten haben, sonst hätte sie nie für dich gekämpft.“

„Ich möchte gerne glauben, dass ich qualifiziert *bin*. Ich bin nicht hier, um mich auf meinen Lorbeeren auszuruhen.“

„Das sehe ich.“

„War das ein Kompliment, Maguire?“

„Vielleicht.“

Sie hob eine ihrer zarten Augenbrauen. „Danke. Wie oft habt ihr beide, du und Louise, zusammengearbeitet?“

„Mehrmals. Es ist ein wenig einfacher, wenn man seinen Partner kennt.“

„Du meinst, wenn man seinem Partner *vertraut*.“

„Ja.“ Kein Grund, es zu beschönigen.

„Weißt du, ich sitze im selben Boot wie du“, sagte Kate.

Als er ihr einen fragenden Blick zuwarf, fügte sie hinzu: „Ich muss auch lernen, dir zu vertrauen. Das ist mein erster Auftrag, und ja, ich bin unerfahren, aber wäre das bei dir bei deinem ersten Auftrag nicht auch der Fall gewesen?“

„Mein erster Fall war ganz anders als dieser“, sagte er.

Das Schweigen zwischen ihnen dehnte sich aus, bis Kate schließlich sprach. „Würdest du mir erzählen, was passiert ist?“

„Es war der Homestead-Streik.“

Erkenntnis leuchtete in ihrem Gesicht auf.

„Ich nehme an, du kennst ihn“, fügte er hinzu.

„Ja. Du musst sehr jung gewesen sein.“

„Achtzehn und grün hinter den Ohren, aber voller

Entschlossenheit, das Richtige zu tun. Aber manchmal verschwimmt, was richtig und was falsch ist."

„Hatten sich nicht die Arbeiter des Homestead-Werks bewaffnet und die Stadt abgeriegelt? Und die Pinkertons wurden geholt, um die Ordnung wiederherzustellen?"

„Das ist richtig. Und diejenigen, die streikten, hatten triftige Gründe – Andrew Carnegie kürzte Löhne und Stellen." Er seufzte. „Aber ich tat, was mir befohlen wurde, und ich feuerte auf sie, als unser Lastkahn am Ufer ankam."

„Aber haben sich die Pinkertons nicht letztendlich ergeben, nur um dann angegriffen zu werden?"

Er nickte kurz. „Agenten, mit denen ich trainiert hatte, wurden getötet."

„Ich schätze, du hast recht", sagte Kate mit sanfter Stimme. „Dieser Job ist ganz anders als jener. Ich wundere mich, dass du danach noch Agent geblieben bist."

„Als alles vorbei war, gehörte ich zu den Glücklichen, die von dem Mob nicht schwer verprügelt worden waren. Das hat mich noch entschlossener gemacht, dass die Gerechtigkeit siegen muss. Anstatt mein Vertrauen, ein Pinkerton zu sein, zu erschüttern, hat es dieses gestärkt."

„Hat es sich all die Jahre gelohnt?", fragte sie, und ihr ernster Gesichtsausdruck zeigte, wie sehr sie seine Antwort wissen wollte.

Er dachte daran, sie anzulügen, ihr zu sagen, dass die Gerechtigkeit immer siegte, dass das Gute immer über das Böse triumphierte, aber er merkte, dass er es nicht konnte. Sie verdiente die Wahrheit.

„Manchmal", sagte er.

Sie nahm seine Antwort vorbehaltlos an. „Ich nehme an, alles, was wir hoffen können, ist, dass wir unser Bestes gegeben haben und wissen, dass es genug war."

Er ertappte sich dabei, wie er an ihren Optimismus glaubte, wenn auch nur für einen Moment. In ihren Schuhen zu stecken, wo die Welt hell und fröhlich schien und das Gute über das Böse siegte – das war ein Ort, den er nie wirklich bewohnt hatte. Seine Mutter war gestorben, als er jung war, und sein Vater war weitgehend abwesend gewesen. Die Welt war in Henrys Vorstellung immer unsicher gewesen. Nachdem sein Vater gestorben war, war sie völlig aus den Fugen geraten.

„Ich hoffe, du kannst dir diese Perspektive bewahren, Kate."

Sie betrachtete ihn, ihre Augen von Mitgefühl und noch etwas mehr getrübt. Henry fürchtete, auch in seinem Blick lag *etwas mehr*. Er wollte unbedingt ein Agent sein, zu dem Kate Ryan aufsehen konnte, und damit einher ging ein Verlangen – nach ihr.

Sie wandte den Blick ab, brach den Zauber und richtete ihre Aufmerksamkeit auf ein Paar Stiefel, das an der Wand stand.

Sie hob einen der Schuhe auf und hebelte den Absatz ab, wodurch ein Hohlraum sowie ein Stück Papier zum Vorschein kamen.

„Ich glaube, wir haben etwas entdeckt", flüsterte sie.

Sie ging zum Schreibtisch, wo die Lampe besseres Licht bot, und glättete das Papier auf der Tischplatte. Henry trat neben sie und überflog den Inhalt.

„Ist es das, was ich denke?", fragte er.

„Ich glaube schon. Es ist eine Chiffre."

Ein Weg, verschlüsselte Nachrichten zu senden. Und jetzt besaßen sie einen Schlüssel.

„Ich kann nicht glauben, dass du das gefunden hast", murmelte er.

Sie lächelte ihn an, und die Geste ließ einen Keim in seiner Brust sprießen, etwas, das einer vernarrten Bewunderung glich. Er begann zu denken, er sollte es aufgeben, dies zu unterdrücken, da es sowieso nicht zu funktionieren schien.

„Aber wir können es nicht mitnehmen", sagte er, „sonst ändern sie die Chiffre, und es nützt uns nichts mehr."

„Einverstanden. Such nach einem Stück Papier. Wenn du warten kannst, kopiere ich es."

Er tat, worum sie ihn gebeten hatte. Sie brauchte fünfundvierzig Minuten, um den Code zu übertragen. Während dieser Zeit ging Henry zurück ins Hauptlager, aber da Kate das einzige Licht besaß, brachten seine Erkundungen in der teilweisen Dunkelheit nichts Weiteres zutage. Als sie fertig war, legten sie das gefaltete Papier wieder in den Stiefelabsatz, räumten das Büro auf, damit es nicht so aussah, als wären sie dort gewesen, und schlüpften leise aus dem Lagerhaus und zurück in die Dunkelheit. Sie hatten ihre Pferde eine Meile entfernt in einem Waldstück gelassen, also kehrten sie zu ihnen zurück und ritten nach Hause.

Bevor Kate sich ins Schlafzimmer zurückzog, reichte sie Henry das kopierte Papier. „Du solltest es aufbewahren."

Henry zögerte. „Ich finde, du solltest es aufbewahren. Bei dir ist es weniger wahrscheinlich, dass du verdächtig aussiehst. Du wirst weniger wahrscheinlich durchsucht, wenn jemand denkt, dass etwas im Gange ist."

„In Ordnung. Ich habe eine versteckte Tasche in meiner Unterwäsche eingenäht. Ich werde es dort aufbewahren."

Henry versuchte, sich nicht vorzustellen, wo an ihrer Person dieses Stück Papier residieren könnte.

„Gute Arbeit heute Nacht", sagte er.

„Gleichfalls." Sie ging ins Schlafzimmer. „Gute Nacht, Henry." Sie schloss die Tür.

Er beschäftigte sich damit, sich für die Nacht auf dem Sofa vorzubereiten. Es war spät und er war müde, nur dass er, als er sich hinlegte, keinen Schlaf fand. Und das hatte nichts mit dem aktuellen Fall zu tun, sondern alles mit der Frau im Nebenzimmer. Er legte sich einen Arm über die Augen. Er konnte nicht umhin, sich zu fragen, ob Louise ihm Kate Ryan als eine Art Test geschickt hatte. Louise hatte immer gesagt, er solle versuchen, sich ein Leben außerhalb der Arbeit aufzubauen. Aber das war weit hergeholt. Louise schätzte die Agentur genauso sehr wie er. Sie hätte Ryan niemals geschickt, wenn sie sie nicht für kompetent gehalten hätte. Wenn sie nicht geglaubt hätte, dass sie Henry beschützen könnte.

Schließlich fand er Schlaf, aber seine Träume waren erfüllt von einer dunkelhaarigen Frau mit grünen Augen.

Kapitel Elf

Kate ließ sich auf dem Sofa nieder, hielt eine Tasse mit Untertasse in der Hand und nippte an ihrem Tee. Sie befand sich im Haus der Wingates, in einem offenen und luftigen Wintergarten, wo sich eine Gruppe von acht Frauen versammelt hatte. Lottie Wingate leitete die Versammlung des Christlichen Frauenvereins, zu der sie Kate in ihrer Rolle als Sallie Holmes eingeladen hatte.

Delia Wingate war ebenfalls anwesend, doch Mrs. Marsh fehlte dankenswerterweise. Kate hatte die Einladung beinahe ausgeschlagen, aus Sorge, sie könnte der Frau über den Weg laufen, doch eine diskrete Nachfrage hatte ergeben, dass Mrs. Marsh abgereist war.

Kate wusste immer noch nicht, warum die Frau an jenem Tag zur Hütte der Holmes' gekommen war, aber Mrs. Wingate hatte angedeutet, dass Mrs. Marsh Kunstsammlerin sei. Hatten sie und Kates Großmutter sich so kennengelernt? Teilten sie beide eine gemeinsame Vorliebe für die Gemälde von J. Montgomery? Kate hätte Lottie danach gefragt, aber eine kurze Inspektion des Wingate-Hauses zeigte, dass keine Kunst von Montgomery an der Wand hing. Sie beschloss, keine Nachforschungen anzustellen, die verdächtig wirken könnten.

Kate hatte Henry auch nichts davon erzählt, dass sie Mrs. Marsh kannte, aber da die Frau nun fort war, wollte sie Henry nicht mit einem möglicherweise unnötigen Detail behelligen.

Ein Blick in die Runde zeigte, dass die übrigen sechs Frauen unterschiedlichen Alters waren. An ein paar von ihnen erinnerte sich Kate, weil sie ihr bei der Party vor drei Tagen vorgestellt wurden, als sie plötzlich an Henrys Seite aufgetaucht war, aber auch an Laura Phelps und Helen Moller vom Abendessen am Sonntag.

„Kommen wir nun zur Tagesordnung“, sagte Mrs. Wingate, während sie einen Stapel Papiere auf ihrem Schoß durchblätterte und über den Rand ihrer schmalen Lesebrille blickte. Dabei glänzte ihr rotes Haar im Licht der Öllampe. „Zuerst möchten wir Sallie Holmes willkommen heißen.“ Sie hob den Blick und sah Kate mit heiterem Ausdruck an.

Die anderen Damen murmelten ein Willkommen, und Kate lächelte in die Runde.

„Einige von Ihnen haben sie bereits kennengelernt. Ihr Mann, Gilbert, hat in den letzten Wochen mit Arthur zusammengearbeitet, und wir sind sehr glücklich, sie endlich hier bei uns zu haben. Ein Mann sollte nicht ohne seine Frau sein, nicht wahr, meine Damen?“

Ein zustimmendes Murmeln war zu hören. „Wir hoffen, dass sie dauerhaft in unserer kleinen Gemeinde bleiben wird, weshalb ich sie zu unserer Versammlung eingeladen habe.“ Mrs. Wingate räusperte sich. „Also gut, fangen wir an.“

Delia saß neben Kate auf dem Sofa und bot ihr einen Teller mit kleinen Gurkensandwiches an. Kate schnappte sich zwei davon und machte sich auf eine mit Sicherheit langweilige Versammlung gefasst. Alles, was sie sich wirklich erhoffte, waren Vorstellungen der Frauen aus der Gegend.

Henry hatte es geschafft, eine Liste möglicher Verdächtiger zusammenzustellen, aber das waren hauptsächlich Männer. Es war an Kate, die Ehefrauen und weiblichen Bekannten zu überprüfen.

„Unser nächstes großes Ereignis ist also die Kunstauktion“, sagte Lottie.

Das Dienstmädchen betrat den Raum. „Verzeihen Sie die Störung, Ma'am. Mrs. Beckett ist eingetroffen.“

Jean Beckett kam in den Raum, und ein Hauch starken Parfüms ging vom Rauschen ihrer blassblauen Röcke aus. Kate entging der stählerne Ausdruck in ihrem Blick nicht.

„Jean.“ Lotties Stimme klang ausdruckslos. „Ich habe dich nicht erwartet.“

„Das nehme ich an, da du es versäumt hast, mich über die Versammlung zu informieren. Aber Helen hat mir Bescheid gesagt.“ Jean nickte Helen Moller zu.

Lottie zog eine Augenbraue hoch. „Ein Versehen meinerseits. Bitte, setz dich zu uns.“

Mrs. Beckett grüßte leise mehrere der Frauen, einschließlich Delia. Dann setzte sie sich neben Kate. „Schön, Sie wiederzusehen, Sallie. Sie stürzen sich ja gleich mitten in unsere Gemeinschaft, nicht wahr?“

Kate nickte. „Ja, Ma'am.“

„Nun“, fuhr Lottie fort, „kommen wir zurück zur Kunstauktion. Arthur und ich haben bereits mehrere Stücke anzubieten, aber wenn eine von euch von Kunstwerken weiß, die wir aufnehmen könnten, lasst es uns bitte wissen. Es ist noch Zeit, Stücke zu erwerben, was wir auch selbst zu tun bereit sind.“

Ein Murmeln der Überraschung und Dankbarkeit ging durch den Raum.

„Das ist sehr großzügig von dir und deinem Mann“, sagte Jean. „Wer wird den Erlös aus dieser Auktion erhalten?“

„Alle Gelder werden an Hochwürden Pater Persone und die Pfarrei zur Heiligen Dreifaltigkeit gespendet, um deren Arbeit mit den Unterversorgten unter unseren Mitmenschen zu unterstützen."

„Wie lobenswert", murmelte Jean vor sich hin.

Es war offensichtlich, dass Jean Beckett Lottie Wingate für eine Schaumschlägerin hielt.

„Wirst du etwas spenden, Jean?", fragte Lottie mit scharfem Unterton.

„Lass mich darüber nachdenken, da dies das erste Mal ist, dass ich von dieser Auktion höre."

„Die Veranstaltung kam ziemlich kurzfristig zustande", sagte Delia.

„Wann ist sie?", fragte Jean.

„Nächsten Donnerstagabend", antwortete Lottie. „Sie wird hier bei uns zu Hause stattfinden."

Jeans Miene hellte sich auf. „Ich freue mich auf meine Einladung."

Lottie warf der Frau einen vernichtenden Blick zu, fasste sich aber schnell wieder. Die nächsten dreißig Minuten sprach sie über die Details der Auktion – eine Anzeige in der Lokalzeitung aufgeben, die Kunst am Vortag organisieren, entscheiden, welche Speisen serviert werden sollten.

Als die Versammlung endete, gingen die meisten Frauen.

Delia beugte sich zu Sallie. „Bleib für den zweiten Teil hier."

Die Séance.

Kate lächelte.

Das dürfte interessant werden.

„Du bleibst?", verlangte Lottie zu wissen und gab sich nicht einmal die Mühe, freundlich zu sein.

„Ja“, sagte Jean. „Helen hat auch die Séance erwähnt. Ich wollte schon immer mal an einer teilnehmen. Es macht dir doch nichts aus, oder? Ich dachte, vielleicht könnte ich Clay erreichen.“ Ihre Stimme brach, als sie den Namen ihres Mannes aussprach.

Lottie seufzte. „Bist du eine Gläubige? Das ist entscheidend.“

„Was meinst du damit?“

„Glaubst du an den Spiritismus?“

Jean wirkte überrumpelt. Kate fragte sich, warum Lottie sie nicht auf diese Weise verhört hatte.

„Ich will daran glauben“, sagte Jean schließlich mit leiser Stimme. „Ich vermisse meinen Clayton so sehr.“

Lottie schien nachzugeben. „Ich schätze, das wird ausreichen.“

Die Bediensteten brachten einen großen runden Tisch herein und legten eine Tischdecke darüber. Helen und Laura waren geblieben, und zusammen mit Kate und Delia sowie Lottie und Jean waren sie sechs Personen. Stühle wurden hinzugefügt, und sie nahmen alle ihre Plätze ein.

Der Butler kündigte die Ankunft von Mrs. Ramona Palmer an. Sie war eine kleine, robuste Frau mit rosigen Wangen und einer fröhlichen Ausstrahlung, ganz das Gegenteil von dem, was Kate sich unter einem Medium vorgestellt hatte. Aber andererseits wirkte ihre Tante Emma, die ähnliche Fähigkeiten besaß, für jeden Außenstehenden auch nur wie die Frau eines Ranchers und Mutter von fünf Söhnen.

„Hallo, meine Damen“, sagte Mrs. Palmer, ihre Energie war optimistisch und erhebend. „Sind wir bereit, mit den Geistern zu sprechen?“

„Ich glaube schon, Ramona“, sagte Lottie.

Sie nahmen alle ihre Plätze ein, wobei Delia und Lottie zu beiden Seiten von Ramona saßen, die lächelte und sagte: „Ich sehe hier einige neue Gesichter. Herzlich willkommen.“

Lottie stellte dem Medium alle vor, und dann holte Ramona einen großen runden Kristall aus ihrer Tasche und platzierte ihn auf einem leuchtend blauen Seidentuch in der Mitte des Tisches. Sie fügte zwei weiße Kerzen in Ständern, eine Glasschale und ein schwingendes Pendel in einem Ständer hinzu.

Der ganze Aufbau ließ Kate skeptisch werden, da ihre Tante Emma keinerlei Ausrüstung für ihr zweites Gesicht brauchte.

Eines der Dienstmädchen legte ein Stück Papier, eine Feder und Tinte vor jede Frau.

Stirnrunzelnd beugte sich Kate zu Delia und flüsterte: „Wofür ist das?"

„Das ist Tante Lotties spezielle Note bei der Séance."

„Nun", sagte Ramona und atmete tief durch. „Jede von uns soll eine Sünde aufschreiben, für die wir Sühne brauchen. Keine Sorge, niemand wird es sehen, aber die Geister werden wissen, was in eurem Herzen ist, und vielleicht kommen sie heute Abend mit Führung und Vergebung zu uns."

Kates Gedanken rasten bei dieser neuen Enthüllung. Sie war sich ziemlich sicher, dass dies nicht das normale Vorgehen bei einer Séance war.

„Was wird mit diesen Zetteln geschehen?", fragte Laura Phelps mit gerunzelter Stirn und sprach damit aus, was Kate dachte.

„Wir werden sie alle in diese Schale legen", sagte Ramona und deutete auf den Gegenstand auf dem Tisch. „Dann werden wir sie verbrennen. Das verleiht der Kontaktaufnahme mit den Geistern einen zusätzlichen Kick."

Während alle zur Feder griffen und sie ins Tintenfass tauchten, suchte Kate nach etwas, das sie aufschreiben konnte. Es musste aus Sallies Sicht sein, denn Kate war nicht ganz davon überzeugt, dass es niemand lesen würde. War Ramona

Palmer eine Scharlatanin von solchem Ausmaß, dass sie sich nicht einmal die Mühe machte, es zu verbergen?

Sie kritzelte schnell das Einzige hin, was ihr einfiel: *Ich dachte daran, meinen Mann zu verlassen, als unsere Eheprobleme anfingen.* Zumindest passte das zu dem, was sie Delia bereits anvertraut hatte.

Sie faltete ihr Papier ein paar Mal und ließ es in die Schale fallen, als sie herumgereicht wurde. Als sie bei Ramona ankam, stellte diese sie vor sich, nahe an der Tischkante.

„Bitte nehmt euch gegenseitig an den Händen", sagte Ramona. „Dann entspannt euch und schließt die Augen."

Kate nahm Delias rechte Hand und Laura Phelps' linke Hand in ihre und schloss die Augen, aber sie lehnte ihren Kopf etwas weiter zurück als normal, sodass sie durch den kleinsten Spalt ihrer Augenlider sehen konnte.

Ramona verschwendete keine Zeit. Sie tauschte die Glasschale gegen ein exaktes Duplikat aus, das irgendwo in den Falten ihres Rocks versteckt war. Diese war ebenfalls mit gefalteten Zetteln gefüllt. Kate war sich sicher, dass sie leer wären, wenn sie verlangen würde, sie zu sehen.

Kühn. Und clever, fand Kate. Ramona Palmer war eine erstklassige Hochstaplerin.

Ramona fuhr mit ernster Miene fort. „Lasst uns um Schutz vor Wesen beten, die uns schaden könnten. Wir bitten Gott, dass nur gute Geister in unseren Kreis gelassen werden, und sich keine bösen Wesen nähern. Heute Abend sind wir hier, um den Geist von Lotties Mutter zu kontaktieren, und wir suchen Führung aus der übernatürlichen Welt. Lotties Mutter, bitte tritt unserem Kreis bei, wenn du bereit bist. Wir heißen auch alle guten Geister willkommen, die in unserer Nähe sind. Bitte zeigt euch."

„Wir haben einen Hund", dröhnte Ramonas Stimme, was Kate zusammenzucken ließ. „Ich höre immer wieder Texas Ranger."

Kate erstarrte. Ihr Pa war Texas Ranger gewesen, bevor er ihre Ma geheiratet hatte, und ihre Familie hatte einen Hund namens Ranger gehabt. Wie konnte Ramona das gewusst haben?

„Er sitzt neben Sallie."

Kate öffnete ein Auge einen Spalt, aber Ramonas Augen waren geschlossen.

„Du kannst mit ihm sprechen", fügte Ramona hinzu.

War ihr geliebter Ranger hier? Kate war überrascht, ein Gefühl … seiner Anwesenheit zu spüren.

„Bitte sag ihm, dass ich ihn sehr vermisse", sagte Kate und konnte die Rührung in ihrer Stimme nicht unterdrücken. Sie war zwölf Jahre alt gewesen, als er gestorben war, und es war ein schrecklicher Verlust gewesen. „Mein Pa spricht immer noch von seinen erstaunlichen Hütefähigkeiten."

„Ich glaube, er ist ziemlich oft bei dir. Er versucht immer wieder, mir etwas zu zeigen."

Beklemmung erfüllte Kate. War ihre Tarnung versehentlich aufgeflogen? Konnte der Geist ihres geliebten Rangers sie wirklich entlarven? Sie hielt den Atem an und wartete.

„Er hat dir einen Knochen gebracht. Es sieht aus wie von einem Tier."

Kate stieß einen leisen Seufzer der Erleichterung aus. „Das hat er oft getan." Kate hielt inne und konnte dann nicht anders, als zu fragen: „Geht es ihm gut?"

„Ja. Seine Liebe zu dir scheint immer noch sehr hell. Du hast ihn vor einiger Zeit verloren?"

„Ja."

„Ist hier noch jemand außer einem Hund?", warf Lottie ein, ihre Stimme leise, aber mit einem leichten Hauch von Verärgerung.

„Du weißt, wie das funktioniert, Lottie", sagte Ramona. „Die Geister kommen, wann sie wollen."

Kate konnte nicht ausschließen, dass Ramona vielleicht doch einige Fähigkeiten besaß.

„Meine Mutter?", drängte Lottie.

„Nein", antwortete Ramona. „Aber wir werden die Kanäle offenhalten. Alles kann passieren. Nun, lasst mich sehen, wer sonst noch hier ist."

Kate war dankbar, nicht mehr im Mittelpunkt zu stehen, aber ein Gefühl von Ranger blieb und hob ihre Stimmung wahrhaftig. Sie hatte einen solchen Gefühlsausbruch über diese überraschende Wendung der Ereignisse nicht erwartet.

„Wir haben eine ältere Frau."

Das führte zu einem begeisterten Ausruf von Lottie. „Wie sieht sie aus?", fragte sie leise, ihre Stimme zitterte vor Erwartung.

Kate empfand einen Anflug von Mitleid für Lottie, die eindeutig verzweifelt nach einer Verbindung zu ihrer Mutter suchte. Aber war Lottie Teil von Ramonas Scharade?

„Sie ist groß und schlank und hat ein Muttermal auf ihrer rechten Wange."

„Ich habe eine Tante mütterlicherseits, die so aussah", warf Laura ein.

„Das würde auch auf die Mutter meines Mannes zutreffen", sagte Helen. „Sie ist letztes Jahr gestorben."

„Es muss meine Mutter sein", beharrte Lottie. „Bist du sicher, dass das Muttermal auf der rechten Seite ist?"

Während die Frauen um die Identität des Geistes stritten, bemerkte Kate, dass sich Delias Atmung verändert hatte. Sie riskierte einen Blick und sah, dass ihr Kopf nach unten hing.

„Delia", flüsterte Kate. „Ist alles in Ordnung mit dir?"

Ihr Kopf schnellte hoch. „Lottie, Liebste."

Alle öffneten die Augen und starrten Delia an.

„Mama", rief Lottie. „Bist du es?"

„Ja, Liebling." Delias Stimme hatte sich sowohl im Ton als auch in der Kadenz verändert.

Kate konnte sich nicht entscheiden, ob es echt war oder nicht, falls nicht, dann war Delia eine ziemlich gute Schauspielerin.

„Ich habe so lange versucht, dich zu erreichen“, sagte Lottie mit gequälter Stimme.

„Ich bin immer hier. Du hast dich gut geschlagen.“

„Danke!“, sprudelte Lottie die Dankbarkeit geradezu heraus, was völlig untypisch für sie war.

Aber das konnte nicht echt sein, oder? Andererseits, warum sollte Delia zustimmen, ihre Tante zu täuschen? Es sei denn, Lottie war ebenfalls eingeweiht. Es war eine ziemliche Vorstellung, aber zu welchem Zweck?

Delia blickte sich im Raum um, aber Kate sah nichts Vertrautes in ihren Augen gespiegelt.

„Ist sie von einem Geist besessen?“, fragte Laura mit panischer Stimme, und Kate fragte sich dasselbe.

„Meine Mama muss Delia gewählt haben, weil sie zur Familie gehört“, sagte Lottie. „Delia war schon immer ein offenes Buch.“

Da war sich Kate nicht so sicher.

„Lottie, meine Liebe“, fuhr Delia mit einer Stimme fort, die wie die einer viel älteren Frau klang. „Du hast das Familiengeschäft am Laufen gehalten. Ich hätte nicht gedacht, dass du das in dir hast.“

„Ich werde immer alles ehren, was du mich gelehrt hast, Mama.“

„Gutes Mädchen.“ Aber Delias Stimme verklang bereits, und sie sackte in ihrem Stuhl zusammen.

Lottie funkelte das Medium an. „Ramona, tun Sie etwas.“

„Ich kann einen Geist nicht zwingen zurückzukehren.“

„Sallie, rüttle sie“, rief Lottie.

„Was?“ Kate sah zu Delia, die sich wieder vornübergebeugt hatte. Sie hatte wirklich keine Lust, sie zu berühren. Tatsächlich lehnte sie sich weiter weg. Was, wenn Lotties Mutter in *sie* fuhr?

„Lottie“, sagte Ramona mit beruhigender Stimme. „Ich spüre keine Geister mehr. Sie sind alle fort. Aber ich würde sagen, dies war eine äußerst produktive Sitzung.“

Kate blickte sich um, als Helen und Laura stumm nickten, ihre Gesichter ein wenig blasser als zu Beginn dieses ganzen Fiaskos.

Kapitel Zwölf

Henry saß Wingate gegenüber. Sie hatten sich in dessen Büro zurückgezogen, während die Damen eine Wohltätigkeitssitzung abhielten, der sich auch Kate angeschlossen hatte.

„Ich wollte Ihnen von meiner Zeit im Sezessionskrieg erzählen", sagte Arthur.

Henry hielt seinen Bleistift über seinem Notizbuch bereit, um wichtige Notizen festzuhalten, und musste sich zusammenreißen, um nicht mit den Augen zu rollen. Arthur schmückte seine Leistungen wirklich gern aus.

„Meine Familie wohnte in Ohio. Als die Unionstruppen in Fort Sumter kapitulierten und der Krieg begann, wusste ich, dass ich mich anschließen wollte. Also bin ich mit meinen Freunden Hugh und Clayton losgezogen, um mich einem Regiment anzuschließen."

Henrys Bleistift erstarrte über dem Papier.

„Hugh?", fragte Henry, seine Stimme leise und glücklicherweise fest.

Arthur hielt inne. „Hugh Maguire. Er war ein guter Freund."

Henry hob den Blick, etwas schockiert, als er sah, dass Arthur … bestürzt aussah. Es war das einzige Wort dafür, und es machte Henry wütend.

„Warum sagen Sie *war*?“, fragte Henry.

„Das ist eine lange Geschichte, die ich Ihnen ein andermal erzählen werde.“ Arthur holte tief Luft.

Henry konnte sich nur mit Mühe davon abhalten, von Arthur zu verlangen, ihm zu erzählen, was mit Hugh geschehen war, doch er schluckte die Worte hinunter, die ihm auf der Zunge lagen.

„Den Namen des anderen Mannes kennen Sie vielleicht: Clayton Beckett.“

„Er war der Mann von Jean Beckett?“

„Ganz genau. Er ist vor etwa vier Jahren gestorben. Wir drei waren entschlossen, uns dem Kampf anzuschließen, aber wir waren zu jung, wissen Sie. Wir waren erst sechzehn, also sind wir von zu Hause weggelaufen und haben bezüglich Alter gelogen.“

Henry versuchte, seine aufgewühlten Gedanken zu beruhigen und aufzuschreiben, was Arthur sagte, denn das alles war neu für ihn. Sein Vater hatte ihm oder Ian nie die Einzelheiten des Krieges erzählt und Henry hatte nicht gewusst, wie tief die Verbindung zu den benachbarten Becketts war.

„Sie sind Soldaten geworden?“, fragte Henry.

Arthur nickte. „Noch unglaublicher ist, dass wir drei Spione geworden sind. Und ich war der Beste von uns.“

Wieder war Henry schockiert, und nicht nur wegen Arthurs Angeberei. Hugh Maguire war ein Spion im Bürgerkrieg gewesen?

„Warum hat man Sie das tun lassen?“, fragte Henry.

„Ich glaube, es lag an unserer Jugend. Wir konnten uns leichter in den Süden einschleusen als die älteren Herren, und wir waren leichtsinnig genug, um uns der Gefahr zu stellen. Ich nehme an, das war der wichtigste Grund."

Ein Teil von Henry wollte nicht fragen, aber er musste. „Wo ist Hugh jetzt?"

„Wir sind über die Jahre in Kontakt geblieben, und dann, vor einer Weile, kam er zu Besuch und es gab einen schrecklichen Unfall …" Echter Schmerz zeichnete sich auf Arthurs Gesicht ab, und Henry konnte nicht glauben, wie weit der Mann ging, um die Scharade aufrechtzuerhalten. Er konnte nicht wissen, dass Henry Hughs Sohn war – Jonesy war mit Henrys Decknamen sehr vorsichtig gewesen.

„Er ist vor etwa acht Jahren gestorben. Hier, um genau zu sein, in Trinidad. Es geschah in einem der Wingate-Kohlebergwerke."

„Das ist schrecklich", hörte Henry sich sagen. „Sind Sie sicher, dass es ein Unfall war?"

Die Frage schien Arthur aus seiner Melancholie zu reißen. „Natürlich war es ein Unfall. Was unterstellen Sie mir?"

Zu spät wurde Henry klar, dass er sein Blatt überreizt hatte. „Nichts", sagte er und versuchte, einen Rückzieher zu machen. „Ich schätze, meine Fantasie ist mit mir durchgegangen. Sie sagten, Sie seien Spione gewesen. Hatten Sie drei noch eine offene Rechnung?"

Das schien Arthur stutzen zu lassen. „Sie meinen so was wie einen Job, der noch nicht erledigt war? Als ob einer von uns etwas Kriminelles getan hätte und die anderen beiden davon erfahren hätten?"

Legte Arthur gerade eine Beichte ab? Mist.

„Das sind Ihre Worte, nicht meine", sagte Henry.

Plötzlich lachte Arthur. „Sie sind definitiv ein Schriftsteller, Gilbert. Sie haben eine überbordende Fantasie." Seine Miene wurde wieder ernst. „Meine Beziehung zu Clayton wurde über die Jahre angespannt, aber Hugh war ein guter Freund."

Verdammt, ein Teil von Henry wollte das glauben.

„Wissen Sie, er hat mir einmal gesagt, ich solle mich von Lottie scheiden lassen."

„Warum sollte er das sagen?"

„Er mochte sie nie wirklich." Arthur seufzte. „Zur Hölle, manchmal mag ich sie auch nicht."

„Wollen Sie das im Buch haben?" Aber die Frage diente eher dazu, Arthur vom Thema abzubringen. Henry wollte die Interna von Arthurs Ehe nicht wirklich kennen, und er war sich sicher, dass die Biografie, die er angeblich schrieb, niemals von Lottie abgesegnet werden würde, wenn sie darin schlecht dargestellt wurde.

Arthur kicherte. „Was meinen Sie?" Er lehnte sich in seinem gepolsterten Ledersessel zurück. „Lottie und ich passen zueinander. Es war nicht immer einfach für uns, aber sie hat ein Rückgrat aus Stahl. Wenn es dir schlecht geht, willst du sie an deiner Seite haben. Aber sie kann manchen Leuten auf die Nerven gehen. Sie und Hugh … nun, sie waren sich nie einig."

Ein weiterer Grund für Henry, sie nicht zu mögen.

„Aber hören Sie nicht auf mich, wenn ich über so traurige Dinge spreche. Lassen Sie sich von meiner Ehe nicht vorschreiben, wie Ihre sein könnte. Sallie ist eine gute Partie. Ich hätte nichts dagegen, sie für den Rest meiner Tage anzusehen." Arthur rutschte in seinem Sitz hin und her. „Ich habe gehört, Sie beide haben Eheprobleme."

„Wer hat das gesagt?"

Arthur zuckte mit den Schultern. „Frauen reden."

„Meiner Ehe geht es bestens." Henry war sich nicht sicher, ob die Härte in seiner Stimme gespielt oder echt war. Er war nur beschützerisch, weil Kate Ryan seine Partnerin war, nichts weiter.

„Sollen wir Hugh Maguire in das Buch aufnehmen?", fragte Henry und versuchte, das Gespräch zurückzulenken. Das war der Einstieg, den er brauchte – eine plausible Möglichkeit, den Tod seines Vaters zu untersuchen, mit keinem

Geringeren als dem Mann, der vorgab, sein bester Freund und möglicherweise sein Mörder zu sein.

Wann war ihm *möglicherweise* in den Sinn gekommen?

Bevor er hierhergekommen war, war er überzeugt gewesen, dass Arthur verantwortlich war. Aber jetzt gab es Zweifel. Und Henry hasste das.

Arthurs Gesichtsausdruck änderte sich wieder, der Humor und das Licht wichen aus seinem Blick. „Lassen Sie mich darüber nachdenken. Und während ich das tue, habe ich einen Vorschlag für Sie. Warum nehmen Sie sich nicht ein paar Tage in der Wildnis frei und entfliehen dem Ganzen. Nehmen Sie Sallie mit und kitten Sie Ihre Ehe."

„Das sollte ich wirklich nicht. Ich habe Arbeit." Aber Henry bekam endlich die Chance, auf dem Wingate-Grundstück herumzustöbern, und das auch noch mit Wingates Segen. Henry glaubte, die Karte in den Habseligkeiten seines Vaters würde das Wingate-Anwesen zeigen, und jetzt bot Arthur ihm die Gelegenheit, es zu untersuchen.

Arthur lächelte. „Oh, ein paar freie Tage werden nichts ausmachen. Ich habe Hektar von einigen der schönsten Landschaften rund um Trinidad. Und Sie können alles betreten, einschließlich einer uralten Quelle, mit der einige alte Indianergeschichten verbunden sind. Sie und Sallie können morgen aufbrechen. Ich werde eine Karte und Vorräte vorbereiten."

„Danke, Arthur. Ich freue mich darauf."

Allerdings würde Henry Kate irgendwie loswerden müssen.

„Wingate will, dass ich in die Wildnis gehe", verkündete Henry Kate am folgenden Morgen.

Sie runzelte die Stirn, da ihr diese Wendung der Ereignisse sofort missfiel. „Warum?"

„Da ist eine Quelle, die ich mir seiner Meinung nach ansehen sollte. Er schlägt vor, dass ich dich mitnehme, aber ich denke, du solltest bleiben. Er könnte etwas im Schilde führen."

„Nun, tu einfach so, als ob du gehst, aber bleib hier", schlug sie vor.

„Das ist eine Überlegung wert, aber ich würde gerne gehen."

„Wie lange wird das dauern?"

„Ein paar Tage vielleicht."

„Ich finde nicht, dass du allein reisen solltest", sagte sie.

„Jemand sollte bleiben und ein Auge auf Arthur haben."

„Aber ich dachte, du willst nicht, dass ich in seiner Nähe bin, wenn du nicht hier bist." Henry hatte angedeutet, dass Arthur Frauen gerne kompromittierte, und Kate glaubte das nach ihrer Begegnung mit dem Mann durchaus. Aber sie war zuversichtlich, dass sie mit dem Mann fertig werden könnte, wenn es nötig wäre.

„Halte einfach Abstand", sagte Henry. „Du willst sowieso nicht mitkommen. Für eine Dame könnte es unbequem werden."

Kate atmete tief durch und hielt sich zurück, seine letzte Aussage zu widerlegen. Draußen in der Natur zu leben war ihr nicht fremd – sie war den Rancharbeitern auf der Rocking Wren genauso hinterhergelaufen wie ihr Bruder, und ihr Vater und ihre Onkel hatten sie nie behandelt, als wäre sie aus Porzellan und leicht zerbrechlich. Neben den Männern hatte sie genauso viel Zeit im Sattel verbracht wie ihre männlichen Cousins.

Sie war hin- und hergerissen zwischen zwei Motivationen, von denen sie keine laut aussprechen konnte.

Wenn sie mit Henry ginge, wäre sie gezwungen, in engem Kontakt mit ihm zu sein, noch enger als im Haus, in dem sie derzeit wohnten. Zumindest hier hatte sie ein Schlafzimmer, in dem sie ein wenig Privatsphäre genießen konnte. Allein mit Henry in der weiten Natur zu sein, schien weitaus … intimer.

Andererseits hatte sie einen Auftrag zu erledigen, und während ein Teil dieses Auftrags darin bestand, Henry bei seinen Ermittlungen zu helfen, war es leider auch ihre Aufgabe, Henry selbst im Auge zu behalten, gemäß Louises Anweisungen.

„Ich komme mit dir."

„Das ist nicht nötig, Ryan. Die Bedingungen werden nicht optimal sein. Und was ist mit dieser Séance? Du musst herausfinden, was diese Ramona Palmer mit den selbsternannten Sünden aller macht und ob Lottie und Delia irgendwie darin verwickelt sind."

Als sie ihm anfangs von der Séance erzählt hatte, war er von dieser Richtung des Falles nicht sehr ermutigt gewesen.

„Seit wann?", fragte sie mit leicht defensivem Ton.

„Ich habe über das nachgedacht, was du gesagt hast, und ich glaube, es ist nützlich, das zu untersuchen."

Sie konnte sich des Gefühls nicht erwehren, dass er sie beschwichtigte, ihr einen Knochen hinwarf, um ihr etwas zu tun zu geben. Eine Beschäftigungstherapie.

Kate straffte die Schultern. „Ich verstehe. Aber du wärst da draußen allein und ungeschützt. Meine Aufgabe ist es, dir Rückendeckung zu geben. Das kann ich nicht, indem ich hier sitze, Tee trinke und müßigem Gerede lausche." Sie hob eine Hand, bevor er sie unterbrechen konnte. „Was ich übrigens zur Genüge tun kann, wenn wir zurückkommen."

„Was wird Mrs. Wingate sagen?"

„Warum sollte sie etwas sagen? Wir sind doch Mann und Frau, erinnerst du dich? Ich habe jedes Recht, mit dir zu reisen."

Kate bemühte sich, ihre Besorgnis nicht zu zeigen. Henry wollte wirklich nicht, dass sie ihn begleitete. Führte er etwas im Schilde?

Trotz Henrys offensichtlicher Schwierigkeiten mit ihr als seiner Partnerin, trotz seiner Distanziertheit und seiner manchmal schroffen Art, mochte sie ihn. Louise hatte gesagt, er sei ein guter Mann, und die Enttäuschung der Frau darüber, dass er möglicherweise kompromittiert worden war, hatte Bände gesprochen. Dennoch war dies Kates erster Auftrag, und ihre Leistung würde darüber entscheiden, ob sie weitere Aufträge bekam. Das durfte sie nicht vermasseln, nicht einmal, um Henrys Gefühle zu schonen.

Mit einem ungeduldigen Seufzer sagte er: „Na gut. Aber das ist kein Urlaub. Das sind keine *Flitterwochen*. Du wirst deinen Teil beitragen müssen. Und das meine ich wörtlich."

„Ich verstehe."

„Pack deine Sachen. Wir brechen morgen bei Tagesanbruch auf."

Er verließ das Haus und Kate folgte ihm nicht, sondern brachte ihre Ausrüstung in Ordnung. Sie nahm an, er sei zum Haupthaus gegangen, um sich mit Wingate zu treffen, und als sie am späten Nachmittag dort ankam, wurde ihr gesagt, sie habe ihn gerade verpasst. Sie traf sich mit Lottie, um Sachen für ihre Reise zu erfragen und sie wissen zu lassen, dass sie Gilbert begleiten würde.

„Warum um alles in der Welt willst du mitgehen?", fragte Lottie, deren Stirnrunzeln ihr Gesicht in ein strenges Urteil verwandelte.

„Ich war mehrere Wochen von Gilbert getrennt", erwiderte Kate, die ihre Antwort in Erwartung einer solchen Frage einstudiert hatte. „Ich kann es einfach nicht ertragen, wieder von ihm getrennt zu sein, nicht einmal für eine Nacht. Und ich möchte gerne das Land sehen, das Sie und Arthur verwalten. Ich kann mir nur vorstellen, wie beeindruckend es ist."

„Vermutlich."

„Und Gilbert wird in geschlossenen Räumen ungeduldig. Das war schon immer ein Problem in unserer Ehe. Manchmal ist es am besten, ein paar Tage im Schoß von Mutter Natur zu verbringen. Es ist erstaunlich, wie es eine neue Perspektive geben und die Stimmung verbessern kann." Aber Kates Erwiderung handelte von ihr selbst. Trotzdem schadete es nicht, Lottie einen emotionalen Grund zu geben, ungeachtet dessen, was Henry über das Vermeiden solchen Unsinns gesagt hatte.

Da Lottie kein Gegenargument einfiel, hatte sie den Butler geschickt, um die von Kate angeforderten Sachen zu holen – ein Zelt, Lebensmittel, Töpfe und Pfannen, ein Winchester-Gewehr und Munition, zusätzliche Decken und Seile, schwere Staubmäntel für Kate und Henry und ein Packesel, um alles zu tragen.

„Ich bin mir nicht sicher, warum Sie all das brauchen", sagte Lottie. „Wir haben Personal, das sich um diese Dinge kümmern wird."

Aber Kate hatte von ihrem Papa gelernt, immer ausgerüstet zu sein, besonders wenn man in die Wildnis aufbrach. Verlasse dich niemals auf jemanden. Das Überleben könnte davon abhängen.

„Ich bin gerne vorbereitet", antwortete Kate.

„Sie werden die Winchester nicht brauchen."

„Was ist mit wilden Tieren? Bären? Pumas?"

„Ich bin sicher, Ihr Mann wird Sie beschützen."

„Würden Sie sich für Ihre Sicherheit auf einen Mann verlassen?", fragte Kate. „Ich bin eine passable Schützin. Und ich verlasse mich lieber auf mich selbst."

Lottie beobachtete sie einen Moment lang, kühl und abschätzend. Dann gab sie einen zustimmenden Laut von sich.

Seltsamerweise fühlte sich Kate dadurch besser, als hätte sie eine Art Test bestanden. Als ob Lottie Wingate wüsste, dass es da draußen mehr gab, was Kate gefährden könnte, als nur wilde Tiere, und sie stimmte zu, dass Kate die Fähigkeit hätte, sich selbst zu schützen. Kates Achtung vor Lottie stieg um eine Stufe, wie gering sie auch sein mochte.

Natürlich war Lottie eine Verdächtige. Jeder im Haushalt war es. Kate dankte ihr für die Vorräte und kehrte nach Hause zurück. Sie aß allein zu Abend und ging schließlich ins Bett. Viel später hörte sie, wie die Haustür aufging und sich Henry leisen Schrittes auf dem Sofa schlafen legte.

Kate drehte sich um und versuchte, wieder einzuschlafen. Undercover zu arbeiten war anders, als sie es sich vorgestellt hatte. Die Isolation sickerte unter ihre Haut und drohte, ihre Unsicherheiten zu verstärken, aber gleichzeitig stählte sie ihre Entschlossenheit.

Die Suche nach einem Job bei den Pinkertons hatte sie vor weniger als einem Jahr auf einen einzigartigen Weg gebracht. Ihre Eltern hatten sie nie davon abgehalten, ein Ziel zu verfolgen, sei es beim Erlernen ein Kalb einzufangen, oder in ihrem Studium die Analysis zu beherrschen. Dennoch hatten sie nicht gerade Freudensprünge gemacht, als sie ihnen von ihren Plänen erzählte, nach Chicago zu reisen und sich um einen Job zu bewerben. Letztendlich hatte ihr Papa sie hingebracht, weil Kate so entschlossen war. Ihre Mama hatte sie so fest umarmt und Kate gesagt, wie stolz sie auf sie sei, sie solle vorsichtig sein und sich immer daran erinnern, ihren Instinkten zu vertrauen, und bitte zu Weihnachten nach Hause zu kommen. Kate hatte ihr versichert, dass sie versuchen würde, all das zu tun, und unter tränenreichen Umarmungen hatte sie mit achtzehn Jahren ihr Zuhause verlassen.

Aber in ihren Gedanken hatte sie es schon viel früher verlassen. Als sie jünger war, hatte sie von Abenteuern geträumt, und sie hatte gewusst, dass es ihr nie genügen würde, in Texas zu bleiben und die Frau eines Ranchers zu werden.

Doch je mehr Zeit sie bei den Wingates verbrachte, desto mehr erkannte sie, dass das nicht stimmte. Heimweh hatte in ihrem Herzen ein langsames und stetiges Wachstum begonnen, und die Zeit auf dem Wingate-Grundstück hatte ihr klar gemacht, dass ihre Kindheit wirklich gesegnet gewesen war. Wenn das hier vorbei war, hoffte sie, nicht nur einen weiteren Job zu bekommen, sondern sogar für ein paar Tage nach Hause nach Texas zu können, um ihrer Mama und ihrem Papa zu sagen, wie sehr sie sie schätzte. Sie würde auch gerne Eli und seine Frau Cassie und ihr neugeborenes zweites Kind sehen. Und sie und Josie könnten mit ihren Pferden zu ihrem Lieblingsplatz am Brazos reiten, wie die Raufbolde, die sie einst gewesen waren.

Während sie in den Schlaf glitt, konnte sie das gleichmäßige Schnauben des Pferdes unter sich spüren, als sie in ihre Erinnerungen galoppierte.

Kapitel Dreizehn

Henry musste Kate Ryan loswerden. Er wollte nicht, dass sie sich an ihn hängte und unnötige Fragen stellte. Außerdem würde sie ihn nur aufhalten.

Er betrat die Scheune und bemerkte das Maultier in einer dritten Box sowie den zusätzlichen Haufen Ausrüstung an der Seite. Sie war fleißig gewesen, das musste er ihr lassen.

Sie schritt herein und sagte: „Ich bin gleich fertig. Lottie hat mir geholfen, die zusätzlichen Sachen zusammenzusuchen."

„Ich finde, du solltest hierbleiben und ein Auge auf alles haben."

Sie hielt inne und schenkte ihm ihre volle Aufmerksamkeit. „Aber du gehst trotzdem."

„Ja." Er reichte ihr ein Päckchen.

„Was ist das?"

„Ein Geschenk."

Sie entfernte das Papier und enthüllte die Lavendelseife, die er drei Tage zuvor gekauft hatte. „Sie ist wundervoll", sagte sie. „Danke. Aber ich werde dich trotzdem begleiten, obwohl ich dir Pluspunkte dafür gebe, dass du versucht hast, mich zu bestechen, um dazubleiben."

„Es ist keine Bestechung.“

„Wie du meinst.“ Sie sah ihn mit einem unerschütterlichen Blick an. „Ich gehe mit, Henry.“

Ein Schauder aus … irgendetwas lief ihm den Rücken hinunter. Kate Ryan verheimlichte ihm etwas. Was es war, konnte er nur vermuten.

Verdammt, sie erwies sich als gerissener als erwartet. Er war beeindruckt und verärgert zugleich, da jeder weitere Einwand gegen ihre Anwesenheit sie mit Sicherheit misstrauisch machen würde.

Er musste sich etwas anderes ausdenken, damit er die Karte untersuchen konnte, ohne sich anmerken zu lassen, was er tat.

Er fand sich damit ab, die nächsten Tage mit einer Frau zu verbringen, von der er sich besser fernhalten sollte, und das nicht nur wegen seiner Pläne bezüglich seines Vaters. Es war schon schlimm genug, diese kleine Hütte mit ihr zu teilen; jetzt würden sie allein unter den Sternen sein, mit der kühlen Luft und dem Rausch, der sich immer einstellte, wenn man in der Natur war.

„Meinetwegen.“ Er wollte nicht länger über seine widersprüchlichen Gefühle nachdenken.

Die Verwirrung in ihrem Gesichtsausdruck, als er ihr Ultimatum akzeptierte, hätte ihm beinahe ein Lächeln entlockt.

„Genau“, antwortete sie. „Meinetwegen. Und übrigens, guten Morgen“, fügte sie hinzu.

Wahrscheinlich sollte er sie nicht allzu oft ihren Willen bekommen lassen. Sie würde sich daran gewöhnen. In gewisser Weise waren sie wie ein richtiges Ehepaar.

Der Gedanke amüsierte ihn, und ein Lächeln musste ihm entwischt sein, denn sie fegte an ihm vorbei und sagte: „Das habe ich gesehen.“

„Da ich so gut wie fertig bin“, sagte er und fühlte sich

plötzlich großmütig, „gehe ich wieder rein und mache uns Frühstück."

Kates Stirn legte sich in Falten. „Danke. Das wäre sehr hilfreich."

„Das bin ich", murmelte er, als er mit seinem Pferd, das neben ihm trottete, die Scheune verließ. „Mr. Hilfreich."

Er briet einen Haufen Spiegeleier mit Speck und kochte eine frische Kanne Kaffee. Er hatte nicht die Geduld, Biscuits zu backen. Kate kehrte zurück, als er das Essen auf zwei Teller verteilte.

Sie setzte sich ihm gegenüber und goss sich eine Tasse Kaffee ein. „Weißt du, wohin wir gehen?"

Er zog ein Papier aus seiner Hemdtasche, faltete es auseinander und legte es auf den Tisch. Es war eine Karte, die er mit Wingates Hilfe skizziert hatte. Er deutete auf die Grenzlinien zu den angrenzenden Grundstücken.

„Das sind mindestens zehn Meilen in die eine und zwanzig in die andere Richtung", sagte sie.

„Wingate hat an diesen Stellen Männer stationiert." Er zeigte auf drei Außenhütten. „Er hat auch Männer, die patrouillieren. Wohl fünf oder sechs, also sollten wir einigermaßen sicher sein, falls wir in Schwierigkeiten geraten." Er hob den Blick zu ihr. „Du hast noch Zeit, einen Rückzieher zu machen. Du könntest hierbleiben, sicher und wohlbehalten, warm und trocken. Es gibt keine Regel der Agentur, die besagt, dass wir die ganze Zeit zusammenbleiben müssen."

„Versuchst du, dich von mir scheiden zu lassen, Gilbert?"

Er seufzte und machte sich über sein Frühstück her, ebenso wie sie.

„Hast du schon mal Zeit im Freien verbracht?", fragte er zwischen zwei Bissen.

Sie zog eine Augenbraue hoch. „Ja." Sie führte es nicht weiter aus. Sie war keine große Rednerin, was er sowohl schätzte als auch nicht, besonders wenn er neugierig auf sie war.

„Möchtest du das näher erläutern?"

„Mein Pa und meine Onkel betreiben große Ranches in Texas. Ich kann dir versichern, dass ich keinen Schwächeanfall bekomme, wenn ich draußen schlafe."

Henrys Mundwinkel zuckten wieder nach oben. Er verbarg es, indem er den letzten Schluck seines Kaffees hinunterstürzte. „Wir vertrödeln das Tageslicht. Wir sollten uns besser auf den Weg machen."

Sie stand auf und sammelte die Teller ein. „Ja, Sir. Lass mich die nur schnell abwaschen, dann bin ich fertig."

Henry ging nach draußen, um nach den Tieren zu sehen. Kate hatte ihr Pferd und das Maultier am Pfosten angebunden, bereit zum Aufbruch. Wenige Minuten später verließ sie das Haus und setzte sich einen Hut auf. Sie trug einen Hosenrock und eine gelbe Bluse, die zwar nicht eng anlag, aber durchaus ihre Vorzüge erahnen ließ. Es war kühl, aber sie hatte ihren Staubmantel oben auf ihren Satteltaschen befestigt. Sie holte die Zügel des Maultiers, band sie hinten an ihrem Sattel fest und stieg dann auf ihr Pferd, während Henry sich auf seines setzte.

„Bereit", sagte sie mit einem breiten Lächeln, das ihn ehrlich faszinierte.

Er riss seinen Blick los, bevor sie ihn beim Starren erwischte, und lenkte sein Pferd die Straße entlang, weg von der Wingate Ranch, um schließlich nach Nordosten abzubiegen. Sie ritten durch den Wald und dann an einem idyllischen Bach entlang, bevor sie zu einem Gehöft kamen.

„Minnie Wingate", sagte Kate und hielt ihr Pferd neben seinem an. Sie war ihm den ganzen Tag gefolgt. „Wir sollten anhalten und Hallo sagen."

„Willst du ihr den Fortschritt deiner Handwunde zeigen?"

„Sie ist gut verheilt. Vielleicht hat sie magische Kräfte."

Henry betrachtete das Gehöft jenseits der Baumgrenze, wo sie jetzt saßen. Arthur hatte ihm erzählt, Minnie sei eine bittere Frau gewesen, die ihre Stiefsöhne nie gemocht und seinen Vater verhext und ihn überzeugt habe, Ohio zu verlassen und sich hier niederzulassen. Henry wies nicht darauf hin, dass Arthur dasselbe getan hatte.

Warum war Minnie nach dem Tod ihres Mannes geblieben? Sicherlich hätte sie nicht Nachbarin der Stiefsöhne bleiben wollen, die sie Berichten zufolge nicht mochte.

„Statten wir ihr einen Besuch ab", sagte er. Es war an der Zeit, Minnie Wingate persönlich kennenzulernen.

In gemächlichem Tempo stiegen sie zum Gehöft hinab. Rauch kräuselte sich aus dem Steinkamin, und als sie näherkamen, lief ein junges Mädchen aus dem Haus und hüpfte auf sie zu, ein brauner Zopf schwang hinter ihr her.

„Sallie!" Das Mädchen winkte.

„Hallo, Nell! Das ist mein Mann, Gilbert."

„Hallo, Gilbert." Nell blieb stehen, als sie abstiegen und die Pferde anbanden. „Oma wird sich über Besuch freuen."

„Das hoffe ich", sagte Kate. „Wir bleiben nicht lange, wenn es Unannehmlichkeiten bereiten sollte."

Henry nahm seinen Hut ab. „Schön, dich kennenzulernen, Nell."

Nell lächelte und ergriff dann Kates Hand. „Kommt rein. Oma kocht gerade ein, also müsst ihr mit ihr in der Küche reden."

Der dichte Geruch süßer Marmelade erfüllte die Luft, als Nell sie hineinführte, und ein Hungergefühl rumorte in Henrys Bauch.

Nell lachte. „Seid ihr hungrig?"

„Sind wir", erwiderte Kate mit einem Grinsen und ihr Blick traf seinen kurz.

Ihr Eingeständnis ließ ihn an eine andere Art von Hunger denken, und trotz aller Hindernisse zwischen ihnen, nicht zuletzt das Vertrauen, freute er sich darauf, mit ihr allein zu sein, mit nichts als einem Sternenhimmel über ihnen und den Geräuschen des Waldes, die sie umgaben.

„Oma?“, rief Nell. „Schau mal, wer da ist. Und sie sind am verhungern.“

Er erholte sich von der Vorstellung, wie Kate von seinen Berührungen atemlos und verlangend war, und konzentrierte sich auf Minnie Wingate. Sie war sehr klein. Nach dem, wie Lottie über ihre Schwiegermutter gesprochen hatte, hatte er sie sich größer, härter und generell standhafter vorgestellt. Und ihre Comanchen-Abstammung war kaum zu übersehen.

„Willkommen“, sagte sie und wischte sich die Hände an einer Schürze ab, die mit leuchtend roten Flecken übersät war. „Bitte entschuldigt das Durcheinander.“

Sie trat zu Kate und umfasste ihre Hände, dann spähte sie auf die verletzte. „So schön, dich zu sehen, meine Liebe. Deine Hand heilt gut. Und das muss dein Gilbert sein. Die Gerüchte, die ich gehört habe, sind wahr. Er *ist* ein gutaussehender Teufel.“

Henry entging die Röte nicht, die auf Kates Wangen aufblühte.

Er ließ seinen Blick auf ihr verweilen und genoss für einen Moment, dass sie einfach ein Ehepaar waren. Glücklich. Verliebt. Ehrlich gesagt, wenn er sich eine Frau als *wirkliche* Ehepartnerin hätte aussuchen müssen, wäre Kate Ryan bestimmt eine Anwärterin gewesen.

„Es ist mir eine Freude, Sie kennenzulernen, Mrs. Wingate.“ Er streckte ihr die Hand entgegen. „Danke, dass wir vorbeikommen durften.“ Seine Finger umschlossen ihre.

Sie lachte und drückte seine Handfläche fester. „Keine Sorge. Ich zerbreche nicht.“ Sie warf ihm einen wissenden Blick zu. Die Intelligenz in ihren funkelnden Augen war unübersehbar. Zweifellos war sie eine Persönlichkeit, mit der man sich auseinandersetzen musste.

„Bitte, setzt euch." Sie führte sie zum Tisch am Fenster. „Nell, hol die Butter. Ich habe frische Kekse, und ich setze eine Kanne Kaffee auf."

„Und die Marmelade …", hörte Henry sich sagen.

Alle Frauen lachten. Er hatte seine Sehnsucht nach dem, was auch immer sie da einmachte, verraten. Nun musste er die Sehnsucht begraben, die er nach seiner Frau hatte.

„Erdbeere", sagte Minnie. „Ich hole euch welche."

Sie und Nell deckten schnell den Tisch, und Henry genoss bald die Mahlzeit. Zusammen mit Kates Kochkünsten wurde er wirklich verwöhnt.

Die frisch geschlagene Butter schmolz auf den heißen Keksen, und er bestrich sie nacheinander mit Marmelade. Er verputzte vier davon im Handumdrehen.

„Was führt euch beide hierher?", fragte Minnie, während sie in einem großen Topf auf ihrem Herd rührte. Sie stand auf einem Tritthocker, damit sie in den Topf sehen konnte.

„Arthur hat oft von der Weite seines Landes und den Sehenswürdigkeiten dort gesprochen", sagte Henry, lehnte sich schließlich zurück und machte eine Pause vom Essen, obwohl er über einen weiteren Keks nachdachte. „Ich wollte mir ein paar Tage Zeit nehmen und es mir wirklich ansehen. Sallie hat beschlossen, mich zu begleiten."

Minnie zog eine Augenbraue hoch. „Klingt nach einer guten Idee, wenn man bedenkt, dass ihr beide jetzt eine Weile getrennt wart. Sorgt dafür, dass ihr euch um eure Ehe kümmert. Ohne tägliche Pflege kann sie verkümmern, bevor man es merkt."

Warum nahmen so viele Leute an, dass er und „Sallie" Eheprobleme hatten?

„Wüssten Sie zufällig einen guten Platz zum Zelten?", fragte Kate.

Minnie legte einen Deckel auf den Topf und stieg vom Hocker. Sie wischte sich die Hände an einem Lappen ab, ging zu einem Regal an einer fernen Wand nahe der Tür, holte ein Buch herunter und brachte es zum Tisch. Sie schlug es auf und begann, durch die Seiten zu blättern. Von seinem Platz aus konnte Henry sehen, dass es ein handgeschriebenes Tagebuch war.

Sie hielt auf einer Seite an und drehte es um, um es Kate zu zeigen. Henry beugte sich näher zu seiner „Frau", damit er die handgezeichnete Karte sehen konnte. Er erkannte mehrere der Orientierungspunkte aus Arthurs Beschreibungen sowie aus der Skizze, die er Henry gegeben hatte. Da war auch noch die dritte Karte, die Henry besaß, die von seinem Vater. Irgendwie musste er alle drei benutzen, um den markierten Ort auf Hughs Karte zu finden.

Minnie zeigte auf eine Stelle. „Hier gibt es eine Quelle, die weiter unten in den Bach mündet. Sie ist etwas ganz Besonderes."

„Arthur erwähnte eine alte Quelle", sagte Henry. Er prägte sich schnell die Orientierungspunkte auf Minnies Karte ein, einschließlich eines Symbols, das nur drei Bäume sein konnten … gab es nicht etwas Ähnliches auf der Skizze seines Vaters?

Kate blickte ihn an, und sie war so nah, dass das Grün ihrer Augen einen unauslöschlichen Eindruck hinterließ. „Würdest du sie finden?", fragte sie.

„Ich denke schon." Er räusperte sich und blickte zurück auf das Buch. „Ist das Ihres, Mrs. Wingate?" Er riskierte es und griff danach, um beiläufig ein oder zwei Seiten umzublättern, so wie es jemand tun würde, der nur neugierig war.

„Ja", sagte sie, ihre Augen beobachteten ihn mit einem Glanz von … irgendetwas.

Eine Welle der Sorge durchfuhr ihn. Wusste sie, dass er ein Pinkerton war? War sie irgendwie in den Betrug verwickelt? Es schien unwahrscheinlich, aber eines hatte er bei verdeckten

Ermittlungen gelernt: Man musste das Unerwartete erwarten. An diesem Punkt war alles möglich.

Aber er konnte sich auch nicht dagegen wehren, sich zu fragen, ob ihr wissender Blick etwas anderes war, etwas Tieferes. Es war fast so, als ob Minnie ihn als etwas anderes sah als das, was er war. Und vielleicht hatte sie damit recht.

„Ich habe immer ein Tagebuch geführt. Es ist ein Andenken an meine Zeit mit meinem Mann."

Nach ein paar umgeschlagenen Seiten bemerkte Henry Tagebucheinträge und Zeichnungen sowie ein Rezept. Er hätte es sich gerne genauer angesehen, aber es gab keinen guten Grund, es zu behalten. Er klappte es zu und gab es Minnie zurück. Obwohl er sie vielleicht später überzeugen könnte, es ihm zu leihen, unter dem Vorwand, es würde bei der Abfassung von Arthurs Memoiren helfen. Aber da Arthur sie behandelte, als wäre sie ein infiziertes Glied an seinem Familienstammbaum, schien das unwahrscheinlich.

„Danke für den Tipp mit der Quelle", sagte er. „Wir werden versuchen, sie zu finden."

„Passt auf euch auf und ehrt den Geist, der überall reichlich vorhanden ist." Minnie faltete ihre Hände auf dem Tagebuch. „Aber ich spüre, dass ihr beide mit dem Land verbunden seid. Ich habe es besonders in Sallie gesehen, als wir uns trafen." Sie lächelte Kate herzlich an. „Seid da draußen vorsichtig."

„Glauben Sie, es ist gefährlich?", fragte Kate.

„Arthur hatte nicht immer die Art von Freundschaften, die man sich nach einem langen und fruchtbaren Leben erhoffen würde."

„Manchmal sind Onkel Arthur und Tante Lottie nicht nett", fügte Nell hinzu.

Das Gespräch ließ Henry frösteln, und das sollte es eigentlich nicht. Er hatte schon Verbrecher gesehen, und er konnte nicht ausschließen, dass Minnie dazugehört, vielleicht sogar als Meisterin der emotionalen Manipulation. Er wusste nicht warum, aber in seiner Berufserfahrung war er mehr Frauen begegnet, die diese Technik anwandten, als Männern. Oder vielleicht verkehrte er einfach in den falschen Kreisen. Aber eines war sicher – Henry fand es unter keinen Umständen gut, wenn Kinder von schlechter Behandlung sprachen. Das war in seinen Augen unvorstellbar.

Minnie streckte die Hand aus und tätschelte Nells Hand. „Mach dir keine Sorgen, mein Mädchen. Wir sind hier sicher."

Kate rutschte unbehaglich auf ihrem Stuhl hin und her. „Haben Sie hier draußen irgendeinen Schutz?", fragte sie Minnie.

Minnie winkte ab. „Macht euch keine Sorgen. Familien werden immer ihre Probleme haben. Da sind wir nicht anders."

Henry stieß einen unhörbaren Seufzer aus. Er wünschte wirklich, sie würden dieses Gespräch nicht vor Nell führen. Was auch immer Minnie zu wissen glaubte, sie sollte es nicht mit ihrer Enkelin teilen. Das gefährdete nicht nur das Mädchen, sondern machte ihr ohne Zweifel selbst Angst.

„Wenn wir jemals helfen können, lassen Sie es uns bitte wissen", sagte er. „Wir sollten nur ein paar Tage weg sein, dann kehren wir zurück zur Hütte."

„Die Purcell-Hütte", sagte Minnie mit einem Nicken.

Henry hatte Jonesy gestern bereits über seinen Kurier, Mr. Emmons, eine Notiz geschickt und Jonesy gebeten, Nachforschungen über Charlie Purcell anzustellen.

Minnie legte ihre Hände auf den Tisch und drückte sich in eine stehende Position. „Lasst mich euch etwas Proviant für den Weg zusammensuchen. Nell, warum zeigst du ihnen nicht den Garten?"

Nells Gesicht hellte sich erheblich auf, und sie standen alle auf, um zu gehen. Als Nell und Kate zur Vordertür gingen, gab

Minnie Henry ein Zeichen, innezuhalten, und trat nahe an ihn heran.

„Ich sehe, dass du ein gutes Herz hast", sagte sie mit nachdenklichem Blick. „Ich hoffe, du findest, was du suchst."

Er bemühte sich, von der älteren Frau nicht aus der Ruhe gebracht zu werden und sagte: „Danke, Mrs. Wingate."

„Geh jetzt nur nach draußen", sagte sie. „Ich bringe euch gleich das Essen."

Henry verließ das Haus und fand Kate und Nell hinter dem Haus in einem üppigen, sehr grünen Garten. Er hatte keine Ahnung gehabt, dass er hier war, da er nicht sichtbar gewesen war, als sie sich dem Haus näherten.

„Wir haben Kartoffeln und Mais und Tomaten", sagte Nell gerade in einem autoritären Ton.

Henry trat neben sie. „Das ist außergewöhnlich", sagte er. „Hat deine Großmutter das alles allein gemacht?"

Nell nickte. „Aber ich helfe, wenn ich hier bin. Meistens pflücke ich, was sie mir sagt. Wir lassen hier drüben Kürbisse wachsen. Komm, schau!"

Ein Haufen stattlicher oranger Kürbisse lag in der Ecke. Henry konnte nicht leugnen, dass es sich hier lebendig und voller Leben anfühlte.

„Das ist unglaublich", sagte Kate. „Ihr müsst so köstliche Mahlzeiten haben."

„Das haben wir. Und wir teilen auch. Da ist ein alter Schmied, den ich in letzter Zeit bei eurer Hütte gesehen habe. Ich habe ihm letzte Woche einen kleinen Kürbis gegeben."

„Redest du von Francis O'Malley?", fragte Henry. Als Nell nicht antwortete, fügte er hinzu: „Ich glaube, er wird Dutch genannt."

„Oh ja. Das ist er. Kommt ihr wieder, wenn ihr mit dem Reisen fertig seid?"

Kate blickte Henry mit einer fragenden Miene wegen

Dutch an, dann sagte sie: „Ja, das werden wir auf jeden Fall. Wirst du dann noch hier sein?“

„Ja. Ich werde den Sommer über bleiben.“

„Was ist mit der Schule?“

„Oma unterrichtet mich. Und mein Pa dachte, es wäre gut, wenn ich Zeit mit ihr verbringe.“ Nell hielt inne. „Sie ist auch nicht mehr die Jüngste.“

„Nein“, sagte Kate sanft und ernst. „Ich bin sicher, sie weiß es zu schätzen, dich hier zu haben.“

Oma erschien mit einer Tüte Essen. Sie verabschiedeten sich, und bald machten sich Henry und Kate auf den Weg aus dem Tal. Die späte Nachmittagssonne tauchte sie in Schatten, als sie wieder in den Wald eintraten. Henry vermutete, sie hätten die Nacht bei Minnie verbringen können, aber irgendwie hatte er sich dabei nicht wohlgefühlt.

„Sie war nicht das, was ich erwartet hatte“, sagte er schließlich.

„Mir ging es genauso.“ Kate lenkte ihr Pferd um einen Baum auf dem Pfad. „Aber sie hat etwas ziemlich Faszinierendes an sich, findest du nicht?“

Er lächelte. „Ja.“

Kapitel Vierzehn

Als die Schatten grau wurden, hielt Henry an und schlug vor, das Lager aufzuschlagen. Kate erwies sich als sehr tüchtig. Er versorgte die Tiere, während sie das Zelt aufbaute, das Lottie Wingate ihr gegeben hatte. Es schien groß genug für sie beide zu sein, doch er würde draußen schlafen. Das gab Kate Privatsphäre und Henry seinen Seelenfrieden.

Nachdem er die Pferde getränkt, gestriegelt und so in der Nähe angebunden hatte, dass ihnen die Futterbeutel zur Verfügung standen, kehrte Henry zu einem gemütlichen Lagerplatz zurück. Das Zelt stand etwa drei Meter von einem Feuer entfernt, über dem eine Kanne Kaffee kochte.

„Ich schätze deine häuslichen Fähigkeiten", sagte er und ließ die Satteltaschen zusammen mit der Winchester, die Kate besorgt hatte, in der Nähe fallen. Sie steckte noch immer in ihrem Futteral.

Kate blickte zu ihm auf. Sie hockte neben einem flachen Felsen und schnitt Kartoffeln. „Das Abendessen ist gleich fertig. Dir wird gefallen, was Minnie uns mitgegeben hat." Sie nickte zu der Segeltuchtasche, in der sich die Leckereien von Granny Wingate befanden.

Er spähte hinein. „Sind das Melassekekse?" Er konnte die Sehnsucht in seiner Stimme nicht verbergen.

„Ja, sind es. Ich habe schon zwei gegessen, und sie sind so fantastisch, wie du es dir nur vorstellen kannst." Sie stand auf, nahm mit einem Halstuch die Kaffeekanne vom Feuer und ersetzte sie durch eine Bratpfanne. Sie brauchte ein paar Versuche, um sie ins Gleichgewicht zu bringen, doch gerade als Henry ihr helfen wollte, hatte sie sie sicher platziert und gab die Kartoffeln sowie reichlich Salz und Pfeffer hinzu. Bald brutzelte das Essen in der Pfanne.

„Na schön, wenn du dir schon den Appetit verdirbst", sagte er und nahm sich zwei Kekse, „kann ich ja gleich mitmachen."

„Du kannst tun, was du willst, Henry. Ich bin nicht deine Mutter und schon gar nicht deine Frau." Sie warf ihm einen Blick mit einem spöttischen Lächeln auf ihrem lieblichen Gesicht zu. Sie begann, die Kartoffeln umzurühren, dann griff sie nach der Segeltuchtasche mit den Keksen. Nach kurzer Suche zog sie ein Stück Pökelfleisch heraus. „Ich denke, das sollten wir lieber früher als später essen."

„Minnie war großzügig."

Henry setzte sich und schenkte Kaffee in zwei bereitstehende Blechtassen. Er reichte Kate eine, die sogleich das Schneiden des Fleisches unterbrach, um sie anzunehmen. „Danke. Ist dir Dutch in letzter Zeit in der Nähe der Hütte aufgefallen?"

„Nicht wirklich", sagte er. „Vielleicht hat Nell übertrieben. Vertraust du Minnie?"

Sie zuckte mit den Schultern. „Wir können niemandem vertrauen, oder?" Sie sah ihn über den Rand ihrer Tasse an, und ihre Bedeutung war unmissverständlich.

„Vertrauen muss man sich verdienen."

Sie hielt einen Moment lang seinem Blick stand und sagte dann: „Da stimme ich dir zu." Sie stellte ihren Kaffee ab und schnitt das Fleisch weiter.

„Woher kommst du, Ryan?“

„Aus Nord-Texas. Und du?“

„Ohio.“

„Wie bist du Agent geworden?“, fragte sie.

Er wärmte seine Hände an der Blechtasse. „Ich bin in Schwierigkeiten geraten.“

„Du? Ein Unruhestifter? Das kann ich mir nicht vorstellen.“

Er konnte nicht sagen, ob sie es ernst meinte oder ihn verspottete, doch das leichte Anheben ihrer Mundwinkel während der Arbeit deutete auf eine Neckerei hin. Ein amüsiertes Lächeln huschte über seinen Mund, bevor er es unterdrücken konnte.

„Mein Vater starb, als ich siebzehn war. Danach geriet ich in schlechte Gesellschaft. Eines Tages verließ mich mein Glück und ich landete im Gefängnis, weil ich eine örtliche Bäckerei verwüstet hatte.“

„Das mit deinem Vater tut mir leid“, sagte sie.

„Danke, aber er war sowieso selten da. Mein Bruder und ich hatten schon seit Jahren hauptsächlich bei meiner Tante und meinem Onkel gelebt. Der Tod meines Vaters schien den Zorn, den ich schon eine Weile mit mir herumgetragen hatte, nur noch zu verstärken.“

Kate gab das geschnittene Schweinefleisch zu den Kartoffeln und rührte die aromatische Mischung um. „Also wurdest du zum Rowdy.“ Aber ihr Ton war unbeschwert. „Wie viel Brot hast du gestohlen?“

„Wenn es nur das gewesen wäre. Wir haben Fenster eingeschlagen und die Backwaren auf die Straße geworfen. Ich hatte es verdient, im Gefängnis zu sitzen.“ Er nahm einen weiteren Schluck Kaffee. „Ich bin nicht stolz auf diese Zeit.“

„Wie hat dich das hierhergeführt?“

„Wir saßen zu fünft im Gefängnis, und ein Mann kam, um mit uns zu reden. Er schlug vor, einen besseren Weg einzuschlagen, dass wir uns entschuldigen und es beim Bäcker wieder gutmachen sollten. Er sagte, er würde jedem von uns helfen, der bereit war, sich selbst zu helfen. Ich war der Einzige, der Ja sagte. Er hinterlegte meine Kaution, und das war der Anfang einer langen Reise der Wiedergutmachung. Er half mir bei meiner Gerichtsverhandlung, brachte mich dazu, Freiwilligenstunden in der Bäckerei zu leisten, um bei der Beseitigung des Schadens zu helfen, und er gab mir jede Woche Geld, damit ich mich nicht gezwungen fühlte zu stehlen. Es stellte sich heraus, dass er ein Pinkerton war, obwohl ich das erst viel später erfuhr. Er empfahl mich bei der Agentur, also wurde ich mit achtzehn ausgebildet und arbeite seitdem für sie. Er war wirklich ein Segen in meinem Leben. Ich kann ihm das niemals zurückzahlen."

Nachdem sie das Essen auf zwei Teller verteilt hatte, reichte sie ihm einen. „Wer war er? Ist er immer noch bei der Agentur?"

Henry schüttelte den Kopf. „Nein. Sein Name war Joseph Merrimen. Er ist kurz nachdem ich vollwertiger Agent wurde, verstorben. Ich werde immer dankbar sein, dass er das noch miterleben konnte." Er spießte Schweinefleisch und Kartoffeln mit seiner Gabel auf. „Das ist gut."

„Du kannst dafür morgen kochen."

„Ich habe noch Cracker und getrocknete Äpfel."

Sie rümpfte die Nase, den Teller mit Essen auf ihrem Schoß balancierend. „Ich nehme an, das geht auch. Zur Not. Wir müssen vielleicht die Kekse aufteilen."

„Du bist kleiner als ich, also sollte ich wahrscheinlich mehr bekommen."

Sie kniff die Augen zusammen. „Das werden wir ja sehen."

„Dein Großvater hat dir also ein Vorstellungsgespräch bei Jonesy verschafft", sagte er.

Sie beobachtete ihn mit leicht schiefgelegtem Kopf. „Was du wirklich denkst, ist, wie eine so junge Frau wie ich es geschafft hat, nicht nur die Ausbildung zu bestehen, sondern auch einen Auftrag mit dir zu bekommen?"

„Du kannst Gedanken lesen. Ausgezeichnet." Er lächelte, um seine Erwiderung abzumildern.

Ihre Augen weiteten sich. „Na ja, wie hätte ich sonst gut genug sein können, um das zu schaffen?"

Als er seinen Teller verputzt hatte, stellte er ihn beiseite und konzentrierte sich ganz auf die Frau, die anscheinend eine ziemlich scharfe Zunge hatte. „Du klingst wie Louise."

„Macht mich das gut genug für dich?"

Henry hielt inne, die Frage traf ihn unvorbereitet. Er wusste, dass sie es beruflich meinte, aber die Worte drangen tiefer ein und durchbrachen seine Abwehrmechanismen.

„Ich würde behaupten, dass du in fast jeder Hinsicht, die zählt, besser bist als ich, außer vielleicht bei der Erfahrung."

Das leichte Zucken in ihrem Blick entging ihm nicht, das Flackern der Verwirrung, das ihren Blick überschattete und dann genauso schnell wieder verschwand. Irgendwie hatte er sie getroffen. Das war nicht seine Absicht gewesen, aber das Gespräch hatte plötzlich eine andere Wendung genommen und die flackernde, unterschwellige Anziehungskraft zwischen ihnen offenbart.

Zeit, dem einen Riegel vorzuschieben. Er war der erfahrene Agent. Es war seine Aufgabe, ihren Fokus auf den Auftrag zu richten und auf nichts anderes.

„Warum wolltest du ein ‚Starling' werden?", fragte er und bezog sich dabei auf den Spitznamen, den sie den weiblichen Agentinnen gaben.

Sie stellte ihren leeren Teller beiseite. „Als ich klein war, nahm mein Vater mich einmal mit in die Stadt, und wir besuchten den Marshal. Ich war so fasziniert von seinem Stern und dem Gefängnis und wie er darüber sprach, für Ordnung zu sorgen und die bösen Jungs zu fassen … das hat etwas tief in mir berührt. Mein Vater und mein Onkel Nathan waren

Texas Rangers, mein Onkel Logan war Deputy und mein Onkel Cale war nach seiner Zeit in der Armee ein Kopfgeldjäger. Man könnte wohl sagen, meine Kindheit war von Geschichten über Gerechtigkeit durchzogen."

„Dein Vater und deine Onkel haben dich dazu ermutigt?" Das konnte er kaum glauben.

„Nun, nicht direkt. Aber als ich mich einmal entschieden hatte, stellten sie sich mir nicht in den Weg. Mein Vater begleitete mich nach Chicago zum Vorstellungsgespräch bei Mr. Jones."

„An Jonesy kommt man schwer vorbei, deine Beziehungen hin oder her. Du musst auch auf ihn einen guten Eindruck gemacht haben."

Sie schürzte die Lippen, und Henry erlaubte sich einen langen Blick auf ihren Mund, bevor er seine Faszination dorthin zurückdrängte, wo sie hingehörte. Wenn sie keine Kollegin wäre … aber dann hätte er sie nie getroffen … *Verdammt noch mal, Louise.* Wie konnte das nur so kompliziert werden?

„Ich war sehr entschlossen", sagte sie. „Und so sehr du auch sagst, dass Louise mich gemocht haben muss – das war nicht der Fall. Sie war knallhart zu mir."

„Das ist ihre Art zu sagen, dass sie dich mag."

„Bist du …" Ryan räusperte sich. „Sind du und Louise … na ja, du weißt schon … ich meine …" Sie presste wieder diese faszinierenden Lippen zusammen.

Henry dachte über die Andeutung nach. Sie war weit von der Wahrheit entfernt. Er hegte keine romantischen Gefühle für Louise. Wenn überhaupt, war sie eher wie eine Schwester, die ihn im Zaum hielt, die auf ihn aufpasste, die ihm eine Dosis seiner eigenen Medizin verpasste, wenn er sie brauchte. Aber warum dachte Kate, wenn er in seiner Karriere doch so sehr auf Anstand geachtet hatte, er hätte etwas mit Louise? Für einen kurzen Moment überlegte er, es zu bestätigen, wenn auch nur, um die Flamme, so schwach sie auch sein mochte, die er in ihren Augen gesehen zu haben glaubte, wenn sie ihn ansah, endgültig zu ersticken. Sie war so jung, das war ihr erster Auftrag, und es wäre naheliegend, dass sie ihn vielleicht vergötterte.

Aber eine Sache hatte er sich vorgenommen, als Merrimen ihn gerettet hatte: so ehrlich und direkt wie möglich zu sein. Natürlich erforderte sein Job das Gegenteil, aber was er als Pinkerton tat, rechtfertigte den Weg dorthin. Über Louise würde er jedoch nicht lügen. Außerdem, wenn sie es jemals herausfinden würde, würde sie ihm im besten Fall die Ohren langziehen wie eine Mutter, die ein Kind bestraft. Im schlimmsten Fall würde sie sich rächen, vielleicht indem sie Kate Ryan zu seiner ständigen Partnerin machte und ihn in einem andauernden Zustand der Bewunderung für eine Frau zurückließ, die in jeder Hinsicht tabu war.

„Ich bin nicht in Louise verknallt, falls du das andeuten willst." Er legte ein Holzscheit ins Feuer und beschäftigte sich mit dieser Aufgabe, um das Gespräch nicht fortsetzen zu müssen.

„Du warst so aufgebracht, als ich dir erzählt habe, dass auf sie geschossen wurde, dass ich annahm, da wäre mehr dahinter", antwortete sie hastig. „Oder, dass da mehr sein *könnte.*"

Er hob den Blick. „Louise ist meine Freundin, und ich mache mir Sorgen um sie. Sie sollte eigentlich da sitzen, wo du jetzt sitzt, also war ich berechtigterweise überrascht, stattdessen dich zu sehen."

„Ich wäre sicher auch überrascht gewesen, wenn ich in der gleichen Lage gewesen wäre."

„Vielleicht sollten wir etwas schlafen", sagte er. „Ich würde morgen gerne früh aufbrechen."

Sie nickte und warf einen düsteren Blick auf das Zelt.

„Ich werde mich bei den Pferden niederlassen“, fügte er hinzu.

Sie wandte ihre Aufmerksamkeit wieder ihm zu. „Das musst du nicht. Ich habe absolut kein Problem damit, ein Zelt mit einem Mann zu teilen. Das habe ich oft mit meinem Vater, meinem Bruder und sogar meinen männlichen Cousins gemacht.“

Lud sie ihn zu mehr ein? Er wusste nicht viel über sie, und es stimmte, dass seine Neugier eine glühende Glut war, die zu einer Flamme zu werden drohte, wenn er nicht aufpasste, aber er war sich sicher, dass sie sich der Tragweite ihrer Andeutung nicht bewusst war.

„Ich bin nicht dein Bruder, Kate.“

„Nein“, antwortete sie leise. „Aber du bist mein Ehemann.“

„Nur zum Schein. Ich werde deinen Ruf nicht aufs Spiel setzen. Zumindest nicht, wenn ich es verhindern kann.“

„Obwohl ich deine Ehre zu schätzen weiß, was ist, wenn uns jemand über den Weg läuft? Sie könnten sich wundern, warum du nicht bei deiner Frau schläfst.“

Er lächelte. „Ich erzähle ihnen, wir hatten einen Streit und du hast mich rausgeworfen.“

Ihre perfekten Brauen zogen sich zusammen und legten ihr Gesicht in Falten, ein Gesicht, das ihn an einen Nektar erinnerte, der zu süß war, um ihm zu widerstehen. Sie lächelte und sagte: „Wie wäre es, wenn wir sagen, wir haben uns gestritten und du bist rausgestapft wie der Flegel, der du manchmal bist?“

Ein herzhaftes Lachen entfuhr ihm, das all seine Zähne entblößte.

Gott steh ihm bei. Er mochte sie viel zu sehr.

Kapitel Fünfzehn

Kate wachte früh auf, zog sich an und verließ das Zelt, das Henry ihr f überlassen hatte. Ihr *Ehemann* schnarchte leise neben dem erloschenen Lagerfeuer. Leise ging sie zu den Pferden, und als sie sich vergewissert hatte, dass alles in Ordnung war, kehrte sie zur Feuerstelle zurück, sammelte einige kleinere Holzstücke, die Henry letzte Nacht aufgeschichtet hatte, und entfachte ein Feuer. Sie hatte gerade Kaffee aufgesetzt, als Henry sich regte.

„Morgen", sagte er.

„Guten Morgen. Hast du gut geschlafen?"

Er gähnte und fuhr sich mit einer Hand durchs Haar. „Habe ich. Irgendetwas am Draußensein … tut einem gut."

„Tut der Seele gut, meinst du." Sie bot ihm eine Tasse Arbuckles an.

„Danke." Seine langen Finger schlossen sich um den Rand der Tasse und streiften ihre Hand. Die Berührung, obwohl federleicht, jagte ein Kribbeln über ihre Haut, das nicht aufhörte, bis es sich tief in ihrem Bauch festsetzte.

Verunsichert zog sie sich auf ihre Seite des Lagers zurück. Sie war es gewohnt, von Männern mit starkem Charakter und ebenso starken Meinungen umgeben zu sein – ihr Vater und ihr Bruder, ihre Onkel, ihre Cousins – und sie war ermutigt worden, selbstständig zu denken und niemals daran zu zweifeln, dass sie fähig war, also sollte Henry Maguire sie kaum aus der Fassung bringen können.

Aber das tat er.

Sie redete sich ein, dass es an ihrem zweiten Pinkerton-Auftrag lag. Der, von dem Henry nichts wusste. Der, den nur Louise ihr aufgetragen hatte, den nur die beiden miteinander teilen würden, falls sich herausstellen sollte, dass nichts dahintersteckte.

Und Kate wollte, dass nichts dahintersteckte.

Deshalb war Henrys Berührung so verwirrend für sie. Wenn er korrupt war, dann sollte sie nicht auf ihn reagieren. Sie sollte nichts für ihn empfinden. Aber das tat sie bereits. In ihrer Frustration und einem Anflug von Wut schob sie die aufkeimenden Gefühle beiseite.

Ich habe einen Job zu erledigen. Also erledige ich ihn.

Sie holte Brot und Marmelade aus Minnies Versorgungspaket. Das Frühstück würde heute Morgen einfach ausfallen, damit sie so schnell wie möglich aufbrechen konnten.

„Wir sind nicht weit von der ersten Arbeiterhütte entfernt“, sagte sie. „Es kann nicht schaden, bei Wingates Leuten ein wenig herumzuschnüffeln. Vielleicht steckte einer von ihnen hinter dem Überfall auf die Wells-Fargo-Kutsche.“

„Gute Idee.“

Nachdem sie gegessen hatten, baute sie geschäftig das Lager ab, um jedes weitere Gespräch zu vermeiden. Zweifel begannen, ihr ins Ohr zu flüstern. Konnte sie wirklich eine Agentin sein? All diese Heimlichtuerei war eine Belastung für die Gefühle und das Gewissen. Ihre Mutter hatte sich Sorgen gemacht, als Kate stur verkündet hatte, dass sie eine Karriere als weibliche Detektivin anstreben würde. Sie hatten mehrere Gespräche geführt, nicht nur über Sicherheit und das

Vertrauen auf die eigenen Instinkte, sondern auch über die für diese Arbeit notwendige Eigenschaft, zu lügen. Kate hatte darauf bestanden, dass sie das schaffen würde, dass es nicht so schlimm sei, wie ihre Mutter es sich vielleicht vorstellte. Und schon bei ihrem allerersten Fall fühlte sich Kate ein wenig wie eine Versagerin.

Was, wenn sie es wirklich nicht schaffte?

Frustration staute sich in ihr auf, und sie richtete sich gegen Louise. Warum hatte die Frau Kate die Aufgabe gegeben, ihren eigenen Partner zu beobachten und ein Samenkorn des Misstrauens zu säen, wo sie sich doch hätte sicher damit fühlen sollen, Henry zu vertrauen?

Zum ersten Mal, seit sie von der Agentur angeheuert worden war und ihren Auftrag angetreten hatte, fühlte sich Kate völlig allein. Sie konnte sich nur auf sich selbst verlassen. Als sie auf ihr Pferd stieg und Henry folgte – er hatte heute das Maultier an seinem Sattel angebunden –, war die Isolation besonders schmerzlich.

Sie ritten den ganzen Morgen, verließen den Wald und folgten einer Bergkette. Sie stiegen in ein Tal hinab und kamen schließlich zu einer kleinen Hütte, neben der ein viel größerer Anbau stand. Die Tiere waren hier draußen offensichtlich wichtiger.

Als sie ihre Pferde anhielten und abstiegen, kam ein Mann aus der Hütte. „Hallo", sagte er. „Kann ich Ihnen helfen?"

„Mein Name ist Gilbert Holmes", sagte Henry und streckte seine Hand zum Händedruck aus. Der Mann erwiderte die Geste. „Das ist meine Frau, Sallie." Er nickte in ihre Richtung. „Ich arbeite für Wingate."

„Für welchen?"

Die Frage überraschte Kate. Soweit sie über Arthur wusste, war sein älterer Bruder Wallace nicht an der Führung der Ranch beteiligt.

„Arthur", erwiderte Henry.

Der Mann nickte. „Ich bin Mort." Sein langes, ergrauendes Haar war zu einem Pferdeschwanz zusammengebunden, was ihm ein seltsam jugendliches Aussehen verlieh.

Kate schüttelte ihm ebenfalls die Hand. „Freut mich, Sie kennenzulernen."

„Was führt Sie den weiten Weg hierher?"

„Ich versuche, mir ein Bild von der Gegend zu machen", sagte Henry. „Ich arbeite mit Arthur an einer Autobiografie. Er hat mich gedrängt, hierherzukommen und die Wildnis zu sehen, die ein Teil seines Erbes ist."

„Ist das so? Hm."

Kate glaubte, ein Grinsen auf Morts Gesicht zu sehen, aber es war nur flüchtig.

„Wie lange arbeiten Sie schon für die Wingates?", fragte sie, da sie das Gefühl hatte, dass er Arthur nicht mochte.

„Ich habe für seinen Vater, Ellis, gearbeitet, aber als er starb, musste ich für Arthur arbeiten."

Kate schirmte ihre Augen mit der Hand ab, da sie ihren Hut am Sattelknauf ihres Pferdes hatte hängen lassen. „Warum?"

„Ich bin seit fast dreißig Jahren hier und wollte nicht gehen. Manch ein Ort geht einem ins Blut, und kein anderer kann ihn ersetzen."

So sehr Kate auch aus Texas fliehen wollte, begann sie zu verstehen, dass ihr Zuhause immer ein wesentlicher Teil von ihr sein würde.

Henry war näher an sie herangetreten, und seine Hand schloss sich um ihren Ellbogen und drückte leicht zu. Seine Nähe war sowohl tröstlich als auch aufregend, aber sie schob beide Gedanken beiseite. Er gab ihr ein klares Signal, und obwohl es sie ärgerte, würde sie seinem Befehl nachgeben.

Er wollte, dass sie ihn mit Mort allein ließ.

„Ich bin ziemlich müde", sagte sie. „Wäre es möglich, mich ein wenig auszuruhen?"

„Sie können reingehen", sagte Mort und nickte zur Hütte. „Ich habe gerade eine Kanne Kaffee gemacht. Ich werde Ihren Pferden Wasser geben."

„Ich helfe Ihnen", sagte Henry und schenkte Kate ein freundliches Lächeln, als sie sie verließ.

Frustriert darüber, weggeschickt worden zu sein, öffnete sie die Vordertür und inspizierte die Hütte. Sie war klein und etwas unordentlich. Es gab vier Betten und einen kleinen Ofen, der sowohl zum Heizen als auch zum Kochen diente. Ein Tisch mit nur zwei Stühlen hatte schon bessere Tage gesehen. Darauf lagen Spielkarten – offensichtlich vertrieben sich die Männer so die Zeit – und ein Regal mit Lebensmitteln – Mehl, Zucker, Bohnen, Kaffee.

Sie zog ihre Reithandschuhe aus, hob eine Tasse neben dem Waschbecken auf und prüfte, ob sie sauber war. War sie nicht, also wischte sie sie mit dem Saum ihres Hosenrocks aus und füllte sie dann mit einer halben Tasse Kaffee. Sie ging im Raum umher und inspizierte die Dinge, unsicher, wonach sie suchte.

Sie musste das Toilettenhäuschen aufsuchen, also ließ sie ihre Tasse auf dem Kartentisch stehen, verließ die Hütte, nahm einen Pfad dahinter und ging auf ihr etwa fünf Meter entferntes Ziel zu. Als sie am Anbau vorbeiging, drang Henrys Stimme zu ihr.

„Kannten Sie einen Mann namens Hugh Maguire?"

Kate verlangsamte ihren Schritt. Warum fragte Henry einen völlig Fremden danach? Und was, wenn dieser Mort das Gespräch an Wingate weitergab? Würde das nicht einen Verdachtsschatten auf Henry werfen?

„Warum fragen Sie?", erwiderte Mort.

„Arthur hat ihn erwähnt und ich war neugierig zu seinem Tod."

„Das ist lange her."

„Es war ein Unfall, wie ich gehört habe", meinte Henry.

„Jep. Er ist in einen Minenschacht gefallen."

„Was wussten Sie über ihn?", drängte Henry.

Henry, was zum Teufel tust du da? Versuchst du, die ganze Ermittlung auffliegen zu lassen?

„Er kam gerne ab und zu hierher", antwortete Mort.

„Warum?"

„Woher soll ich das wissen?" Morts Stimme klang gereizt. „Aber ich habe ihn manchmal mit diesem Beckett-Kerl gesehen."

„Walter?" In Henrys Stimme lag ein Hauch von Überraschung.

„Nee. Der Ältere. Ich kann mich jetzt nicht an seinen Namen erinnern, aber es war kein Geheimnis, dass er und Arthur sich nicht verstanden haben."

„Clayton Beckett."

„Ja, das war er."

Kate trat vorsichtig von dem Anbau weg, wo sie gelauscht hatte, und ging weiter zum Toilettenhäuschen, bevor Henry bemerkte, dass sie dort gewesen war.

Es gab nun keinen Zweifel mehr in ihrem Kopf, dass Henry wegen mehr als nur einer Fälschungs- und Versicherungsbetrugsermittlung hier war. Er war hier, um herauszufinden, was mit seinem Vater passiert war. Das bedeutete, er vermutete, dass Hugh Maguire ermordet worden war. Und wenn das stimmte, war Arthur Wingate gefährlicher als ein bloßer Krimineller, der durch illegale Handlungen und Machenschaften zu Reichtum kam. Er könnte durchaus ein Mörder sein.

Sie ritten über eine offene Ebene, als die Sonne im Westen versank und den Himmel in leuchtendes Orange tauchte. Kate nahm alles in sich auf und fühlte sich genauso wie als

Mädchen, wenn sie mit ihrem Vater ritt. Frei. Ehrfürchtig. Vollkommen.

Sie genoss lieber das, statt über das Gespräch zwischen Henry und Mort nachzudenken. Ein Teil von ihr hatte gehofft, dass Henry vielleicht teilen würde, was er im Gespräch mit dem Rancharbeiter erfahren hatte, dass er ihr vielleicht von seinem Vater erzählen würde und was wirklich passiert war, aber er blieb still. Etwas resigniert hatte sie es dabei belassen. Es ging nicht nur darum, dass Henry ihr Informationen vorenthielt, sondern auch um die Tatsache, dass es sie in zusätzliche Gefahr brachte. Sie hatte gedacht, dass Henry ein ehrenhafterer Agent wäre, dass er sich vielleicht um sie sorgte, obwohl sie sich weniger als eine Woche kannten. Mehr als einmal hatte sie ihn dabei beobachtet, wie er sie mit etwas ansah, das nur männliche Anerkennung sein konnte. Sie war nicht so naiv, das nicht zu erkennen. Aber anscheinend reichten seine Gefühle für sie nicht aus, um ihr als vollwertige und gleichberechtigte Partnerin zu vertrauen.

Sie würde natürlich Louise davon berichten müssen, aber im Moment war es nicht möglich, eine Nachricht zu senden, also musste sie das Geschehene beiseiteschieben.

„Du bist ziemlich still, Ryan“, sagte Henry schließlich und ließ sein Pferd neben ihres zurückfallen.

„Ich genieße nur den Tag.“

„Du bist sauer auf mich.“

„Wieso sollte ich?“ Sie blickte ihn unter dem Rand ihres Hutes hervor an.

„Weil ich allein mit Mort gesprochen habe.“

Sie zuckte mit den Schultern. „Hast du die Identität der Diebe herausgefunden?“

Henry lachte. „Wenn es nur so einfach wäre. Ich dachte, er würde freier reden, wenn du nicht dabei wärst.“

„Und, hat er?“

„Nicht wirklich. Aber wir sind auf dem richtigen Weg zur Quelle."

„Wo willst du dein Lager aufschlagen?", fragte sie, und ihre Stimme klang sogar für ihre eigenen Ohren zu hohl.

Er nickte auf eine Stelle vor ihnen. „Lass uns zur Baumgrenze gehen. Das bietet mehr Schutz, falls der Wind auffrischt."

Sie fanden eine gute Stelle und schlugen ihr Lager auf. Henry bot an zu kochen, also kümmerte sich Kate um die Pferde. Bald erreichte der Duft von brutzelndem Speck ihre Nase, und ihr Hunger ließ sie ihre Aufgabe eilig beenden. Wenn schon nichts anderes, so waren sie und Henry gute Lagerpartner. Sie gab ihr Bestes, sich auf das Gute zu konzentrieren.

Als sie zurückkam, rührte Henry in einem Topf mit Bohnen neben der Bratpfanne.

Ein Rascheln erregte ihre Aufmerksamkeit und beide erstarrten. Henry nahm die Bratpfanne vom Feuer und stand dann langsam auf, wobei er den Revolver aus dem Gurt an seiner Taille zog. Er sah Kate an und deutete auf eine dichte Buschgruppe. Sie nickte. Beide bewegten sich so leise wie möglich darauf zu.

Die Büsche raschelten wieder. Es musste ein Tier sein. Hoffentlich war es nichts weiter als ein Waschbär oder ein Opossum. Als ein Wimmern sie erreichte, stürzte Kate vor und schob die Büsche beiseite.

„Kate, warte!"

Aber sie hatte den Übeltäter bereits gefunden. Ein Hund, verwahrlost und sichtlich verängstigt, blickte zu ihr auf. Hinter ihr stand Henry so nah, dass sie die Wärme seines Körpers spüren konnte. Sie trat einen Schritt vor, um ihr zu entkommen, aber Henrys Hand griff nach ihrem Arm und hielt sie auf.

„Es ist nur ein Hund", sagte sie.

„Wir wissen nicht, ob er friedlich ist."

„Er wimmert, also ist er offensichtlich verletzt. Gott sei Dank haben wir ihn gefunden, bevor es dunkel wird und ein Raubtier ihn erwischt."

Sie widerstand dem Drang, ihren Arm aus seinem Griff zu reißen, und zum Glück ließ Henry sie los, aber der Abdruck seiner Hand brannte trotz der Kleidungsschicht auf ihrer Haut. Sie ignorierte es und kniete nieder.

„Hallo, mein Süßer", säuselte sie. „Bist du verletzt?" Sie streckte eine Hand aus. „Alles wird gut. Wir können dir helfen."

Henry stieß einen hörbaren Seufzer aus. „Ich glaube nicht, dass das eine gute Idee ist, Ryan."

„Das meinst du doch nicht ernst?" Sie hielt ihre Stimme gleichmäßig und sanft und ließ den Mischling nie aus den Augen, um ihn nicht zu erschrecken. Obwohl sein Fell mit Schmutz und Ästen bedeckt war, sah sein schwarzes Fell ziemlich gut aus. Er spitzte die Ohren, aber das rechte klappte um, und seine dunkelbraunen Augen beobachteten sie mit einem seelenvollen Blick.

Sie rutschte näher. „Wir können ihn nicht hierlassen." Sie streckte ihre Hand aus, damit das Tier sie beschnüffeln konnte. Das ging einige Minuten so weiter, bis er sie akzeptierte.

„Henry?", fragte sie und beobachtete immer noch den Hund. „Würdest du etwas Speck holen?"

„Du willst ihn füttern?"

„Stell dich nicht so an. Du bringst mich noch dazu, dich nicht mehr zu mögen."

Ein weiteres lautes Ausatmen, aber dann entfuhr ihm ein leises Lachen. „Du magst mich?"

Bevor sie antworten konnte, war er gegangen. Kate nutzte die Zeit, um sich ganz auf den Boden zu setzen. Henry kam zurück und gab ihr ein paar Stücke gebratenen Speck. Sie hielt dem Hund ein Stück hin, der anfing, mit dem Schwanz zu wedeln.

„So ist es brav“, sagte Kate. „Iss nur. Ich wette, du bist hungrig.“

Der Hund nahm das Futter und wedelte noch heftiger mit dem Schwanz.

Sie hielt ihre Hand hoch, und Henry reichte ihr ein weiteres Stück Fleisch über die Schulter, das der Hund begierig verschlang. Sie wiederholten die Abfolge einige Male, bis Henry sagte: „Das war's. Kein Futter mehr.“

„Hör nicht auf ihn“, säuselte sie dem Mischling zu. „Wir haben noch mehr davon.“

Sie streckte ihre Hand aus, und der Hund leckte diesmal ihre Handfläche. Sie bewegte sich näher und konnte endlich seinen Kopf streicheln. Der Mischling ließ die Berührung zu und stieß sogar gegen ihre Hand, als sie aufhörte, weil er mehr wollte.

„Du bist ja ein richtig verschmuster Junge, was?“ Sie nutzte die Gelegenheit, um seinen Körper und seine Beine nach einer Verletzung abzusuchen. Als sie mit der Hand über seine rechte Vorderpfote fuhr, jaulte er. „Oh nein, schon gut. Lass mich mal sehen.“

Sie fand eine tiefe, aufgeschnittene Wunde am Ballen, etwas angetrocknet und mit Schmutz verkrustet. „Er ist verletzt“, sagte sie. „Glaubst du, du könntest ihn zum Lager tragen?“, fragte sie Henry über ihre Schulter.

„Wenn der Hund mich beißt, dann …“

„Sorgen wir dafür, dass das nicht passiert.“ Sie ging auf die Knie und winkte Henry zu sich.

Er kam auf die andere Seite und ging in die Hocke. „Komm, Hund.“

Zum Glück ließ sich der Hund von Henry hochheben und zum Lagerfeuer tragen, während Kate hinterherlief, um mitzuhalten. Im letzten Moment spurtete sie voraus, schnappte sich eine ihrer Decken und warf sie auf den Boden. „Leg ihn da drauf."

Der Hund wehrte sich nicht, und das Schwanzwedeln begann erneut, als er wieder auf dem Boden war.

„Könntest du noch mehr Speck braten?", fragte Kate und holte mehrere Gegenstände aus ihrer Ausrüstung.

„Warum habe ich den Verdacht, dass dieser Mischling besser essen wird als wir?" Aber Henry legte mehr Speck in die heiße Pfanne.

Während Kate ihre Sachen ausbreitete, fragte Henry: „Soll ich dir etwas Hasenmist holen?"

Sie warf ihm einen vernichtenden Blick zu. Er hatte ihn verdient, angesichts seines Verhaltens bei Mort. Angesichts seines Verhaltens im Allgemeinen. „Er ist nicht betrunken", sagte sie und machte sich nicht die Mühe, ihren Ärger über ihn zu verbergen.

„Ich glaube, du hast deine Berufung verfehlt, Ryan. Du hättest Ärztin werden sollen."

„Ich habe darüber nachgedacht. Meine Tante Claire hat mir beigebracht, immer einen Erste-Hilfe-Kasten dabei zu haben."

„Dann hat dieser Hund großes Glück, dich gefunden zu haben."

Kate lächelte den Mischling an und begann, mit Wasser aus ihrer Feldflasche die Wunde an seiner Pfote zu reinigen. Der Hund winselte und zog seine Pfote immer wieder weg, aber sie war bestimmt und arbeitete schnell, spülte sie mit Karbolsäure und fügte dann mehrere Tropfen Myrrhe gegen die Schmerzen hinzu, bevor sie die Pfote mit Stoffstreifen umwickelte und diese so fest wie möglich zuband.

„Ich muss dich vielleicht die ganze Nacht beobachten, um sicherzustellen, dass du das nicht abkaust und deine Pfote wieder aufreißt", murmelte sie dem Hund zu.

„Du hast ein großes Herz, Ryan", sagte Henry, während er ihr einen Teller mit Bohnen und Speck brachte.

„Danke." Sie setzte sich im Schneidersitz hin und begann, kleine Stücke des Fleisches abzubrechen und sie dem dankbaren Tier zu füttern. „Hattest du nie einen Hund, als du klein warst?"

„Wohl eher nicht, nein." Er setzte sich ihr gegenüber und beobachtete die beiden.

„Das ist eine Schande. Hunde sind eines der großen Geschenke des Universums. Das sagt meine Tante Tess. Sie hat sechs."

„Das klingt unnötig."

„Da liegst du falsch", sagte sie. „Sie sind mehr als nur Tiere. Sieh dir nur den süßen Blick dieses Kerlchens an. Da drin ist eine liebevolle Seele, ganz sicher."

„Werd mir nicht zu theologisch, Ryan."

Sie aßen zu Abend, und dann ließ Kate sich von Henry helfen, den Hund hochzuheben und ihn neben sich ins Zelt zu legen, wo sie ihn sicher unterbrachte. Henry warf ihnen beiden einen langen Blick zu und ging dann, um wieder auf dem Boden zu schlafen.

Kate machte es sich bequem und kraulte die Ohren des Hundes. Er leckte ihre Hand, und als sie einschlief, fragte sie sich, ob er geschickt worden war, um ihre geschundene Seele zu beruhigen. Wenn ja, dann funktionierte es.

„Es ist sehr schön, dich kennenzulernen", flüsterte sie. „Du hast wahrscheinlich auch Geheimnisse, aber ich schätze, die stehen uns allen zu, oder?"

Als sie aufhörte, ihn zu streicheln, stieß er ihre Hand an, damit sie weitermachte.

„Du bist ein Schlingel." Nicht unähnlich dem Mann vor ihrem Zelt. „Aber ich mag dich trotzdem."

Kapitel Sechzehn

Henry hatte Ryan gesagt, dass es schwierig und umständlich war und sie nur aufhalten würde, wenn sie den Hund mitnehmen würden. Sie hatte ihm widersprochen und gemeint, dass sie es nicht besonders eilig hätten und sie das Tier auf keinen Fall zurücklassen würde. Also hatte er eine Art Gurtzeug gebastelt und versucht, es an Ryans Pferd anzubringen, da er fest entschlossen war, dass sie sich für den Rest des Tages um den Transport des Hundes kümmern sollte. Schnell hatte sich jedoch herausgestellt, dass es zu viel für sie war und wahrscheinlich auch unsicher für den Köter, sollte dieser herunterpurzeln und auf dem Boden aufschlagen. So war Rascal – wie Ryan ihn getauft hatte – bei Henry gelandet, die Ohren des Köters unterwürfig angelegt und sein Blick glasig vor etwas, was Henry nur als Sorge deuten konnte.

Ryan hätte dem Tier niemals einen Namen geben dürfen.

Aber was geschehen war, war geschehen.

Er würde es niemals zugeben, aber der kleine Kerl begann, ihm ans Herz zu wachsen, besonders nachdem er Henrys Gesicht geleckt hatte, als Henry ihn auf seinem Sattel festmachte.

Sie ritten mehrere Stunden, und Ryan fragte ihn nicht weiter nach Mort aus, worüber Henry froh war, obwohl sie überhaupt nicht viel sprach. Er musste zugeben, dass er es vermisste. Sich mit ihr zu unterhalten war normalerweise ein Höhepunkt seines Tages.

Er dachte über das nach, was Mort ihm erzählt hatte. Hatten sein Vater und Clayton Beckett vor acht Jahren zusammengearbeitet? Könnte Clayton in den „Unfall“ seines Vaters verwickelt gewesen sein? Unglücklicherweise war der Mann ebenfalls verstorben, also konnte Henry ihn nicht fragen. Henry kam nicht umhin zu denken, dass all dies nicht nur auf die Kindheit der drei Männer in Ohio, sondern auch auf ihre Zeit im Krieg zurückgehen musste. Aber sein Vater hatte weder mit Henry noch, soweit Henry wusste, mit Ian darüber gesprochen. Vielleicht hätte er seine Tante Lydia fragen sollen, aber das hatte er nicht. Ganz in Maguire-Manier hatte er beschlossen, es auf eigene Faust zu versuchen und es selbst herauszufinden.

Ihm entging nicht, dass er seinem Vater ähnlicher war, als er zugeben wollte.

Am späten Nachmittag erreichten sie einen felsigen Vorsprung. „Laut Minnie ist die Quelle dort den Hügel hinauf“, sagte er.

Kate stieg ab und kam sofort herüber, um ihm mit dem Hund zu helfen.

„Komm schon, Rascal.“ Sie lockte ihn von den Pferden weg, damit er sein Geschäft verrichten konnte.

„Warum hast du ihn so genannt?“

„Er sieht spitzbübisch aus, findest du nicht?“ In ihrem eigenen Blick lag ein Hauch von Schelmerei. Sie war ihm gegenüber ziemlich distanziert gewesen, seit sie bei Mort waren. War sie verärgert darüber, dass Henry sie in die Hütte geschickt hatte, damit er mit dem Mann sprechen konnte?

„Ich hoffe, das ist nicht prophetisch“, sagte Henry und beschloss, ihre Laune zu ignorieren.

Der Hund konnte inzwischen laufen, hinkte allerdings. Der Verband bedeckte immer noch die Vorderpfote und wurde von Minute zu Minute schmutziger.

„Wir sollten die Pferde hierlassen und zu Fuß weitergehen“, sagte er.

Kate nickte. „Ich glaube, Rascal schafft das. Aber kannst du das improvisierte Gurtzeug mitnehmen? Nur für den Fall.“

„Für den Fall, dass was?“

„Du ihn tragen musst.“

Er sollte ihr wirklich sagen, dass sie die Grenzen ihrer beruflichen Beziehung überschritt, aber die Worte blieben ihm auf der Zunge liegen. Wäre der Hund nicht gewesen, so vermutete er, würde sie vielleicht überhaupt nicht mit ihm sprechen. Und um ehrlich zu sein, zog er den Umgang mit ihr vor.

Sollte er ihr von seinem Vater erzählen? Davon, warum er wirklich hier war?

Konnte er ihr vertrauen?

Aber noch wichtiger: Würde es sie einem größeren Risiko bei diesem Auftrag aussetzen, wenn er sie einweihte?

Der letzte Gedanke hielt ihn davon ab, diesen Gedankengang weiterzuverfolgen. Er würde sie nicht in etwas verwickeln, das sie gefährden könnte. Punkt.

Eine Welle des Beschützerinstinkts überkam ihn. Welche Geheimnisse sie auch immer hütete, sie verblassten sicherlich im Vergleich zu seinen und hatten wahrscheinlich mit irgendeinem Pinkerton-Regelbuch zu tun, an das sich erfahrenere Agenten nicht hielten. Ein paar weitere Aufträge, und sie würde es genauso handhaben.

Sie machten sich auf einem ausgetretenen Pfad auf den Weg, der eindeutig regelmäßig benutzt wurde. Während sie gingen, raschelte eine Brise laut durch die Bäume, und der Pfad wurde steiler. Ryan war in guter Verfassung und hielt mit Henry mit, aber als Rascal anfing, Schwierigkeiten zu haben, fiel sie zurück.

Henry befestigte das Gurtzeug diagonal über seiner Brust und ging zu seinen Reisegefährten zurück.

Ohne ein Wort zu sagen, half Kate Rascal in die Stoffkonstruktion. Henrys Blick traf kurz ihren, bevor er sich aufrichtete. Widerwillige Dankbarkeit spiegelte sich in ihren Augen wider, aber die Vorsicht blieb. Er bekämpfte den Drang, die Hand auszustrecken und die Runzeln ihrer Verärgerung ihm gegenüber zu glätten. Es war besser so, sagte er sich, obwohl er nicht leugnen konnte, dass es ihm gefallen hatte, als die beiden, wie kurz auch immer, diese Woche miteinander im Einklang gewesen waren.

Er stemmte sich gegen das zusätzliche Gewicht des Hundes und setzte den Aufstieg fort, und Kate beeilte sich, Schritt zu halten, was sie bewundernswert gut schaffte. Er war sich sicher, dass sie sich dem Ort näherten, den sein Vater auf seiner Karte markiert hatte, und Henry hielt Ausschau nach einem Zeichen von … irgendetwas. Warum war Hugh hierhergekommen? Was war so wichtig, dass er eine Karte davon angefertigt hatte?

Der Pfad wurde flacher und sie betraten eine Baumgruppe. Der kühle Schatten war nach der strapazierenden Anstrengung willkommen, und Henry erblickte etwas, das man nur als Oase bezeichnen konnte. Hohe, kräftige Ahornbäume und Pappeln wuchsen in einem dichten Hain, und der Boden war reich an Pflanzenwuchs, grün und üppig. Das Geräusch von fließendem Wasser zog sie zu einer Öffnung in einem Felshaufen.

Sie waren auf ihrem Weg nur aufgestiegen, woher kam also das Wasser? Hinter der Quelle setzte sich der Hang nach oben fort, was darauf hindeutete, dass Druck dahinter war.

„Es ist wunderschön“, sagte Kate und versuchte, wieder zu Atem zu kommen.

Sie trat vor Henry und half ihm, Rascal aus dem Gurtzeug zu befreien. Der Hund senkte sofort seine Nase zu Boden und begann einen Zickzackkurs, während er die Umgebung erkundete, sein großer, flauschiger Schwanz wedelte die ganze Zeit.

„Minnie hatte recht", sagte Henry. „Dieser Ort ist sehenswert." Er musterte den Boden und fand Spuren von Tieren, die zweifellos wegen des Wassers hierherkamen, aber sein Auge erfasste noch etwas anderes. Einen Fußabdruck. Sehr schwach und weich, mit runden Kanten. Kein Abdruck, den ein Farmarbeiter mit Stiefeln und Sporen hinterlassen würde, aber er war auch zu groß, um von einer Frau zu stammen.

Gerade als Henry zu dem Schluss kam, dass der Verursacher wahrscheinlich ein Indianer war, trat ein Mann, der genau ins Bild passte, aus den grünen Schatten, als wäre er ein Geist, sein weißes Haar zu zwei langen Zöpfen geflochten, was diese Annahme noch bekräftigte.

„Ryan", sagte Henry leise, um sie zu warnen. Sie drehte sich um und erstarrte.

Henry erwiderte den Blick des Mannes, zögerte aber, seine Waffe zu ziehen. Er hatte keine Lust, unnötig etwas zu provozieren.

Rascal tauchte von seiner Erkundungstour auf der anderen Seite der Quelle auf und stürmte, als er den Fremden sah, mit voller Geschwindigkeit auf ihn zu. Das Gesicht des Indianers verzog sich zu einem breiten Grinsen und er ließ sich auf den Boden fallen, als der Hund ihm in die Arme lief. Es folgten viel Ablecken und fröhliches Japsen.

Henry warf einen Blick zu Ryan, die seine stumme Einschätzung mit hochgezogenen Augenbrauen quittierte. Sie warteten, bis sich die Begrüßung zwischen Hund und Mann auf ein erträgliches Maß beruhigt hatte.

Der Indianer stand auf und sagte: „Ihr habt meinen Hund gefunden."

„Ja", erwiderte Kate. „Wir wussten nicht, dass er vermisst wird. Seine Vorderpfote war verletzt, also haben wir sie gesäubert und ihn gefüttert."

„Ich danke Ihnen. Ich habe nach ihm gesucht."

Henry entging der enttäuschte Blick auf Ryans Gesicht nicht. Sie hatte den Köter bereits ins Herz geschlossen. Verdammt, Henry musste zugeben, dass es ihm genauso ging. Aber es war besser so. Es war ja nicht so, als wären er und Kate ein echtes Ehepaar, bereit, einen Hund in ihre Familie aufzunehmen, egal wie schön der Gedanke für ein paar kurze Stunden auch gewesen war.

Henry trat vor und streckte eine Hand aus. „Ich bin Gilbert Holmes. Ich arbeite für Arthur Wingate."

Der Mann nickte und ergriff seine Hand. „Ihr könnt mich George nennen."

„Ich bin Sallie Holmes, Gilberts Frau." Kate trat ebenfalls vor und schüttelte ihm die Hand. „Hat Ihr Hund einen Namen?"

„Ja. Ich nenne ihn Bandito."

Henry lachte. „Meine Frau hat ihn Rascal genannt. Ich schätze, es ist schwer, seine wahre Persönlichkeit zu verbergen."

George kniff die Augen zusammen, Belustigung in seinem Blick. „Es gibt jene, die die Sprache der Hunde sprechen. Es ist nicht so schwer, wirklich." Er nickte in Kates Richtung. „Bandito hat gesprochen und Sie haben zugehört."

Der Hund kam zu Kate zurück und stupste ihr Bein an, bis sie sich bückte, um ihn hinter den Ohren zu kraulen.

„Und er mag Sie sehr", sagte George. Dann sah er Henry an. „Aber Sie nicht." In der Einschätzung lag keine Bosheit, nur ein Hauch von Sarkasmus.

„Leben Sie hier in der Gegend?", fragte Henry.

„Manchmal."

Kate richtete sich auf. „Also lebt Ihr auf Wingates Land?"

George hielt inne. „Arthur Wingate glaubt, diese Quelle gehöre ihm, aber er irrt sich."

„Sie gehört Jean Beckett?", sagte Henry.

„Sie möchte das auch glauben, aber auch sie würde sich irren. Dies ist eine Grenze, ein Ort zweier Welten. Er gehört niemandem. Aber ich bin hierhergekommen, um meinen Hund zu finden."

George war ziemlich alt. Wie hatte er den Pfad erklommen?

„Meine Vorfahren lebten auf diesem Land", fuhr er fort. „Wenn Minnie Sie geschickt hat, dann muss sie einen Grund gehabt haben."

Henry versuchte, seine Überraschung zu verbergen. Sie hatten Minnie George gegenüber nicht erwähnt.

„Woher kennt Ihr Minnie?", fragte Kate.

„Sie ist meine Schwester", sagte George mit einem Lächeln. „Sie wacht über das Land. Es gibt einige, die glauben, sie könnten den Wind beherrschen. Arthur Wingate ist einer dieser Männer. Das bedeutet nicht, dass er es kann."

Die scharfe Intelligenz in Georges Augen strafte seine ausweichenden Antworten Lügen. Dieser Mann war kein Dummkopf. Er wusste mehr, als er zugab.

Henry bewahrte ein unbewegtes Gesicht. Es war klar, dass George sie verfolgt hatte. Die Frage war nur, warum. War er wegen Minnie hier? Wusste sie auch, was auf der Karte seines Vaters verzeichnet war? War Banditos Verletzung alles nur Show gewesen?

Der letzte Gedanke machte Henry wütend. Er konnte es niemals gutheißen, einem Tier zu schaden … aus welchem Grund auch immer.

„Wir haben Minnie nie erwähnt", fügte Kate hinzu und konfrontierte George etwas früher, als Henry es getan hätte. „Woher wusstet Ihr, dass sie uns geschickt hat?"

„Ein Vögelchen hat es mir gezwitschert."

Kates Blick wurde undurchdringlich, und Henry blieb stumm.

„Ein Star, glaube ich", fügte George hinzu.

Henry spürte ein Kribbeln im Nacken, seine Sinne waren hellwach. War es ein Zufall, dass weibliche Pinkerton-Agenten „Stare" genannt wurden?

„Warum sagt Ihr das?", erwiderte Kate.

Georges Gesicht nahm einen unschuldigen Ausdruck an. „Alles ist miteinander verbunden, wenn man hinsieht. Lasst uns am Wasser sitzen und reden. Ich komme nicht sehr oft zu Besuch."

Ein stummer Austausch fand zwischen Henry und Kate statt, und er gab ihr ein leichtes Nicken, George zu folgen. Sie würden mitspielen. Vorerst.

Sie ließen sich in der Nähe der Quelle nieder, die in einem perlenden Fluss aus der Erde sprudelte, fast wie ein Lied von einem Klavier. Henry bot Ryan seine Feldflasche an, die sie annahm. Rascal schlürfte sein Wasser direkt aus der Quelle, und George saß mit gekreuzten Beinen auf dem Boden. Seine Kleidung war moderner, mit einem weißen Hemd und dunklen Hosen sowie robusten Stiefeln.

„Seid Ihr allein hier draußen?", fragte sie.

Er nickte und deutete auf den Hund. „Nur mit ihm." Rascal hob den Kopf und blickte seinen Herrn liebevoll an, die Zunge hing ihm seitlich aus dem Maul. „Und dem Geist des Landes."

„Was ist so besonders an dieser Quelle?", fragte Henry.

„Vor langer Zeit wurde dieser Ort von den Comanchen genutzt – dem Yapa-Stamm. Ihr kennt ihn vielleicht als die Yamparikas."

„Sind sie immer noch hier?", fragte Kate.

„Nein, aber die Quelle ist heiliger Boden."

Besorgnis zeichnete sich auf ihrem Gesicht ab. „Sollten wir überhaupt hier sein?“

„Stellt Ihr Eure Existenz infrage?“

„Öfter als ich sollte“, antwortete sie lachend.

Kates Sinn für Humor umspülte Henry wie eine warme Brise, und zum ersten Mal stellte er sich sein Leben nach diesem Auftrag vor, nach ihr. Es war karg und einsam.

„Wir sollten wahrscheinlich zu den Pferden zurückkehren“, sagte er zu ihr, plötzlich wollte er sie für sich allein haben.

Sie standen alle auf.

„Habt Ihr eine Mitfahrgelegenheit?“, fragte Kate George.

„Nein.“

„Habt Ihr es noch weit?“

„Es ist schon noch ein Stück. Aber ich laufe. Das habe ich schon früher so gemacht.“

„Nun, Ihr solltet mit Bandito vorsichtig sein. Seine Vorderpfote ist verletzt. Ich glaube nicht, dass er weite Strecken laufen sollte, zumindest nicht gleich mehrere Tage.“

„Womöglich habt Ihr recht.“

„Ihr könntet bei uns campen, wenn Ihr möchtet“, fügte sie hinzu.

Henry unterdrückte ein Stöhnen, und das nicht nur, weil er den irrationalen Wunsch entwickelt hatte, Kate für sich zu haben. Dies würde seine Bemühungen, die Gegend später allein zu erkunden, weiter erschweren. Er konnte sich auch des Gefühls nicht erwehren, dass Kate George direkt in die Hände spielte.

George nickte. „Wenn es keine zu großen Umstände macht. Ich kann Euch einen guten Platz zum Campen zeigen. Folgt mir.“ Er pfiff und Bandito rannte ihm trotz seines Hinkens hinterher.

„Ich hoffe, du weißt, was du tust“, sagte Henry leise, nur für Kates Ohren bestimmt, als sie an ihm vorbeiging.

„Ich will nichts unversucht lassen“, murmelte sie zur Antwort.

Kapitel Siebzehn

Kate saß an diesem Abend am Feuer, während George an einem Stück Holz schnitzte. Bandito lag neben ihm zusammengerollt, und obwohl sie sich freute, dass der Hund seinen Besitzer gefunden hatte, versuchte sie, die Zuneigung zu zügeln, die sich von selbst entwickelt hatte, seit sie ihn hinter diesem Busch gefunden hatte. Bald würden sich ihre Wege trennen.

Der Lagerplatz war herrlich, mit einem natürlichen Windschutz und einer offenen Fläche, die genug Platz für das Zelt und die Pferde bot. Es gab auch einen kleinen Bach, der laut George von der Quelle kam.

Aber wo würde Henry schlafen? Auf dem Boden, wie er es bisher getan hatte? Würde George das nicht seltsam finden?

Während sie darüber nachdachte, wie sich das entwickeln könnte, zog sie auch die Möglichkeit in Betracht, mit Henry einen Streit vom Zaun zu brechen, um zu rechtfertigen, dass er für die Nacht das Zelt verließ. Sie warf einen erneuten Blick auf Bandito, der fest schlief, und hoffte, dass der Hund sich in der Nacht vielleicht an sie kuscheln wollte.

Henry kehrte mit mehr Feuerholz zurück. Sie hatten

bereits gegessen, und nun saßen sie in behaglichem Schweigen da, während sich die Sterne über den geschwärzten Himmel ausbreiteten.

Kate konnte ihre Neugier nicht länger zurückhalten. „Sind *Sie* Comanche?“, fragte sie George.

Er nickte.

„Welcher Stamm?“, fragte Henry.

„Die Yapa, die ich bereits erwähnt habe.“

Henry stocherte mit einem Stock in den Flammen. „Warum leben Sie nicht in einem Reservat?“

George zuckte mit den Schultern. „Das habe ich eine Zeit lang, aber es war schwer. Als ich meine Frau verloren habe, habe ich mich entschieden, wegzugehen, um einen friedlicheren Ort zu finden. Und ich habe Minnie vermisst. Das war vor zehn Jahren.“

„Warum leben Sie nicht bei ihr?“, fragte Kate.

„Tu ich. Manchmal.“

George blickte zu Bandito und sagte etwas in seiner Muttersprache, und Kate antwortete auf die gleiche Weise.

Henry drehte sich zu ihr. „Du sprichst Comanche?“

„Ein wenig“, sagte sie.

„Sie sprechen wie ein Kind des Volkes“, sagte George mit einem Lächeln. „Warum?“

„Meine Mutter. Sie hat viele Jahre bei den Comanchen gelebt, als sie jung war. Sie hat mir ein wenig von der Sprache beigebracht.“

„Welcher Stamm?“, fragte George.

„Die Kwahadi. Das war vor mehr als fünfundzwanzig Jahren. Sie war damals entführt worden.“

„Das tut mir leid“, sagte George. „Kinder zu stehlen, wurde lange Zeit als Zeichen von Ansehen betrachtet.“

Kate antwortete nicht.

„Die Erfahrung deiner Mutter kann nicht nur schlecht

gewesen sein“, sagte Henry, „wenn sie dir die Sprache beigebracht hat.“

„Ich nehme an, nicht. Sie spricht nicht sehr ausführlich darüber. Ich kann mir gut vorstellen, dass ein Teil davon schmerzhaft war, besonders weil sie – als sie endlich nach Hause kommen konnte – herausfand, dass ihre Eltern ermordet und ihre Schwestern zu einer Tante nach Kalifornien geschickt wurden.“

„Haben die Comanchen ihre Eltern ermordet?“, fragte Henry.

„Tatsächlich nicht. Der Schuldige war ein anderer Mann, der für meinen Großvater gearbeitet hatte. Ich glaube, eine Zeit lang war sie bei den Kwahadi glücklich und in eine Familieneinheit integriert. Sie hatte sogar zwei Comanchen-Schwestern als Ersatz für die beiden, die sie verloren hatte.“

„Dieser Stamm war gewalttätiger als die meisten anderen“, sagte George.

„Ich sollte wohl hinzufügen, dass mein Onkel eine Zeit lang bei den Kotsotekas gefangen gehalten wurde, aber er konnte schließlich entkommen. Er war jedoch bereits erwachsen, daher war seine Erfahrung ganz anders.“

George sah etwas verlegen aus. „Es tut mir leid zu hören, welche Schwierigkeiten Ihre Familie mit meinem Volk hatte. Ich kann Ihnen versichern, dass ich Ihnen keinen Schaden zufügen will. Und ich bin sehr dankbar, dass Sie meinem Hund geholfen haben.“

„Ich glaube wirklich, meine Ma würde Sie mögen, George.“ Kate stand auf. „Ich denke, es ist Zeit für mich, mich schlafen zu legen, also wünsche ich Ihnen beiden eine gute Nacht.“

George richtete sich gegenüber dem Zelt ein Lager am Feuer her und legte sich ebenfalls zur Ruhe. Zuerst lag Bandito neben ihm, aber als Kate es sich im Zelt gemütlich machte, steckte der Hund seine Nase durch den Eingang, den Kate nicht zugebunden hatte, da sie sich nicht sicher war, wie es zwischen ihr und Henry bezüglich der Schlafgelegenheiten stand.

„Hallo, mein Süßer."

Der Körper des Hundes zuckte, als sein Schwanz hin und her zu peitschen begann, und er kam herein.

„Willst du nicht bei George schlafen?", flüsterte sie und küsste ihn auf seinen pelzigen Kopf.

Bandito leckte über ihr Gesicht und begann dann herumzuschnüffeln, während Kate sich hinlegte. Er beendete seine Untersuchung schließlich, als wäre er ebenfalls verdeckt im Einsatz, und ließ sich dann neben ihr nieder, wo er sich zu einem engen Ball zusammenrollte.

Henry schob die Zeltklappe zurück. „Ich komme rein."

„Okay." Sie hatte sich für alle Fälle bereits auf die rechte Seite gelegt.

„Ich entschuldige mich für das Eindringen", sagte er mit leiser Stimme. „Mir fällt kein guter Grund ein, neben George zu schlafen, aber wie ich sehe, bin ich bereits ersetzt worden."

Bandito hob den Kopf, schien Henrys Anwesenheit aber nicht zu begrüßen. Als Henry hineinkroch, zog er seine Bettrolle und seine Decke hinter sich her. Banditos Ohren waren verärgert aufgestellt, während er Henry dabei zusah, wie er sein Bett machte. Der Platz war eng, und Kate musste nach der kleinen Laterne greifen, die sie hatte brennen lassen, damit er sie nicht umstieß.

Als er endlich auf dem Rücken lag, blickte sie zu ihm hinüber. Bandito lag zwischen ihnen zusammengerollt.

„Bereit, das Licht auszumachen?", fragte sie.

„Ja."

Sie löschte die Laterne und rollte sich auf die Seite, sodass sie Bandito zugewandt war. Sie kraulte seinen Nacken und versuchte, zur Ruhe zu kommen.

„Was hältst du von ihm?“, fragte Henry, seine Stimme immer noch leise.

„Bandito?“, neckte sie ihn. „Er ist ein bisschen anhänglich.“

Ein leises Kichern entwich Henry.

Ein Lächeln breitete sich auf ihren Lippen aus. „Du meinst George. Ich bin mir nicht sicher.“

„Ja, versuch nur, dich nicht so in ihn zu vergucken, wie du es bei seinem Hund getan hast.“

„Eifersüchtig, *Gilbert*?“

„Nur vorsichtig. Es tut mir leid wegen deiner Familie …“

„Was? Warum?“

„Der Tod deiner Großeltern. Die Entführung deiner Mutter.“

„Ich nehme dein Mitgefühl an“, erwiderte sie, „aber da ich bei beidem noch nicht am Leben war, würde ich nicht sagen, dass ich Schmerzen leide. Es gibt allerdings Zeiten, da schmerzt mein Herz für meine Mutter. Sie ist jedoch eine starke Frau.“

„Dann weiß ich ja, woher du das hast. Ich kenne niemanden außer einem Comanchen selbst, der ihre Sprache spricht. Es ist eine schwierige Sprache, und ich bin wirklich beeindruckt, Ryan.“

Das Kompliment wärmte sie und verursachte ein angenehmes Flattern in ihrem Bauch. „Danke.“ Bis zu diesem Moment war ihr nicht bewusst gewesen, wie sehr sie sich nach einem freundlichen Wort von ihrem Partner gesehnt hatte. Da dies ihr erster Auftrag war, hatte sie bisher wenig Ermutigung erfahren. Sie hätte das Gespräch fortgesetzt, aber sie wollte nicht, dass Henry wusste, wie viel ihr seine Worte bedeuteten. Sie wollte nicht, dass er sie für unfähig in ihrem Beruf hielt, so anhänglich, wie Bandito sich erwies. Sie fuhr mit einer Hand über den Rücken des Hundes; das Gefühl seines Fells war tröstlich.

„Gute Nacht, Henry“, flüsterte sie.

„Gute Nacht, Kate.“

KATE SCHRECKTE HOCH, und die Stille im Zelt verriet ihr, dass es tief in der Nacht war. Sie setzte sich auf und tastete nach Bandito, aber er war weg. Auch Henrys Bett war leer. Sie zog ihre Stiefel und ihren Staubmantel an und schlich aus dem Zelt.

Bandito war wahrscheinlich hinausgeschlüpft, um bei George zu schlafen, aber wohin war Henry gegangen? Georges Lager war mehrere Meter entfernt, und sie sah vorsichtig nach ihm, doch der Hund war nirgends zu sehen.

War Bandito bei Henry?

Sie kehrte zum Zelt zurück, holte die Laterne und zündete sie an. Sie hielt sie tief über dem Boden und suchte nach Spuren. Waren Henry und der Hund in Schwierigkeiten, oder tat Henry etwas, von dem sie nichts wissen sollte?

Sie musste nach ihnen suchen, ohne dass es offensichtlich war, also zog sie den Saum ihres Mantels um das Licht, um es abzuschirmen. Am frühen Abend war im Lager viel los gewesen, daher war es schwierig, eine Richtung für die Verfolgung zu finden, aber ihr Papa hatte sowohl ihr als auch ihrer Schwester Josie das Spurenlesen beigebracht, und sie fand bald frische Abdrücke von Mann und Hund im feuchten Boden.

Sie folgte ihnen, aber die Spur endete bald. Auf der Suche nach Anzeichen im umliegenden Laubwerk hielt sie abrupt an, als sie über einen Mann stolperte, der hinter einem großen Busch versteckt schlief.

Im Schein der Laterne kam er ihr irgendwie bekannt vor.

Er wachte auf und schirmte seine Augen vor dem Licht ab.

„Dutch?“, sagte Kate. „Was machen Sie hier draußen?“

Kate saß neben Francis O'Malley im Schutz der Büsche, wo er sich versteckt hatte, denn sie hatte keinen Zweifel daran, dass der ältere Mann sich versteckte. Folgte er ihnen? Erst George, jetzt Dutch. Das konnte kein Zufall sein.

„Warum sind Sie ganz allein hier draußen?", fragte sie und hielt ihre Stimme leise.

„Manchmal gehe ich gern in die Wildnis."

„Aber Sie sind auf dem Land der Wingates."

„Nein. Ich bin auf dem Land der Becketts."

Die Quelle und ihre umstrittene Eigentümerschaft.

„Hat Mrs. Beckett Ihnen die Erlaubnis gegeben, hier zu sein?", fragte sie.

„So ähnlich. Warum wandern Sie im Dunkeln umher?"

„Ich suche einen Hund. Er ist schwarz und flauschig, und sein rechtes Ohr hängt herunter. Haben Sie ihn gesehen?"

„Nein, habe ich nicht. Gehört er Ihnen?"

„Nein. Er gehört einem Mann namens George. Kennen Sie ihn?"

Dutch nickte. „Ja. George Ortes. Sie sollten nicht allein hier draußen sein, Sallie. Wo ist Ihr Mann?"

„Er ist auf der anderen Seite dieser Bäume." Nur eine kleine Lüge, aber sie hielt es für keine gute Idee, sich Dutch anzuvertrauen.

Er beugte sich vor. „Darf ich Ihnen einen Rat geben?"

„In Ordnung."

„Passen Sie auf, dass Sie Ihre Nase nicht in Dinge stecken, die Sie nichts angehen. Menschen können verletzt werden."

Ihre Laterne brannte noch, und im Schein des Lichts war Dutchs Blick scharf und ernst, was einen Schauer von ihrem Nacken über ihren Rücken jagte und ihr eine Gänsehaut auf die Arme trieb.

„Was genau meinen Sie damit?“, fragte sie mit leisen Worten. *Wer sind Sie, Dutch?*

Die harten Züge seines Gesichts lösten sich in einen weicheren Ausdruck auf. „Ich möchte nicht, dass Ihnen etwas zustößt. Oder Ihrem Mann.“

Diese ganze Begegnung war bizarr und ergab keinen Sinn … es sei denn …

„Wie lange kennen Sie die Wingates schon?“, fragte sie.

„Lange genug.“

„Und Sie mögen sie nicht. Warum?“

Er rutschte hin und her. „Das ist nicht wichtig.“

„Wussten Sie, dass Arthur als junger Mann im Krieg Spion war?“ Sie hatte Henrys neueste Notizen nach seinem letzten Buchtreffen mit Arthur gelesen, eine Aktion, von der Henry nichts wusste. Jetzt teilte sie es mit Dutch und war sich nicht ganz sicher, warum.

Das leichte Zusammenkneifen von Dutchs Augen verriet ihr, dass sie auf der richtigen Spur war.

Was sie dachte, war unglaublich, und für einen Moment zögerte sie, denn wenn sie sich irrte, würde sie Dutch dann mehr Informationen geben, als sie bei einer laufenden Ermittlung sollte? Aber ihre Tante Em hatte ihr nur einen einzigen Rat gegeben, bevor Kate nach Chicago und der Verfolgung ihrer Träume aufgebrochen war: *Vertrau auf deine Instinkte, Katie. Sie haben immer recht.*

Henrys Vater war vor acht Jahren in Trinidad gestorben. Er war in einen Minenschacht gefallen. Eine Leiche war nie gefunden worden.

Wie hatte sie es nicht früher sehen können? Dutch hatte die gleiche ernste Miene, die gleiche Kopfhaltung, die gleiche stille Gelassenheit wie jemand, mit dem sie in den letzten Wochen sehr viel Zeit verbracht hatte.

„Sie sind nicht wirklich Francis O’Malley, oder?“, sagte sie.

„Und wer sollte ich sonst sein?“
„Hugh Maguire.“

Kapitel Achtzehn

Kate nippte an ihrer zweiten Tasse Kaffee und wartete darauf, dass Henry aufwachte.

Nach ihrer nächtlichen Begegnung mit Dutch, der kein Geringerer als Henrys lange totgeglaubter Vater war, war sie zurück ins Zelt geschlüpft und hatte sich schlafend gestellt, bis Henry endlich zurückkehrte – zu ihrer Erleichterung mit Bandito.

Kate hatte keine Ahnung, was vor sich ging, aber offensichtlich verfolgte jeder seine eigenen Pläne, also hatte sie beschlossen, das ebenfalls zu tun.

Dutch hatte zwar bestätigt, dass er tatsächlich Henrys Vater war, aber er hatte nur wenige Details darüber preisgegeben, warum er offensichtlich seinen Tod vorgetäuscht und Henry acht Jahre lang in dem Glauben gelassen hatte, er sei tot. Kate war sowohl fassungslos als auch voller Wut auf den Mann gewesen. Wie hatte er Henry das antun können? Und hatte Henry nicht einen älteren Bruder? Was war mit ihm? Was für ein Mann tat seinen eigenen Kindern so etwas an?

Aber Hugh wollte nicht näher darauf eingehen und sagte

nur, es sei kompliziert. Und dass er sich Sorgen machte, weil Henry seine Nase in Wingates Angelegenheiten steckte. Hugh hatte ihr das Versprechen abgenommen, Henry nicht zu sagen, dass er am Leben war. Zuerst hatte sie sich geweigert, ein solches Versprechen abzugeben, aber Hugh hatte ihr gesagt, es würde Henry aus dem Konzept bringen. Er wäre nicht in der Lage, seinen Auftrag zu beenden. Ja, Hugh wusste, dass Henry ein Pinkerton-Agent war und einen Auftrag hatte. Er deutete an, dass er deshalb zurückgekehrt war, und es konnte jeglichen Fortschritt zerstören, den die Pinkertons machten, um Wingate hinter Gitter zu bringen – wo er hingehörte. Und dann hatte Hugh ihr etwas gesagt, was sie nicht gewusst hatte – er war beim Secret Service, zumindest war er das vor seinem „Tod" gewesen.

Schließlich hatte er ihr das Gelübde abgerungen, seine Identität für sich zu behalten. Vorerst.

Es gefiel ihr nicht. Sie mochte es nicht, Henry anzulügen. Nicht in dieser Sache. Aber was konnte sie tun? Wenn sie es ihm sagte, konnte es sehr gut sein, dass ihnen der ganze Fall um die Ohren flog.

Hugh hatte gesagt, er sei hier, um die Dinge im Auge zu behalten, um ein Auge auf Henry zu haben.

Wenn er beim Secret Service war, dann wusste er sicherlich weit mehr als sie. Henry würde verstehen, warum sie ihm Hughs Existenz verschwiegen hatte, wenn all dies vorbei war. Oder etwa nicht? Und warum war es so wichtig, dass Henry ihr letztendlich verzeihen würde?

Sie war schließlich eingeschlafen, erwachte aber vor der Dämmerung, als Henry unruhig neben ihr schlummerte. Seine abendlichen Aktivitäten hatten ihn offensichtlich müde gemacht. Unfähig, wieder einzuschlafen, war sie aufgestanden und hatte das Kochfeuer geschürt, um eine starke Kanne Kaffee zu kochen.

Sie kaute auf ihrer Lippe herum. Sie sollte Louise eine

Nachricht mit dieser neuesten Wendung der Ereignisse schicken und um Rat fragen. Aber wieder zögerte Kate. Sendschreiben konnten, egal wie sorgfältig sie verfasst waren, abgefangen werden. Was, wenn ihre Handlungen alles noch schlimmer machten? Könnte sie damit leben? Könnte ihre aufkeimende Karriere das überstehen?

Sie rieb sich die Stirn, als ob diese Geste ihren Verstand klären und ihr einen Einblick geben könnte, wie sie vorgehen sollte. Bandito wedelte mit dem Schwanz an seinem Platz bei ihren Füßen, als ob er ihre Not spürte.

„Und welche Geheimnisse hütest du?“, flüsterte sie, während sie ihm das Fell um den Hals kraulte.

„Morgen.“

Kate zuckte zusammen.

„Tut mir leid“, sagte Henry, und Verwirrung zog über sein Gesicht, als er seinen Kopf durch die Zeltöffnung steckte. „Ich wollte dich nicht erschrecken.“

Kate fasste sich schnell. „Nein, alles gut“, sagte sie hastig. „Und guten Morgen.“

Er kam und setzte sich ans Feuer. „Sind wir allein?“, fragte er und fuhr sich mit der Hand übers Gesicht.

Er trug einen leichten Bartschatten, aber Kate wusste bereits, dass er sich jeden Morgen rasierte, also erwartete sie, dass der Schatten bald verschwinden würde. Henry war äußerst penibel. Das war wohl Teil seiner disziplinierten Persönlichkeit, vermutete sie. Sie beobachtete ihn aus dem Augenwinkel und versuchte, Anklänge von Hugh in ihm zu entdecken, aber „Dutch“ hatte sich eine ungepflegte Verkleidung zugelegt, und die einzige wahre Verbindung, die sie finden konnte, lag in den Augen.

„Ja. George ist weg … irgendwo.“ *Würde er auch über Hugh stolpern?*

Henry griff nach dem Lappen und langte nach der

erhitzten Kaffeekanne, die über dem Feuer stand, und schenkte sich eine Tasse ein. Kate beschäftigte sich damit, Frühstück zu machen, und George kehrte rechtzeitig zurück, um mit ihnen zu essen. Kate verlagerte dann ihre Aufmerksamkeit auf Banditos Pfote und überprüfte die Verletzung. Glücklicherweise war die Schwellung um die Wunde herum zurückgegangen und nach seinem nächtlichen Ausflug nicht allzu schmutzig.

Sie packten ihre Ausrüstung wieder zusammen und machten sich auf den Weg den Berg hinunter und ins Tal. Eine Weile gingen sie alle zu Fuß, führten die Pferde und das Maultier, um Bandito die Möglichkeit zu geben, in einem gemächlichen Tempo zu gehen. Am späten Nachmittag betraten sie ein abgeschlossenes Gebiet, das auf zwei Seiten von Klippen und auf der anderen von einem felsigen Hügel umgeben war. George saß auf ihrem Pferd und hielt Bandito, damit der Hund sich ausruhen konnte.

Drei Männer mit ihren Pferden begrüßten sie von einem offensichtlich oft genutzten Lagerplatz aus.

„He, George, schön, dich zu sehen."

Der Comanche nickte.

„Wer ist deine Begleitung?"

„Das sind Gilbert und Sallie Holmes. Gilbert arbeitet für Mr. Wingate. Sie haben meinen Hund gefunden, der weggelaufen ist."

„Du hast dem Köter schon immer eine lange Leine gelassen", sagte der Mann.

Sie hielten an und Henry nahm Bandito von George, der dann abstieg.

George stellte die Männer vor, die alle Ende zwanzig bis Anfang dreißig zu sein schienen. „Clint, Fred und Jim."

Sie sahen aus, als wären sie schon eine Weile unterwegs gewesen, ihre Kleidung war staubig und ihre Fingernägel hatten Schmutzränder.

„Freut mich, euch kennenzulernen", sagte Henry. Kate nickte nur. „Arbeitet ihr alle für Wingate?"

Clint nickte, sein sandfarbenes Haar hing ihm unter dem Hut bis auf die Schultern, sein Bart und sein Schnurrbart waren ungepflegt. Seine grünen Augen waren misstrauisch. „Ja, tun wir."

George warf einen Blick auf die untergehende Sonne. „Es wird spät. Können wir bei euch unser Lager aufschlagen?"

Jim schob einen Priem Tabak in seiner Wange hin und her und drehte sich zur Seite, um ihn auszuspucken. Er war stämmig um die Taille, mit einem dunklen Bartschatten auf den Wangen, der nicht ganz ausreichte, um sein Doppelkinn zu verbergen. „Ich schätze schon", sagte er. „Wir schaffen es nicht mehr bis zur Hütte, bevor es dunkel wird."

„Unseren Proviant können wir aber nicht teilen", fügte Fred hinzu, seine Augen waren rund und seine Nase flach. Er war klein und schmächtig, und sein Hut war viel zu groß für ihn. Es überraschte Kate nicht, dass er ihre Vorräte nicht teilen wollte.

Henry fuhr sich durchs Haar und rückte dann seinen Hut zurecht. „Keine Sorge. Wir haben unseren eigenen."

Die nächste Stunde verbrachten sie damit, sich um die Pferde zu kümmern und das Lager aufzuschlagen. George ließ sich bei den drei Männern nieder. Henry jedoch stellte ihr Zelt etwa zwanzig Meter entfernt auf, und Kate half ihm.

„Meinst du nicht, wir sollten näher zusammenbleiben?", fragte sie und hielt ihre Stimme leise, damit sie nicht belauscht wurden.

„Vielleicht. Aber ich denke, es ist besser für dich, wenn wir etwas Privatsphäre haben."

Ihre Blicke trafen sich und sie verstand, was er meinte, aber größtenteils hatte sie keine unanständigen Absichten bei den drei Männern bemerkt. Und George war ihr gegenüber nichts als höflich.

„Mir wird schon nichts passieren, Henry."

Er zog eine Augenbraue hoch.

„Entschuldigung. Gilbert", korrigierte sie sich.

„Vielleicht solltest du dich für heute Nacht zur Ruhe legen. Ich bleibe bei ihnen wach und sehe zu, ob ich etwas herausfinde."

„Nochmals, mir wird schon nichts passieren. Außerdem habe ich Hunger. Und würde deine Frau dir nicht ein leckeres Abendessen in der freien Natur zubereiten?" Sie lächelte und verstaute die Striegelbürste, nachdem sie mit ihrem Pferd fertig war.

In der Nähe gab es eine Wasserstelle, also führte sie die beiden Pferde und das Maultier zum Trinken hinüber. In der nahenden Dunkelheit sah sie einen der anderen Männer erst, als er sich räusperte und sie erschreckte. Sie wirbelte herum, etwas verlegen. Henrys Bemerkung hatte sie verunsichert.

Sie konnte sich nicht erinnern, welcher von ihnen es war. Warte, er war der erste, den sie getroffen hatten. Sein Name war Flint. Nein, es war Clint. Normalerweise war sie gut mit Namen. Verdammt sei Henry, weil er sie nervös gemacht hatte. Neben dem Winchester-Gewehr hatte sie eine Pistole in ihren Satteltaschen, aber leider war beides nicht in der Nähe. Sie hatte jedoch einen Derringer in einer versteckten Tasche ihres Hosenrocks verstaut. Die Agentur verlangte es nicht, aber sie hielt es für klug, da man nie wusste, in welche Situation man geraten könnte. Ihr Pa hatte ebenfalls darauf bestanden. Ihr Bruder Eli hatte ihr zudem beigebracht, mit den Händen zu kämpfen, und ihr Tipps gegeben, wie sie sich zur Wehr setzen konnte, wenn ein Mann – oder eine Frau – sie jemals körperlich angriff.

„Ihr habt ein paar gutaussehende Pferde", sagte Clint und strich mit der Hand über die Flanke des Pferdes. Er schien zu grinsen, obwohl es schwierig war, seinen Mund zwischen dem struppigen Gesichtshaar zu erkennen.

„Danke. Wie lange arbeiten Sie schon für Mr. Wingate?"

„Ungefähr ein Jahr jetzt, aber wir berichten meistens an die Missus. Das gefällt Ihnen bestimmt, schätze ich, dass wir einer Frau untergeordnet sind."

„Sprechen Sie von Mrs. Wingate?"

Er nickte. *Warum waren sie Lottie unterstellt?*

„Wir sehen nicht viele Frauen hier draußen. Sie müssen das raue Leben mögen."

Sie bewegte sich auf die andere Seite ihres Pferdes und versuchte, eine Barriere zwischen sich und diesen Mann zu bringen. „Ich bin auf einer Ranch aufgewachsen", sagte sie. „Ich bin ziemlich glücklich, wenn ich draußen bin." Sie griff nach dem Hafersack, den sie mitgebracht hatte, und warf einen großen Haufen auf den Boden. Die Stute machte sich sofort an die Arbeit. Henrys Pferd und das Maultier hoben ihre Köpfe, ihre Ohren spitzten sich, und sie bewegten sich schnell, um ihren Anteil am Futter zu bekommen, also warf Kate noch mehr davon aus.

„Sie scheinen glücklich zu sein", sagte Clint und kam näher an sie heran.

Ein Schauer des Unbehagens durchfuhr sie. Sie blickte zurück dorthin, wo Henry das Zelt aufbaute, aber in den Schatten des späten Tages erkannte sie, dass er fertig und verschwunden war. Sie schaute zum Lagerfeuer, wo die anderen versammelt waren, und erspähte Henrys Silhouette. Er war groß, obwohl Jim fast seine Größe hatte, aber Henry hatte eine andere Haltung. Er war ruhig, zielgerichtet und schien nie unnötige Bewegungen zu machen. Sie stellte sich vor, dass sein Körperbau unter seiner Kleidung ziemlich definiert war, und sobald ihr der Gedanke durch den Kopf schoss, blockte sie ihn ab. Henry war ihr Partner, kein Mann, dem sie auf romantische Weise nachstellte. Dennoch konnte sie die unterschwellige Anziehungskraft, die zwischen ihnen brodelte, nicht leugnen.

Und mit diesem Gedanken richtete sie ihre Aufmerksamkeit wieder auf Clint, da sie vermutete, dass er ein Mann von wenig Ehre war. Vielleicht war es das Beste, dies aufzudecken. Sie schlug sofort einen neuen Kurs ein.

Sie verließ den Schutz ihres Pferdes und trat näher an Clint heran. „Ich wette, Sie kennen sich wirklich gut mit Pferden aus." Sie lächelte und verschränkte die Arme vor sich, ein kleiner, aber vorhandener Schutz.

„Jep", sagte er. „Ich arbeite mit Vieh, seit ich ein Junge bin. Das ist Knochenarbeit, daran gibt es keinen Zweifel. Leben Sie und Ihr Mann im Haupthaus?"

„Nein, wir sind in der Purcell-Hütte. Kannten Sie Charlie Purcell zufällig?"

Clint verengte die Augen. „Es ist Jahre her, seit er hier war. Er war ziemlich nutzlos, soweit ich mich erinnere. Er gab sich als eine Art Vorarbeiter aus, ist aber abgehauen und untergetaucht."

„Was glauben Sie, ist passiert?"

Der Blick in seinen Augen – abschätzend und irgendwie lüstern – hätte sie beinahe zu Henry flüchten lassen. War das wirklich eine gute Idee? Würde sie von diesem Mann irgendetwas Nützliches erfahren? Oder würde sie seinen Händen ausweichen müssen?

Als die Sonne unter den Horizont sank und einen orangefarbenen Schein hinterließ, beugte er sich dicht zu ihr. „Ich glaube, dass er die Art und Weise nicht respektiert hat, wie die Dinge hier laufen."

Kate schluckte die Trockenheit in ihrem Hals hinunter und blieb stehen, wobei sie den Drang zu fliehen bekämpfte.

„Sie sind furchtbar hübsch, Mrs. Holmes."

Sie trat einen Schritt zurück. „Danke", erwiderte sie und zwang sich zu einem weiteren Lächeln. „Ich habe von einem anderen Mann gehört, der damals hier war. Sein Name war Hugh Maguire." Ihr Herz pochte, als die Worte aus ihrem

Mund strömten. Sie drang in Henrys geheime Pläne ein, aber da Hugh am Leben war, konnte sie nicht umhin zu denken, dass sein plötzliches Erscheinen kein Zufall war.

Zumindest stoppte es Clints Vordringen auf sie zu. „Er ist bei einem Unfall gestorben. Ich weiß nicht, warum die Leute über ihn reden."

„Vielleicht war sein Tod kein Unfall."

„Wer sagt das?"

Sie zuckte mit den Schultern. „Mein Mann ist Schriftsteller. Ich teile seine Neugier auf lokale Geschichten, besonders auf solche, die Mysterien sein könnten."

„Um solche Dinge müssen Sie sich keine Sorgen machen, Ma'am." Das lüsterne Glitzern war wieder in seinem Blick und ihr wurde übel. „Ich und die Jungs halten hier in der Pampa Wache. Wir werden nicht zulassen, dass Ihnen etwas zustößt."

Kate war sich da nicht so sicher. „Gibt es etwas Besonderes an diesem Gebiet?"

Clint kicherte. „Hat George Ihnen den Kopf mit Comanchen-Geschichten vollgestopft? Die Wahrheit ist, dies ist ein gefährliches Gebiet. Es gibt Viehdiebe und Kriminelle, die sich verstecken könnten. Sie und Ihr Mann sollten wirklich nicht alleine hier herumreiten."

„Danke für die Warnung. Gibt es hier Verstecke?"

„Höchstwahrscheinlich. Ich würde aber nicht danach suchen. Leute werden im Hinterland verletzt und man hört nie wieder von ihnen."

Sie bereute es inzwischen, freundlich zu Clint gewesen zu sein. Es war jetzt ganz dunkel, aber sie konnte das Feuer in der Ferne lodern sehen. Es war klein und betonte, wie weit sie von Henry entfernt war und wie isoliert sie mit Clint war. „Ich muss zurück zu Gilbert."

„He." Clints Arm schnellte vor und packte ihren Oberarm. Sie unterdrückte ein Zucken und behielt ihr falsches Lächeln bei. „Sie müssen nicht so schnell gehen", sagte er.

Sie drehte ihren Arm so, wie ihr Bruder Eli es ihr vor vielen Monaten gezeigt hatte, und befreite sich schnell aus Clints Griff. Sie war kurz davor, ihm einen Schlag in den Schritt zu verpassen, als Henry ihr Handgelenk packte.

„Sallie, da bist du ja“, sagte er, seine Stimme trug einen Hauch von Sorge unter seinem freundlichen Auftreten. Sein Blick blitzte sie scharf an und verblüffte sie mit seiner Intensität.

Henry war wütend. Ihretwegen.

Kate zwang sich zu entspannen, und er lockerte seinen Griff um sie.

„Gilbert, ich wollte dich gerade suchen.“ Ihre Brust hob und senkte sich, während sie nach Luft schnappte, ihre Wangen glühten. Sie schmiegte sich in seine Arme, drückte ihn, und vergrub ihr Gesicht in seiner Schulter.

Für einen Sekundenbruchteil spürte sie, wie sich sein Körper anspannte, spürte seine Unsicherheit über ihre Geste, und dann schloss er seine Arme um sie.

Sie schloss die Augen und atmete den Duft ein, der an seinem Hemd haftete, Moschus und Schweiß und noch etwas mehr, ein Duft, der sie tröstete und ein Feuer in ihrem Bauch entfachte. Sie umarmte ihn fester und fühlte sich sicher.

„Danke, dass du auf sie aufgepasst hast, Clint“, sagte Henry über ihre Schulter, seine tiefe Stimme vibrierte in seiner Brust an ihrem Ohr. Sein Tonfall war nicht dankbar. Er war grenzwertig bedrohlich.

„Gern geschehen“, antwortete Clint, aber das war alles andere als freundlich.

Da war ein Rascheln zu hören, und Kate nahm an, dass er wegging, aber sie spürte, dass er langsam spazierte und sich Zeit ließ.

Sie lehnte sich leicht zurück und erhaschte einen Blick auf Clint, der einen Blick über seine Schulter warf.

„Was zum–“

Kate küsste Henry und schnitt ihm damit jeden Tadel ab, den er gerade aussprechen wollte. Er erstarrte. Sie überschritt die Grenze, aber sie wusste, dass Clint zusah. Sie stellte sich auf die Zehenspitzen, legte beide Hände auf Henrys Gesicht und vertiefte den Kuss.

Er erwiderte ihren Kuss nicht. Sie ließ ihre Hände in seinen Nacken gleiten und gab alles, was sie hatte, um Clint von ihrer Leidenschaft für ihren Ehemann zu überzeugen. Sie unterbrach den Kontakt nur, um Luft zu holen, und Henrys verblüffter Gesichtsausdruck goss etwas kaltes Wasser auf die ganze Aktion.

Falls Clint noch in Hörweite war – sie war sich nicht mehr sicher –, flüsterte sie: „Ich habe dich vermisst, Liebling." Ihr Mund schwebte nahe an seinem, sein Atem war heiß, als er nichts sagte.

Sie regte sich, schuf einen zusätzlichen Zentimeter Abstand zwischen ihnen, was ihr einen Blick auf den Weg verschaffte. Clint war weg.

Sie wollte sich abwenden, aber Henry ließ sie nicht los. „Entschuldigung", sagte sie, stieß ein nervöses Lachen aus und bekämpfte den Drang, ihre Nase erneut an seiner Brust zu vergraben. „Ich habe dich nur vermisst." Für den Fall, dass Clint zurückgeblickt hatte.

Sie wagte einen Blick auf Henry. Sein Gesicht war … perplex war das einzige Wort, das ihr einfiel.

Sie lächelte vergnügt, so wie sie es für Clint getan hatte, aber dieses Lächeln war nicht falsch, es war nur voller nervöser Panik. Hatte sie es gerade für sie beide ruiniert? Würden sie jetzt noch zusammenarbeiten können? Und warum hämmerte ihr Herz in ihrer Brust, ihre Lippen heiß vom intimen Kontakt?

Sie wollte gerade etwas sagen, als Henry ihre Hand nahm und sie zum Lagerfeuer zurückführte. Die Berührung war fast intimer als der Kuss, und der Kuss war anders gewesen als alles, was Kate je zuvor erlebt hatte, trotz Henrys mangelnder Beteiligung.

Sie trottete hinter ihrem „Ehemann" her, und er ließ sie nicht los, bis sie neben ihm saß, so nah, dass sich ihre Beine von der Hüfte bis zum Knie berührten. Er begann, mit den Männern zu reden, und das Gespräch drehte sich um Vieh und Pferde und Arbeiterhütten. Henry legte einen Arm um sie und drückte sie an sich, und Kate war zufrieden, still zu bleiben und für einen kurzen Moment so zu tun, als ob er ihr gehörte.

Henry hielt Kate während der Gespräche am Lagerfeuer eng bei sich, und sie wehrte sich nicht und zog sich nicht zurück. Tatsächlich schien sie voll und ganz dabei zu sein, seine liebende Ehefrau zu spielen. Der Kuss hatte ihn offen gesagt fassungslos gemacht, nicht weil er nie mit dem Gedanken gespielt hatte, sie zu küssen, sondern weil es keinen Grund gab, diese Grenze zu überschreiten. Nicht wirklich. Und es hatte ihn schockiert, dass sie es getan hatte. Unfähig zu verarbeiten, ob es echt war oder nicht – denn natürlich war es nicht echt, obwohl die Reaktion seines Körpers anderer Meinung war –, schob er es in eine Schachtel in seinem Kopf und weigerte sich, darüber nachzudenken.

Aber er hatte Clint von dem Moment an nicht gemocht, als er ihn getroffen hatte, und er mochte besonders die Art nicht, wie der Mann Kate ansah. Also drückte Henry sie an seine Seite und stellte sicher, dass alle Männer wussten, dass Henry sich nicht einschüchtern lassen würde, wenn es um seine „Frau" ging.

Als der Abend zu Ende ging, stand er auf und nahm Kates Hand, um sie zum Zelt zurückzuführen. Er traute Clint nicht ganz, und er war sich bei den anderen beiden auch nicht sicher, also stand es außer Frage, dass er nicht mit ihr drinnen schlief. Während die andere Nacht in Ordnung gewesen war, machte sich jetzt eine peinliche Stille breit.

Er ließ ihre Hand los. „Ich werde nach den Pferden sehen", sagte er leise und vergewisserte sich, dass sie allein waren. „Das gibt dir etwas Privatsphäre."

Sie nickte und mied seinen Blick.

Ja, jetzt war es unangenehm. Das musste er in Ordnung bringen. Aber nicht hier draußen im Freien.

„Ich bin nicht lange weg", fügte er hinzu, falls sie sich Sorgen um Clint machte. „Hast du deine Waffe zur Hand?"

Sie nickte. „Bei meinen Sachen." Sie deutete ins Innere des Zeltes.

Er wartete, bis sie kniete und hineinkrabbelte, dann ging er zu den Pferden. Sie mussten nicht wirklich überprüft werden, aber es gab einen plausiblen Grund, warum er nicht bei ihr war, falls einer der Männer beschloss, einen späten Besuch abzustatten.

Etwas auf dem Boden fiel ihm ins Auge. Er bückte sich und hob ein gefaltetes Stück Papier auf. In der Dunkelheit war es schwer zu erkennen, was es war, aber dies war der Ort, wo Clint Kate in die Enge getrieben hatte. War es aus den Taschen des Mannes gefallen, als sie sich aus seinem aggressiven Annäherungsversuch befreit hatte?

Henry hatte rein instinktiv gehandelt, als er gemerkt hatte, was geschah, aber wenn er jetzt darüber nachdachte, war es klar, dass Kate sich selbst zu helfen wusste, ihre Aktionen gegen Clint brachten ein Lächeln auf seine Lippen. Er steckte das Papier in die Innentasche seiner Jacke und ging zu den Pferden.

Als er die verstrichene Zeit als angemessen lang empfand, damit Kate sich einrichten konnte, kehrte Henry zum Zelt zurück, aber auf dem Rückweg fing ihn George ab. Der

Comanche war so leise, dass Henry ihn nicht hatte kommen hören.

„Brauchst du etwas, George?"

„Geht es Ihrer Frau gut?"

„Ja. Warum fragen Sie?"

George betrachtete einen Moment den Nachthimmel und sagte dann mit leiser Stimme: „Ich würde diesen Männern nicht trauen."

„Erzählen Sie mir etwas, was ich nicht schon weiß. Aber lassen Sie mich fragen, warum sind wir hier bei ihnen?"

„Weil Sie neugierig sind, nicht wahr? Darauf, wer Wingate ist? Informationen kommen nicht immer von den Ehrenhaften."

„Sie sagen, man könne diesen Männern nicht trauen?"

Georges Gesicht blieb wie immer gelassen. „Gute Nacht, Gilbert." Er kehrte zu seinem Schlaflager am Feuer zurück.

Henry machte sich auf den Weg zurück zu Kate, sein Kopf schwirrte immer noch von diesem Kuss. Und das war das Problem.

Letzte Nacht war er mitten in der Nacht aufgebrochen, um die Gegend zu erkunden, in der sie gezeltet hatten. Er war auf der Suche nach Hinweisen, die auf den auf der Karte seines Vaters markierten Ort hindeuten könnten, aber er hatte nichts gefunden. Er würde heute Nacht erneut suchen müssen.

Er musste einen klaren Kopf bewahren, nicht getrübt von Visionen der weichen Kurven seiner Partnerin und dem verlockenden Mund, der sich Momente zuvor auf seinem befunden hatte.

Kate Ryan war eine Ablenkung. Und das machte sie zu einem Risiko.

Er kam zum Zelteingang. „Sallie, ist es in Ordnung, wenn ich reinkomme?"

„Ja, natürlich, Liebling."

Das Kosewort jagte einen Schauer über Henrys Rücken, aber statt Unbehagen hinterließ es eine Spur von Hitze. Er kam herein und kroch zu seiner Seite des Zeltes, sein Schlafsack und seine Decken lagen bereits bereit. Es gab kein Licht, aber Henry konnte erkennen, dass Kate in ihrem Schlafsack lag.

Er zog seine Stiefel aus, legte seinen Mantel ab und löste seine Hosenträger. Er kroch unter die Decke und legte sich auf den Rücken, atmete tief durch und wünschte sich, sofort einzuschlafen. Aber es war nur allzu klar, dass er nicht müde war.

„Das von vorhin tut mir leid", sagte Kate, der sanfte Ton ihrer Stimme durchdrang seine Abwehr und entfachte ein Verlangen, das zu spüren er kein Recht hatte. „Ich wollte mich dir nicht an den Hals werfen."

Er stellte sich seine Lippen auf ihrem Hals vor, seine Hand, die unter ihr Hemd glitt, seine Handfläche auf ihrer Brust … er schloss die Augen. „Es hat mich überrascht", würgte er hervor und suchte fieberhaft nach einem Weg, das Feuer zu löschen, das ihn zu verschlingen drohte.

„Clint …" Sie beendete den Satz nicht.

„Ja, ich traue ihm nicht. Und George hat gerade dasselbe gesagt." Er sog die Luft durch die Nase ein und erinnerte sich dann an das Papier, das er gefunden hatte.

Er setzte sich auf und holte es aus seiner Jacke. „Ich habe das in der Nähe gefunden, wo du und Clint geredet habt."

Sie richtete sich zu einer sitzenden Position auf und nahm ihm den Gegenstand ab, ihre Finger streiften seine Hand und ließen Nerven entlang seines Arms erbeben, von deren Existenz er nichts gewusst hatte. Sie war ihm zu nahe, als sie das Papier entfaltete und sich darüber beugte, um im Dunkeln zu lesen. Der Duft ihres Haares wehte zu ihm, und unwillkürlich dachte er daran, eine Hand in den dunklen Locken zu vergraben, ihren Kopf zurückzulegen und ihren

Mund in einem Kuss zu nehmen, der nichts mit dem zu tun hatte, den sie ihm vorhin gegeben hatte.

Er wäre tief und fleischlich und erfüllt von einem dunklen Verlangen, von dem er nur hoffen konnte, dass sie darauf reagieren würde.

Sie ist so jung.

Und er hatte sich im Ton vergriffen.

„Im Dunkeln ist es schwer zu sehen“, sagte sie, jedes Wort eine sanfte Liebkosung, „aber ich glaube, es ist verschlüsselt.“

„Mit jenem Schlüssel?“

„Möglicherweise.“

„Hast du ihn bei dir?“, fragte er.

Sie richtete sich auf, ihre Schulter berührte seine. „Habe ich nicht. Ich habe ihn zurückgelassen, um ihn sicher aufzubewahren. Sollen wir das behalten?“ Sie deutete auf das Papier.

„Ja.“

„Ich verstecke es in meiner Unterwäsche.“

Er zwang sich, etwas gegen die Trockenheit in seinem Hals zu tun. „In Ordnung.“

Sie drehte sich von ihm weg, und er stellte sich vor, wie sie diesen Zettel an einem dunklen und verlockenden Ort versteckte. Er ließ sich wieder auf sein Bett sinken. Er musste diesen Zauber brechen.

„Ich war verärgert, als du angekommen bist“, sagte er. „Ich kam ohne Partner gut zurecht. Ich glaube, Louise war immer noch wegen eines Auftrags letztes Jahr sauer, bei dem ich sie in die Irre geführt habe, damit sie nicht in Gefahr gerät. Ich glaube, sie hat dich als Rache geschickt.“

Kate legte sich ebenfalls hin und starrte an die Decke des Segeltuchzelts. „Ich verstehe, Henry“, sagte sie. „Du willst mich wirklich nicht hier haben.“ Der schneidende Ton in ihrer Stimme verriet ihm, dass er einen Nerv getroffen hatte.

„Ich arbeite eben gut allein“, sagte er.

„Es tut mir leid, dass du gezwungen bist, mit einer Partnerin zu arbeiten, die du offensichtlich nicht willst, nicht wirklich respektierst und, wie ich vermute, nicht wirklich magst."

Der schneidende Ton in ihrer Stimme sagte Henry, was für einen monumentalen Fehler er gerade gemacht hatte. Er hatte nur ein wenig Wut von ihr provozieren wollen. Entweder das oder die wenigen Zentimeter überbrücken, die sie trennten, und ihren Mund erkunden, langsam und gründlich. Aber es war klar, dass er es zu weit getrieben hatte.

„Kate, warte. Stopp."

Jetzt sah sie ihn an. „Louise hat mich vor dir gewarnt, aber du denkst, es liegt an irgendeinem albernen Spiel, das ihr beide spielt, oder an einer Art Rivalität, aber ich glaube, sie hat es getan, weil sie recht mit dir hatte. Du bist stur, du arbeitest gern allein und du kommst nicht besonders gut mit Autorität zurecht. Mr. Jones hat dir in der Vergangenheit viel Spielraum gelassen, aber jetzt, wo Louise die täglichen Details der Fälle überwacht, nimmt sie dir einen Teil deiner Autonomie, und das gefällt dir nicht. Aber ich würde es begrüßen, wenn du das nicht an mir auslässt. Ich bin hier, um einen Job zu erledigen, und es wird erwartet, dass wir zusammenarbeiten, und ich erwarte, dass du dich daran hältst. Wenn du das nicht tust, wird das alles in meinem Bericht stehen, wenn das hier vorbei ist."

Sie drehte sich auf die andere Seite und machte ihm damit deutlich, dass sie fertig war.

Henry starrte ihr auf den Rücken, verblüfft über das, was gerade passiert war. Er hatte sie nur von diesem Grenzland zwischen ihnen wegstoßen wollen, in dem er sich nicht sicher war, ob er ihr gegenüber immun bleiben konnte. Stattdessen hatte sie eine eisige Mauer errichtet.

Er sollte zufrieden sein, wäre da nicht die verdammte

Tatsache, dass er sie immer noch wollte. Die Frustration seines sehr erregten Körpers war ein Beweis dafür.

Es war Lust. Das war alles, was es sein konnte.

Denn es war unmöglich, dass er etwas anderes für sie empfinden konnte.

Er brauchte ihr Wohlwollen nicht, oder ihre Freundschaft, oder die Kameradschaft nach einem gut gemachten Auftrag.

Er brauchte *sie* nicht.

Auf keinen Fall.

Kapitel Neunzehn

Kate stand am nächsten Morgen früh auf und versorgte die Pferde, noch bevor jemand sonst erwachte. Kaum war sie fertig, war Henry zusammen mit den anderen Männern auf den Beinen. In eisernem Schweigen begleitete sie ihn zum Hauptlagerfeuer und goss sich ihren eigenen Kaffee aus dem Topf, der über dem Feuer kochte.

Ihre Gefühle von der vergangenen Nacht und ihrem Gespräch mit Henry waren immer noch verletzt, und das verdeutlichte nur die Notwendigkeit, bei ihrer Undercover-Arbeit klare Grenzen zu wahren. Es war für sie offensichtlich, dass sie Schwierigkeiten hatte, ihre persönlichen Gefühle von den beruflichen zu trennen.

Es war schockierend, wie leicht Kate ihm gegenüber in einen emotionalen Ton verfallen war. Sie musste einen Schritt zurücktreten, damit sie ihre Arbeit unparteiisch erledigen konnte. Ihn zu küssen, war ein riesiger Fehler gewesen, hauptsächlich weil sie … *etwas* gefühlt hatte. Und wenn bei dieser Art von Arbeit eines klar war, dann, dass Bindungen ein Nachteil und möglicherweise sogar gefährlich waren. Falls sich herausstellen sollte, dass Henry eine geheime Agenda hatte …

Aber sie war eine Heuchlerin, denn auch sie hielt Informationen zurück – nicht nur ihren zusätzlichen Auftrag von Louise, sondern auch das Wissen, dass Hugh Maguire am Leben war.

Verdammt!

Es belastete sie, linderte ihre Wut auf Henry und steigerte ihre Wut auf sich selbst.

Auch wenn sie nichts über Louises Anweisung sagen konnte, so konnte sie ihm doch von seinem Vater erzählen. Er verdiente es, das zu wissen.

Sie blickte sich um. Beobachtete Hugh sie immer noch? Wenn ja, dann machte er seine Sache gut, denn sie hatte ihn nicht bemerkt.

Sie straffte die Schultern und fasste einen Entschluss. Wenn sich die Gelegenheit böte, würde sie Henry sagen, dass sein Vater am Leben war.

Während Jim ein einfaches Frühstück aus Biskuits über dem Feuer zubereitete, standen sie und Henry in ihre Mäntel gehüllt da. Es war kühl an diesem Morgen.

„Was sind Ihre Pläne für heute?", fragte Henry.

„Wir werden das südliche Weideland abreiten", sagte Clint. „Die Zäune kontrollieren und nach allem suchen, was nicht in Ordnung ist."

„Haben Sie etwas dagegen, wenn wir mitreiten?"

Sie musste Henry nicht fragen, warum er bei diesen Männern bleiben wollte. Das Papier, das er gestern Abend gefunden hatte, war für sich genommen schon belastend. Sie hatte es früh am Morgen in der Privatsphäre des Zeltes studiert – Henry war bereits gegangen – und sie war sich sicher, dass es mit dem Schlüssel zusammenhing, den sie in Walter Becketts Büro im Wingate-Lagerhaus gefunden hatten.

Clint zuckte mit den Schultern. „Wie Sie meinen. Kann die Frau Gemahlin mithalten?" Er beugte sich an Henry vorbei, um ihr einen Blick zuzuwerfen.

Bevor Henry sprechen konnte, sagte Kate: „Ja, die Frau Gemahlin kann mithalten."

Jim warf jedem einen heißen Biskuit zu und Kate war überrascht, wie gut er schmeckte. „Jim, Sie sind ein sehr guter Koch", sagte sie und knabberte an ihrem Frühstück.

„Bei den Viehtrieben leite ich den Verpflegungswagen." Er legte Speck in die heiße Pfanne, und er begann sofort zu brutzeln. „Aber es ist zu viel Aufwand nur für uns drei."

Bandito sprang zu Kate, als George zu ihnen stieß. Sie brach ein Stück von ihrem Biskuit ab und bot es dem Hund an, der es mit heftig wedelndem Schwanz verschlang.

Jim reichte ihr zwei weitere Biskuits. „Damit Sie mehr zum Teilen haben", sagte er mit einem warmen Lächeln um den Tabakknubbel in seiner Wange. So viel dazu, dass sie ihr Essen nicht teilen sollten, wie Fred es gestern verkündet hatte. Im Gegensatz zu Fred und Clint spiegelte Jims Blick Mitgefühl wider.

Und obwohl sie und Henry immer noch nicht miteinander sprachen, hatte sie an diesem Morgen dennoch dafür gesorgt, dass ihr „Ehemann" zwischen ihr und Clint stand. Die Begegnung mit ihm in der vergangenen Nacht war ihr immer noch unangenehm.

Kate belegte ihren Biskuit mit Speck und teilte mindestens die Hälfte mit Bandito, der sich dicht bei ihr hielt. Dann bauten alle das Lager ab und saßen bald darauf auf ihren Pferden. Sie und Henry hatten schweigend ihre Ausrüstung zusammengepackt, das einzige Gespräch zwischen ihnen drehte sich um das Maultier. Henry verteilte einen Teil des Gewichts auf ihre Pferde, damit das Tier mit ihnen Schritt halten konnte, und befestigte die Leine des Maultiers an seinem Sattel. Kate war nicht in der Stimmung, mit ihm zu streiten – als ob sie nicht mit ihrem eigenen Pferd und dem Maultier zurechtkommen könnte –, also ließ sie es gut sein.

Die Rancharbeiter hatten ein zusätzliches Pferd, das sie für

George sattelten. Bandito rannte neben ihm her, aber als er müde wurde, hob Henry den Hund in Georges Arme, und die beiden ritten zusammen.

Am Vormittag stiegen sie in ein weites Tal hinab. Wingates Land war fruchtbar und üppig, was Kates miese Laune über alles, was geschah, deutlich besserte. Die leicht kühle Luft hielt den Himmel strahlend blau und hob weiße, flauschige Wolken hervor, die malerisch über ihnen hingen. In der Ferne befanden sich Rinderherden. Wingates Männer machten sich auf den Weg, um den Zaun zu überprüfen, aber bevor sie gingen, sagte Clint zu Henry, Kate und George, sie sollten im offenen Bereich bleiben und er würde in ein paar Stunden zurückkehren.

Henry stieg ab, und Kate entging der misstrauische Blick nicht, den er auf Clints sich entfernenden Rücken warf. Trotzdem war sie dankbar für eine Pause. Nach ihrem Streit mit Henry in der vergangenen Nacht hatte sie nicht viel geschlafen. Es gab einen Wassertank, also tränkten sie die Pferde, und auch Bandito trank etwas.

„Ich bleibe nicht auf der Lichtung“, verkündete Henry und deutete an, dass sie in einem nahegelegenen Kiefernwäldchen Schutz suchen sollten, das sich in einer sanften Brise wiegte.

Kate stimmte schweigend zu. Als sie sich eingerichtet hatten, holte sie Essen aus ihrerAusrüstung, und die drei saßen da und aßen, kaum ein Wort wechselnd.

Ohne Vorwarnung stand Henry auf.

„Ich bin gleich zurück.“ Und damit stieg er auf sein Pferd und ritt davon, ohne sich auch nur umzusehen.

Kates Verärgerung muss ihr ins Gesicht geschrieben gestanden haben.

„Manchmal ist es am besten, ihm Zeit zum Abkühlen zu geben.“ Georges Blick spiegelte Verständnis wider.

Er dachte, sie und Henry hätten einen Ehekrach. Sie

musste zugeben, dass er nicht ganz falschlag. Die Meinungsverschiedenheit war jedoch sehr real.

Sie schenkte ihm ein zustimmendes Lächeln. „Ich schätze, du hast recht."

Aber als George sich auf ein Bett aus Kiefernnadeln legte und einschlief, holte Kate ihre Waffe aus ihren Satteltaschen, zusammen mit einem Holster, das sie mitgebracht hatte, und schnallte es sich um die Taille. Henry würde sie nicht so einfach loswerden.

Sie hatte ihm immer noch nicht von Hugh Maguire erzählt. Sie war entschlossen, das Richtige zu tun, trotz Henrys sturer Geheimniskrämerei.

Sie stieg auf ihr Pferd und lenkte die Stute in die Richtung, die Henry eingeschlagen hatte.

Der Tag war warm geworden. Henry hatte seinen Mantel abgelegt, aber der Schweiß rann ihm immer noch zwischen den Schulterblättern hinab. Er hob seinen Hut und wischte sich den Schweiß mit dem Handrücken von der Stirn. Er war frustriert von zwei Dingen: Clint und die anderen waren verschwunden, ohne eine Spur zu hinterlassen, und Kate Ryan. Das Erste war verständlich. Die verschlüsselte Notiz, die wahrscheinlich Clint gehörte, machte den Mann verdächtig. Henry hoffte herauszufinden, ob Clint, Jim und Fred irgendwie in den Falschgelddiebstahl verwickelt waren, denn es wäre logisch, dass Arthur seine eigenen Leute anheuern würde, um ein solches Verbrechen zu begehen. Der zweite Punkt war einfach allgemeine Unzufriedenheit – Ryan ging ihm unter die Haut. Und der Gedanke an *ihre* Haut ließ seinen Körper schmerzen und sein Blut in Wallung geraten, und er brauchte nicht noch mehr zu schwitzen, als er es ohnehin schon tat.

Er lenkte sein Pferd auf einen Pfad, der durch ein Waldstück führte.

Er wollte die Sache mit ihr wieder in Ordnung bringen. Er wollte sie auch bis zur Besinnungslosigkeit küssen, sie für ein paar Tage in der Wildnis behalten – allein –, um ihnen Zeit zu geben, diese Spannung zwischen ihnen unter Kontrolle zu bringen.

Aber wem machte er etwas vor? Die einzige Lösung, um das unter Kontrolle zu bringen, war, mit ihr zu schlafen.

„Verflucht!"

Die Stimme des Mannes veranlasste Henry, seine Waffe zu ziehen und sein Pferd herumzureißen, als ein bekanntes Gesicht aus dem Schatten trat.

„Ian?" Sein Bruder war die letzte Person, die er hier draußen erwartet hatte, geschweige denn in Colorado. „Was zum Teufel machst du hier?", forderte er eine Antwort.

Ian senkte das Gewehr, das er auf Henry gerichtet hatte. „Dasselbe könnte ich dich fragen", sagte er.

Henry steckte seine Waffe ins Holster und stieg ab. „Ich bin dienstlich hier."

Ians Schweigen vermittelte dasselbe.

„Warum muss ein U.S. Deputy Marshal im Wald herumschleichen?", fragte Henry.

„Ich bin nicht in offizieller Funktion hier. Es ist eher eine private Angelegenheit."

Ian anzusehen, erinnerte Henry an ihren Vater. Alle drei waren fast gleich groß, teilten dieselben blauen Augen und hatten dasselbe dunkle Haar, obwohl Hughs vor seinem Tod schon grau zu werden begonnen hatte.

Henry wurde es klar. „Du bist wegen Pa hier."

Wieder sprach Ian nicht, sondern nickte nur leicht.

„Du hast gesagt, ich wäre verrückt, das zu verfolgen." Henry lachte verächtlich auf. „Was hat dich dazu bewogen, deine Meinung zu ändern?"

„Henry, es ist nicht so, dass ich dir nicht geglaubt habe. Ich fand nur, es gäbe keinen Grund, das wieder auszugraben."

„Aber jetzt gibt es einen?"

Ian drehte seine rechte Schulter und dehnte kurz seinen Arm. Es war eine alte Verletzung einer Schusswunde. „Jean Beckett hat mich kontaktiert."

„Warum?"

„Sie kannte Pa durch ihren Mann, Clayton. Die gemeinsame Vergangenheit von Pa, Clayton und Arthur reicht weit zurück."

„Ich weiß. Sie waren während des Krieges Spione."

Überraschung zeichnete sich auf Ians Gesicht ab. „Das wusste ich nicht." Er schien diese neue Information zu verarbeiten. „Jean hat mir erzählt, dass sie Pas Tod immer für verdächtig hielt."

„Das ist nichts Neues für mich."

„Sie hat mich gebeten, hierherzukommen – undercover –, um zu ermitteln."

„Und?"

„Ganz ehrlich? Ich habe nicht viel gefunden. Das große Problem zwischen ihr und Arthur Wingate ist diese Grenzlinie."

„Ja, die Quelle." Henry rückte seinen Hut zurecht. „Glaubst du, Jean Beckett ist ehrlich?"

Ian seufzte. „Wahrscheinlich nicht."

„Ihr Sohn, Walter, arbeitet für Arthur, und das schon seit einiger Zeit."

Ian nickte. „Das ist mir bewusst. Glaubst du, er spioniert für sie?"

„Warum zum Teufel nicht?", sagte Henry mit einem Schnauben.

„Warum bist *du* hier draußen?"

Henry zögerte. Er hatte Ian nie von der Karte erzählt, die

er in der Zigarrenkiste ihres Vaters gefunden hatte. Er stellte fest, dass er es auch jetzt nicht erwähnen wollte. Noch nicht.

Henry zuckte mit den Schultern. „Arthur hat mich ermutigt, mit meiner Frau die Landschaft zu genießen."

Das ließ Ian stutzen. „Frau?", sagte er.

„Scheinehefrau", stellte Henry klar. „Sie ist meine Partnerin."

„Das ist auch gut so. Tante Lydia wäre außer sich, wenn du heiraten würdest, ohne es ihr zu sagen."

Henry konnte es nicht mit Sicherheit sagen, aber er glaubte, einen Anflug von Bedauern in der Stimme seines Bruders zu hören. Wäre Ian verärgert, wenn Henry eine Frau nähme, ohne seinen einzigen Bruder zu informieren?

Ihre Entfremdung lag zwischen ihnen in der Luft.

„Ist sie eine gute Agentin?", fragte Ian.

„Sie ist noch grün hinter den Ohren, aber ja, sie hat ihren Wert bewiesen."

„Dein Deckname?"

„Gilbert Holmes", antwortete Henry. „Sie ist Sallie."

„Du bist der Schriftsteller." Auf Ians Mund erschien ein leichtes Lächeln.

„Ich sehe, mein Ruf eilt mir voraus."

Ian grinste. „Die Leute halten Wingate für einen Wichtigtuer. Seine Memoiren zu schreiben, hat diese Meinung nur noch gefestigt."

„Ich werde darauf achten, mich in der Stadt unauffällig zu verhalten. Dein Deckname?"

„Tobias Baker. Was ist der offizielle Pinkerton-Auftrag?"

„Wir wurden von der örtlichen Bank angeheuert, um mögliche Fälschungen und Geldwäsche zu untersuchen, die Wingate begangen haben könnte."

„Irgendwelche Fortschritte?"

„Nichts Konkretes. Ich habe keine Ausrüstung gefunden",

sagte Henry, „aber Kate und ich haben eine Chiffre in einem Lagerhaus gefunden.“

„Kate?“

„Meine Frau. Eigentlich hat sie sie gefunden.“

„Du hast es immer gehasst, mit jemand anderem zusammenzuarbeiten“, sagte Ian mit einem Lachen.

„Daran ist nichts Verwerfliches. Ich sollte eigentlich mit Louise Foster zusammenarbeiten, aber in letzter Minute wurde sie durch Kate Ryan ersetzt.“

„Ich habe von Miss Foster gehört. Sie hat letztes Jahr diesen Fall in Dallas geknackt, mit diesen ziemlich produktiven Bankräubern. War sie nicht undercover als Wahrsagerin unterwegs?“

Henry lachte. „Eher als Dame der Nacht. Sie hat einen der Männer dazu gebracht, ihr alles zu gestehen.“ Aber dann wurde er ernst. Was wäre, wenn Ryan gezwungen wäre, auf diese Weise undercover zu gehen? Was, wenn ein Verdächtiger sie tatsächlich berühren würde?

„Was ist los?“, fragte Ian.

„Nichts.“

„Ich muss zurück zu den Beckett-Männern, mit denen ich arbeite.“

Als Ian seine Hand ausstreckte, ergriff Henry sie.

„Es war schön, dich zu sehen“, sagte Henry, „trotz der Umstände.“

„Vielleicht sollten wir dieses Jahr Weihnachten mit Onkel Jim und Tante Lydia verbringen.“

Henry nickte. „Das wäre schön.“

In der Ferne knallten Schüsse. Henry und Ian tauschten einen Blick aus und rannten in die Richtung des Lärms.

Kapitel Zwanzig

Kate führte ihr Pferd durch ein dichtes Waldstück, Bandito begleitete sie ein paar Meter vor ihr. Sobald sie losgeritten war, war er aufgesprungen und ihr gefolgt, sodass sie seinetwegen ein langsameres Tempo eingelegt hatte, als ihr lieb war. Aber das hatte auch etwas Gutes: Kate genoss diese Atempause des Friedens, die nur verdeutlichte, wie angespannt das Leben in so unmittelbarer Nähe zu Henry gewesen war.

In der Ferne drangen Stimmen zu ihr. Leise, aber definitiv männlich. Es waren wahrscheinlich Clint und die anderen beiden Männer, und für einen Moment überlegte sie, umzukehren und ihren Weg zurück zu George zu suchen.

Nein. Sie täte gut daran, zu lauschen. Vielleicht würde sie etwas erfahren. Sie blickte zu Bandito hinunter. Er war schon ein kleines Problem, da er ihre Anwesenheit sicher verraten würde.

Der Hund blickte zu ihr auf, die Zunge hing ihm raus und aus jedem Schwanzwedeln strahlte pures Glück. Es war, als würde er sie anlächeln. Wie konnte sie ihm widerstehen?

Vielleicht war es eine gute Idee, ihn bei sich zu haben. Er könnte ihr Alibi sein.

„Aber kannst du dich auch benehmen?“, fragte sie ihn. „Wenigstens lange genug, damit ich nachsehen kann?“

Er antwortete mit Begeisterung und gebannter Aufmerksamkeit.

Sie seufzte. „Ja. Das habe ich mir gedacht. Gehen wir trotzdem.“ Sie hätte zu George zurückgehen und den Hund anbinden können, aber das hätte zu lange gedauert. Und sie war sich nicht sicher, ob Bandito sie gelassen hätte. Er schien ein Hund zu sein, der sich Freiheit gewöhnt war, wenn man Georges Verhalten als Maßstab nahm. Er hatte Bandito nicht dressiert, ihn selten getadelt und ließ den Hund im Allgemeinen tun und lassen, was er wollte.

Kate band ihr Pferd im Wald an und machte sich zu Fuß auf den Weg, wobei sie sich leise bewegte. Bandito an ihrer Seite schnüffelte mit der Nase am Boden einer unsichtbaren Fährte nach.

Kurz darauf sah sie zwei Männer, die sie nicht kannte. Ihre Pferde grasten in der Nähe. Sie sahen mit ihren Cowboyhüten, Chaps und Sporen wie Rancharbeiter aus.

Bandito begann laut zu bellen, was sie aufschrecken ließ.

„Haben Sie sich verlaufen, Miss?“, sagte ein dritter Mann von hinten. Sie wirbelte herum und setzte ein Lächeln auf.

„Ich glaube schon.“ Sie musste ihre Stimme heben, um über Banditos Bellen hinweg gehört zu werden. „Mein Mann und ich sind auf Entdeckungstour, und ich bin mit meinem Hund spazieren gegangen, aber dann habe ich mich verlaufen. Ich habe Stimmen gehört“, sie blickte über ihre Schulter, „und dachte, es könnte vielleicht mein Gilbert sein. Entschuldigen Sie, ich wollte mich nicht anschleichen, aber ich war mir nicht sicher, ob Sie freundlich gesinnt sind.“

Das Geräusch von Stiefeln, die auf Kiefernnadeln knirschten, verriet Kate, dass die anderen Männer gekommen waren, um den Lärm zu untersuchen.

„Was ist hier los? Wer ist das?“

„Keine Ahnung. Ich habe sie hier mit ihrem Hund gefunden."

Einer der Männer musterte sie misstrauisch, sein Bart war dicht und seine Augenbrauen buschig. „Ist das Ihr Hund? Er sieht aus wie Georges Hund."

„Oh, ja", antwortete sie. „George. Ich kenne ihn. Sein Hund und ich sind dicke Freunde geworden." Sie lachte und versuchte, sie für sich zu gewinnen. „Sagen Sie es ihm nicht, aber ich überlege, Bandito zu behalten. Ich bin Sallie Holmes. Mein Mann, Gilbert, arbeitet für Arthur Wingate."

Die Männer warfen sich einen Blick zu, und Kate lief ein besorgter Schauer über den Rücken.

„Wo ist Ihr Ehegatte, Mrs. Holmes?", fragte der bärtige Mann und ließ seinen Blick zur Waffe an ihrer Hüfte gleiten.

„Er und ich hatten eine kleine Auseinandersetzung, und ich habe ihn gesucht. Haben Sie ihn gesehen?"

„Nein. Ihnen ist schon klar, dass Sie sich auf Privatgrund befinden?"

„Ja, natürlich", erwiderte sie. „Mr. Wingate hat meinem Mann und mir die Erlaubnis gegeben, hier zu reiten."

„Aber das hier ist nicht Wingates Land."

„Oh?" Sie tat so, als würde sie es nicht verstehen. Sie war sich sicher, dass sie, Henry und George sich immer noch auf dem Grundstück der Wingates befanden, aber sie spürte, dass sie mit diesen dreien in Schwierigkeiten steckte. Ein Streit mit ihnen würde wahrscheinlich zu nichts führen. „Auf wessen Grundstück bin ich denn?"

„Auf dem von Mrs. Beckett", antwortete der jüngere, der sie gefunden hatte.

Der Tonfall dieser Männer ließ keinen Zweifel daran, dass sie in Schwierigkeiten war.

Ihre Waffe war deutlich zu sehen. Es war wahrscheinlich nur eine Frage der Zeit, bis sie sie ihr abnehmen würden, also machte sie sich bereit zu ziehen.

Plötzlich ertönten Schüsse, und Kate ließ sich zu Boden fallen. Während die Männer von ihr weghuschten und ihrerseits das Feuer erwiderten, kroch sie davon, griff gerade noch das Halsband von Bandito und riss den Hund zu sich. Sie zwang ihn zu Boden und hielt ihn fest, indem sie ihren Körper etwas über seinen legte.

Holz splitterte um sie herum, als Kugeln die Bäume trafen, aber sie fürchtete sich, sich zu bewegen und Bandito die Gelegenheit zur Flucht zu geben. Mit mehr Kraft, als sie für möglich gehalten hätte, hielt sie ihn fest, ihre Muskeln schmerzten. Egal, was passierte, dieser Hund würde ihr nicht entwischen.

Schüsse prallten ab, und Männer schrien, aber der Kampf schien sich von ihr zu entfernen.

Und dann Stille.

Kate wartete, ihre Ohren klingelten und Bandito atmete schwer. Sie lockerte ihren Griff um den Hund. Sie hob den Kopf und spähte umher, aber sie war allein.

Sie atmete tief durch. „Also gut, Bandito", flüsterte sie. „Wir müssen hier weg. Und du musst mithalten. Verstanden?"

Sie stand auf, umklammerte das Halsband des Hundes mit der linken Hand und zog mit der rechten ihre Waffe. Sie stählte sich und bewegte sich dann geduckt vorwärts, während sie Bandito weiter festhielt. Sie stoppte erst, als sie ihr Pferd erreichten, dessen Haltung misstrauisch war.

„Ruhig, meine Gute", beruhigte Kate sie. Sie steckte ihre Waffe in den Holster, während sie Bandito immer noch festhielt, und ergriff dann die Zügel des Pferdes. Sie lief los, mit einem Tier an jeder Seite. Sie hatte Angst, aufzusteigen und Bandito möglicherweise weglaufen zu lassen.

Es ging nur langsam voran, aber als Kate das Gefühl hatte, Bandito vertrauen zu können, dass er nicht weglaufen würde, ließ sie ihn los. Zum Glück blieb er an ihrer Seite.

Sie machte sich auf den Weg zurück zu der Stelle, wo

George geschlafen hatte, aber er war verschwunden, ebenso wie sein Pferd. Das Maultier war noch da und graste friedlich, dennoch zuckten seine Ohren, als Kate sich näherte. Das Tier hatte zweifellos die Schüsse gehört, genau wie George wahrscheinlich auch.

Immer noch kein Henry.

Kate überlegte, was zu tun war, aber es war klar, dass sie beide Männer finden und sicherstellen musste, damit sie in Sicherheit waren.

„Bandito, es tut mir so leid, dir das antun zu müssen." Sie holte ein Seil aus ihrer Ausrüstung, die sie bei George gelassen hatte, und band den Hund an einen Baum. „Es ist nur zu deinem Besten. Ich komme wieder, um dich zu holen."

Sie kehrte zu der Stelle zurück, an der sie den drei Männern begegnet war, die wahrscheinlich für Mrs. Beckett arbeiteten, zuerst auf ihrem Pferd und dann zu Fuß. Es dauerte nicht lange, sie zu finden.

Aus der Deckung einer Felsnische beurteilte sie die Lage. Die Männer von Beckett hielten Clint, Fred und Jim mit Waffen in Schach. Wie konnten sie alle gefangen werden? Hatten sie auf Kate und die anderen Männer geschossen? Hatten sie sie nicht gesehen? Nicht nur sie hätte verletzt oder getötet werden können, sondern auch Bandito. Sie schüttelte die Panikwelle ab, die jeder dieser Gedanken in ihrem Kopf auslöste, und konzentrierte sich wieder auf die Gruppe.

Zu ihrer Überraschung tauchte Henry in der Ferne auf, neben einem anderen Mann gehend, einem Mann, der ihr bekannt vorkam.

Sie kannte ihn nicht, aber blitzartig erinnerte er sie an Henry. Sie gingen beide mit einem selbstbewussten Gang und hatten einen wachsamen Ausdruck über der gleichen kantigen Kinnpartie. Und beide näherten sich der Gruppe von Gefangenen und Fängern ohne eine Spur von Angst oder Vorsicht.

Waren sie verwandt?

Hatte Henry nicht einen Bruder erwähnt?

Kate gefiel das nicht. Hatten sich Louises Befürchtungen bewahrheitet? War Henry nicht nur gefährdet, sondern verfolgte er aktiv seine eigenen Ziele auf Kosten ihres Falles?

„Sind Sie verletzt?“

Kate zuckte beim Klang von Georges Stimme zusammen und wirbelte herum, eine Hand auf ihrer Brust. Das war das zweite Mal, dass sich jemand an sie herangeschlichen hatte. Daran musste sie wirklich arbeiten.

„Sie haben mich erschreckt.“ Sie hielt ihre Stimme auf Flüsterton.

„Ich bitte um Verzeihung. Sind Sie verletzt?“

„Nein. Sie?“

„Mir geht es gut.“

Sie blickte über ihre Schulter. „Dort ist eine Gruppe von bewaffneten Männern. Sie haben die Männer von Wingate. Und jetzt glaube ich, Hen…“ Sie hielt inne und korrigierte sich. „Gilbert versucht vielleicht, ihnen zu helfen, indem er sich mit ihren Entführern anfreundet.“

George nickte. „Wir sollten gehen.“

„Wohin?“, fragte sie.

„Zu ihnen, um zu reden.“

Kapitel Einundzwanzig

Henry stand neben Ian und überblickte die Szene. Drei Männer beugten sich über Clint, Fred und Jim, die mit auf den Rücken gebundenen Händen am Boden saßen.

„Was ist hier los?", fragte Ian.

„Sie haben uns angegriffen", erwiderte der Bärtige. „Ohne jeden Grund. Also haben wir sie in die Enge getrieben und überwältigt."

„Wir haben Schüsse gehört", warf Henry ein. „Ist jemand verletzt?"

„Wir wollten niemanden verletzen", sagte Clint. „Nur ihnen einen Schrecken einjagen. Sie haben unser Land betreten. Wieder einmal. Wir haben es dir letzte Woche gesagt, Frank. Genug ist genug. Aber du hast ja nicht zugehört."

„Wir haben kein Land betreten", sagte Frank. „Und das weißt du ganz genau." Seine Aufmerksamkeit richtete sich auf Henry. „Wer ist das?"

Ian zögerte, also sprang Henry ein. „Ich bin Gilbert Holmes. Ich arbeite für Wingate. Ich nehme an, dieser Grenzstreit macht euch alle ziemlich schießwütig."

„Sie sollen sich aus unserem Gebiet fernhalten." Franks

Ton war ausdruckslos und bestimmt. „Ihr hättet die Frau umbringen können, die wir gefunden haben.“

Henry erstarrte, als ihm die Panik den Atem raubte.

Frank sah ihn an. „Holmes, sagtest du? Ich glaube, es war deine Frau. Sie hat dich gesucht.“

„Ist sie verletzt?“, stieß er hervor.

„Nicht sicher. Sie muss mit Georges Hund abgehauen sein.“

„Ich muss nach ihr suchen.“ Als Henry sich umdrehte, traf sein Blick den von Ian.

Die Sorge in den Augen seines Bruders entging ihm nicht. Henry posaunte seine Zuneigung zu Kate Ryan geradezu hinaus, und das war ihm ehrlich gesagt egal.

„Frank“, sagte Ian. „Lass sie gehen.“ Er nickte in Richtung Clint, Fred und Jim und sah dann zurück zu Henry. „Geh und finde deine Frau, Gilbert. Vielleicht können wir später noch einmal reden.“

Henry nickte ihm stumm zu und funkelte dann Clint an. „Wo war diese Schießerei?“ Er brauchte den Zorn in seiner Stimme nicht vorzutäuschen. Wenn Kate verletzt war …

„Wir haben sie in den Bäumen gefunden, etwa eine Viertelmeile nordöstlich von hier“, sagte Clint. „Aber wir haben sie nicht gesehen. Ich schwöre es.“

Als Henry sich zum Gehen wandte, näherte sich eine Gestalt, die einen dunkelbraunen Hosenrock und einen hellbraunen Hut trug.

Kate.

Erleichterung überflutete ihn.

George war bei ihr, und Bandito trottete neben ihnen her.

„Siehst du?“, sagte Clint. „Wir haben sie nicht erschossen.“

Henry kam ihnen auf halbem Weg entgegen.

„Ist alles in Ordnung mit dir?“, fragte er und suchte sie mit den Augen nach einer Verletzung ab. Da war kein Blut, aber ihr Rock war mit Schmutzflecken übersät und Zweige hatten sich in ihrem Zopf verfangen.

Sie nickte.

„Du bist nicht angeschossen worden?", fügte er mit dringlicher Stimme hinzu.

„Nein, Gilbert. Mir geht es bestens." Sie warf George einen Blick zu und umarmte Henry dann etwas unbeholfen.

Er zog sie fest an sich, wobei sein Hut zu Boden fiel und ihrer über ihren Rücken rutschte, nur noch vom Hutband gehalten, und schmiegte sie an sich, das Gesicht in ihrer Schulter vergraben. Ihre Reaktion war weniger herzlich, aber das war ihm egal. Sie fühlte sich so richtig in seinen Armen an, ihre Kurven an ihn geschmiegt, als wäre sie nur für ihn gemacht. Er widerstand dem Drang, ihren Hals zu küssen, obwohl er wusste, dass sie angesichts des Publikums nicht protestieren konnte.

Sie lehnte sich zurück und er ließ sie widerstrebend los. „Möchtest du uns aufklären, was hier los ist?", fragte sie und ließ ihren Blick zu den Männern hinter ihm wandern.

„Scheint nicht mehr als ein Grenzstreit zu sein", sagte er, wobei sein Blick auf ihren Lippen verweilte.

„Ich war *mitten* in einer Schießerei, Gilbert." Ihr Blick war hart. „Das scheint mehr als ein Grenzstreit zu sein."

Er bestätigte ihre Bemerkung mit einem Nicken. Sie würden das unter vier Augen genauer besprechen.

„Es geht um mehr als das", sagte George und trat neben sie. „Es geht um das Gold."

„Welches Gold?", fragte Kate und trat vollständig von Henry weg. Er widerstand dem Drang, ihre Hand zu ergreifen und sie wieder zu sich zu ziehen.

„Vor zwei Monaten wurde in dieser Gegend ein Goldbarren gefunden. Jetzt suchen alle nach mehr."

„Warum sollte es mehr geben?", fragte Henry.

„Weil vor acht Jahren ein Mann namens Charlie Purcell

Arthur Wingate einen Vorrat an Goldbarren gestohlen hat und verschwunden ist. Alle dachten, er sei zurück in den Osten gegangen und würde sich ein schönes Leben machen. Aber dann tauchte neulich dieser Barren auf und eine neue Geschichte machte leise die Runde – dass Charlie hier in den Wäldern ein Unglück widerfahren sei. Dass das Gold, das er gestohlen hatte, immer noch in diesen Hügeln liegt und darauf wartet, gefunden zu werden."

Kate blickte hinter Henry und hielt ihre Stimme leise. „Und wer ist Charlie Purcell?"

Natürlich wussten sie es. Die Frage war lediglich zu Georges Nutzen.

„Er hat damals für Arthur gearbeitet."

„Also streiten sich diese Männer um Gold?", fragte Kate.

George nickte. „Was glaubst du, warum hier hinten so viel los ist?"

Henry musste zugeben, dass es Sinn ergab. „Und warum Arthur und Jean um diese Grenze streiten."

„Es wird einen Unterschied machen, wenn das Gold in ihrer Nähe gefunden wird. Ich wundere mich, dass ihr beide die Geschichte nicht kanntet." George starrte jeden von ihnen nacheinander an.

Henry ging ein Licht auf. „Du glaubst, *wir* suchen danach?"

George zog eine Augenbraue hoch.

Nachdem sie freigelassen worden waren, gesellten sich Clint, Fred und Jim zu ihnen.

„Freut mich zu sehen, dass es Ihnen gut geht, Mrs. Holmes", sagte Clint mit einem harten Funkeln in den Augen. „Aber ihr beide solltet besser in die Zivilisation zurückkehren. Hier hinten ist es nicht sicher."

Kate trat vor Clint. „Das ist mir überdeutlich klargemacht worden. Nur damit du es weißt, wenn du jemals wieder auf mich schießt, erwidere ich das Feuer. Und ich verfehle nicht."

Clint kniff die Augen zusammen und Henry trat schnell zwischen sie, sodass Kate hinter ihm stand. „Halte dich von meiner Frau fern“, sagte er.

„Vielleicht hättest du sie nicht mitbringen sollen. Man weiß nie, was passieren könnte.“

„Du hättest Georges Hund töten können“, sagte Kate, ihre Stimme bebte vor Wut, als sie sich an Henry vorbeilehnte.

Henry trat zur Seite, um sie hinter sich zu halten, aber sie packte seinen Arm und stieß ihn zurück. Er drehte sich um und drängte sie ein paar Schritte zurück. „Lass uns gehen“, murmelte er ihr zu.

Empörung blitzte in ihren Augen auf. Er konnte es ihr nicht verdenken, aber jetzt, da sie in Sicherheit war, wollte er sie nicht wieder in Gefahr bringen.

„Lass uns gehen.“ Diesmal war er energischer, und dankbarerweise gab sie ihre Position auf und ging mit ihm dorthin, wo sie das Maultier hatten grasen lassen. George und Bandito folgten. Clint nicht.

Kate starrte in die Flammen des Feuers. Sie und Henry hatten ihr Lager aufgeschlagen, zu Abend gegessen, und nun spaltete Henry Holz, das er gesammelt hatte, da es heute Nacht kühler war.

George hatte sich bisher rar gemacht, aber jetzt saß er ihr gegenüber und aß das Essen, das sie für ihn aufgehoben hatte, sowie Speckstreifen für Bandito. Nachdem der Hund seine Mahlzeit verschlungen hatte, kam er und setzte sich neben Kate, und sie schlang einen Arm um seinen Hals und knuddelte ihn.

Dann stellte sie die naheliegendste Frage. „George, suchst du auch nach dem Gold?“

„Welcher törichte Mann würde das nicht tun?“, antwortete er schlicht.

Kate war sich da nicht so sicher. Torheit war zweifellos zu einer Gefahr geworden.

„Und du hast geglaubt, wir würden ebenfalls suchen“, sagte sie, als Henry einen Stapel Holz neben ihnen fallen ließ und sich setzte. „Was ich nicht verstehe, ist, wenn das Gold Arthur gehörte, dann spielt es doch keine Rolle, wer es findet. Niemand von euch kann es behalten.“

„Sie könnten einen Anteil aushandeln“, sagte Henry und sah dann George an. „Ist das dein Plan?“

„Ich habe gewisse Verbindungen zu Wingate“, erwiderte George. „Und ich möchte sie beenden. Das Gold würde mir die Möglichkeit dazu geben.“

„Welche Art von Verbindungen?“

„Das geht dich nichts an.“

Da sie spürte, dass George nicht näher darauf eingehen würde, wandte sie sich an Henry. „Und wo warst du während all dem? Warum warst du bei dem Mann, der die Beckett-Männer zu kennen schien?“

„Ich war neugierig auf Clint und die beiden anderen und wollte nach ihnen suchen“, sagte er. „Ich schätze, ich hatte guten Grund, misstrauisch zu sein, nach dem, was George gesagt hat. Ich wollte dich nicht hineinziehen. Mir gefällt nicht, wie Clint dich ansieht.“

Der besitzergreifende Glanz in Henrys Blick kam und ging blitzschnell und erschreckte Kate mit seiner Intensität. Plötzlich überhitzt, rutschte sie vom Feuer zurück. Es half nicht, dass Henry anfing, mit seiner Umgebung zu verschmelzen und so rau und unvorhersehbar zu werden wie die Wildnis, in der sie sich befanden. Sein Gesicht war von Bartstoppeln überschattet, sein dunkles Haar fiel locker und ungekämmt, seine Finger strichen es wiederholt aus seinem

Gesicht. Kate konnte nicht leugnen, dass er von Minute zu Minute faszinierender für sie wurde.

Um die drückende Anziehung zwischen ihnen zu vertreiben, fragte sie: „Hatten sie irgendwo einen Goldvorrat?“

Henry schüttelte den Kopf.

„Und der Mann?“, hakte sie nach.

„Sein Name ist Tobias Baker“, sagte Henry. „Er arbeitet für Mrs. Beckett.“

Sie öffnete den Mund, um eine weitere Frage zu stellen, aber Henrys Augen fixierten sie, und er schüttelte leicht den Kopf. Na schön. Er wollte das nicht vor George besprechen. Widerwillig biss sie sich auf die Zunge.

„Wo wurde dieser Goldbarren gefunden, der das alles ausgelöst hat?“, fragte Henry George.

„Gerüchten zufolge war es in der Nähe der Quelle, aber es war unklar, wer ihn tatsächlich entdeckt hat. Die Existenz des Barrens kam erst ans Licht, als er verkauft wurde.“

„Es könnte also alles eine riesige Lüge sein.“ Kate machte sich nicht die Mühe, ihre Verärgerung zu verbergen.

George presste die Lippen aufeinander. „Ist es nicht.“

Kate unterdrückte das Bedürfnis, mit den Augen zu rollen.

Henry streckte die Hand aus, ergriff ihre und drückte sie. Obwohl sie wusste, dass er ihr nur signalisieren wollte, mit dem Reden aufzuhören – was an sich schon ärgerlich war –, musste sie mit der Art und Weise fertig werden, wie seine Berührung jede Nervenendigung in ihrem Körper entzündete. Sie hatte ihn bereits geküsst und umarmt, Erinnerungen, die unmöglich aus ihren Gedanken zu verbannen waren, und dennoch ließ eine einfache Berührung ihrer Hand ihren Herzschlag in die Höhe schnellen.

„Sollen wir uns der Jagd anschließen?“, fragte er sie mit einem Grinsen, das wenig dazu beitrug, sie davon zu überzeugen, dass sie sich nicht in ihn verliebt hatte. Und wie.

Sie musste ihm von seinem Vater erzählen. Sorge verdrängte schnell das Verlangen.

Sie zog ihre Hand aus seiner und sagte: „Mir scheint das eine Narrenjagd zu sein, und noch dazu eine gefährliche."

„Ja", sagte George. „Gilbert, du solltest Sallie von hier wegbringen. Bring sie nach Hause."

„Wenn ich gehe, dann geht auch Bandito", sagte sie. Kate konnte den Hund jetzt unmöglich zurücklassen. Nicht, wo die Situation zu Schießereien um Gold eskaliert war.

Georges teilnahmsloser Blick wanderte von ihr zu dem Hund neben ihr. „Vielleicht ist das klug."

Obwohl Kate froh war, dass der Comanchen-Krieger ihr zugestimmt hatte, war sie sich nicht sicher, ob sie gehen würde. Wenn Henry blieb, blieb sie auch. Das war ihr Job.

Sie fuhr mit der Hand über Banditos pelzigen Rücken.

„Nun, ich werde darüber nachdenken", sagte Henry. „Ich bin müde. Lass uns schlafen gehen, Sallie."

Ihr Magen machte bei der Aussicht, allein mit ihrem „Ehemann" im Zelt zu sein, einen Salto. Sie mussten unter vier Augen sprechen, also konnte sie es ihm nicht abschlagen. Aber vielleicht konnten sie später einen Streit haben, und sie könnte ihn rauswerfen.

Henry stand auf, reichte ihr die Hand und zog sie hoch. Sie mussten aufhören, sich zu berühren. Es war ablenkend, und sie musste ihre Gedanken beisammenhalten.

„Gute Nacht, George", sagte sie.

„Schlaf gut, Sallie Holmes."

Bandito folgte ihr nicht, obwohl sie dem Köter einen Blick zuwarf und ihn anflehte, zu kommen und zwischen ihr und Henry zu schlafen, um als Puffer zu dienen. Bedauernd ging sie zum Zelt und machte sich daran, es sich gemütlich zu machen, aber schließlich gab es nichts mehr, womit sie sich beschäftigen konnte, also lag sie flach auf dem Rücken, ihre Decke bis unters Kinn gezogen, und starrte auf die Stelle der

Zeltwand, an der sie zu einer Spitze zusammenlief. Henry lag in der gleichen Position neben ihr.

„Henry", flüsterte sie. „Ich muss dir etwas sagen."

„Ich muss dir auch etwas sagen."

Sie warf ihm einen Seitenblick zu. Obwohl es dunkel war, konnte sie die Silhouette seines Gesichts erkennen. Sie war noch nie einem Mann, mit dem sie nicht verwandt war, so nahe gewesen. Die Neuartigkeit der Situation brachte sie fast zum Lachen. Ihre Nerven waren bis zum Zerreißen gespannt.

„Du zuerst", sagte sie.

„Ich kannte Tobias Baker. Er ist mein Bruder."

Dachte ich mir.

„Was macht dein Bruder da und kungelt mit Jean Becketts Männern? Und ich nehme an, Tobias ist nicht sein richtiger Name."

„Nein. Er heißt Ian. Er ist ein U.S. Deputy Marshal, aber er ist nicht in dieser Funktion hier."

„Sucht er auch nach dem Gold?" Sie hatte nicht sarkastisch klingen wollen, aber ihre Worte konnten den Ton kaum verbergen.

Überraschenderweise kicherte Henry leise. Sie mussten flüstern, damit George sie nicht belauschen konnte.

„Vielleicht", räumte er ein. „Ich wusste nicht, dass er hier ist. Wir haben eine Geschichte mit den Wingates und den Becketts. Eine, die ich dir nicht erzählt habe."

Kate erstarrte. Wollte Henry gerade seine wahren Absichten gestehen?

Er holte tief Luft. „Mein Vater kannte Arthur Wingate und Jeans Ehemann Clayton. Er ist vor acht Jahren hier gestorben."

„Und du bist gekommen, um mehr darüber zu erfahren?", fragte sie vorsichtig.

„So was in der Art. Sieh mal, das ändert nichts an unserem Auftrag. Wir suchen immer noch nach Beweisen für

Falschmünzerei. Diese Sache mit meinem Vater geht dich nichts an, aber nach der Schießerei dachte ich, du solltest es wissen. Ich will nicht, dass du wieder unvorbereitet erwischt wirst. Ich will nicht, dass du verletzt wirst."

Er drehte sich zu ihr und betrachtete sie.

Sie weigerte sich, seinem Blick zu begegnen, während ihr Herz bei dem Geständnis, das sie gleich machen würde, hämmerte. „Henry, da ist etwas, das du wissen solltest. Vor zwei Nächten bin ich mitten in der Nacht aufgewacht, und du warst weg. Ich war besorgt, also bin ich dich suchen gegangen."

Sie spürte die Anspannung, die von ihm ausging. Oder bildete sie sich das nur ein? Kannte sie ihn wirklich so gut? Es war erst der zehnte Tag ihres Auftrags, da war kaum Zeit, ihren Partner kennenzulernen, und doch war es, als wäre es viel länger gewesen. Als hätte sie Henry schon immer gekannt.

„Ich bin jemandem über den Weg gelaufen", fuhr sie fort.

„Wem?"

„Dutch."

„Von der Kutscherei?"

„Ja", antwortete sie.

„Was hat er so weit hier draußen gemacht?"

„Ich glaube jetzt, dass es etwas mit dieser wilden Suche nach Gold zu tun haben könnte. Hast du ihn je getroffen?"

„Ja."

„Was hältst du von ihm?", fragte sie.

„Ich bin nicht sicher, was du meinst."

„Henry, erinnert er dich an jemanden?"

„Kate, spuck es aus. Es ist nicht deine Art, um den heißen Brei herumzureden."

Sie hielt inne und schluckte ihre Beklemmung hinunter und presste die Worte dann hastig hervor: „Dutch ist dein Vater. Er ist Hugh Maguire."

Kapitel Zweiundzwanzig

Henry hatte Kate Ryan inzwischen schätzen gelernt und sie widerwillig als seine Partnerin akzeptiert. Sie war klug, schlagfertig, mutig und weckte Gefühle in ihm, die weit über ihre berufliche Partnerschaft hinausgingen. Ein Zelt mit ihr zu teilen war für ihn eine besondere Art von Folter gewesen, doch in weniger als einer Sekunde erlosch seine Bewunderung, als hätte man ihm einen Eimer kaltes Wasser über den Kopf geschüttet.

Henry sprach langsam, mit leiser Stimme. „Dutch hat dir gesagt, dass er Hugh Maguire ist?"

„Ja", erwiderte sie. „Also, nein. Nicht sofort. Aber ich habe es an seinem Blick erraten."

Henrys Herz sank ihm in die Hose. Von allem, was er erwartet hatte, hätte er Ryan nie für leichtgläubig gehalten. „Und das hast du ihm geglaubt?", fragte er.

„Ja."

„Und warum zum Teufel hast du das getan?"

Selbst in der Dunkelheit waren ihre widersprüchlichen Gefühle förmlich greifbar. „Weil ich es tue. Es … ergibt einfach Sinn."

„Woher kennst du überhaupt den Namen meines Vaters?" Er seufzte. „Nein, warte, antworte nicht. Es war Louise."

Schlimmer noch, Dutch wusste auch über seinen Vater Bescheid, wusste genug, um sich als er auszugeben. Aber warum?

„Mein Vater ist vor acht Jahren bei einem Grubenunglück gestorben."

„Ich weiß."

„Und es war *ein Unfall.*"

„Aber das glaubst du nicht, oder?", flüsterte sie. „Sonst wärst du jetzt nicht so wütend."

„Ich bin wütend, weil es, wenn das wahr ist, was du sagst, bedeutet, dass mein Vater mich und Ian hat glauben lassen, er sei tot. Was für ein Mann würde so etwas tun?"

„Darauf kann ich dir keine Antwort geben", sagte sie. „Dutch hat mir nicht viel anvertraut, obwohl er gesagt hat, dass er beim Secret Service war."

Verdammt.

Henry setzte sich auf und fuhr sich frustriert mit der Hand über die Wange. Dutch wusste sicherlich genug, um diese Scharade durchzuziehen. Empörung erfüllte ihn, dass der Mann Kate auf diese Weise manipulierte. Dass er mit der Erinnerung an Hugh Maguire spielte. Das war mehr als nur unehrlich, es grenzte an Skrupellosigkeit und war kriminell.

„Wo ist Dutch jetzt?"

„Ich glaube, er ist uns gefolgt, aber ich habe ihn seit dieser Nacht nicht mehr gesehen", sagte Kate mitfühlend. „Ich wollte es dir schon die ganze Zeit sagen, aber wir waren bis jetzt nie lange genug allein."

Henry nickte kurz. Es war nicht ihre Schuld, dass sie auf Dutchs Lügen hereingefallen war, denn selbst bei der geringen Wahrscheinlichkeit, dass der Mann die Wahrheit sagte, würde es bedeuten … Hugh Maguire hatte seine Söhne im Stich gelassen. Und das traf ihn so tief, dass Henry sich weigerte, auch nur die Möglichkeit in Betracht zu ziehen.

Außerdem logen und manipulierten die Leute in seinem Berufszweig ständig. Dutch hatte seine eigenen Pläne und wusste offensichtlich von Hughs Vergangenheit in dieser Gegend.

Aber das bedeutete auch, dass ihre Tarnung aufgeflogen war.

„Wie viel weiß Dutch über uns?"

Sie hielt inne. „Er weiß, dass wir Pinkertons sind."

Das Geräusch eines Räusperns vor dem Zelt ließ sie beide erschrocken verstummen. „Ich glaube, ich sollte euch beiden mehr von der Geschichte über das Gold erzählen", sagte George, seine Stimme drang durch die Zeltwand.

Kate saß mit Henry und George am Feuer, Bandito kuschelte sich an ihre Füße und spendete ihr Trost. Ihre Gedanken waren etwas wirr, und sie war sich nicht sicher, wie sie weitermachen sollte. Offensichtlich glaubte Henry ihr wegen Dutch nicht, und sie musste zugeben, dass sich seitdem auch bei ihr Zweifel eingeschlichen hatten. Hatte Dutch sie angelogen? Warum?

„Ich kannte deinen Vater", begann George. „Hugh Maguire."

Ihr wurde schwer ums Herz. Sie hatte gehofft, dass George sie nicht belauscht hatte, aber es schien so zu sein.

„Ich muss euch eine Geschichte erzählen", fuhr George fort.

„Wirst du mir jetzt auch erzählen, dass er noch am Leben ist?", verlangte Henry zu wissen.

Ein Stirnrunzeln legte sich über Georges Stirn, seine dunklen Augen waren nachdenklich. „Das weiß ich nicht.

Vielleicht wandelt sein Geist noch hier." Er lehnte sich zurück und legte die Hände auf die Knie. „Hugh Maguire kam '92 hierher, um seine alten Freunde Arthur Wingate und Clayton Beckett zu besuchen. Sie waren zusammen im Krieg gewesen. Sie waren Spione für den Norden und hatten viel Zeit damit verbracht, Konföderierte aufzuspüren. Und manchmal fanden sie Schätze. Laut Hugh war bei einer ihrer Missionen eine große Menge Gold der Konföderierten verschwunden. Alle drei hatten darüber gesprochen, es zu nehmen, aber danach leugneten es alle. Es verschwand. Nach dem Krieg trat dein Vater in den Dienst des Secret Service."

„Viele Jahre später glaubte man, dass ein Teil dieses Goldes aufgetaucht war, und aufgrund seiner Arbeit konnte Hugh es zu Arthur zurückverfolgen. Also kam er hierher, um seinen alten Freund zur Rede zu stellen. Zu dieser Zeit waren auch Clayton und seine Familie hierhergezogen und hatten das an die Wingates angrenzende Land gekauft. Die Freundschaft zwischen Arthur und Clayton war stark, schien dann aber nachzulassen."

„Warum?", fragte Kate.

„Das weiß ich nicht. Als ich erfuhr, dass Hugh nach dem Gold suchte, bot ich meine Hilfe an. Ich kannte einige der inneren Abläufe in Arthurs Haus."

„Noch einmal muss ich fragen: Warum?"

George holte tief Luft. „Das möchte ich lieber nicht sagen. Ich muss an Minnie denken. Alles, was ihr wissen müsst, ist, dass ich Hugh gesagt habe, wo das Gold war. Das ermöglichte es ihm, einen Durchsuchungsbefehl zu erwirken. Aber Hugh hatte einen Partner – Charlie Purcell –, von dem ich euch vorhin erzählt habe."

„Charlie hat Hugh unglücklicherweise verraten und Arthur einen Tipp gegeben, und irgendwie gelang es ihm, Arthur davon zu überzeugen, ihm das Gold zu überlassen. Ich nehme an, er bot an, es zu verstecken, bis Arthur es zu einem späteren

Zeitpunkt wieder an sich nehmen konnte. Aber in dieser Nacht verschwand Charlie und wurde nie wieder gesehen."

„Also hat mein Vater Arthurs Haus durchsucht und nichts gefunden", sagte Henry mit flachem, etwas geschlagen klingendem Ton.

„Ja, und ich war der Meinung, dass Hugh sich daraufhin in großer Gefahr befand."

„Was ist mit dir?", fragte Kate. „Hatte Wingate nicht den Verdacht, dass du es warst, der Hugh den Tipp gegeben hat?"

„Hugh verriet meine Verbindung nie, und aus irgendeinem Grund glaubten Arthur und Lottie, dass jemand anderes in ihrem Haushalt der Verräter gewesen war." George blickte mit ernstem Gesicht ins Feuer. „Ich habe nie geglaubt, dass Hughs Tod ein Unfall war."

„Hast du irgendwelche Beweise?", fragte Henry eindringlich. „Irgendwelche Spuren, die du mir geben könntest?"

„Nein." George ließ den Kopf hängen. „Ich fürchte, damals hatten die meisten Leute nicht den Mut, sich den Wingates entgegenzustellen, mich eingeschlossen. Das damalige Gesetz wollte es sich wahrscheinlich nicht mit Arthur verscherzen."

„Wüsstest du zufällig, warum Francis O'Malley behaupten sollte, mein Vater zu sein?"

Überraschung zeichnete sich auf Georges Gesicht ab. „Dutch? Wo hast du das gehört?"

Henry warf Kate einen Blick zu. „Schon gut."

„Dutch ist Hugh Maguire?", murmelte George vor sich hin. „Ich kann mir das beim besten Willen nicht vorstellen. Er muss hier draußen zusammen mit allen anderen nach dem Gold suchen. Nach der letzten Ruhestätte von Charlie Purcell, denn sicherlich wird daneben eine Wagenladung Goldbarren liegen."

Obwohl die Information willkommen war, konnte Kate

nicht umhin, sich eine Frage zu stellen. Warum war George hier draußen? Sie mochte ihn und wollte glauben, dass er ein gutes Herz hatte, aber es wäre töricht, ihm zu vertrauen. Darauf zu vertrauen, dass er aus reiner Gutmütigkeit die Wahrheit sagte.

Und es war töricht gewesen, dem zu vertrauen, was Dutch ihr erzählt hatte.

Offensichtlich war der Lockruf des Goldes für alle Beteiligten zu einem Sirenengesang geworden.

Galt das auch für Henry?

Wusste er mehr, als er zugab?

Kapitel Dreiundzwanzig

Henry lag wach. Neben ihm wurde Kates Atmung rhythmisch, was darauf hindeutete, dass sie endlich eingeschlafen war. Sie waren nach dem Gespräch mit George ins Zelt zurückgekehrt und hatten sehr wenig gesprochen. Henry hatte sowieso nicht reden wollen. Kate hatte sich hin und her gewälzt, bevor sie in einen unruhigen Schlaf gefallen war, und während Henry kurz den Gedanken hegte, die Hand nach ihr auszustrecken, um sie zu beruhigen, hatte der kleine Rest seines gesunden Menschenverstandes ihn zurückgehalten.

Er grübelte immer wieder über das nach, was er erfahren hatte – die Geschichte vom Gold der Konföderierten und der Auseinandersetzung dreier Freunde deswegen sowie die lächerliche Vorstellung, dass Dutch sich als Hugh Maguire ausgab. So sehr Henry auch versuchte, sich daran zu erinnern, wie Dutch aussah, nichts an ihm hatte Henry glauben lassen, dass er sein Vater sein könnte. Aber andererseits hatte er nicht wirklich für möglich gehalten, dass so etwas sein konnte, als er vor gut einer Woche mit dem älteren Schmied gesprochen hatte.

Dutch musste hinter dem Gold her sein, und er spielte ein übles Gedankenspiel, um sich einen Vorteil zu verschaffen.

Henry dachte an die Karte seines Vaters. War sie irgendwie mit all dem verbunden?

Wenn Dutch wirklich Hugh Maguire wäre, dann wüsste er von der Karte, also war er vielleicht schon zu der markierten Stelle gegangen?

Ein Schauer lief Henry über den Rücken.

Sich vorzustellen, dass sein eigener Vater so … gerissen … sein könnte, hinterließ einen Schmerz in Henrys Brust.

Wusste Ian irgendetwas davon? Er wollte gern glauben, dass sein Bruder sich ihm anvertraut hätte, aber die Ironie der Situation entging Henry nicht, da er Ian nichts gesagt hatte, als er gestern mit ihm sprach.

Zum Teufel damit. Henry stand vorsichtig von seinem Bett auf.

Er hatte den auf der Karte markierten Ort eingegrenzt und gehofft, ihn heute genauer untersuchen zu können, aber er beschloss, jetzt zu gehen. Er wollte Kate sowieso nicht dabeihaben.

Einen Moment lang verweilte sein Blick auf ihrem Gesicht, das im Schatten lag. Eine Welle des Beschützerinstinkts überkam ihn. Wegen ihm war sie in Gefahr. Die Schießerei vorhin zwischen Wingates und Becketts Männern hatte das überdeutlich gemacht.

Er sollte sie wegschicken.

Aber er hatte nicht die Befugnis dazu. Nur Jonesy konnte sie von diesem Auftrag abziehen. Sobald die beiden sicher in ihrer Hütte zurück waren, würde Henry Jones telegrafieren und sagen, dass Kate zu ihrer eigenen Sicherheit gehen müsse. Sein Chef würde sich seiner Entscheidung einfach fügen müssen. Es gab sicherlich weniger gefährliche Fälle, an denen sie arbeiten konnte. Henry würde ihr eine hervorragende Beurteilung schreiben, um ihr zu helfen.

Und wenn sie weg war, konnte er sich sowohl auf den vorliegenden Fall als auch auf die Jagd nach dem Gold der Konföderierten konzentrieren.

Er verließ das Zelt mit der Waffe in der Hand und glitt zwischen die Bäume. Sein Pferd zu holen, würde Bandito wahrscheinlich aufschrecken, also ging er zu Fuß. Ein halber Mond erhellte den Weg, aber Henry schlug sich zum Schutz in den Wald und folgte seiner Intuition. Es war genau die Eigenschaft, von der Kate gesagt hatte, dass sie sie zu dem Schluss geführt habe, Dutch sei Hugh Maguire, und die Henry als reinste Torheit abgetan hatte.

Hatte sie recht gehabt?

Henry wollte nicht, dass sie recht hatte.

Obwohl sie in den letzten beiden Tagen mehrere Meilen zurückgelegt hatten, hatten sie in Wahrheit eine kreisförmige Route in der Nähe der Quelle genommen. Henry war überzeugt, dass dieses Gebiet weiter untersucht werden musste, also machte er sich in diese Richtung auf den Weg.

Eine Bewegung in der Ferne erregte seine Aufmerksamkeit. War es ein Mann? Dutch?

Henry beschleunigte sein Tempo und regulierte seine Atmung, um so leise wie möglich zu bleiben, während das Gelände anstieg.

Was, wenn es wirklich Hugh war?

Pa? Henry war wieder ein Junge, der die Anerkennung eines Vaters suchte, der nie da gewesen war. Ein Teil von ihm sehnte sich verzweifelt danach, seinen Vater nach all den Jahren zurückzuhaben, zum Teufel mit dem Grund für sein Verschwinden.

Das war ein gefährlicher Gedanke.

Dutch war ein Lügner und ein Betrüger. Und Henry würde ihn entlarven.

Der Anstieg wurde steiler, und trotz des kühlen Abends sammelte sich Schweiß in Henrys Nacken. Als er schließlich eine flache Stelle erreichte, blieb er in einer Baumgruppe verborgen und hielt an, um zu Atem zu kommen, während er seine Umgebung absuchte. Als er schließlich heraustrat, wurde er von hinten niedergeschlagen. Der Schmerz war scharf, bevor er das Bewusstsein verlor.

KATE WACHTE mit einem Ruck auf und starrte in die Dunkelheit des Zeltes. Sie wusste sofort, dass Henry fort war. Schnell zog sie ihre Stiefel an und machte sich auf, ihm zu folgen.

Sie schlich leise vom Lager weg, um George oder Bandito nicht zu alarmieren, während sie den Boden nach Henrys Spuren absuchte. Sie fand sie leicht genug.

Er war auf dem Weg zurück zur Quelle.

Nach einem Anstieg bergauf erreichte sie ein Plateau, aber da war niemand. Allerdings gab es jetzt zwei Paar Fußspuren. Jemand folgte Henry.

Plötzlich verschwand das zweite Paar Fußspuren, und es tauchten Spuren auf, die aussahen, als wäre etwas – oder jemand – geschleift worden.

Sie begann eine energischere Suche, angetrieben von der Sorge um Henrys Wohlergehen, während sie sich ununterbrochen nach demjenigen umsah, der sonst noch hier war.

Sie konnte sich gerade noch rechtzeitig auffangen, als sie an den Rand eines Felsvorsprungs kam, indem sie nach dem Ast eines nahen Baumes griff. Gott sei Dank hielt er stand und bewahrte sie davor, über die Kante zu stürzen.

Mit hämmerndem Herzen ließ sie sich auf die Knie fallen und rutschte langsam vorwärts, um nach unten zu spähen. Es war ein langer Fall, aber sie fürchtete, der dunkle Schatten am Grunde einer Schlucht könnte ein Körper sein. War es

Henry? Ihre Gedanken rasten, während sie ihre Möglichkeiten abwog.

Wer auch immer das getan hatte, könnte noch da draußen sein. Sie zog ihre Waffe, musterte ihre Umgebung und lauschte auf alles, was auffiel, aber sie wurde nur von Stille begrüßt.

Henry hatte nicht viel Zeit, wenn er wirklich da unten war. Im Lager gab es Seile. Und sie konnte George aufwecken, um ihr zu helfen.

Mit einem letzten Blick sah sie keine Bewegung. Sie wollte hinunterrufen, fürchtete aber, jemanden in der Nähe zu alarmieren. Sie kehrte schnell zum Lager zurück und suchte nach George, um ihn zu wecken, aber er war weg, inklusive Bandito. Sogar seine Ausrüstung war verschwunden.

Verdammt.

Ohne Zeit zu verlieren, schnappte sie sich eine Seilrolle, ihren Rucksack mit Vorräten und die Zügel des Maultiers. Sie begann ihren Aufstieg zurück zu Henrys Position und zerrte das Tier am Führstrick mit sich. Das Maultier war trittsicher, aber es dauerte länger, als ihr lieb war, um zurück zum Felsvorsprung zu gelangen.

Als sie dort war, zeigte ein schneller Blick umher, dass sie allein war. Hoffentlich.

Sie überlegte, ob sie das Seil an einen Baum oder an das Maultier binden sollte. Sie entschied sich für die erste Möglichkeit und war gerade dabei, das Maultier in der Nähe einer Weidefläche am Boden festzubinden. Eine Bewegung erregte ihre Aufmerksamkeit, ebenso wie die des Maultieres.

Ohne Vorwarnung tauchte am Rande des Hügels ein pelziger Schatten auf. Das Maultier nahm seine Witterung auf und wieherte rebellisch laut, wobei es den Kopf zurückwarf. Die Wucht warf Kate zu Boden und der Führstrick entglitt ihrer Hand. Sie krabbelte, um ihn zu fangen, aber das Maultier rannte los, den Pfad hinunter, den sie es mit so viel Mühe hinaufgebracht hatte.

„Nein!“ Sie warf die Seilrollen zu Boden und versuchte, ihm nachzujagen, aber es war zu schnell und zu weit vor ihr. Frustriert hörte sie auf zu rennen. Sie konnte keine Zeit damit verschwenden, ihm nachzujagen. Nicht, wenn Henrys Leben auf dem Spiel stand.

Sie hatte ihren Rucksack und das Seil beinahe auf das Maultier geladen, um ihre Last zu verringern, aber es hätte zu lange gedauert, es zu befestigen. Jetzt war sie froh, dass sie es nicht getan hatte, denn sonst wäre das verdammte Tier mit allem davongelaufen, besonders mit dem Seil. Dennoch bedauerte sie den Verlust des Maultiers, denn sie bezweifelte, dass sie Henrys Körper allein heraufziehen konnte. Sie hatte darauf gezählt, dass das Tier als Anker in einer Art Hebelvorrichtung dienen würde.

Als sie zu ihrer Ausrüstung zurückkehrte, hielt sie plötzlich inne. Das Tier, das das Maultier erschreckt hatte, war immer noch da und beobachtete sie, und nach dem dunklen Umriss zu urteilen, war es ein mittelgroßer Bär.

Sie holte tief Luft. Wie gefährlich war dieses Tier? Kate griff nach ihrer Waffe und erkannte zu spät, dass sie sie am Maultier befestigt hatte, das inzwischen wohl den Hügel hinunter und zurück im Lager war.

Ach, zum Teufel damit. Sie verschwendete dringend benötigte Zeit. Sie stürzte vorwärts, wedelte mit den Armen und schrie wie eine Verrückte.

Das Tier erschrak und wich zurück. Sie schrie weiter und der Bär entfernte sich und blickte über die Schulter zu ihr zurück. Als sie ihn ein gutes Stück von der Stelle weggedrängt hatte, an der sie die Klippe hinabsteigen wollte, ging sie zurück zum Felsvorsprung. Ihre Nerven waren zum Zerreißen gespannt, und sie beschloss, dass es vielleicht der Bär gewesen war, der Henry erschreckt hatte, und nicht ein anderer Mann. Es war vielleicht in Ordnung, dass sie ihre Waffe nicht hatte. Oder das Maultier. Oder George, der ihr helfen konnte.

Sie trat an den Rand und blickte nach unten. Henry lag immer noch unbeweglich am Grunde der kleinen Schlucht.

Sie wickelte schnell das Seil ab, und nachdem sie die Stabilität mehrerer Baumstämme geprüft hatte, legte sie eine Schlaufe um einen und band es sicher fest. Das aufgewickelte Seil trug sie quer über ihrem Körper und vergewisserte sich, dass der Rucksack sicher auf ihrem Rücken saß. Mit ihren behandschuhten Händen wickelte sie das Seil einmal um ihr Handgelenk. Sie holte tief Luft, wandte sich dem Hang zu und begann vorsichtig rückwärts den Hügel hinabzulaufen, hielt sich fest und glitt schrittweise am Seil hinab. Dass es um ihr Handgelenk gewickelt war, sicherte sie, falls sie ausrutschen sollte, aber es erschwerte ein schnelles Abseilen.

Sie kämpfte darum, ihre Ängste in Schach zu halten, ihr Herz hämmerte, und sie konzentrierte sich auf den Abstieg. Hatte Henry die Kante nicht gesehen? Es schien ihm so unähnlich, eine solche Fehleinschätzung zu machen. Sie versuchte nicht darüber nachzudenken, was sie vorfinden würde, wenn sie ihn erreichte. Wenn er …

Jede stockende Abwärtsbewegung brachte sie ihm näher, und sie rief ihm schließlich zu.

„Henry! Henry, wach auf!"

Er bewegte sich, nur ganz leicht, aber immerhin.

Dem Himmel sei Dank, wie der Vorarbeiter ihrer Familie sagen würde.

Sie zollte sich schnell den Weg hinab und schwang zur Seite, damit sie nicht direkt auf ihn trat. Sobald sie festen Halt für ihre Stiefel gefunden hatte, ließ sie das Seil los und eilte zu seiner Seite. Sie zog ihre Handschuhe aus und legte ihm behutsam eine Handfläche auf die Wange. Er fühlte sich kühl an. Sie war keine Ärztin, aber sie wusste, dass eine gesunkene Körpertemperatur nicht gut war.

Er regte sich und stöhnte.

„Henry, kannst du mich hören? Bist du bei Bewusstsein?"

Sie ließ ihren Blick über seinen Körper gleiten und suchte nach Anzeichen von Verletzungen. Nichts sah besorgniserregend aus, aber er könnte durch den Sturz innere Verletzungen haben. Oder vielleicht war sein Rücken gebrochen. Sie wollte es nicht riskieren, ihn zu bewegen, bis sie ihn wecken konnte, damit er ihr sagen konnte, was wehtat.

Sie lud das zusätzliche Seil und ihren Rucksack ab, zog ihren Mantel aus, faltete ihn und legte ihn sanft unter Henrys Kopf. Sie entfernte den Deckel ihrer Feldflasche und versuchte, ein wenig Wasser in Henrys Mund zu tröpfeln, der sich reflexartig bewegte, was ihr einen Hoffnungsschimmer gab.

Sie verschloss die Feldflasche wieder und sah sich um, um die enge Nische, in der Henry lag, schnell zu untersuchen. Aber ihre Hoffnungen schwanden, als sie keinen Ausweg finden konnte. Sie schien vollständig versperrt zu sein.

Sie hatte gehofft, dass er irgendwie hinausgehen könnte oder dass sie das Maultier hier herunterbekommen könnte.

Panik stieg in ihr auf und mit Tränen in den Augen wurde ihr klar, dass sie ihn die Klippe hinaufziehen musste. Sie hatte es schon vorher in Betracht gezogen, aber jetzt überkam sie das Gefühl der Aussichtslosigkeit. Sie würde ein Flaschenzugsystem bauen müssen. Das hatte sie schon einmal gemacht. Ihr Vater hatte es ihr gezeigt. Aber sie hatte nur die beiden Seile, und selbst wenn sie es schaffte, es aufzubauen, und das auch noch im Dunkeln, hatte sie wirklich die Kraft, Henry den Hang hinaufzuschleppen?

Sie beschloss, dass sie sich um ihn kümmern würde, bis Henry erwachte. Sie musste dafür sorgen, dass sie überlebten.

Sie hatte eine Schachtel Streichhölzer in ihrem Rucksack und fand einen Haufen Treibholz und verstreutes Anzündholz. Allerdings beunruhigte sie dessen Anwesenheit, da vielleicht ein heftiger Regen eine Sturzflut verursacht und das Holz abgelagert hatte – und was wäre, wenn es wieder passierte? Sie machte sich Sorgen um ungelegte Eier, wie ihr Vater sagen würde, also schob sie ihre Bedenken beiseite und machte ein kleines Feuer neben Henry, um ihn warmzuhalten. Es war nicht viel, aber es war besser als nichts.

Die Temperatur war zum Glück nicht bis zum Gefrierpunkt gesunken. Es gelang ihr, ihm Wasser einzuflößen, aber da er nicht aufgewacht war, konnte sie ihn nicht dazu bringen, das Essen zu sich zu nehmen, das sie mitgebracht hatte. Sie untersuchte ihn genauer, und obwohl sie Blut an seinem Hinterkopf und an seinem Bein unter einem Riss in seiner Hose gefunden hatte, fand sie keine großen klaffenden Wunden.

Dennoch beunruhigte sie die Tatsache, dass er nicht aufgewacht war, im Laufe der tiefen Nacht immer mehr. Sie holte eine Decke aus ihrer Tasche und schmiegte sich an ihn, um ihn mit ihrem Körper zu wärmen.

Wenn sie döste, dann nur leicht, und wachte mehrmals bei dem erlöschenden Feuer auf, das sie schnell wieder anfachte. Bevor der Schlaf sie wieder übermannte, fand sie etwas Trost im Heben und Senken seiner Brust.

Kapitel Vierundzwanzig

Henry öffnete die Augen und sah nur einen schmalen Streifen schwarzen Himmels und funkelnde Sterne, da hohe Bergwände den größten Teil davon verdeckten. Er zuckte zusammen, als ein stechender Schmerz durch seinen Kopf fuhr, und schluckte schwer gegen die Trockenheit in seiner Kehle.

Was war passiert?

Zu seiner Linken flackerte ein kleines Feuer. Zu seiner Rechten war Kate, eingeschlafen und dicht an ihn gekuschelt. Als er sich bewegte, rührte sie sich.

„Henry, du bist wach." Der Schmerz in ihrer Stimme fuhr ihm durch Mark und Bein. Ihm musste es schlimmer gehen, als er gedacht hatte.

„Kate." Seine Stimme war nicht mehr als ein Krächzen. „Wie bist du hier runtergekommen?"

„Das ist nicht wichtig." Sie beugte sich über ihn. „Wie fühlst du dich?"

„Wasser?"

Sofort hielt sie ihm eine Feldflasche an den Mund, und herrlich kühles Wasser benetzte seine ausgedörrte Kehle.

„Danke“, sagte er, hob eine Hand an seine Stirn und rieb sie, um den pochenden Schmerz zu lindern.

„Hast du Kopfschmerzen?“

„Ja.“

„Tut dir noch etwas anderes weh?“

Er testete seine Beine und stöhnte wegen eines Schmerzes im unteren Rücken.

„Sei vorsichtig“, sagte sie.

„Schon gut“, sagte er. „Ich kann mich noch bewegen.“ Was er tat, um dies zu beweisen.

„Das ist ein gutes Zeichen.“

„Kannst du mir helfen, mich aufzusetzen?“

Sie beugte sich zu ihm, sodass er einen Arm um ihre Schultern legen konnte, und half ihm hoch. Eine Welle der Übelkeit überkam ihn, und er schwankte einen Moment.

Kate legte ihm eine kühle Hand an die Wange, dann an die Stirn. Es half, nicht nur, um sein Unbehagen zu lindern, sondern auch, weil sie da war. Er sah das Seil, das in der Nähe hing, und schloss schnell daraus, was sie getan hatte.

„Sind wir allein?“, fragte er.

„Ja. Also, ich bin mir nicht sicher. Ich bin allein hier runtergekommen. Ich hatte das Maultier, aber dann hat ein Bär es verscheucht.“ Sie seufzte. „Ich hatte gehofft, es könnte dich rausziehen. Ich glaube nicht, dass ich allein stark genug dafür bin.“

„George?“

Sie schüttelte sichtlich frustriert den Kopf. „Er war verschwunden, als ich für Seil und Vorräte zu unserem Lager zurückging. Bandito auch. Erinnerst du dich, was passiert ist?“

„Ich dachte, ich hätte jemanden gesehen, und dann …“ Er berührte vorsichtig seinen Hinterkopf und zuckte vor Schmerz zusammen. „Ich glaube, ich wurde von hinten getroffen. Ich muss gestoßen worden sein.“

„Von jemandem?“

„Ja. Von wem denn sonst?“

„Dem Bären?“

„Ich denke, das hätte ich gehört.“

„Nun, du solltest dich ausruhen. Bei Tagesanbruch werde ich versuchen, rauszuklettern und Hilfe zu holen. Dein Bruder ist vielleicht noch da draußen. Oder Clint und die anderen.“

Sie hielt in ihrem Wortschwall inne, um Luft zu holen, und die schiere Panik in ihrer Stimme überraschte ihn. Tränen stiegen ihr in die Augen. „Du hast mir wirklich Sorgen gemacht, Henry.“

Er würde sie küssen, wenn sein Kopf nicht so verdammt wehtun würde. Stattdessen griff er nach ihrer Hand und drückte sie.

„Ich werde es überleben“, sagte er und ließ seinen Blick nicht von ihr. Er hatte sie schon immer für schön gehalten – tatsächlich war er von ihrer Erscheinung vom ersten Moment an beeindruckt, als er sie im Foyer des Wingate-Hauses erblickt hatte, bevor er wusste, wer sie war –, aber ihr Mut, ihre Hingabe und ihre Integrität waren mehr, als er erwartet hatte. Er hatte keine Partnerin gewollt, aber Kate erwies sich als so viel mehr als das.

Sie zog ihre Hand zurück, und er konnte sie gut genug lesen, um die subtile Mauer zu spüren, die sie zwischen ihnen errichtete. Sie kämpfte genauso wie er mit diesem Ding zwischen ihnen.

Sie griff nach einigen Holzstücken und schürte das Feuer wieder an, so klein es auch war. Aber daneben stand ein hoher, aufrechter Baumstamm, aus dessen Inneren Flammen züngelten.

„Was ist das?“, fragte er.

„Ein Comanchen-Trick, den ich von meiner Mutter gelernt habe. Man nimmt ein Stück Holz, am besten ein sehr trockenes, und spaltet es der Länge nach in Drittel. Ich hatte glücklicherweise die Axt dabei. Dann schabt man die

Innenseite jedes Stücks ab und fügt sie wieder zusammen, sodass in der Mitte ein Loch entsteht. Ich hatte etwas Schnur in meinem Rucksack, um es zusammenzubinden. Man stopft Zunder unten in das Loch und zündet es an. Es brennt lange und beständig und verzehrt schließlich den Stamm. So konnte ich ein wenig schlafen, ohne dass das Feuer ganz ausging. Auf diese Weise hattest du ein bisschen Wärme."

„Sehr clever. Gefällt mir."

Sie griff nach ihrem Rucksack. „Bist du hungrig?"

„Ein wenig." Sein Magen hatte sich beruhigt, also sollte er vielleicht etwas essen.

Sie holte etwas Trockenfleisch hervor und reichte es ihm, dann legte sie ihre Fingerspitzen an seinen Hinterkopf. Er hielt inne und genoss erneut ihre Berührung – beruhigend und verlockend zugleich.

Als sie ihre Hand an seinen Hinterkopf bewegte, zuckte er zusammen. „Da ist getrocknetes Blut. Das solltest du mich ansehen lassen. Tut dein Kopf noch weh?"

„Ja."

Sie nahm ein Tuch aus ihrem Rucksack und kniete sich hinter ihn. „Kannst du dich ein wenig drehen, damit ich im Feuerschein etwas sehen kann?" Sie goss ein wenig Wasser aus der Feldflasche auf das Tuch und wischte sanft das verkrustete Blut aus seinem Haar.

Er zuckte ein paar Mal wegen ihrer Behandlung zusammen.

„Du hast eine Platzwunde, und sie hat wieder angefangen zu bluten." Sie drückte das Tuch fest auf die Wunde.

Sie saßen schweigend da, sein Kopf auf ihrem Bein ruhend, die einzigen Geräusche waren das leise Rauschen des Windes von oberhalb der Schlucht und das Züngeln des Feuers am brennenden Holz. Kates Nähe war sowohl tröstlich als auch aufwühlend und weckte Gefühle, denen nachzugehen er nicht in der Verfassung war.

Sie nahm den Druck von seinem Kopf. „Ich glaube, die Blutung hat aufgehört. Sei nur vorsichtig, damit sie nicht wieder anfängt. Meinst du, es besteht die Möglichkeit, dass du rausklettern könntest?"

Sie rutschte von ihm weg, und er vermisste sie sofort, obwohl der Schmerz in seinem unteren Rücken nun in seinen linken Brustkorb ausstrahlte und ihm half, seine Gedanken von der Frau neben ihm abzulenken.

„Vielleicht", wich er aus. Er vermutete, dass er ein paar gebrochene Rippen hatte, sagte es aber nicht. Er würde nicht aus eigener Kraft rausklettern. „Du solltest bei Tagesanbruch allein gehen", sagte er.

Die Sorge in ihrem Blick war kaum zu übersehen.

„Schon gut, Kate. Ich überlebe das. Ich bin mir nur nicht sicher, ob ich die Kraft habe, dieses Seil hochzuklettern." Als sie gerade etwas sagen wollte, hob er eine Hand. „Und du hast nicht die Kraft, mich hochzuziehen. Selbst wenn du George findest, wäre er wahrscheinlich keine große Hilfe. Du musst die anderen finden. Sogar Dutch, nehme ich an."

„Wenn ich das Maultier finden und die Pferde holen kann, kann ich etwas zusammenbauen, um dich rauszuholen."

Er lächelte leicht. „Das klingt nach einem Plan."

Sie wurde still und beobachtete ihn aufmerksam, als ob sie noch etwas anderes zu sagen hätte.

„Nur zu, Kate", sagte er.

„Warum warst du mitten in der Nacht allein hier oben?"

Ihr Gesicht war verschlossen, aber die hungrige Neugier in ihren Augen verriet ihr Dilemma. Sie wollte ihm vertrauen, hegte aber Zweifel. Bevor er über all die Gründe nachdenken konnte, sich ihr nicht anzuvertrauen, preschte er vor.

„Vor ein paar Monaten hat mir meine Tante Lydia einige Habseligkeiten meines Vaters gezeigt, die sie aufbewahrt hatte. Darunter war eine Zigarrenkiste, und darin fand ich eine versteckte Karte."

„Eine Karte von was?"

„Von diesem Ort." Er deutete mit einem Nicken seines Kopfes auf ihre Umgebung. „Land der Wingates. Es war ein Ort markiert, und ich habe versucht, ihn zu finden."

„Warum war er markiert?"

„Ich weiß es nicht, aber all das Gerede über das vermisste Gold warf in mir die Frage auf, ob es damit zusammenhängt."

„Also hast du Mr. Jones reingelegt, damit er dir diesen Auftrag gibt?", fragte sie.

„Nicht reingelegt. Jonesy ist mein Freund. Er weiß einiges über meine Vergangenheit. Als die Anfrage der Bank kam, bat ich ihn um die Chance, Wingate zu untersuchen. Ich bin in meinen Zielen nicht befangen, Kate. Ich bin wegen unseres Auftrags hergekommen, aber ich habe auch gehofft, mehr über den Tod meines Vaters zu erfahren. Es gab nicht viele Beweise, aber ich habe vermutet, dass Arthur dahintersteckte, und ich habe nach Hinweisen gesucht."

Henry wollte ihr alles erzählen.

„Bevor mein Pa das letzte Mal nach Trinidad aufbrach", fuhr er fort, „hatten wir einen schrecklichen Streit. Wir haben beide Dinge gesagt, bedauerliche Dinge, und ich lebe seit acht Jahren mit dieser Reue. Obwohl Ian es nie gesagt hat, weiß ich, dass er mir die Schuld dafür gibt, Pa an diesem Tag vertrieben zu haben."

„Ich bin sicher, dass das nicht stimmt", antwortete sie leise. „Er ist jetzt auch hier. Er muss dasselbe denken wie du."

„Vielleicht. Ich bin mir nicht sicher, warum mein Vater damals hier war. War er gekommen, um Arthur für den Diebstahl des Goldes ins Gefängnis zu bringen, oder war er hier, um es für sich selbst zu nehmen? Ich bin nicht sicher, ob ich das wirklich wissen will. Ich habe meinen Vater immer idealisiert, und ich würde es hassen zu denken, dass er ein Dieb war."

„Dutch …"

„Ja, Dutch." Henry schnaubte verächtlich.

„Was, wenn er Hugh *ist*?", fragte sie ernsthaft.

„Dann war mein Vater wirklich der schlechteste Vater." Seine Stimme klang sogar für ihn selbst hohl.

„Wir müssen ihn finden, damit wir es sicher wissen. Danke, dass du ehrlich zu mir bist, Henry."

Im sanften Schein des Feuers beobachtete Henry sie. „Ich hätte nie mit dir gerechnet, Kate Ryan."

„Das habe ich mir schon gedacht", sagte sie leise.

„Du bist eine sehr devote Gattin gewesen. Das hätte ich schon früher sagen sollen."

„Ich mache nur meinen Job", neckte sie, aber er übersah die Sehnsucht in ihrem Blick nicht.

Sie hatte gesagt, sie habe keinen Mann, aber gab es einen Mann, der ihr gefiel?

„Gibt es jemanden …?", fragte er, bevor er es sich anders überlegte.

„Nein", sagte sie. „Und du? Ich weiß, du hast gesagt, du und Louise wärt nicht… Aber gibt es eine andere Frau?"

„Nein."

„Henry–"

„Kate–"

Sie sprachen beide gleichzeitig.

„Nur zu", sagte er.

„Nein, fang du an." Sie warf ihm einen Blick zu und schaute dann wieder ins Feuer.

„Du bist …" Er hielt inne. „Du bist eine unerwartete Bereicherung für mein Leben und nicht nur bei diesem Job. Ich schätze, was ich zu sagen versuche, ist, ich habe nicht erwartet, so für dich zu fühlen." So viel zum Thema Professionalität, aber wenn er wirklich darüber nachdachte, hatten sie sich von dem Moment an, als sie sich kennengelernt hatten, in diese Richtung bewegt.

Sie kaute auf ihrer Unterlippe, was ihn ablenkte, und sagte: „Ich fühle genauso.“ Aber in ihren Augen lag ein Schatten.

Er wollte sie küssen, konnte aber den inhärenten Egoismus dessen nicht leugnen. Es war ihr gegenüber völlig unfair.

„Keine Sorge“, sagte er. „Ich werde mich zurückhalten.“

„Warum?“

Er runzelte die Stirn und beobachtete sie. „Das ist keine gute Idee.“

„Ich weiß.“ Sie hielt seinen Blick. „Aber ich habe mich noch nie so schlecht gefühlt, wie als ich dich am Boden dieser Schlucht liegen sah. Und meine Schwester wurde als Mädchen von einem Berglöwen angegriffen.“

„Das ist schrecklich. Ging es ihr gut?“

„Zum Glück, ja. Aber nichts ist garantiert, Henry.“

„Glaub mir, das weiß ich mehr als die meisten.“

„Also, wenn du Lust hast, könntest du mich vielleicht küssen.“

In ihren Augen lag sowohl Trotz als auch Sehnsucht. Verdammt, sie war was Besonderes.

„Du musst näherkommen“, sagte er, auf seine verletzten Rippen deutend, und ließ die Augen nicht von ihr.

Sie bewegte sich auf Händen und Knien auf ihn zu, bis ihr Gesicht nahe dem seinen schwebte, ihre Züge weich im glühenden Feuerschein. Er hob eine Hand, um ihre Wange zu umschließen, als sie ihren Mund auf seinen legte.

Süß. Unschuldig. Provokant.

Er umschloss ihr Gesicht mit beiden Händen und küsste sie, tief, so wie er es von Anfang an gewollt hatte. Sie wich nicht zurück, und er entfesselte den Hunger, den er während all des Theaterspiels ihrer falschen Ehe unterdrückt hatte.

Er ignorierte das Unbehagen seiner Verletzungen und wollte den Moment auskosten. Dies könnte das einzige Mal sein, dass er sie ohne Barrieren zwischen ihnen berühren konnte.

Es schien, als sei er wohl doch egoistisch.

HENRYS MUND SENKTE sich auf Kates, und ihr Körper entflammte vor Verlangen, sodass ihr schwindelig wurde. Sie griff nach seinen Schultern, glitt dann mit einer Hand zu seinem Nacken, ein Anker, um sie festzuhalten. Er erkundete ihre Lippen mit seinen, und ermutigt tat sie dasselbe. Er schmeckte nach dem gerade gegessenen Trockenfleisch und dem Käse, seine Bartstoppeln rieben an ihrer Haut, eine Reibung so intim, dass sie sich nach mehr sehnte.

Da sie wusste, dass er immer noch Schmerzen hatte, drehte sie ihren Körper zu ihm und sank auf die Knie, als sie ihrem Hunger nach ihm nachgab und ein köstliches Ziehen tief in ihrem Unterleib spürte.

Er stützte sich mit einer Hand auf dem Boden ab und hielt mit der anderen ihren Kopf, während sein Mund ihren vollständig erfasste. Es war berauschend, Henry zu küssen, berauschend, dass er sie genauso wollte wie sie ihn. Er war kein Jugendflirt. Sie war sich nicht sicher gewesen, ob er dasselbe für sie empfand, und nun erfüllte es sie mit Aufregung und Vorfreude.

Sie wollte ihn, ein Verlangen, das für das zwischen einem Mann und einer Frau reserviert war, und obwohl sie nicht vollständig verstand, was das bedeuten würde, überließ sie sich den Begierden ihres Körpers.

Henrys Hände glitten ihre Arme hinab, und dann legten sich seine Handflächen an ihre Hüften. Während sein Mund ihren verschlang – gründlich und mit fleischlichen Absichten, die ein Feuer in ihrem Bauch entfachten –, fühlten sich ihre Brüste schwer an, und ihr Unterleib suchte mehr Kontakt zu seinem.

Er zuckte zusammen, und sie hielt inne, ihr Atem ging

schwer und schnell. Doch gerade, als sie fragen wollte, ob er weitermachen könne, küsste er sie erneut. Trotz seines verletzten Zustands strahlte er Kraft aus, und sie klammerte sich an ihn. Sie wollte nichts sehnlicher, als die Kleidung zwischen ihnen zu entfernen und ihn auf ihrer Haut zu spüren.

„Henry", flüsterte sie und ließ die Einladung in ihre Stimme fließen.

Sie drehte sich auf den Rücken und drängte ihn, ihr zu folgen. Er stützte sich auf einen Ellbogen, sein Gesicht über ihrem.

„Tu dir nicht weh", flüsterte sie.

„Dafür ist es zu spät."

Er verschlang ihren Mund mit einem Kuss, der ihr den Atem raubte, seine Zunge verfing sich in ihrer, jeder Nerv in ihrem Körper vibrierte und erwartete das sich aufbauende Vergnügen. Seine Erregung drückte sich hart und bereit gegen ihre Hüfte, und seine Hand, kühl auf ihrer Haut, kroch unter ihr Hemd und ihr Unterhemd und ruhte auf ihrem nackten Brustkorb. Sie wölbte ihren Körper in seinen, ihre Finger krallten sich in seinen Bizeps, und sie genoss seine Stärke und Kraft.

Seine Hand wanderte tiefer, glitt unter ihre Unterhose, und sie keuchte, als er die Spalte zwischen ihren Beinen berührte. Er eroberte ihren Mund mit seinem, und ein erregender Druck begann sich in ihrem Körper aufzubauen. Als er einen Finger in sie gleiten ließ, bäumte sie sich auf, blind vor Verlangen, und klammerte sich an ihn, während sich die Spannung in tausend Lichtpunkten auflöste.

Henry hielt sie fest, ihr Körper zitterte unter ihm, ihr Atem ging hart und schnell, und sie fand seinen Mund wieder für einen langen, innigen Kuss. Schließlich legten sich die Wellen der Befriedigung, und sie öffnete ihre Augen.

„Ich hatte keine Ahnung", flüsterte sie.

„Das ging viel schneller, als ich erwartet hatte." Er vergrub sein Gesicht in ihrem Nacken, seine Hand immer noch zwischen ihren Beinen.

„Was ist mit dir?", fragte sie. Seine Erektion war immer noch deutlich zwischen ihnen zu spüren.

„Mir geht es gut", sagte er, seine Stimme etwas erstickt. „Gib mir nur eine Minute."

„Henry." Sie zog sein Gesicht hoch, um ihn anzusehen. „Wir können das richtig zu Ende bringen. Lass uns unsere Kleidung ausziehen."

Er stöhnte. „Ich will, glaub mir, aber eine Affäre ist gefährlich für dich. So ist es besser."

Ihr Körper summte immer noch von dem, was er ihr gegeben hatte. „Besser für mich, aber nicht für dich."

„Ich will dich nicht schwängern, Kate."

„Es gibt Wege, das zu vermeiden."

Sein Atem war heiß auf ihrem Nacken, als er sagte: „Hast du gerade zufällig einen dieser Wege bei dir?"

„Leider nein."

Sie bewegte sich unter ihm, und er zog seine Hand von ihr. Sie rollte sich zu ihm und zog sein Hemd aus seiner Hose. Er schnappte ihre Finger und hielt sie fest.

„Lass mich", sagte sie.

„Ich erwarte das nicht von dir."

„Sag mir einfach, was ich tun soll."

Er stöhnte frustriert, und sie schmiegte sich in seine Arme und küsste ihn hemmungslos. Es fühlte sich so gut an, ihn zu berühren, ihm nahe zu sein.

Nach viel Zureden und Überredung und mit Vorsicht wegen seiner Verletzungen hatte Kate ihre Handfläche um ihn gelegt. Sie erwartete mehr Anleitung, als sie tatsächlich bekam, aber Henry schien unfähig zu sprechen, also tat sie ihr Bestes, ihm dieselbe Glückseligkeit zu schenken, die er ihr geschenkt hatte.

Es war dunkel und erotisch und intensiver, als sie sich eine solche Begegnung je vorgestellt hatte. Henry sagte ihren Namen während seines Kommens, und das erfüllte sie mit Genugtuung.

Danach, als sie zusammenlagen, sonnte sie sich in Zufriedenheit. Sie hatten sich jedoch nicht ganz ausgezogen, und sie war neugierig, ihn zu sehen.

Kates Mutter hatte ein offenes Gespräch mit ihr geführt, bevor sie nach Chicago gegangen war – über Männer und die Möglichkeit, außerhalb der Ehe schwanger zu werden. Und obwohl Kate entschieden hatte, dass eine Heirat für sie sehr wahrscheinlich nicht in Frage kam, wollte sie nicht glauben, dass sie in der Zwischenzeit ein Leben in Einsamkeit führen würde, also hatte sie ihre Tante Claire um Rat gefragt, wie man mit einem Mann zusammen sein kann, ohne schwanger zu werden.

Tante Claire hatte widerstrebend zugestimmt, sie aufzuklären. Es gab Kondome, die Männer tragen konnten. Eine Frau konnte ihren monatlichen Zyklus verfolgen und an bestimmten Tagen Geschlechtsverkehr vermeiden. Oder der Mann konnte die Penetration vor seinem Höhepunkt beenden und somit seinen Samen nicht in ihr vergießen. Und obwohl es Kräuter gab, die eine unerwünschte Schwangerschaft beenden konnten, war Kate mit Claire einer Meinung, dass sie so etwas niemals tun würde.

Diese Methoden seien nicht narrensicher, hatte ihre Tante gewarnt, und die wirklich beste und einzige Methode des Schutzes sei Abstinenz.

Aber Kate war bereits in ihren frühen Tagen bei der Agentur zu dem Schluss gekommen, dass, wenn sie eine Karriere als Detektivin wollte, eine Ehe für sie nicht in Frage kam. Affären würden den Lauf ihres Liebeslebens bestimmen. Wenn Henry einverstanden war, dann hätte sie ihn sehr gerne als Liebhaber, aber es durfte kein Kind geben.

Sie hob ihren Kopf. „Henry, können wir es das nächste Mal richtig machen?“

Er öffnete die Augen und warf ihr einen Blick zu, heiß und schwer und begehrend. Er stieß ein frustriertes Stöhnen aus und sagte dann: „Du bist keine leichtsinnige Frau.“

Kate runzelte die Stirn. „Nein.“

„Wenn wir uns auf eine Affäre einlassen, könnten die Konsequenzen für dich weitreichend sein.“

„Das verstehe ich“, sagte sie.

Er sah sie an. „Tust du das? Es wäre dir gegenüber nicht fair.“

„Ist das nicht meine Entscheidung?“

Er vergrub seine Hand in ihrem Haar. „Du bist nicht das, was ich erwartet habe, das muss ich dir lassen.“

Ihr gefiel die Ehrfurcht in seinem Ton, dass sie es geschafft hatte, den unerschütterlichen Henry Maguire aus der Fassung zu bringen.

„Ich hoffe, ich habe dich nicht verletzt“, sagte sie.

„Allein dein Anblick tut schon weh.“

Die Sehnsucht in seiner Stimme schickte einen Schauer des Vergnügens durch sie.

„Wir müssen uns vielleicht darauf einigen, das zu einem späteren Zeitpunkt zu klären“, fügte er hinzu.

„Bist du immer so pragmatisch?“

„Ich versuche es zu sein.“

„Soll mich das beeindrucken?“

„Ich weiß nicht, tut es das?“, fragte er.

„Natürlich bin ich von dir beeindruckt, Henry. Aber ich muss sagen, dass ich der Agentur nicht beigetreten bin, um einen Ehemann zu finden.“

„Aber du hast trotzdem einen bekommen“, fügte er mit neckischem Ton hinzu. „Versuch, etwas zu schlafen. Diesmal werde ich über dich wachen.“

Mit dem knisternden Feuer und dem stetigen Licht ihres

Comanchen-Stammes sanken sie in ein gemütliches Schweigen, und Kate döste bald ein.

„Hallo da unten!“

Die männliche Stimme von oben schreckte sie aus dem Schlaf. Sie sprang auf und reckte den Hals, um zu sehen, wer es war.

„Hallo!“, antwortete sie. „Wir brauchen Hilfe!“

„Ist jemand verletzt?“

„Ja!“ Sie hielt inne, als sie gerade *Henry* sagen wollte. „Es ist mein Mann, Gilbert! Wer ist da?“

„Tobias Baker.“

Sie traf Henrys Blick, und Hoffnung erfüllte sie über die Identität des Mannes. „Dein Bruder?“, flüsterte sie.

Er nickte.

„Können Sie einen Flaschenzug bauen?“, schrie sie zu dem Mann hinauf.

„Ja. Das kann ich machen.“

Kapitel Fünfundzwanzig

Henry saß an einen Baum gelehnt und holte nach der Tortur, bei der Ian und Kate ihn die steile Klippe hinaufgezerrt hatten, wieder Luft. Kate hatte mit Ian zusammen einen Flaschenzug improvisiert, und Ians Pferd hatte den Großteil der Anstrengung übernommen.

Ian kniete vor ihn nieder und untersuchte ihn kurz. Als Henry ein paar Mal zusammenzuckte, sagte er: „Kannst du dein Hemd ausziehen? Die Rippen müssen verbunden werden."

Kate half, und als Henry mit nacktem Oberkörper dasaß, wurde der violette Bluterguss auf seinen Rippen sichtbar. Sie legte ihm eine Hand auf die Schulter, eine Berührung, die nach ihrer Begegnung wenige Stunden zuvor sowohl tröstend als auch aufwühlend war.

„Das sieht nicht gut aus", sagte sie.

„Er wird es überleben." Ians Tonfall grenzte an Sarkasmus. „Als er jünger war, hat er mehr als nur eine Tracht Prügel von den Raufbolden aus der Stadt bezogen."

„Ich glaube, du meinst dich", zischte er, als er einen Arm hob, um Ian mehr Zugang zu verschaffen.

„Ich wollte dich nur abhärten, Henry."

Kate und Ian wechselten ein Lächeln.

Henry runzelte die Stirn. Sie hatten sich erst kurz vorgestellt, *nachdem* sie ihn die Klippe hinaufgezogen hatten, und sie war seinem Bruder gegenüber herzlicher und einladender gewesen als am Anfang zu Henry.

Als Ian seine Behandlung beendet hatte, stand er auf und Kate fragte: „Wie hast du uns eigentlich gefunden?"

„Ich habe beschlossen, die Quellen noch einmal auszukundschaften. Dieser Grenzstreit lässt mich vermuten, dass es an diesem Ort um mehr als nur um Wasser geht. Ich bin auf Spuren gestoßen und habe euch beide gefunden."

„Wir sind dir dankbar", erwiderte sie.

„Außerdem wollte ich Henrys Partnerin kennenlernen."

Kates Gesicht strahlte, und Eifersucht schoss durch Henry. Er hatte vorgehabt, die Existenz der Karte vor Ian zu verheimlichen, beschloss dann aber, dass dies genau die Ablenkung war, die sein Bruder von Kate Ryan fernhalten würde.

„Ich habe etwas, das Pa gehört hat." Henry griff in seine nahegelegene Jacke und holte die Karte hervor. Er reichte sie Ian.

Sein Bruder faltete das Papier auseinander und betrachtete es. „Woher hast du die?"

„Aus einer alten Zigarrenkiste, die Tante Lydia hatte. Sie hat sie mir erst vor Kurzem gegeben."

„Warum hast du mir gestern nichts davon erzählt?"

„Glaubst du, ein Gespräch macht die letzten Jahre ohne jeglichen Kontakt von deiner Seite wett?", warf Henry zurück.

Ian warf ihm einen finsteren Blick zu. „Der fehlende Kontakt gilt für beide Seiten, Henry."

„Schön", erwiderte Henry mit einem Schnauben. „Na ja, jetzt zeige ich sie dir."

„Du glaubst also, Pa hatte hier draußen ein Versteck?“, fragte Ian mit auf die Karte gerichtetem Blick.

„Ich habe danach gesucht.“ Sollte er Ian auch von der lächerlichen Behauptung von Dutch erzählen, er sei ihr Vater? Nun, da Henry es nicht glaubte, gab es keinen Grund, dem Ganzen durch ein Gespräch darüber Glaubwürdigkeit zu verleihen.

Ian blickte sich in ihrer Umgebung um.

„Was ist?“, fragte Henry, dessen Sinne wieder auf der Hut waren.

„Diese Markierung auf der Karte.“ Ian kniete wieder neben Henry nieder und zeigte auf eine Stelle auf der Karte, wo drei Bäume gezeichnet waren. „Ich glaube, ich weiß, wo das ist.“

Henry war skeptisch. „Das sind Bäume, Ian. Die gibt es überall.“

Ian schüttelte den Kopf, ließ die Karte in Henrys Schoß fallen und stand auf. „Immer noch stur. Es ist schön zu sehen, dass sich manche Dinge nie ändern.“ Er nahm seinen Hut und setzte ihn auf. „Es sind nicht drei Bäume. Es sind drei in einem.“

„Eine Missbildung?“, fragte Kate.

„Genau.“ Ians Augen funkelten. „Und ich weiß, wo sie ist.“

Kate folgte den beiden Maguire-Brüdern. Nur Ian hatte ein Pferd, da weder Kate noch Henry ihre mitgebracht hatten, und das Maultier, das sie letzte Nacht geführt hatte, war davongelaufen. Sobald sie hier fertig waren, würde sie nach ihm suchen müssen, ebenso wie sie zu ihren Tieren zurückkehren und sicherstellen musste, dass sie in Sicherheit waren.

Henry hatte sein Hemd wieder angezogen, aber Kate

bewunderte den Oberkörper darunter, da ihr Wunsch, etwas von ihm nackt zu sehen, wahr geworden war. Nicht, dass sie über seine geprellten Rippen glücklich war, aber er schien trotz Verletzung zurechtzukommen, also konnte es zum Glück nicht allzu schlimm sein.

Es juckte sie in den Fingern, mehr von ihm zu berühren als nur eine Hand auf seiner Schulter, aber sie bezweifelte, dass Henry wollte, dass sein Bruder von ihrer romantischen Verstrickung wusste. Sie war sich auch ihres eigenen Zögerns bewusst, ihre Gefühle für ihn preiszugeben. In Wahrheit gefährdete es die Jobs von beiden.

Vielleicht erklärte das Henrys mürrische Laune, seit er gerettet worden war, obwohl sie sicher war, dass er wegen seines Sturzes und der nachfolgenden Verletzungen Schmerzen hatte. Es war leichter gewesen, mit Ian zu reden, der nach Kates Meinung eine weniger misstrauische Version von Henry war, obwohl er für sie bei Weitem nicht so anziehend war wie ihr falscher Ehemann.

Mit den Zügeln seines Pferdes in der Hand führte Ian sie hinter die Quelle. An einer Stelle band er sein Tier fest und sie gingen zu Fuß weiter; der Weg war steinig und uneben, aber dann tat sich eine Öffnung im Laubwerk auf und ein sehr markanter Baum stand Wache – drei Stämme, die aus einem einzigen wuchsen, jeder war hochgewachsen und bog sich so vornüber, als ob er etwas beschützen wollte.

Eine schnelle Suche und sie fanden eine Öffnung im Hang. Keine richtige Höhle, eher eine überdachte Nische. Während Ian drinnen suchte, Henry neben ihm, untersuchte Kate den Boden.

„Sie ist leer", sagte Ian.

Kate deutete um sie herum. „Hier sind frische Fußspuren. Sie führen diesen Pfad hinunter." Er war auf der gegenüberliegenden Seite der Lichtung, durch die sie gekommen waren. Sie ging zur Nische, um sie zu inspizieren.

Als ihr Blick auf etwas Glänzendes fiel, nahm sie ihren Hut ab, schaufelte vorsichtig etwas Schmutz auf die Krempe des Hutes und brachte ihn dann zu Ian und Henry.

„Was hast du gefunden?“, fragte Henry.

Sie hielt den Hut hoch, damit sie ihn inspizieren konnten.

Ian schaute ihn an. „Ist es das, wofür ich es halte?“

Kate nickte. „Es ist Gold.“

Henry saß auf seinem Pferd und blickte Ian an, der ebenfalls reitfertig war. Kate saß auf ihrer Stute, die Leine des Maultiers an ihrem Sattel befestigt. Sie hatten das widerspenstige Tier bei ihrer Rückkehr von ihrem kleinen Abenteuer an der Quelle in ihrem Lager wiedergefunden.

„Was jetzt?“, fragte Ian.

„Kate und ich setzen unsere Ermittlungen fort. Wir haben die Chiffre, also werden wir die Nachricht, die wir gefunden haben, übersetzen, sobald wir zurück in der Hütte sind.“ Und was war mit George? Vielleicht steckte er mit Dutch unter einer Decke. Er hatte behauptet, vor acht Jahren Hugh Maguires Freund gewesen zu sein, und wenn er glaubte, Dutch sei Hugh, hatte er vielleicht beschlossen, ihm wieder zu helfen.

„Jemand hatte dieses Gold, oder zumindest einen Teil davon, in Pas geheimem Versteck“, sagte Ian. „Und das erst vor Kurzem.“

„Und die Schlussfolgerung aus dieser Entdeckung ist, niemandem zu trauen.“

„Ich bin froh, dass du gelernt hast, so scharfsinnig zu sein, Henry“, sagte Ian und ließ seinen Blick über Henrys Schulter schweifen. „Es war mir ein Vergnügen, Kate.“ Er tippte leicht an seinen Hut.

„Ganz meinerseits“, sagte sie. „Ich hoffe, wir sehen uns wieder.“

„Wir sollten besser aufbrechen“, sagte Henry, wendete sein Pferd und blickte nicht zurück. Er war sich nicht sicher, was genau er und Kate nach ihrem ziemlich heißen Zwischenspiel in der Schlucht waren, aber er brauchte Ian nicht, um sie abzulenken.

Wenn Kates Entdeckung stimmte und in der geheimen kleinen Höhle seines Vaters Gold versteckt gewesen war, dann hatte es jemand gefunden. Waren es Becketts Männer? Ian glaubte das nicht, da sie Jean gegenüber loyal zu sein schienen und Ian dementsprechend informiert hätten. Waren es Clint, Jim oder Fred? Henry hielt die drei nicht für so schlau.

Er, Ian und Kate waren dem gegenüberliegenden Pfad gefolgt und hatten Hufabdrücke gefunden. Wer auch immer es weggeschafft hatte, hatte ein Pferd oder mehrere. Henry wettete auf George oder Dutch.

Apropos Dutch – Henry plante, ihm morgen einen Besuch abzustatten, falls der Mann überhaupt in der Stadt war.

Der Ritt war bei Weitem nicht so anstrengend, wie Henry erwartet hatte, trotz des dumpfen Schmerzes in seinen Rippen und den leichten Kopfschmerzen, und die Reise zur Hütte dauerte den ganzen Tag. Wenigstens waren sein Appetit und sein Durst vorhanden, und zwar nach mehr als nur Wasser und Essen. Sein Hunger nach Kate war scharf und allgegenwärtig, aber er hielt die Rastpausen kurz, um nichts Törichtes zu tun, wie sie im Schatten einer Kiefer zu verführen.

Am späten Nachmittag kamen sie an der Hütte an.

„Geh du schon rein“, sagte Kate. „Ich kümmere mich um die Tiere.“

Er hätte widersprochen, aber ihm tat vom langen Tag im Sattel alles weh. Er gab ihr einen schnellen Kuss zum Dank, belohnt mit einem Lächeln, das ihn beinahe dazu verleitet hätte, wieder nach ihr zu greifen.

Nachdem sie zurückgekehrt war, schürte sie das Feuer im

Küchenherd und sagte: „Ich mache dir ein Abendessen und dann entschlüssele ich diese Nachricht."

Henry erlaubte sich, auf dem Sofa zu entspannen und die natürliche Ungezwungenheit des Augenblicks zu genießen, als wären sie *wirklich* ein Ehepaar. Es fühlte sich … schön an.

Kate beließ es bei einem einfachen Essen: Schinkensandwiches und heißer Kaffee.

„Wenn du etwas Stärkeres für deine Verletzungen willst, ich habe eine Flasche Rum in der Speisekammer gefunden", sagte sie, als sie sich am kleinen Esstisch ihm gegenübersetzte.

„Von Charlie Purcell?", fragte er, während er sich über das Essen hermachte.

„Vielleicht." Sie legte eine Serviette auf ihren Schoß. „Aber er ist vor acht Jahren verschwunden. Ich denke, diese Hütte wurde seitdem bewohnt." Nach einem Bissen sagte sie: „Glaubst du, Charlie Purcell ist wirklich verschwunden? Vielleicht war er derjenige, der das Gold versteckt hat und vor Kurzem zurückgekehrt ist."

„Zweifelhaft. Warum sollte er acht Jahre warten, um das zu tun? Und sicher hätte ihn jemand gesehen."

„Also ist es George oder Dutch", sagte sie und wiederholte Henrys eigene Schlussfolgerung.

„Was ist mit Clint?", fragte er.

Sie grinste. „Zweifelhaft."

Er lachte. „Ja. Da stimme ich zu." Er aß schnell auf. „Das war köstlich. Ich hatte einen Bärenhunger."

Sie griff nach seinem Teller, ihre Finger streiften seine. „Ich auch."

Ihre Stimme klang heiserer. Oder war es sein eigenes Wunschdenken?

Nachdem sie das schmutzige Geschirr weggebracht hatte, kehrte sie mit einem Glas und der Flasche Rum zurück und schenkte ihm einen Fingerbreit ein. Schweigend leerte er es in einem Zug. Es brannte ihm in der Kehle, wärmte aber schnell seinen Bauch.

„Normalerweise trinke ich im Dienst nicht“, sagte er, lehnte sich in seinem Stuhl zurück und ließ seinen Blick auf ihr verweilen. Gedanken daran, was die Nacht bringen könnte, hingen schwer in der Luft.

„Du hast auf der Party getrunken, als ich dich kennengelernt habe. Und am nächsten Abend übrigens auch.“

Ein Beweis dafür, wie sehr Kate Ryan seine Welt auf den Kopf gestellt hatte. „Beide Male hatten eines gemeinsam. Dich.“

Ihre Nase und Wangen waren vom Ritt leicht sonnenverbrannt, ihr geflochtenes Haar etwas zerzaust, und ihre grünen Augen funkelten schelmisch und – so hoffte Henry – voller Sehnsucht nach ihm.

Ihr Gesichtsausdruck wurde ernst. „Henry, wegen letzter Nacht. Ich möchte, dass du weißt, dass die Arbeit an erster Stelle steht. Das habe ich nie aus den Augen verloren.“

Ein Schatten der Sorge lag in ihrem Blick. Er wollte ihre Bedenken wegküssen. Er wollte sie in seiner Nähe behalten, lange nachdem dieser Auftrag vorbei war. Verdammt. Er begann zu ahnen, dass Kate etwas war, das man nur einmal im Leben erlebt.

„Ich will eine Karriere“, sagte sie. „Nicht einfach nur einen Job, bis ich heirate und Kinder bekomme. Tatsächlich bin ich zu dem Schluss gekommen, dass ich nicht heiraten werde. In diesem Sinne wollte ich dich wissen lassen, dass ich für eine Beziehung offen bin, diskret natürlich. Aber ich plane, eine unabhängige Frau zu sein.“

Obwohl er die Konsequenzen seiner Gefühle für sie nicht vollständig durchdacht hatte, hatten ihn seine Tante und sein Onkel zu einem Gentleman erzogen. Wenn er der Versuchung, die sie darstellte, nachgab, würde er sie nicht einfach verlassen. Er war sich ziemlich sicher, dass er sie nicht verlassen *könnte.*

Und wenn das der Fall war, dann würde er sie mit Sicherheit heiraten.

Aber es schien, als ob sie keinen Ehemann wollte oder brauchte.

Seine Enttäuschung war heftig, das verwirrte ihn. Er war nicht auf der Suche nach einer Frau.

Die Ironie der Situation entging ihm nicht. Trotz ihrer besten Absichten war er ihr „Ehemann“ und sie seine „Ehefrau“.

Er stand auf, griff nach ihr, zog sie von ihrem Stuhl und in seine Arme. Sie erwiderte seinen Kuss mit derselben Dringlichkeit, die in seinen Adern pochte, geschmeidig und willig, ihre Lippen so hungrig wie seine, während er den Schmerz seiner Verletzungen ignorierte.

Ihre Zeit war begrenzt. Er spürte es so sicher, als würde eine Uhr die Minuten herunterzählen.

Sein Bedürfnis war heftig, und der atemlose Seufzer, der Kates Lippen entwich, entflammte ihn nur noch mehr. Er schob sie zum Sofa und drückte sie auf die weichen Kissen, sein Körper bedeckte ihren vollständig. Ein Stöhnen entrang ihm, das Pochen in seiner Leiste nährte die Dringlichkeit seines Verlangens. Er war nicht unerfahren mit Frauen, aber sein Körper verhielt sich wie ein Jugendlicher, der gerade einen Blick auf seine erste entblößte Brust erhascht hatte.

Kates Hände krallten sich in sein Haar und ihr Rücken bog sich durch, sie presste ihre Brüste gegen seine Brust, und er fragte sich, wie weit er seinen Körper treiben konnte, ohne sie zu verletzen. Diesmal wollte er sie nicht mit seiner Hand befriedigen … er wollte sie splitternackt und sich in ihr.

Ein Klopfen an der Tür schreckte sie beide auf. Sie sahen sich an, ihre Lippen rot und von seinen Küssen geschwollen.

Verdammt. Mit großem Widerwillen erhob er sich vom Sofa. Sie rappelte sich etwas wackelig auf, also streckte er die Hand aus, um ihren Ellbogen zu fassen.

„Ich gehe schon“, sagte Kate und versuchte immer noch, zu Atem zu kommen. Sie richtete ihr Kleid und strich sich übers Haar.

Als sie die Tür öffnete, stand Nell mit weit aufgerissenen Augen auf der Schwelle, ihre Brust hob und senkte sich, während sie nach Luft schnappte.

„Was ist los?“ Kate zog das Mädchen herein und schloss die Tür.

„Es ist George. Ihm geht es nicht gut. Kommst du mit?“

„Natürlich“, antwortete Kate schnell.

Kapitel Sechsundzwanzig

Kate band die Zügel ihres Pferdes am Pfosten vor Minnies Haus fest, während Nell abstieg. Sie waren zusammen geritten, weil das Mädchen den ganzen Weg zu Kates und Henrys Hütte gerannt war.

Henry hatte darauf bestanden, in die Stadt zu reiten und den Arzt zu holen, obwohl Kate das angeboten hatte. Sie fand, er sollte sich schonen, obwohl er mit ihr alles andere als das getan hatte. Ihr Körper war immer noch benommen von dem, was beinahe auf dem Sofa passiert wäre. Da er ihr Angebot, eine Liebesaffäre außerhalb der Ehe zu führen, nicht abgelehnt hatte, musste sie davon ausgehen, dass er einverstanden war, und der Gedanke verschaffte ihr ein heimliches Kribbeln.

Sie würde sich gemäß Tante Claires Anweisungen irgendeine Art von Verhütungsmittel besorgen müssen, da sie bezweifelte, dass Enthaltsamkeit zwischen ihr und Henry funktionieren würde, und obwohl das, was in der vergangenen Nacht zwischen ihnen geschehen war, unerwartet und auf sündhaft sinnliche Weise befriedigend gewesen war, wusste Kate, dass sie mit Henry ein richtiges Liebespaar sein wollte.

Nell führte sie durch die Haustür und in das erste

Schlafzimmer den Flur hinunter, wo Minnie am Bett Wache hielt. George lag zugedeckt darin, seine dunklere Haut zeigte eine ungesunde Blässe, während er angestrengt atmete, die Augen geschlossen.

„Sallie ist hier", verkündete Nell mit besorgter Stimme.

Minnie drehte sich um und schenkte ihr ein mattes Lächeln.

„Gilbert ist losgefahren, um den Arzt aus der Stadt zu holen", sagte Kate, trat an Georges Bett und legte ihren Handrücken auf seine Stirn. Er glühte. „Was ist passiert?"

„Er ist letzte Nacht spät nach Hause gekommen und hat gesagt, dass er sich nicht wohlfühlt", sagte Minnie. „Heute Morgen ist er mit großen Schmerzen im Unterleib aufgewacht. Ich dachte, es wäre eine Magenverstimmung und habe ihm Brühe und Weidenrindentee gegeben, aber es wird nicht besser. Ich wollte ihn nicht allein lassen, also habe ich Nell geschickt, um Sie zu suchen. Kommt der Arzt hierher?"

„Ja", erwiderte Kate. „Warum sollte er nicht?"

„Weil George und ich Comanchen sind."

„Oh." Kate wusste nicht, was sie sagen sollte, aber sie war sich sicher, dass Henry den Mann oder die Frau dazu bringen würde, zu kommen. „Keine Sorgen. Lasst mich einen Blick auf George werfen."

„Sind Sie Ärztin?", fragte Minnie und trat beiseite.

„Nein. Aber meine Tante. Als ich jünger war, habe ich ihr manchmal assistiert, wenn sie Hausbesuche machte."

Kate hatte Tante Claire zugesehen und von ihr gelernt, und obwohl sie einmal selbst in Betracht gezogen hatte, Ärztin zu werden, hatte sie später erkannt, dass sie es mochte, Menschen zu helfen, und genau das konnte sie als Pinkerton-Agentin tun.

Minnie wandte sich an ihre Enkelin. „Nell, hol etwas Wasser." Das Mädchen nickte und verließ den Raum.

Kate zog vorsichtig die Decke zurück und lockerte die

Bänder an Georges Nachthemd, damit sie seine Haut auf Anzeichen von Verletzungen untersuchen konnte. Er war verschwunden, nachdem er bei ihnen gewesen war, und vielleicht war er auf die gleiche Weise verletzt worden wie Henry. Sie begann, mit den Fingern leicht auf verschiedene Stellen seiner Brust und seines Bauches zu drücken. Als sie auf der unteren rechten Seite war, schrie er vor Schmerz auf und riss die Augen auf.

„Es tut mir so leid“, sagte Kate. Sie richtete schnell sein Hemd und zog die Decke wieder hoch.

Minnie ging um sie herum und legte ihm einen nassen Lappen auf die Stirn. „Was glauben Sie, was es ist?“

„Wenn ich raten müsste, würde ich sagen, sein Blinddarm ist entzündet.“

Minnie warf ihr einen verwirrten Blick zu.

„Er befindet sich hier.“ Kate deutete auf die Stelle, an der sie ihm Schmerzen bereitet hatte, obwohl sie ihn diesmal nicht berührte. „Es wird eine Operation erfordern, aber ich bin sicher, der Arzt in der Stadt kann das bewältigen.“

Minnie schüttelte den Kopf. „Oh, das ist sehr schlimm.“

Kate ergriff ihren Arm. „Es wird alles gut werden. Meine Tante hat diesen Eingriff schon durchgeführt. Henry und ich werden dafür sorgen, dass der Arzt ihn behandelt.“

Minnie erstarrte. „Henry?“

„Oh, ich meinte Gilbert.“ Verdammt, Kate war müde. Sie fügte schnell hinzu: „Henry ist sein zweiter Vorname.“

Misstrauen trübte Minnies Blick. „Sie sind nicht Sallie, oder?“

Kate ließ die Schultern sinken. George wusste, wer sie waren, es war nur eine Frage der Zeit, bis Minnie die Wahrheit erfahren würde. „Nein.“

„Wer sind Sie dann?“

„Henry – Gilbert – und ich sind Pinkerton-Agenten. Mein Name ist Kate Ryan. Wir wurden beauftragt, gegen Arthur und seine mögliche Verbindung zu einem Fälscherring zu ermitteln."

Minnie nahm die Aussage ohne viel Aufhebens hin, ein angedeutetes Lächeln umspielte ihren Mund. „Das wurde auch Zeit. Keine Sorge, Ihr Geheimnis ist bei mir sicher."

Um George zu kühlen, kehrte Nell mit einem Krug Wasser und weiteren Tüchern zurück, die Kate ihm auf die Stirn legte. Währenddessen kehrte Minnie in die Küche zurück, um eine Schüssel Brühe zu holen. Sie schafften es, ihm ein paar Löffel davon einzuflößen.

Die Zeit verging langsam, und Kate machte sich Sorgen um Georges Zustand. Wenn er nicht bald Hilfe bekam – was eine Operation bedeutete –, könnte er an einer Infektion sterben. Sie hoffte auch, dass Henry nicht wütend darüber sein würde, dass Minnie ihre Identität kannte.

Aber was geschehen war, war geschehen. Sie konnte jetzt nichts mehr tun, außer ein Gebet zu sprechen, dass George überleben würde, und Minnie und Nell ihre Unterstützung anzubieten.

Kurz vor der Morgendämmerung traf Henry mit dem Arzt ein, der alle außer Minnie bat, den Raum zu verlassen.

Im Flur trat Kate nahe an Henry heran, damit Nell nicht mithören konnte, und fragte leise: „Wird er George behandeln?"

Henry nahm ihre Hand, seine Wärme vertrieb die Kälte aus ihren Fingern, und er tat nicht so, als würde er sie nicht verstehen. „Es kostete einiges an Überzeugungsarbeit", murmelte er, „aber dann habe ich ihm gesagt, dass George Minnie Wingates Bruder ist. Ich bin nicht sicher, ob der Name Wingate Stolz oder Furcht hervorruft, aber der Doc hat zugestimmt."

Sie lehnte sich an Henry, unfähig, sich von ihm fernzuhalten, und suchte Trost in seiner Stärke. „Ich glaube, es ist sein Blinddarm."

„Das klingt ernst.“ Seine Lippen streiften ihre Schläfe und lösten eine Welle der Sehnsucht aus.

„Das kann es sein“, antwortete sie.

Der Arzt tauchte auf: „Ich muss ihn zur Behandlung in meine Praxis bringen. Er braucht eine Operation.“

„Wir haben eine Kutsche“, bot Minnie an.

„Ich fahre mit ihnen“, sagte Henry.

Kate nickte. „Ich bleibe bei Nell.“

„Aber ich will mit“, verlangte das Mädchen.

„Nein“, sagte Minnie. „Du bleibst hier bei Kate.“

Henry warf Kate einen Blick zu, und sein Kiefer spannte sich an. Sein Tadel hätte nicht deutlicher sein können.

„Wer ist Kate?“, fragte Nell.

„Oh, ich meine Sallie“, korrigierte Minnie. „Ich bin nur müde und mache mir Sorgen um George.“

Nell verschränkte die Arme, fügte sich aber ihrem Schicksal. Alle waren damit beschäftigt, George auf der Kutsche unterzubringen.

Kurz bevor sie aufbrachen, zog Henry Kate beiseite. „Minnie?“, fragte er, sein Atem heiß an ihrer Wange.

„Ja, sie weiß es. Es ist mir rausgerutscht. Es tut mir leid.“

„Pass auf dich auf. Wir sind aufgeflogen. In mehr als einer Hinsicht.“ Seine Augen trafen ihre, dunkel und hungrig. Nach ihr. Es füllte den Raum zwischen ihnen und raubte ihr den Atem.

„Die Nachricht“, flüsterte sie. „Ich hatte keine Gelegenheit, sie zu entschlüsseln, aber ich habe sie mitgebracht. Ich werde versuchen, daran zu arbeiten, sobald ich einen freien Moment habe.“

Sie hätte es schon früher machen sollen, aber sie war eindeutig zu sehr von Henry abgelenkt gewesen, ihre Willenskraft löste sich zusehends auf, je länger sie mit ihm allein war.

Ohne Vorwarnung lagen Henrys Lippen auf ihren, sanft

und warm, eine leise und anspruchslose Geste, zahm genug, um von Nell gesehen zu werden. Als er sie losließ und aus dem Haus ging, schwankte Kate leicht.

Oberflächlich betrachtet war der Kuss freundlich und unterstützend gewesen, etwas Süßes, das ein Ehemann einer Ehefrau schenken würde. Aber der Unterton war etwas ganz anderes, als Besitzanspruch und Verlangen in ihren Adern pulsierten. Für einen kurzen, wilden Moment wollte sie nur aus dem Haus rennen, Henry nachjagen und mehr einfordern.

Kate hob die Fingerspitzen ihrer rechten Hand an ihre Lippen, ein wenig fassungslos.

Ist das Liebe? Ist das der Grund, warum ihr Pa ihre Ma immer noch ansah, als hinge der Sonnenaufgang von ihr ab? Warum ihre Ma wie ein junges Mädchen im ersten Liebesrausch zu ihrem Pa rannte, wann immer er von den saisonalen Viehtrieben zurückkehrte, nachdem er tagelang weg gewesen war? Kate hatte es nie ganz verstanden. Dieses Jahr feierten sie ihren zweiundzwanzigsten Hochzeitstag. Sicherlich ebbten solche Leidenschaften mit der Zeit ab.

Aber es war nicht zu leugnen, dass Henrys Kuss ihr den Atem geraubt hatte.

Sie ging auf die Veranda, gerade rechtzeitig, um die Kutsche abfahren zu sehen, während der Himmel sich vom bevorstehenden Sonnenaufgang gold färbte. Henry fuhr, während sein Pferd an einem Führstrick hinterherlief. Der Arzt ritt auf seinem eigenen Pferd, und Minnie saß hinten auf dem Wagen und wachte über George.

Sie spürte Henrys Abwesenheit schmerzlich, und ein Schatten legte sich über Kate, als sie mit Nell ins Haus zurückging. „Hast du schon gegessen?“, fragte sie das Mädchen.

Nell schüttelte den Kopf, aber sie sah erschöpft aus. Kates Körper reagierte mit einer ähnlichen Müdigkeit. Weder sie noch Henry hatten in der Nacht geschlafen.

„Warum ruhst du dich nicht ein bisschen aus, und dann mache ich dir etwas zu essen."

Nell nickte und lehnte sich schlaff an Kate.

„Zeig mir, wo dein Zimmer ist."

Nell führte sie ans Ende des Flurs. Bald hatte Kate das Mädchen ins Bett gebracht. Sie sehnte sich selbst nach einem Bett und einem weichen Kissen, trat aus Nells Zimmer und schloss leise die Tür. Sie fragte sich, ob sie einen Platz zum Ausruhen finden konnte.

Aber zuerst die verschlüsselte Nachricht. Sie zog die Notiz, von der sie und Henry glaubten, dass sie Clint gehörte, zusammen mit der Chiffre hervor, die sie in Walter Becketts Büro im Lagerhaus notiert hatte.

Als sie an einem Raum auf der gegenüberliegenden Seite des Flurs vorbeikam, stieß sie die Tür auf und hoffte auf einen Schreibtisch zum Arbeiten und ein Bett zum Schlafen. Stattdessen füllten Leinwände den Raum, einige fertig, andere noch im Anfangsstadium ihrer Entstehung. Farbe und Pinsel drängten sich auf zwei Tischen, und ein Hocker stand vor einer Staffelei mit dem Umriss einer Außenszene, skizziert auf einem großen Blatt Papier.

Kate trat fasziniert ein. Minnie war eine Künstlerin?

Da das frühe Morgenlicht den Raum erhellte, hatte die Szene etwas Unwirkliches, als wäre Kate in ein magisches Wunderland getreten.

Sie betrachtete mehrere kleinere Gemälde auf Pergament, deren Ränder sich nach oben rollten. Es waren Landschaften, einige recht einfach, aus Kiefern und Bergen bestehend, ähnlich dem Gelände hier in Colorado, andere zeigten die Ebenen. Sie schob mehrere beiseite, um jene dahinter zu sehen. Gesichter blickten sie an, und wenn sie sich nicht irrte, waren es Comanchen, sowohl Männer als auch Frauen.

Moment mal …

Kate suchte unter den Kunstwerken nach einem fertigen

Stück, aber alles war entweder eine Skizze oder ein Gemälde in Arbeit. Dann entdeckte sie ein gerahmtes Werk, das in der Ecke des Raumes versteckt war, das Gemälde zur Wand gedreht. Sie steckte die Notiz und die Chiffre zurück in ihre Rocktasche, hob das Stück an, drehte es um und lehnte es an die anderen.

Sie schnappte nach Luft.

J. Montgomery war in der Ecke signiert. Der Stil der unfertigen Stücke war diesem so ähnlich, dass es keinen Zweifel geben konnte, dass derjenige, der jene gemalt hatte, auch dieses gemalt hatte. Es war eine atemberaubende Darstellung eines Comanchen-Kriegers auf einem Pferd, seine durchdringenden Augen blickten Kate direkt an, als wäre er mit ihr im Raum. Ihre Großmutter würde dieses Bild liebend gern besitzen.

Kate blickte sich im provisorischen Kunstatelier um.

Waren das Minnies Schöpfungen? Warum signierte sie ihre Werke mit einem Pseudonym? Warum hielt sie es geheim?

Kate vermutete, dass Nell etwas wissen könnte. Sobald das Mädchen aufwachte, würde Kate sie fragen.

Durch ihre Entdeckung hatte sie einen Energieschub bekommen. Sie kochte in der Küche eine Kanne Kaffee und setzte sich mit Clints Notiz an den Tisch. Es dauerte nur dreißig Minuten, bis sie den Inhalt kannte.

Kate, die auf dem Sofa im Salon eingeschlafen war, schreckte hoch, als Minnie den Raum betrat.

„Wie spät ist es?“, fragte sie, richtete sich auf und strich sich widerspenstige Haarsträhnen hinters Ohr. Sie trug seit zwei Tagen denselben Hosenrock und dieselbe Bluse und hoffte, dass sie heute eine Chance bekommen würde, zur Hütte zurückzukehren und sich umzuziehen.

„Es ist Mittag“, antwortete Minnie und sank in einen nahen Polstersessel.

Schockiert, dass sie den ganzen Morgen geschlafen hatte, fragte Kate: „Sind Sie gerade erst angekommen?“

„Vor ein paar Minuten. Ich habe nach Nell gesehen. Sie schläft.“

Kate rieb sich das Gesicht und schüttelte die letzten Reste des Schlafs ab. „Wie geht es George?“

„Der Arzt hat die Operation durchgeführt und er ruht sich jetzt aus. Es sollte ihm gut gehen, und er wird in ein paar Tagen nach Hause kommen können.“

„Das ist gut. Was ist mit Bandito?“

Minnie sah überrascht aus. „Sie wissen von Georges Hund?“

„Wir haben ihn getroffen, als Henry und ich die Quelle erkundet haben.“

„Warum war George dort draußen?“

Kate war sich nicht sicher, was sie sagen sollte. Minnie wusste bereits zu viel über sie und Henry. Es schien klug, die Enthüllungen auf ein Minimum zu beschränken.

Sie zuckte mit den Schultern. „Ich bin nicht sicher, aber der Hund war verletzt.“

Minnie nickte. „Es geht ihm besser. Ich habe einen Umschlag angelegt, als George mit ihm zurückkam, und ihn dann mit Futter und Wasser in die Scheune gebracht. Ich habe gerade nach ihm gesehen. Er schläft immer noch.“

„Ich werde nach ihm sehen“, sagte Kate. „Aber lassen Sie mich Ihnen erst eine Tasse Tee machen. Sie sehen aus, als könnten Sie eine gebrauchen.“

Minnie widersprach nicht, und sie gingen schweigend in die Küche. Während Kate damit beschäftigt war, den Ofen anzuheizen und Wasser in den Kessel zu füllen, überlegte sie, ob sie nach dem Kunstraum im hinteren Teil von Minnies Haus fragen sollte. Sie fand ein Brot in der Speisekammer und brachte mehrere Scheiben sowie Butter und Marmelade an den Tisch, wo eine müde Minnie saß und ihr Kinn in die Hand stützte.

Nachdem sie beide etwas Tee getrunken, gegessen und wieder zu Kräften gekommen waren, sagte Kate: „Minnie, darf ich etwas über die Kunstwerke fragen?“ Sie nickte in Richtung des hinteren Teils des Hauses. „Ich habe sie gesehen, als ich Nell ins Bett gebracht habe. J. Montgomery ist unter Sammlern berühmt. Sind Sie das?“

Minnie stellte ihre Teetasse ab und war einen Moment lang still. „Nein“, antwortete sie schließlich. „Es ist George.“

War es das, worauf George angespielt hatte, als er sagte, er sei an Wingate gebunden? Das würde erklären, warum eines seiner Gemälde in Wallace Wingates Büro im Lagerhaus in der Stadt hing.

„Er ist sehr talentiert“, sagte Kate. „Meine Großmutter hat eines seiner Werke. Ich spüre, dass hier eine Geschichte dahintersteckt. Würden Sie sie mir erzählen?“

Minnies Schultern sanken, und sie nahm einen weiteren Schluck von ihrem Tee. „Ja, ich nehme an, das werde ich, da Sie mir Ihre wahre Identität gestanden haben.

Vor über dreißig Jahren habe ich Ellis geheiratet – Arthurs Vater. Wir haben uns hier in meiner Heimat kennengelernt, aber er hat mich mit nach Ohio genommen.“ Minnie wurde nachdenklich. „Ich war nicht sehr glücklich, also hat er mich ein paar Jahre später zurückgebracht und mir dieses Haus gebaut. Er arbeitete in den Kohleminen, und ich zog unseren kleinen Oliver auf. Er ist Nells Vater. Arthur mochte mich nie wirklich, aber Wallace, der Ältere, war freundlich und kam mit uns. Ellis arbeitete hart. Wir hatten nie viel, aber es war genug, und wir waren glücklich.

Etwa sechs Jahre später beschlossen auch Arthur und seine Frau Lottie, hierherzuziehen. Arthur hatte durch Investitionen in Erzvorkommen in Minnesota beträchtlichen Reichtum erlangt, aber ich nehme an, er wollte in der Nähe seines Vaters sein. Er und Lottie stellten ihren Reichtum gerne zur Schau und kauften sehr schnell den größten Teil des umliegenden Landes hier. Aber mein Mann war glücklich, Arthur in der Nähe zu haben, und sie versöhnten sich ein wenig. Wallace hat nie geheiratet, aber kurz darauf wurde Delia von einer Frau geboren, die er in der Stadt kannte. Die Frau starb bei der Geburt, und Wallace wusste nicht, was er tun sollte, also wurde Delia von Arthur und Lottie großgezogen. Ich hatte angeboten zu helfen, aber ich wurde abgewiesen.

Mein Bruder George kam von Zeit zu Zeit zu Besuch und wohnte bei uns, aber ich hatte nicht bemerkt, wie sehr er das Malen mochte. Er hatte diesen Teil von sich verborgen gehalten. 1885 kamen die Becketts nach Trinidad. Clayton war ein alter Freund von Arthur, und er und seine Frau Jean kauften Land im Osten von Arthur und begannen, sich ein Leben aufzubauen. Aber Lottie und Jean kamen nie miteinander aus, und um ehrlich zu sein, wirkte Arthurs Beziehung zu Clayton angespannt. Ellis beschloss, sich rauszuhalten, und wir kümmerten uns nicht weiter darum, was auch immer bei ihnen vorging."

Sie räusperte sich und fuhr fort: „Fünf Jahre später verlor ich Ellis. Ungefähr zu dieser Zeit erwarteten unser Sohn Oliver und seine Frau ihr zweites Kind. Es war Nell. Ich kam kaum mit dem Verlust meines Mannes zurecht, also ging ich für eine Weile nach Kalifornien, um ihnen zu helfen. Während ich weg war, blieb George hier und passte auf das Anwesen auf. Als ich ein paar Monate später zurückkehrte, erfuhr ich, dass Arthur einen Vorstoß auf mein Land gemacht hatte. Ich hatte angenommen, dass es an Oliver gebunden sein würde, und ich weiß, er hätte mich bleiben lassen, aber Arthur schaffte es, die Kontrolle über Ellis' Nachlass zu erlangen, so bescheiden er auch war, und nutzte schmutzige Taktiken, um mich zu vertreiben. Ich hatte gewusst, dass er grausam sein konnte, aber trotzdem … darauf war ich nicht vorbereitet."

Sie atmete tief durch. „Aber George hat den Tag gerettet. Er hat Arthur mehrere Gemälde gegeben, und Lottie war überzeugt, dass sie etwas wert waren. Und das waren sie auch. George hat leider sehr wenig Geld von dem Ruhm gesehen, den seine Arbeit gebracht hat, und er hat alles für mich getan. Ich weiß, es ist ein Pakt mit dem Teufel, obwohl er mir nie die Einzelheiten seines Abkommens mit den Wingates mitgeteilt hat. Ich habe George gesagt, er soll davon Abstand nehmen, aber er weigert sich. Er weiß, wie sehr ich dieses Land liebe. Unsere Mutter und unser Vater haben uns hier aufgezogen. Wir haben hier viel Geschichte. Ich nehme an, in seinen Augen ist es ein kleiner Preis, um zu bleiben und in Ruhe gelassen zu werden. Aber George ist für immer an Arthur und Lottie gebunden, und ich vermute, auch an Wallace und Delia.

Und dann kam Hugh Maguire, und dieser seltsame Charlie Purcell zog in die Hütte, in der Sie jetzt wohnen. Hugh, Clayton und Arthur kannten sich alle aus dem Krieg. Das meiste davon weiß ich nur, weil George es mir erzählt hat. Hugh suchte nach Gold, das damals gestohlen worden war, und er glaubte, dass Arthur es hatte.

Irgendwie hatte George das Gold in Arthurs Haus gesehen und wusste, wo es versteckt war, also hat er es Hugh erzählt. Hugh war eine Art Gesetzeshüter, und er war Undercover unterwegs, ganz wie Sie und Henry, so scheint es. George hatte es satt, an Arthur gebunden zu sein, und suchte nach einem Ausweg. Er hat mir später erzählt, dass Lottie ihn neben seinen eigenen Gemälden auch Fälschungen anfertigen ließ, und er wollte das nicht mehr."

Kate griff nach der Teekanne und füllte Minnies Tasse nach, blieb aber still, damit die Frau fortfahren konnte.

„Charlie Purcell war Hughs Partner", sagte Minnie, nachdem sie einen Schluck getrunken hatte, „und hat Hugh verraten, indem er Arthur vorzeitig alarmierte, dass sie wegen des Goldes kämen, also konnte Arthur es verstecken. Aus irgendeinem Grund schloss Arthur einen Handel mit Charlie und ließ ihn das Gold nehmen, zumindest ist das die Geschichte, die ich gehört habe. Charlie ist in die Hügel geflohen und wurde nie wieder gesehen, und dann wurde Hugh getötet. Sie sagten, es war ein Unfall, aber George war sich sicher, dass Hugh ermordet worden war. Das hat ihm Angst gemacht. Er sorgte sich um sein eigenes Leben und um meins, aber Hugh hatte nie verraten, dass George ihm von dem Gold erzählt hatte, nicht einmal Charlie.

„Also ging das Leben weiter wie zuvor, bis Anfang dieses Jahres. Ein Goldbarren wurde in den Bergen gefunden, und plötzlich durchkämmten sowohl die Wingates als auch Jean Beckett die Gegend, beide setzten ihre eigenen Männer ein, um die Region zu überwachen, wo ihre Grundstücke aneinandergrenzen."

Alles, was Minnie sagte, bestätigte, was George und Dutch Kate erzählt hatten. „In der Nähe der Quelle?", fragte sie.

„Ja. Sie alle scheinen zu denken, dass das Gold dort irgendwo ist, dass Charlie es versteckt hat, weil er dachte, er würde später dafür zurückkommen. Aber vielleicht gibt es gar kein Gold. Vielleicht hat Charlie es geschafft, damit abzuhauen, und jetzt jagen alle einem Phantom hinterher." Minnie schüttelte den Kopf, eindeutig müde von all dem. „Und jetzt sind Sie und Henry hier." Sie nahm einen weiteren Schluck Tee und hob dann den Blick zu Kate. „Wie ist Henrys Nachname?"

Es war klar, dass Minnie es bereits wusste. „Maguire", sagte Kate leise.

„Hughs Sohn", sagte Minnie sachlich. „Es scheint kaum ein Zufall zu sein, dass er hier ist."

„Ich nehme an, nicht."

„Ich kann mich des Gefühls nicht erwehren", sagte Minnie,

„dass Sie vorsichtig sein sollten, wenn Sie bei den Wingates herumschnüffeln. Ich muss es wissen." Ein mattes Lächeln breitete sich auf ihren Lippen aus. „Ich bin eine von ihnen."

Warum würde Minnie sich mit Leuten wie Arthur und Lottie und wahrscheinlich auch Delia und ihrem Vater Wallace in eine Gruppe stecken?

„Es klingt, als hätten Sie Ihr Bestes getan", bot Kate an. „Und es scheint, als hätte George versucht, Sie zu beschützen."

„Ja. Er ist ein guter Bruder gewesen, aber ich frage mich, ob ich einfach hätte gehen sollen, als Ellis starb. Ich hätte bei Oliver und seiner Familie in Kalifornien bleiben können."

„Sie können immer noch gehen."

Minnie trank ihren Tee aus und wurde nachdenklich. „Ich werde George nicht verlassen, zumindest nicht, bis es ihm besser geht. Ich kann nicht leugnen, dass es schön wäre zu sehen, wie Arthur und Lottie ihre gerechte Strafe bekommen." Sie hob die Augen zur Decke. „Bitte verzeih mir, Ellis." Dann richtete sie ihren Blick wieder auf Kate. „Haben Sie genug Beweise, um sie ins Gefängnis zu bringen?"

„Wir arbeiten daran."

„Das hat Hugh auch. Und am Ende konnte es ihn nicht retten."

Aber was, wenn Hugh noch am Leben war? Ein Schauer lief Kate über den Rücken.

„Bitte seien Sie vorsichtig", fügte Minnie hinzu.

„Das werde ich."

Kapitel Siebenundzwanzig

Henry war den ganzen Morgen bei Minnie geblieben, während der Arzt George operierte. Als sie wussten, dass George es überstanden hatte, hatte Henry Minnie zum Ausruhen nach Hause geschickt und war aufgebrochen, um ein paar Dinge zu erledigen, während er in der Stadt war. Er hatte überlegt, ob er den Arzt bitten sollte, sich seine Rippen anzusehen, aber es ging ihm besser, also beschloss er, es allein durchzustehen. Das war besser, um Fragen zu vermeiden, wie er sich die Verletzung zugezogen hatte.

Der erste und wichtigste Punkt auf seiner Liste war ein Besuch bei Dutch. Als die Sonne hoch am Himmel stand, ging Henry zur Schmiede, und seine Wut wuchs mit jedem Schritt. Wie konnte Dutch es wagen, zu behaupten, Hugh Maguire zu sein?

Noch schlimmer, was, wenn er es war?

Beide Möglichkeiten ließen Henrys Kopf schwirren, also klammerte er sich an seine Wut. Sie half ihm, nicht so aus der Bahn geworfen zu werden, dass er seine Arbeit nicht mehr hätte erledigen können. Diese Arbeit hatte sich nun verschoben und umfasste nicht nur das Aufspüren der Fälscherausrüstung und deren Verbindung zu Arthur, sondern auch das Finden von Konföderiertengold, das seit über dreißig Jahren verschollen war. So oder so, Arthur Wingate würde ins Gefängnis wandern.

Als Henry die Schmiede erreichte, war sie geschlossen. Er klopfte, aber niemand öffnete. Er spähte durch das Fenster, doch Dutch war nicht da.

Widerstrebend ging Henry zum Haus seines Kontaktes. Dort lagen zwei Briefe für ihn bereit. Der erste war von Jonesy und betraf Wallace Wingate und Charlie Purcell.

Wallaces Firma – Wingate & Wingate Ltd., Händler für ausländische und amerikanische Gemälde – hatte mit vielen Künstlern zu tun, schien aber eine besondere Beziehung zu J. Montgomery zu unterhalten. Wallace unterhielt eine Galerie in San Francisco und es war dreimal wegen Handels mit Fälschungen gegen ihn ermittelt worden – obwohl letztendlich nichts dabei herausgekommen und die Anklage schließlich fallengelassen worden war.

Die Informationen über Purcell waren beunruhigender. Jonesy hatte ein Bankkonto ausfindig machen können, das Purcell sich mit einem anderen Kontoinhaber teilte, und es war niemand anderes als Hugh Maguire. *Wusstest du davon?*, schrieb Jonesy.

Nein, Jones, das wusste ich nicht.

Das Konto, das vor acht Jahren eröffnet worden war, existierte immer noch, obwohl die letzte Abhebung drei Tage nach dem wichtigsten Datum in Henrys Leben erfolgt war – dem Tod von Hugh Maguire. Jonesy schrieb, die Abhebung sei von Purcell getätigt worden, aber da beide Männer für tot gehalten wurden, war es schwer zu wissen, wer die Transaktion ausgeführt hatte.

Henry runzelte die Stirn. Warum sollten Charlie Purcell und sein Vater ein gemeinsames Bankkonto haben? Hatte

Purcell deshalb Hugh verraten und das Gold für sich genommen?

Mit mehr Fragen als Antworten wandte sich Henry dem zweiten Brief zu. Er war von Louise.

Es ging ihr gut, sie hatte sich größtenteils erholt und sie würde nach Trinidad kommen. Direkt zur Purcell-Hütte, weshalb Henry sie nicht abholen müsse. Zwischen den Zeilen gelesen bedeutete das eigentlich, dass ihre Ankunftszeit ungewiss war. Zum Teufel, vielleicht war sie schon hier.

Ihm lief die Zeit davon, um den Fall zu lösen, und er brauchte es nicht, dass Louise einen Logenplatz bei seiner ungehörigen Beziehung zu Kate hatte.

In Gedanken bei den Informationen, die er gerade erhalten hatte, ging er zur Hauptstraße mit der Absicht, sein Pferd aus dem Mietstall zu holen, als er Delia über den Weg lief.

„Guten Tag, Gilbert", sagte sie mit einem strahlenden Lächeln.

„Delia." Er nickte ihr freundlich zu.

„Wohin des Weges?"

„Ich hatte in der Stadt zu tun, bin jetzt aber auf dem Weg nach Hause."

Er versuchte, um sie herumzugehen, aber sie rückte näher und legte eine Hand auf seinen Bauch. Ihr blumiger Duft stieg ihm in die Nase, und obwohl er nicht gänzlich unangenehm war, war er nicht mehr in der Stimmung, sich auf diesen Flirt einzulassen. Es fühlte sich wie ein Verrat an seiner „Frau" an. An Kate.

„Möchten Sie nicht mit mir Tee trinken?", fragte sie, ihre blauen Augen ernst und voller Verlangen.

„Delia, ich bin ein verheirateter Mann."

„Natürlich sind Sie das." Sie lachte belustigt, aber sie stand ihm immer noch zu nahe.

Er trat einen Schritt zurück und schuf Abstand zwischen ihnen.

Für einen Moment verzog sich ihr Gesicht vor Frustration. „Onkel Arthur sagt, Sie werden bald abreisen."

„Oh?" Henry fragte sich, was das bedeutete. Er und Arthur hatten das Ende seiner Anstellung als Ghostwriter nicht besprochen.

„Er sagte, Sie wären in ein paar Tagen weg", fügte sie hinzu und zögerte dann, bevor sie sagte: „Ich würde Sie nur … ich würde Sie gerne besser kennenlernen, Gilbert."

Warum entließ Arthur ihn? „Ich fürchte, das ist nicht möglich", sagte er.

Delia öffnete ihren Sonnenschirm, um sich vor der Sonne zu schützen, und Henry erkannte, dass es auch dazu diente, sie vor jedem zu schützen, der vorbeikommen könnte.

„Sallie hat es mir erzählt", sagte Delia, und der berechnende Blick, den er von ihr gewohnt war, kehrte zurück.

„Ihnen was erzählt?"

„Von Ihren Eheproblemen."

Daher rührte also das Gerücht.

Er war unsicher, wie er reagieren sollte, da er nicht den Eindruck erwecken wollte, nicht zu wissen, wovon Delia sprach, und damit möglicherweise einen verdeckten Winkel, den Kate nutzte, zu ruinieren. Die größere Frage war, warum Kate diesen Ansatz überhaupt verfolgte? Und warum zum Teufel störte ihn das so sehr?

„Wenn es zwischen Ihnen beiden nicht gut läuft", fuhr Delia fort, „dann tut es mir wirklich leid, aber vielleicht passen Sie und Sallie einfach nicht zusammen."

Die Erinnerung an Kate in seinen Armen sprach eine andere Sprache.

„Ist das zwischen Ihnen und Walter Beckett auch so gelaufen?", fragte er und versuchte, die Aufmerksamkeit vom „Zustand" seiner Ehe abzulenken.

Delias Augen weiteten sich. „Walt? Wir waren nie verheiratet."

„Aber Sie waren verlobt."

„Ja, aber das ist schon eine Weile her. Ich kann Ihnen versichern, dass ich keine Gefühle für den Mann habe."

„Ich bin nicht sicher, ob er das genauso empfindet", sagte Henry.

Delia legte den Sonnenschirm auf ihre Schulter. „Walter wollte schon immer in der Nähe des Wingate-Vermögens sein. Ich war nur ein Mittel zum Zweck, also habe ich es beendet. Ich lasse mich nicht von einem Mann benutzen."

„Haben Sie sich nie gefragt, warum er weiterhin für Ihren Onkel arbeitet?"

„Oh", sagte sie lachend. „Sie denken, es ist wegen mir? Ich kann Ihnen versichern, das ist es nicht. Walt hat schon immer lieber für meinen Onkel gearbeitet als für die Bank. Das ist alles."

„Beckett hat für die Bank gearbeitet?"

„Ja, für die First National hier in der Stadt. Bevor er ging, war er der Graveur."

Das überraschte Henry.

Banken druckten häufig ihr eigenes Geld, und für diese Arbeit wurden oft geschickte Handwerker gesucht, die sich mit Papier, Farbstoffen und Druckmaschinen auskannten. Sie waren auch ausgezeichnete Fälscher für die Herstellung illegaler Banknoten.

„Wie lange arbeitet Walter schon für Ihren Onkel?"

„Ich bin nicht sicher. Ich kenne ihn seit unserer Jugend, aber er war mehrere Jahre weg, nachdem hier ein schrecklicher Unfall mit einem Freund meines Onkels passiert ist."

„Hugh Maguire?", fragte Henry.

Delia nickte. „Ja. Wie ich sehe, haben Sie davon gehört. Ich glaube, Walter hat schon davor für meinen Onkel gearbeitet, aber als er nach mehreren Jahren zurückkam, umwarb er mich und nahm eine Stelle bei der Bank an. Erst als ich die Verlobung löste, nahm er eine festere Position bei meinem

Onkel an.“ Delia hielt inne, beobachtete ihn, ihre Augen glitzerten. „Warum interessieren Sie sich so für Walter Beckett?“

Henry seufzte innerlich. Die einzige Möglichkeit, dies zu retten, bestand darin, Delias Zuneigung für ihn zu schüren. Verdammt.

„Nur neugierig auf die Konkurrenz“, sagte er leise und hielt seinen Blick auf ihren Augen.

Delias Gesicht leuchtete förmlich auf, als sie über ihren Sieg lächelte.

Kate wusste nicht, wo Henry hingegangen war. Minnie sagte, er hätte die Arztpraxis zur gleichen Zeit wie sie verlassen und gemeint, er müsse in der Stadt etwas erledigen. Nachdem sie nach Bandito gesehen hatte, verließ Kate Minnies Haus und kehrte am frühen Nachmittag zu ihrer Hütte zurück.

Ein Klopfen an der Tür enthüllte einen Rancharbeiter der Wingates – einen jungen Mann mit lockigem braunem Haar –, der ihr eine Notiz überreichte. Sie war von Lottie, die Sallie zum Tee einlud, jetzt, da sie von ihrem Abenteuer mit Gilbert zurück war. Während Kate überlegte, ob sie ablehnen sollte, sagte der junge Mann, er würde sie zum Haupthaus begleiten.

„Ich brauche ein paar Minuten, um mich frisch zu machen“, sagte Kate. Sie schloss die Tür.

Schnell schrieb sie eine Nachricht für Henry, in der sie ihm mitteilte, wohin sie ging, und ließ sie auf dem Küchentisch liegen.

Bald saß sie auf ihrem Pferd in Begleitung des Mannes, und sie ritten schweigend die kurze Strecke zum Wingate-Anwesen. Als sie ankamen, kümmerte er sich um ihr Pferd, und Kate wurde von einer Haushälterin an der Haustür begrüßt. Sie führte Kate in einen Salon und ließ sie allein.

Sonnenlicht fiel durch die nach Westen ausgerichteten Fenster und wärmte den Raum. Kate ging zum Kaminsims, ihr Kattunrock raschelte um ihre Füße, und sie fragte sich, ob sie nicht lieber ein schöneres Kleid hätte anziehen sollen.

Die Tür schloss sich hinter ihr. Sie drehte sich um und erwartete Lottie, aber stattdessen begrüßte sie ein Mann, den sie nicht erkannte. Der Blick in seinen Augen versetzte sie sofort in Alarmbereitschaft.

„Ich warte auf Mrs. Wingate", sagte Kate.

Er kniff die Augen zusammen, sein dunkles Haar war aus dem Gesicht gebürstet. Er schien ungefähr im gleichen Alter wie Henry und Ian zu sein.

„Und Sie sind?", fragte Kate.

„Walter Beckett."

Jeans Sohn, der auch für Arthur arbeitete.

„Freut mich, Sie kennenzulernen." Sie zauberte ein falsches Lächeln auf ihre Lippen. „Ich bin Sallie Holmes."

Walter kicherte und ging auf sie zu. Sie wich in Richtung des Sofas in der Mitte des Raumes zurück. Auf dem Kaffeetisch war bereits Tee bereitgestellt, also nutzte sie das als Vorwand, um ihm auszuweichen.

Sie setzte sich und griff nach der Kanne. „Möchten Sie etwas, während wir warten?" Sie schenkte eine Tasse ein.

„Nein." Walters Tonfall jagte ihr einen Schauer über den Rücken. „Ich weiß, wer Sie sind."

Kate rührte einen Klecks Sahne in ihren Tee und versuchte, ihre Miene unbewegt zu halten, obwohl er sich hinter sie gestellt hatte.

Kate beherrschte ihre Gesichtszüge. „Ich bin nicht sicher, was Sie meinen", sagte sie und bemühte sich, ihre Stimme ruhig und lässig klingen zu lassen. „Ich glaube nicht, dass wir uns je begegnet sind."

„Sie und *Gilbert* seid Undercover."

Kate räusperte sich. „Was für eine alberne Vorstellung.

Mein Mann und ich sind nicht Undercover. Wo haben Sie denn so etwas gehört?“ Sie führte die Tasse an ihren Mund und war froh, dass ihre Hand nicht zitterte, als sie einen Schluck nahm.

„Nun, Arthur hat es mir erzählt.“

Arthur? Oh nein. Ein Runzeln zeichnete sich auf ihrer Stirn ab, und sie war froh, dass sie von dem Mann abgewandt war.

Kate stellte ihre Teetasse auf den Kaffeetisch und blickte auf, wobei sie einen flüchtigen Blick auf Beckett im Spiegelbild einer Vase erhaschte.

Seine Arme waren erhoben und hielten einen Schürhaken!

Kate sprang nach vorne, aber das Metall streifte die Seite ihres Kopfes. Sie landete mit dem Gesicht nach unten auf dem Teppichboden, das Material kratzte an ihrer Wange. Reglos verharrend, hielt sie die Augen geschlossen und betete, dass Beckett sie in Ruhe lassen würde, wenn er dachte, es sei ihm gelungen, sie bewusstlos zu schlagen.

Bitte töte mich nicht.

Jede Zelle in Kates Körper schrie danach, aufzustehen und sich zu wehren, und es kostete sie alles, still liegen zu bleiben und den Impuls zu ignorieren.

Walter stieß schnelle Atemzüge aus, sodass Kate ihn zumindest im Raum lokalisieren konnte. Er rührte sich mindestens eine volle Minute lang nicht hinter dem Sofa, dann zeigte ein Klirren an, dass er den Schürhaken aus Metall wieder in den Ständer neben dem Kamin gestellt hatte.

Ein Klopfen ging dem Öffnen der Salontür voraus.

„Sallie, es tut mir leid, dass ich zu spät bin“, sagte Lottie, ihr Rock und ihre Petticoats raschelten, als sie eintrat. Dann keuchte sie auf. „Walter, was ist hier los?“, forderte Lottie mit gedämpfter, heftiger Stimme. Die Tür knallte zu.

„Arthur hat mir von ihnen erzählt“, sagte Walter. „Von ihrer wahren Identität und der ihres Mannes.“

Kate spürte die Berührung von Lotties Rock an ihren

Füßen. „Ist sie … ist sie tot?“, fragte Lottie mit Angst in der Stimme.

Walter kam um das Sofa herum und kniete sich neben Kate. „Nein. Sie atmet.“

„Du hättest sie töten können.“ Lotties Stimme vibrierte vor Wut. „Was ist nur in dich gefahren?“

„Ich wollte sie nicht verletzen.“

„Offensichtlich hast du das aber.“

„Hör zu“, flüsterte Walter, „ich versuche, dir und Arthur zu helfen. Er hat mir von dem Gold erzählt. Davon, dass er darauf gewettet hat, dass Henry seinen Standort kennt. Henry und Kate Ryan sind gerade aus der Wildnis zurück, und wenn er weiß, wo das Gold ist, dann wird er reden, wenn er herausfindet, dass wir sie haben.“

„Du willst sie entführen?“ Lottie stieß ein lautes Schnauben aus. „Um Himmels willen, Walter. Wir hatten das unter Kontrolle. Wenn einem Pinkerton-Detektiv etwas zustößt, werden wir mehr Ärger haben, als wir brauchen. Der Plan war, die Sache aus der Öffentlichkeit herauszuhalten. Wir brauchen den Sheriff nicht schon wieder hier. Es war schon schlimm genug, als du Hugh Maguire getötet hast.“

Kate hielt ihre Atmung gleichmäßig.

„Ich habe Arthur gesagt, dass Henry kein Goldversteck gefunden hat, während er in der Wildnis war“, sagte Walter. „Ich sollte es wissen, da ich beauftragt war, ihm zu folgen. Aber was, wenn er es doch hat?“

„Du meinst, er weiß, wo es ist?“

„Er könnte es an mir vorbeigeschmuggelt haben. Wir werden sie als Druckmittel benutzen.“

„Was macht dich so sicher, dass Henry sich überhaupt um dieses Mädchen schert?“

Kate konnte Lotties Augen auf sich spüren.

„Er schert sich drum. Das muss Delia wahnsinnig machen. Weiß sie, dass sie nicht wirklich verheiratet sind?“

„Nein“, ermahnte Lottie ihn. „Sie weiß nichts, und das ist auch besser so. Du wirst nichts sagen, hörst du?“

„Es ist dir recht, dass sie sich ihm an den Hals wirft?“ Walter war eifersüchtig. Es schien, als hätte er nie verkraftet, dass Delia ihre Verlobung gelöst hatte.

„Es spielt keine Rolle, Walter.“

„Schön“, antwortete er. „Henry Maguire wird dieses Mädchen nicht hierlassen.“

Das Rascheln ihrer Röcke verriet Lotties auf und ab gehenden Schritte. „Ich weiß nicht. Weiß Arthur davon?“

„Nein. Noch nicht.“

„In Ordnung, sag es ihm nicht. Wir regeln das selbst. Geh in den geheimen Raum und hol ein Paar Handschellen.“

„Ich war schon eine Weile nicht mehr dort. Welches Buch ist es?“

„Jane Eyre.“

Das Öffnen und Schließen der Salontür deutete Becketts Weggang an.

Das Geräusch von Flüssigkeit, die in ein Glas gegossen wurde, verriet Kate, dass Lottie den Tee auf dem Kaffeetisch übersprungen und stattdessen etwas Stärkeres in einem Seitenschrank gefunden hatte. Sie kippte das Getränk hinunter und kam dann zu Kate zurück.

Sie packte grob Kates Arm und drehte sie um.

Kate behielt ihren katatonischen Zustand bei, um Lottie nicht zu alarmieren, dass sie wach war. Lotties kühle Hand legte sich auf Kates Stirn, und unter anderen Umständen hätte Kate vielleicht zugegeben, dass Lottie keine so schreckliche Frau war. Abgesehen von der Tatsache, dass sie und Walter Beckett planten, Kate gefangen zu halten und Henry hierherzulocken. Wusste er wirklich, wo das Gold war? Hielt er das vor Kate geheim?

Vielleicht würde Henry nicht für sie kommen. Sie hatte ihn nicht gesehen, seit er den Arzt für George geholt hatte. Wenn er irgendwie die Überreste des Goldes gefunden hatte, war er vielleicht geflohen.

Konnte sie sich so sehr in ihm getäuscht haben?

Bei dem Gedanken wurde ihr speiübel.

Die Salontür öffnete und schloss sich wieder, und der Geruch von nervösem Schweiß erfüllte die Luft, was Becketts Rückkehr signalisierte. „Was jetzt?“, fragte er.

Lottie zog Kates Hände zusammen und legte die Handschellen an. „Wir können sie in das leere Arbeitszimmer am Ende des Flurs bringen. Niemand benutzt es. Es sollte kein Problem sein, sie dort einzusperren. Und dann musst du Henry eine Nachricht zukommen lassen.“

„Wann ist die nächste Wells Fargo Lieferung?“

„Ich habe dir schon gesagt, Walter, ich habe das regeln lassen.“

„Von wem? Clint?“

Lottie seufzte. „Du solltest froh darüber sein. Wir halten dich da raus. Wir haben einen Plan, es Clint und den Jungs anzuhängen. Und wir haben William Phelps in der Tasche, also hat er das Geld, das wir eingezahlt haben, ohne Fragen anzunehmen. Der Überfall wird Donnerstagnacht stattfinden, während der Kunstauktion. Es ist die perfekte Tarnung. Aber mein Gott, Walter.“ Lottie stieß ein frustriertes Stöhnen aus. „Ich wünschte, du hättest uns nicht mit *ihr* belastet.“

„Hat deine Hellseherin sonst noch etwas herausgefunden?“

Kate spürte, dass Walter auf sie gezeigt hatte.

„Tatsächlich nicht“, antwortete Lottie. „Ich dachte, es wäre ein interessanter Test für Roberta, zu sehen, ob sie es herausfinden könnte, aber das tat sie nicht. Alles, was sie sagte, war, dass Sallie Holmes Schutz aus der Geisterwelt hatte und sie nicht darüber hinaussehen konnte. Aber sie hat mir eine saftige Kleinigkeit über Laura Phelps verraten, die geholfen hat, Williams Kooperation bei der Bank zu sichern.“

„Und welche?“

„Laura Phelps war minderjährig, als William sie geheiratet hat. Ich hatte natürlich keinen Beweis, aber als ich es William gegenüber erwähnte, wurde er ziemlich blass. Danach war es leicht genug, ihn zur Kooperation zu bewegen. Es war frustrierend, das so kurz darauf mit einem neuen Bankdirektor noch einmal durchziehen zu müssen, nachdem wir uns so viel Mühe gegeben hatten, diesen Rogers zu manipulieren, der die Stelle vor William innegehabt hatte. Ich denke immer noch, Arthur muss jemanden auf dieses schleimige Wiesel ansetzen. Ich denke, er wird reden, aber Arthur meint, er hat zu viel Angst. Arthur hat die Schmutzarbeit noch nie gemocht."

Walter stieß ein Schnauben aus. „Ja, dafür bin ich ja da."

„Vielleicht sollten wir dich auf Rogers ansetzen."

„So wie du mich Charlie Purcell hast jagen lassen? Ich habe drei Jahre damit verschwendet. Das mache ich nicht noch einmal."

„Schön. Bleib hier. Ich bereite das Zimmer vor." Lotties Stimme verklang, als sie ging.

Hatten Lottie und Beckett wirklich so viel gestanden?

Kate musste hoffen, dass sie das überlebte, denn sie hatte gerade den Fall geknackt.

Kapitel Achtundzwanzig

Kate ließ gute zehn Minuten verstreichen, bevor sie die Augen öffnete. Lottie und Beckett hatten sie kurzerhand auf dem Boden des Arbeitszimmers abgeladen, obwohl ein Teppich die Erschütterung etwas abgefedert hatte. Kate war gezwungen gewesen, ihren Geist zu leeren, damit ihr Körper völlig schlaff sein konnte, denn der Drang, sich gegen die unelegante Behandlung dieser beiden zu wehren, war stark gewesen.

Sie nahm ihre Umgebung in Augenschein. Die Rollos und Vorhänge waren zugezogen, sodass der Raum in ein trübes Grau getaucht war. Langsam richtete Kate sich auf, ihre Hände mit den Handschellen vor sich gefesselt. Glücklicherweise war das die einzige Fessel, die man ihr angelegt hatte. Ihre Füße waren frei, und sie konnte sich nach Belieben im Zimmer bewegen.

Es war offensichtlich, dass Lottie und Walter das nicht zu Ende gedacht hatten, denn es gab viel, was Kate hier tun konnte, um sich selbst zu helfen. Und sich selbst helfen würde sie.

Als Allererstes musste sie die Handschellen loswerden. Sie

stand auf und trat näher an das Fenster, an dessen Rollo ein schmaler Sonnenstrahl vorbeischien. Sie nutzte das Licht, um die Fesseln zu inspizieren. Es handelte sich um das Tower-Modell, genau das, was auch die Pinkerton-Agenturen verwendeten. Kate suchte auf dem kunstvoll verzierten Holzschreibtisch nach etwas, um das Schloss zu knacken, erinnerte sich dann aber an ihre Haarnadeln. Sie zog eine heraus und bog sie der Länge nach gerade.

Tower-Handschellen waren leicht, was die Sicherheit beeinträchtigte, da auf den üblichen doppelten Schließmechanismus verzichtet worden war. Die gute Nachricht war also, dass man sich leicht aus ihnen befreien konnte. Ein Nachteil natürlich, wenn man es mit einem festgenommenen Verbrecher zu tun hatte, aber Kate hatte damit geübt, also kannte sie den Trick. Der Versuch, das Schloss zu knacken, während die Handschellen noch angelegt waren, erwies sich als eine kleine Herausforderung, aber schließlich befreite sie sich. Sie legte die Handschellen in eine der Schreibtischschubladen und ging leise zur Tür, die sie vorsichtig einen Spalt öffnete.

Die Stelle an ihrem Hinterkopf, an der Beckett sie mit einem Streifhieb erwischt hatte, pochte noch immer, aber Kate tat ihr Bestes, um es zu ignorieren. Sie hatte nur ein begrenztes Zeitfenster, um das Haus zu erkunden, bevor Lottie oder Walter beschlossen, nach ihr zu sehen. Henry hatte nicht viele Nachforschungen im Haupthaus anstellen können, und jetzt hatte Kate die perfekte Gelegenheit. Sie durfte sie nicht vergeuden.

Als entfernte Stimmen zu ihr drangen, ging Kate in den Hauptraum mit einem großen Bücherregal, in der Hoffnung, dass es das war, zu dem Beckett gegangen war, als er den Salon verlassen hatte. Ein Dienstmädchen eilte den Flur entlang und Kate huschte hinter einen Wandteppich. Nach einem langen Moment wagte sie einen Blick in den Raum. Leer.

Leise trat sie an das Bücherregal und begann, schnell die Titel zu überfliegen. Als sie *Jane Eyre* entdeckte, befand es sich auf Augenhöhe zu ihrer Rechten. Sie fummelte einen Moment daran herum, wackelte daran und zog dann daran. Erst als sie es hineindrückte, hörte sie ein leises Klicken, und eine Luke hinter dem Regal öffnete sich. Kate schlüpfte hinein und zog sie hinter sich zu. Sie konnte nur hoffen, dass sie sich nicht mit jemandem einschloss, der sich vielleicht schon dort befand.

Als die Dunkelheit sie einhüllte, bevor sie die Luke schloss, hatte sie einen Tisch mit einer Kerze und einer Schachtel Streichhölzer daneben erblickt. Sie tastete im Dunkeln, doch bald hatte sie eine kleine Flamme entzündet. Sie nahm die Schale mit dem Licht und ging tiefer in den Geheimgang, langsamen Schrittes, falls sie auf jemanden treffen sollte. Nach drei Metern öffnete er sich zu einem Raum und sie blieb stehen.

Sie hatte ihren eigenen Goldschatz gefunden.

In der Mitte des Raumes stand eine Druckerpresse auf Rädern. Auf einem Tisch standen Flaschen mit Druckfarbe und Stapel von Papier. Und wenn sie das noch nicht davon überzeugt hätte, dass sie die Fälschungsausrüstung gefunden hatte, dann tat es der Hundert-Dollar-Schein, der auf dem Boden lag. Louise hatte sie darüber unterrichtet, wie man den Unterschied zwischen echter Währung und Fälschungen erkennen konnte. Kate steckte den Schein in ihre Rocktasche, um ihn später genau zu untersuchen.

Da sie nicht mehr Zeit als nötig hier verbringen wollte, schlich sie zum Eingang zurück, zögerte aber, da sie nicht wissen konnte, ob der äußere Raum besetzt war. Sie holte tief Luft, zog an der Klinke neben dem Ausgang und löschte die Kerze, die sie wieder auf den Beistelltisch stellte.

Sie spähte in den Raum und erstarrte, als ein Dienstmädchens mit dem Rücken zu ihr aus dem Zimmer huschte, glücklicherweise hatte die junge Frau Kate nicht bemerkt.

Sie eilte aus ihrem Versteck und brachte das Bücherregal schnell wieder in Position. Um ihr pochendes Herz zu beruhigen, versteckte sie sich hinter den Vorhängen und überlegte ihren nächsten Schritt. Sie würde nicht in ihre Gefangenschaft im Arbeitszimmer zurückkehren. Lottie oder Beckett würden es bald herausfinden, also musste sie schnellstmöglich von hier verschwinden.

Durch die Vordertür zu gehen, wäre zu gefährlich. Ihre beste Option war, die Küche zu finden und eine Hintertür zu benutzen.

Sie verließ den Raum und schlich den Flur entlang, doch als sie um eine Ecke bog, lief sie geradewegs einem der Dienstmädchen in die Arme. Ohne Zeit zum Nachdenken straffte sie die Schultern und stellte sich dem Mädchen direkt.

„Ich besuche Mrs. Wingate", sagte Kate, „und ich habe etwas in meinen Satteltaschen vergessen. Könnten Sie mir bitte den Hinterausgang zeigen?"

Das Mädchen, sichtlich erschrocken, Kate zu sehen, nickte dennoch. „Hier entlang, Ma'am."

Das Dienstmädchen drehte sich um und Kate folgte ihr, wobei sie betete, nicht auf Lottie oder Beckett zu stoßen.

Stattdessen kam es noch schlimmer. Kurz bevor Kate die Küche erreichte, erschien Arthur Wingate in einer Türöffnung.

„Sallie", strahlte er. „Ich wusste gar nicht, dass Sie hier sind."

Kate blieb abrupt stehen und setzte ein Lächeln auf. „Ja. Ich helfe Lottie bei den Vorbereitungen für die Auktion."

Sie betete, dass Lottie ihrem Mann nicht erzählt hatte, dass sie Kate im Arbeitszimmer eingesperrt hatte, mit dem Plan, Henry wegen des Goldes zu erpressen. Und hatte Walter Beckett nicht auch gesagt, dass es Arthur gewesen war, der ihn auf Henrys wahre Identität aufmerksam gemacht hatte? Wenn das stimmte, dann wusste der Mann, dass Kate eine Agentin war.

Die Nervosität packte sie.

Das Dienstmädchen war stehen geblieben und zögerte, die Verwirrung stand ihr ins Gesicht geschrieben. Sie wusste nicht, ob sie gehen oder bleiben sollte.

„Nun, ich sollte mich besser wieder an die Vorbereitungen machen", sagte Kate und hielt die Fassade ihres Decknamens aufrecht. „Ihr Dienstmädchen wollte mir gerade helfen." Kate blickte sie an und drängte sie mit ihrem Blick, zu bleiben.

„Moment", sagte Arthur. „Ich möchte Ihre Meinung zu etwas hören." Mit einem Nicken entließ er die Bedienstete.

Kate stockte der Atem.

Er ergriff ihren Ellbogen, stand viel zu nah bei ihr und führte sie von der Küche und ihrer Hoffnung auf Flucht weg. Sie war so abgelenkt davon, ihre Chance zur Flucht zu verlieren, dass sie erst, als es zu spät war, bemerkte, dass Arthur sie in sein privates Arbeitszimmer gebracht und die Tür geschlossen hatte.

„Hatten Sie und Gilbert einen schönen Ausflug in die Wildnis?", fragte er und ging zu seinem Schreibtisch. „Ich habe ihn nicht gesehen, seit Sie zurückgekehrt sind." Noch immer stehend, nahm er einen Stapel Papiere auf und klopfte sie aneinander, um sie zu ordnen. „Haben Sie etwas Besonderes gefunden, während Sie da draußen waren?" Er hob den Blick und fixierte sie mit einem durchdringenden Blick.

Sie kämpfte gegen den Drang an, sich zu winden. „Nein", antwortete sie. „Nichts Besonderes. Nur die großartige Natur und viel frische Luft. Ich bin sicher, Gilbert wird morgen wieder an die Arbeit gehen."

„Bitte nehmen Sie Platz." Er deutete auf den Stuhl gegenüber seines Schreibtisches.

Widerwillig gehorchte sie.

Er nahm seinen Platz ein, lehnte sich in seinem Stuhl

zurück und schenkte ihr seine volle Aufmerksamkeit. „Ich bin froh, dass wir die Gelegenheit haben, uns zu unterhalten."

„Das bin ich auch."

„Sehen Sie, Miss Ryan …"

Das war's dann wohl mit der Scharade. Sie kämpfte darum, ruhig zu atmen, während ein Schweißrinnsal zwischen ihren Brüsten hinunterlief.

„Ich weiß, wer Sie sind", fuhr er fort. „Und ich weiß, wer Henry ist. Ich habe es die ganze Zeit gewusst, also gibt es keinen Grund, es zu leugnen. Tatsächlich war ich derjenige, der dafür gesorgt hat, dass Henry mir zugeteilt wurde. Ich kenne seine Geschichte."

Die kalte Berechnung in den Augen des Mannes jagte Kate einen Schauer der Angst über den Rücken.

„Ich gebe zu, ich wusste nicht viel über *Sie*. Ihre Ankunft war eine gewisse Überraschung. Meine Kontakte teilten mir mit, eine Frau namens Louise Foster würde sich Henry als seine ‚Ehefrau' anschließen, aber dann tauchten Sie auf. Nun ja, egal. Genug Geld kann jede Information kaufen, die man braucht. Sie sind Katharine Rosemary Ryan. Ihre Eltern sind Matthew und Molly Ryan. Ihre Mutter war als Kind fast zehn Jahre lang eine Gefangene der Comanchen, und ihre Rückkehr von den Toten war damals ein ziemlicher Skandal."

Kates Blut gefror in ihren Adern und sie spürte, wie ihr die Farbe aus dem Gesicht wich.

„Sie haben einen älteren Bruder – Elijah Robert Ryan – sowie eine jüngere Schwester, Josephine Elizabeth. Soll ich fortfahren?"

Kate hielt inne und schluckte gegen die Trockenheit in ihrem Hals. „Was wollen Sie?"

Er beugte sich vor. „Tun wir nicht so, als wüssten Sie nicht, was ich will."

„Das Gold."

„Ja. Haben Sie es gefunden?"

„Nein."

Arthur seufzte. „Ich bin kein Narr. Und so viel Gold kann das Gewissen selbst der standhaftesten und moralischsten Person ins Wanken bringen, also werde ich Ihre Hilfe brauchen."

„Ich verstehe nicht."

„Ich brauche *Sie*, um sicherzustellen, dass *Henry* nicht damit abhaut."

Offenbar teilte Arthur die gleiche Schlussfolgerung wie Walter Beckett – Henry besaß das Gold heimlich.

„Ich habe Ihnen gesagt, dass wir es nicht gefunden haben", sagte sie.

„Waren Sie die ganze Zeit bei ihm?", schoss Arthur zurück.

„Ich …", stammelte sie. „Ähm … nein."

Er blickte sie an wie ein naives Kind. „Ich brauche Sie, um ihn im Auge zu behalten. Ich brauche Sie, um mir Bericht zu erstatten. Ich brauche Sie, um mir dieses Gold zu besorgen."

„Sie sind wahnsinnig", flüsterte sie. „Sie sind ein Verbrecher."

„Was für Anschuldigungen." Seine Augen waren herausfordernd. „Sie scheinen missverstanden zu haben, warum ich so viel über Ihre Familie weiß. Deren Sicherheit, nun …" Er hob seine Hände in einer Geste der Unterwerfung.

Die Tragweite seiner Andeutung entsetzte sie.

„Ich kann sie nicht garantieren, wenn Sie sich entscheiden, auf diesem Kurs zu bleiben, den Sie sich vorgenommen haben", sagte er. „Und woher wissen Sie, dass Henry immer noch Ihr wahrer Partner ist? Woher wissen Sie, dass er das Gold nicht gefunden hat und bereits Pläne schmiedet, es direkt vor unserer aller Nase zu holen? Würden Sie Ihre Familie für einen Mann riskieren, den Sie kaum kennen?"

Wut durchströmte sie.

Bastard.

Wie konnte dieser Mann es wagen, ihrer Familie zu

drohen? Er war ein dreckiger, hinterhältiger Mistkerl, der ihrem Pa nicht das Wasser reichen konnte. Matt Ryan war bei der US-Armee und den Texas Rangers gewesen. Ihr Pa könnte einen Mann wie Arthur Wingate mit wenig Mühe zur Strecke bringen, da war sich Kate sicher. Ganz zu schweigen von ihren Onkeln, die alle ehemalige Gesetzeshüter waren. Arthur hatte keine Ahnung, wem er da drohte.

Aber sie würde es nicht laut sagen, obwohl die Worte ihr schwer auf der Zunge lagen. Was sie brauchte, war, aus diesem Haus zu entkommen.

„Schön", sagte sie. „Ich schnüffle Ihnen ein wenig herum."

„Gutes Mädchen. Sie haben bis zur Auktion morgen Abend Zeit. Und denken Sie nicht einmal daran, abzuhauen."

„Darf ich jetzt gehen? Ich muss offensichtlich Henry finden." Sie hatte nicht viel Zeit, bevor Lottie ihre Glaubwürdigkeit ruinierte.

Er neigte seinen Kopf zur Tür. „Sie können gehen."

Sie stand mit einer selbstsicheren Miene auf, die sie nicht empfand. Mit großer Zurückhaltung bewegte sie sich so normal wie möglich, obwohl sie eigentlich aus dem Arbeitszimmer stürmen und nicht anhalten wollte, bis sie wieder bei der Purcell-Hütte war. Vielleicht würde sie nicht einmal dort anhalten. Sie würde weiterlaufen, bis sie es zurück nach Texas schaffte, zu ihrer Familie. Sie würde ihrem Pa und ihren Onkeln alles erzählen, und sie würden sie beschützen; sie würde die Sicherheit ihres Zuhauses nie wieder verlassen.

Sie blickte nicht zurück, als sie Arthurs Arbeitszimmer verließ. Mit schwerer Angst in der Brust kehrte sie zu der Stelle in der Nähe der Küche zurück, wo Arthur sie abgefangen hatte. Sie ignorierte die anwesenden Angestellten und ging direkt zur Hintertür.

Draußen angekommen, huschte sie erst, und dann rannte sie. Ihr Pferd war immer noch an einem Geländer in der Nähe der Veranda angebunden. Sie zwang sich, ruhig zu gehen, für den Fall, dass jemand zusah. Sobald sie ihr Pferd erreichte, ergriff sie die Zügel, stieg auf, drehte die Stute um und trieb sie in einen Galopp. Sie hielt erst an, als sie ihre und Henrys Hütte erreichte.

Eilig brachte sie ihr Pferd in dem kleinen Stall unter und stürmte dann in die Hütte, wo sie Henry am Küchentisch sitzend fand, ein Stück Papier lesend. Seine Überraschung, sie zu sehen, war offensichtlich.

„Was ist los?“, fragte sie.

Er stand auf. „Das Gleiche könnte ich dich fragen. Das hier wurde gerade geliefert.“ Er hielt es ihr hin. „Es ist eine Lösegeldforderung von Walter Beckett. Für dich.“

Sie nahm das Papier und hätte beinahe über die Absurdität ihres Nachmittags gelacht.

Henry schloss die Lücke zwischen ihnen, die Sorge stand ihm ins Gesicht geschrieben. „Ist alles in Ordnung mit dir?“ Er hob die Hand und strich ihr das Haar aus der Wange; es hatte sich vor Stunden aus ihren Haarnadeln gelöst. „Da ist Blut.“

Die Ereignisse des Tages holten sie ein und sie fiel ihm in die Arme, erleichtert, dass er da war. Er hatte sie nicht verlassen. Noch nicht.

Er erwiderte die Umarmung mit gleicher Inbrunst, als ein Klopfen an der Tür sie unterbrach. Widerwillig löste Henry den Kontakt und Kate fühlte sich sofort verlassen.

Er deutete ihr an, zur Seite zu treten, damit der Besucher sie nicht sehen konnte, und sie drückte sich gegen die Wand neben der Tür. Henry öffnete sie einen Spalt und dann ganz.

Es war Louise.

Kapitel Neunundzwanzig

Henry saß am Küchentisch, Kate und Louise zu beiden Seiten, während Kate von ihrem Tag berichtete und seine Wut mit jedem Detail, das sie schilderte, wuchs. Walter Beckett hatte sie angegriffen, Lottie Wingate sie gefangen gehalten, und schließlich hatte Arthur sie bedroht und verlangt, dass sie Henry ausspionierte.

„Das verkompliziert die Sache natürlich", sagte Louise. Sie war im Gegensatz zu Kates zerzauster Erscheinung gut zurechtgemacht, ihr kastanienbraunes Haar zu einem praktischen Dutt zurückgesteckt, und sie trug ein kaffeefarbenes Tageskleid mit passender Jacke, das die Sommersprossen auf ihrer Nase betonte und zur Farbe ihrer braunen Augen passte.

Bei Louise drehte sich alles ums Geschäft. Sie wandte sich an Henry und fragte ziemlich spitz: „Weißt du, wo dieses Gold ist?"

Ihr direkter Blick löste einen Verdacht in ihm aus, von dem er bis zu diesem Moment nicht recht gewusst hatte, dass er ihn hegte. Es hatte Zeiten gegeben, in denen er gespürt hatte, dass Kate etwas vor ihm verbarg, doch als sich nun alles zusammenfügte, machte sich ein Gefühl des Grauens in seiner Magengrube breit.

„Du hast Kate geschickt, um mich auszuspionieren, nicht wahr?“, fragte er.

Louise lehnte sich in ihrem Stuhl zurück, von seiner Frage unbeeindruckt. „Ich habe ihr eine zusätzliche Aufgabe zugewiesen. Inoffiziell, natürlich.“ Sie stieß einen Seufzer aus, wie ihn eine Mutter einem unartigen Kind schenken konnte, nur dass sie im selben Alter wie Henry war. „Ich kenne dich, Henry. Und dieser Auftrag könnte emotional für dich werden.“

„Ich werde nicht emotional“, erwiderte er.

„Nein, normalerweise nicht.“ Sie richtete ihre Aufmerksamkeit auf Kate. „Ist er es gewesen?“

„Was gewesen?“, fragte Kate, wobei sich ihre Lippen kaum bewegten und ihr Gesicht plötzlich blass wurde, als wäre sie bei etwas erwischt worden, das sie nicht hätte tun sollen.

Die Enttäuschung traf ihn hart in die Magengrube und raubte ihm den Atem.

Hatte Kate Ryan ihn an der Nase herumgeführt? Das war nicht möglich. Er war ein besserer Agent als das. Und er war nicht so sehr in sie vernarrt, dass seine romantische Verstrickung mit ihr ihn verletzen könnte.

Ein weiterer Blick auf ihr Gesicht sagte jedoch etwas anderes.

Er hatte sich in sie verliebt.

Und zwar heftig.

„Ist Henry emotional gewesen?“, fragte Louise.

Kate leckte sich über die Lippen. „Er war … abgelenkt.“

„Das ist dasselbe. Es ist gut, dass ich gekommen bin, und das gerade noch rechtzeitig. Kate hat die Fälscherausrüstung ausfindig gemacht, also werde ich in die Stadt gehen und vom Sheriff einen Haftbefehl holen. Wir können ihn morgen früh als Allererstes zustellen.“

„Nein“, erwiderte Henry. „Die Kunstauktion findet morgen

in ihrem Haus statt. Mach es dann. Es werden mehr Leute da sein. Das ist sicherer."

Louise zog eine Augenbraue hoch. „Planst du etwa nicht, dich uns anzuschließen, Henry?"

„Tatsächlich", warf Kate ein, „gibt es noch etwas, das ihr beide wissen solltet. Henry und ich haben vor ein paar Tagen eine Nachricht abgefangen, und ich konnte sie vorhin entschlüsseln. Ich glaube, dass Clint, ein Mann, der für Arthur Wingate arbeitet, morgen Abend zum Zeitpunkt der Auktion die Wells-Fargo-Lieferung ausrauben wird. Als ich vorgab, bewusstlos zu sein, sagte Lottie etwas darüber, dass Clint und seine Männer die Schuld auf sich nehmen würden. Sollten wir nicht versuchen, das auch zu verhindern?"

Von draußen war das Schnauben eines Pferdes zu hören. Henry stand auf, spähte durch einen Vorhang und öffnete dann die Tür.

„Wir müssen reden", sagte sein Bruder Ian.

Henry trat zurück, bat ihn herein und schloss dann die Tür. „Kate hast du ja schon kennengelernt", sagte er. „Das ist Louise Foster."

Sie stand auf. „Sie müssen Ian Maguire sein. Ich habe mich immer gefragt, ob ich Ihre Bekanntschaft machen würde."

Ian nahm seinen Hut ab und schüttelte ihre Hand. „Es ist mir eine Freude, Miss Foster. Ich bin ein Fan."

Zum ersten Mal, seit sie vor Henrys Tür aufgetaucht war, lächelte Louise. Na ja, es war fast ein Lächeln, vielleicht eher ein flüchtiger Moment der Belustigung. Louise war nicht immer so ernst, aber während der letzten Stunde der Nachbesprechung des Falles war sie ganz die Geschäftsfrau gewesen. Vielleicht tat sie es für Kate.

Ian richtete seine Aufmerksamkeit auf Kate, und sein Gesicht nahm einen besorgten Ausdruck an, als er ihre zerzauste Kleidung und ihr Haar sah. „Ist etwas passiert?"

„Setzen wir uns hier rein“, sagte Henry und deutete auf das Wohnzimmer.

Louise brachte Kaffee und saß bald neben seinem Bruder auf dem Sofa; Kate saß Henry gegenüber in einem Polstersessel. Er fühlte sich immer noch von Kates „vermeintlichem“ Interesse an ihm verletzt und versuchte, so viel Abstand wie möglich zwischen sie zu bringen.

„Was gibt es Neues?“, fragte Henry Ian.

„Ich habe Grund zu der Annahme, dass meine Tarnung aufgeflogen ist. Jean Beckett hat eine Bemerkung über unseren Vater gemacht und dass er zwei Söhne hatte. Sie hat es nicht direkt gesagt, aber ich habe das Gefühl, dass sie die ganze Zeit wusste, wer ich bin. Ich wollte dich warnen.“

Henry seufzte. „Willkommen im Klub.“

„Was meinst du damit?“

„Wingate weiß, wer ich bin. Er wusste es von Anfang an.“ Henry deutete Kate an, ihren Tag noch einmal zu erzählen.

Während Kate sprach, wurde Ians Gesicht von Moment zu Moment starrer. Henry war die letzten Jahre vielleicht nicht viel mit seinem Bruder zusammen gewesen, aber er kannte diesen Blick. Ian würde dieses Unrecht wiedergutmachen müssen.

„Wurden wir an der Nase herumgeführt?“, murmelte Ian.

Henry begann zu glauben, dass er es wurde, sowohl von den Wingates als auch von Kate Ryan.

Ian runzelte die Stirn. „Aber warum?“

„Es ist das Gold“, erwiderte Henry. „Beide Seiten scheinen zu denken, dass entweder du oder ich den Standort kennen. Sie haben darauf gewartet, zu sehen, welcher von uns beiden sie zuerst dorthin führen würde.“

Ians Gesicht verhärtete sich. „Ich weiß von nichts. Und du?“

Perfekt. Niemand schien ihm zu trauen. Henry hätte fast gelacht. „Nein“, antwortete er widerwillig.

„Kate und ich werden uns um Arthur Wingate kümmern", sagte Louise. „Du und Henry könnt Clint und die Wells-Fargo-Kutsche abfangen."

„Ich finde nicht, dass Sie beide Wingate allein gegenübertreten sollten", sagte Ian.

„Wir kommen schon klar", erwiderte Louise. „Henry kann den Agenten im Wells-Fargo-Büro kontaktieren und beantragen, dass Sie beide dem Sicherheitsdienst auf der Kutsche selbst zugeteilt werden. Das sollte es einfach genug machen, die Diebe zu fassen."

„Aber das löst den Versicherungsbetrug nicht", sagte Henry. „Alles, was es beweist, ist, dass Clint und alle Männer, die bei ihm sind, Kriminelle sind. Das stellt keine Verbindung zu Wingate her."

„Das ist es, was Lottie und Arthur wollen", sagte Kate. „Als das Geld das letzte Mal gestohlen wurde, muss Clint es irgendwo versteckt haben."

„Ihr habt es nie gefunden?", fragte Ian.

„Nein."

„Ich glaube, ich weiß, wie wir das regeln können." Ian beugte sich vor, die Ellbogen auf die Knie gestützt. „Henry und ich können uns während des Raubes von der Kutsche wegschleichen, uns verstecken und dann Clint folgen. Mit etwas Glück führt uns das zu belastenden Beweisen gegen Wingate."

„Das klingt gefährlich", sagte Kate leise und richtete ihren Blick auf Henry. Er sah weg.

„Wenn wir wollen, dass das alles hieb- und stichfest ist, dann ist das der einzige Weg." Ian beugte und streckte seine rechte Hand und rollte mit der Schulter. „Ich sollte gehen." Er stand auf.

„Warte!" Kates Stimme schreckte alle auf. „Es gibt noch etwas, das ich euch sagen muss. Während ich vorgab, bewusstlos zu sein, haben Lottie und Beckett über Hugh Maguire gesprochen."

„Und?", sagte Henry und fragte sich, warum sie nicht früher davon gesprochen hatte. Noch ein Grund mehr für seine Dummheit, ihr zu vertrauen.

„Walter Beckett war derjenige, der ihn getötet hat."

„Dieser Hurensohn", stieß Ian hervor.

Henry sprang auf. „Warum hast du nicht früher etwas gesagt?"

Der Blick, den sie ihm zuwarf, verriet ihm, warum. Sie glaubte immer noch nicht, dass Hugh tot war.

Henry fluchte leise und geleitete Ian zur Tür. „Ich bringe dich hinaus."

Als sie allein waren, fuhr sich Henry mit einer Hand durchs Haar, seine Frustration erreichte den Siedepunkt. „Ich muss dir noch etwas sagen. Francis O'Malley, der Schmied in der Stadt, hat sich als niemand Geringeres als Hugh Maguire zu erkennen gegeben."

Ian blieb am Fuß der Verandastufen stehen und ließ seinen Blick zurück zu Henry schweifen. „Was?"

„Also ist Walter Beckett vielleicht doch nicht schuldig." Henry sparte nicht mit seinem Sarkasmus. Dann fragte er: „Kennst du O'Malley?"

„Nein." Ians Gesicht war vor Überraschung erstarrt.

„Hör zu, ich glaube ihm nicht. Es kann nicht wahr sein. Irgendwie weiß er genug über unseren Pa, um andere zu überzeugen."

„Wen überzeugen?"

„Kate."

„Und du glaubst ihr nicht?", fragte Ian.

„Nein."

„Hast du ihn getroffen?"

„Einmal." Henry hielt inne. „Er ist es nicht." Leiser murmelte er: „Er kann es nicht sein." Er stützte eine Hand auf das Geländer. „Kennst du die ganze Geschichte über Arthur, Clayton und Pa?“

„Erzähl sie mir.“

Einiges wusste Ian bereits, aber Henry wiederholte es – ihre Zeit im Krieg, das verschwundene Konföderiertengold und der Verrat von Charlie Purcell.

„Da ist noch etwas“, fügte Henry hinzu. „Mein Chef, Jonesy, hat mir Informationen über ein Bankkonto geschickt, das auf die Namen von Purcell und Pa lief. Es gab Einzahlungen und Abhebungen um die Zeit von Pas Tod.“

Ian wurde still, ebenso wie Henry.

„Es gab keinen Verrat“, sagte Ian schließlich. „Purcell und Pa haben zusammengearbeitet, um das Gold von Wingate zu bekommen.“

„Vielleicht.“ Wahrscheinlich. Die Beweise sprachen dafür.

„Warum sollte sich Francis O'Malley als Pa ausgeben?“, fragte Ian.

„Darauf bin ich noch nicht gekommen, aber es muss mit dem Gold zu tun haben.“

„Ich nehme an, Kate und Louise wissen nichts davon?“

„Ich habe versucht, diesen Teil meiner Ermittlungen für mich zu behalten“, sagte Henry.

„Und was hat dich dazu bewogen, es endlich mit mir zu teilen?“ In Ians Stimme lag Tadel.

Henry stieß ein humorloses Lachen aus. „Weil du mir vorher nie geglaubt hast. Ich hatte keinen Grund zu der Annahme, dass du es jetzt tun würdest.“ Er seufzte, ausgelaugt von allem. „Aber es ist gefährlich geworden, und du hast es verdient zu wissen, wer alle Mitspieler sind.“

„Jemand hat dieses Gold“, sagte Ian. „Die Frage ist – wer?“

„Ich treffe dich morgen früh im Wells-Fargo-Büro. Danach können wir nach O'Malley suchen.“

„Es sei denn, er ist derjenige, der es gefunden hat. Dann ist er längst über alle Berge.“

Ian hatte wahrscheinlich recht.

„Ian", sagte Henry, als sein Bruder auf sein Pferd stieg. „Stell nichts Unüberlegtes mit Beckett an. Ich werde einen Haftbefehl für ihn erwirken. Kates Aussage sollte ausreichen, um ihn hinter Gitter zu bringen."

Ians kaum unterdrückte Wut war an seinem finsteren Gesichtsausdruck zu erkennen. „Und wenn nicht, dann behalte ich mir jedes Recht vor, unüberlegt zu handeln."

Er wendete sein Pferd und verschwand in der Nacht.

Am nächsten Morgen schreckte Kate aus dem Schlaf hoch. Sie hatte tief geschlafen, eine Überraschung angesichts all dessen, was am Vortag geschehen war. Sie tastete unter ihr Kissen und fand den Derringer, den sie dort platziert hatte, für den Fall, dass Beckett oder Lottie beschlossen hatten, sie zu holen. Sicher wussten sie inzwischen, dass sie entkommen war, dass Arthur sie in die Enge getrieben und sie auf den Weg geschickt hatte. Glaubten sie, sie wäre ausreichend verängstigt, um die Entführung für sich zu behalten? Würden sie versuchen, sie erneut zu schnappen?

Louise hatte das Bett mit ihr geteilt, da Henry auf dem Sofa schlief, aber Kate war jetzt allein. Von einem stetigen Pochen der Angst ergriffen, zog sie einen Morgenmantel an und ging in die Küche, wobei sie einen schnellen Blick auf das Haus warf, das sie mit Henry geteilt hatte, um nachzusehen, ob irgendetwas nicht stimmte. Louise saß mit einer Kanne Kaffee am Tisch. Henry war fort, obwohl die Winchester, die er neben die Haustür gestellt hatte, noch da war. Schutz vor den Wingates.

„Guten Morgen", sagte Louise. „Komm und setz dich."

„Wo ist Henry?", fragte Kate, als sie Platz nahm, wobei sich Enttäuschung mit ihrer Besorgnis mischte.

„Er ist in die Stadt gefahren, um Ian zu treffen."

Louise schenkte ihr eine Tasse Kaffee ein und Kate nahm einen Schluck, verzog aber das Gesicht, als sie sich die Zunge verbrannte. Sie stellte ihn beiseite, und wollte ihn gar nicht mehr. Ihre Nerven schlugen ihr auf den Magen.

„Ich bin froh, dass wir allein sind." Louises braune Augen drückten Besorgnis aus. Ihre Mentorin schien ausgeruht und von ihrer Verletzung erholt zu sein, ihr kastanienbraunes Haar war wieder zu einem praktischen Dutt hochgesteckt und ihr Gesicht frisch gewaschen. Louise war nach herkömmlichen Maßstäben nicht hübsch, aber sie war eine auffallende Erscheinung. Und Kate war immer von ihrer Fähigkeit beeindruckt gewesen, eine Verkleidung anzulegen, obwohl sie heute eine frische weiße Bluse und einen marineblauen Rock trug.

Louise war im Arbeitsmodus.

Kate fühlte sich einfach nur ausgelaugt. „Wie geht es dir?", fragte sie.

Als Louises Brauen sich verwirrt zusammenzogen, fügte Kate hinzu: „Die Schusswunde."

„Oh, mir geht es gut. Alles heilt. Es war nur ein Streifschuss entlang meines Brustkorbs. Die Ärzte haben mehr daraus gemacht, als es wirklich war." Louise schob ihre Untertasse und Tasse zur Seite und verschränkte die Arme auf dem Tisch. „Wie läuft der Auftrag? Kommen du und Henry miteinander aus?"

„Ja."

„Ich habe heute Morgen kurz mit ihm gesprochen. Er sagte, du machst dich gut, aber er schien ein bisschen …"

„Was?"

„Zurückhaltend. Ist alles in Ordnung zwischen euch beiden?"

Kate überlegte, Louise alles zu erzählen, aber etwas hielt sie zurück. So sehr sie die Frau auch mochte und respektierte,

Louise war immer noch ihre Chefin, und die Tatsache, dass Henry und Kate ihre Ehe in den „echten" Bereich hatten abdriften lassen, würde ihr wahrscheinlich nicht gefallen.

„Ja", wiederholte Kate, strich sich eine Haarsträhne aus dem Gesicht und nahm noch einen Schluck von ihrem Kaffee. Sie musste sich zusammenreißen. „Ich sollte dich über den Zweitauftrag auf den neuesten Stand bringen, den du mir gegeben hast." Louise wusste Bruchstücke, aber jetzt war es an der Zeit, die ganze Geschichte zu erzählen.

Louise wartete mit stiller Aufmerksamkeit.

Kate begann am Anfang und beschrieb, wie Dutch sie am Tag ihrer Ankunft in Trinidad zur Party der Wingates gefahren hatte. Sie fuhr fort mit dem Treffen mit Minnie Wingate und den Einzelheiten ihrer Entfremdung von ihrem Stiefsohn Arthur. Sie enthüllte die Erkundung des Lagerhauses, die sie und Henry durchgeführt hatten, bei der sie die Chiffre sowie ein nie zuvor gesehenes J.-Montgomery-Gemälde entdeckt hatten, und fügte hinzu, dass Minnies Bruder George der wahre Künstler war. Sie beschrieb die Séance mit Lottie und wie sie sie nutzte, um intime Geheimnisse von den Gästen zu erfahren, um sie später zu erpressen, und sie benutzte, um den Bankdirektor über seine Frau zu manipulieren.

Kate vertraute ihr die Details über Henrys Vater an, über das verschwundene Konföderiertengold, über die Karte, die Henry von seinem Vater besaß. Sie sprach von ihrer Begegnung in der Wildnis mit Clint und seinen Männern und davon, dass sie, Henry und Ian eine kleine Höhle gefunden hatten, in der sehr wahrscheinlich die Goldbarren gelagert worden waren, nach denen sowohl die Wingates als auch die Becketts suchten.

Dann erzählte sie ihr von Dutch und seiner Behauptung, Hugh Maguire zu sein.

Louise war verblüfft. „Henrys Vater lebt?"

„Wenn das stimmt, was Dutch sagt, dann ja. Aber Henry ist skeptisch."

„Hat er den Mann gesehen?"

„Ja, einmal. Aber das war, bevor wir es wussten. Henry glaubt, dass Dutch lügt, dass er auch hinter dem Gold her ist."

„Und niemand hat dieses Gold gesehen?"

„Nein", antwortete Kate.

„Also hat es jemand gefunden, basierend auf dem, was ihr in dieser Höhle entdeckt habt."

Kate nickte. „Glauben wir zumindest."

„Nun, ich habe einige Informationen über Hugh Maguire, die von Bedeutung sein könnten."

Kapitel Dreißig

Pferde und Kutschen füllten den Bereich vor dem Haus der Wingates, und Laternen beleuchteten den Weg entlang der Straße sowie am Haus. Die Kunstauktion der Wingates entwickelte sich zum Ereignis des Jahres. Es war sogar noch voller als bei der Soiree, an der Kate bei ihrer Ankunft teilgenommen hatte. Doch dieses Mal wurde sie nicht von Dutch begleitet, Henrys Vater, wenn man dem Mann Glauben schenken durfte, sondern Louise war an ihrer Seite, als Kate das Foyer des Wingate-Hauses betrat.

Sie trug ein pfirsichfarbenes Abendkleid, das sie an dem Tag gekauft hatte, als sie mit Delia einkaufen gewesen war, was jetzt so lange her schien. Louise trug das zusätzliche Kleid, das Kate gekauft hatte, ein Königsblau, das in einem auffälligen Kontrast zu ihrem kastanienbraunen Haar stand. Kate hatte nie mit Louise zusammengearbeitet, sie war nur von ihr ausgebildet worden, und als sie die Höhle des Löwen betraten, war sie beeindruckt von der Zuversicht und Konzentration, die ihre Mentorin ausstrahlte. Es stärkte Kates eigene Entschlossenheit, die zugegebenermaßen im Laufe des Tages ins Wanken geraten war. Aus Angst, Lottie könnte Beckett hinter ihr herschicken, war sie den größten Teil des Tages über schreckhaft gewesen, und es hatte nicht geholfen, dass Henry sie früher am Tag so gut wie gemieden hatte, außer, um mit ihr und Louise den Fall zu besprechen, nachdem er aus dem Büro von Wells Fargo zurückgekehrt war.

Etwas hatte sich zwischen ihnen geändert, und sie befürchtete, es hatte etwas mit ihrem Auftrag zu tun, ihn auszuspionieren, aber sie waren nicht lange genug allein, um das Thema ansprechen zu können.

Kates Nerven waren zum Zerreißen gespannt und erinnerten sie an ihre erste Nacht als neue Agentin, auf einer Wingate-Party, die dieser sehr ähnlich war. Die Nacht, in der sie Henry zum ersten Mal begegnet war.

Sowohl sie als auch Louise hatten zwei Waffen zur Hand – einen Derringer in einer tiefen Tasche, die Louise an beiden Kleidern angebracht hatte, und ein Messer, das an ihrem rechten Oberschenkel befestigt war. Louise hatte auch den Haftbefehl gefaltet in ihrem Ridikül, bereit, ihn vorzulegen, sobald Kate den geheimen Raum enthüllte. Es sollte wie am Schnürchen laufen, aber Kate war alles andere als ruhig. Das letzte Mal, als sie in diesem Haus gewesen war, war sie angegriffen und eingesperrt worden. Außerdem hatte sie einen Knoten der Sorge im Magen wegen Henry und Ian, die Clint und seine Männer abfangen sollten, während diese die Wells-Fargo-Kutsche ausraubten.

So vieles konnte schiefgehen.

Inmitten einer Gruppe von mehreren Paaren gelang es Kate und Louise, am Foyer vorbeizuhuschen, wo Lottie Wingate Gäste begrüßte, indem sich die beiden hinter zwei großen Männern versteckten, deren Frauen auf der gegenüberliegenden Seite standen und die Frau bequatschten.

Einmal drinnen, führte Kate Louise in den Hauptraum.

Das Stimmengewirr erfüllte die Luft, die Damen trugen ihre feinsten Roben und die Herren Anzüge. Wenn Kate nicht wüsste, wie durch und durch verkommen die Wingates waren, würde sie sich von der Zurschaustellung von Pracht und Opulenz beeindrucken lassen. Die Wingates hatten bei dieser Veranstaltung aus dem Vollen geschöpft.

Die Möbel waren aus dem Raum entfernt worden, sodass Kunstwerke an drei der Wände ausgestellt werden konnten, mit einer Bar entlang der vierten. Kate erkannte einige der Stücke, da sie von ihrer Großmutter von den Künstlern erfahren hatte. Ein großes Gemälde in einer Ecke stach heraus, weil es mit einem schwarzen Tuch bedeckt war, und Kate wusste ohne jeden Zweifel, dass es ein J. Montgomery sein musste, vielleicht genau das, was in Wallace Wingates Lagerbüro gehangen hatte.

Kate und Louise nahmen Gläser mit Sherry von einem Tablett an, das eine Haushälterin hielt, und Kate nahm einen kräftigen Schluck und erinnerte sich an den Abend, an dem Henry nach dem Sonntagsessen ziemlich betrunken geworden war. War er an diesem Abend nervös gewesen? Er hatte gesagt, es sei ihretwegen. Aber alles, was sie über ihn in Erfahrung gebracht hatte, zeigte ihn als ruhig und organisiert, weit entfernt von dem Typen, der sich auf rücksichtsloses Verhalten einlässt.

„Hast du Henry schon einmal zu viel trinken sehen?“, sagte sie leise zu Louise an ihrer Seite, während ihre Augen den Raum nach Walter Beckett absuchten. Sie war entschlossen, dem Mann nicht noch einmal einen Vorteil zu verschaffen.

Überraschung zeichnete sich auf Louises Gesicht ab. Sie schien ihre Worte zu überdenken, bevor sie sagte: „Nur einmal. Es war nach einem besonders aufreibenden Fall, bei dem es um Kindesmissbrauch ging, und einige von uns entspannten sich im Büro mit einer Flasche Bourbon. Wir brauchten das.“ Louise sah sich um, um sicherzustellen, dass niemand zuhörte.

„Es war das einzige Mal, dass er mir gegenüber von seinem Vater gesprochen hat. Je mehr er trank, desto mehr kam der Kummer zum Vorschein, den er mit sich trug. Normalerweise hält er ihn fest unter Verschluss, aber in dieser Nacht wurde mir bewusst, dass Henry nicht damit klarkam, was Hugh Maguire zugestoßen war. Ich wusste, eines Tages würde das zu einem Problem werden."

In ihren Augen lag Mitgefühl.

„Er ist mir ans Herz gewachsen." Die Worte waren raus, bevor Kate sie wieder hinunterschlucken konnte.

Erkenntnis durchzog Louises Blick. „Oh, Kate …", flüsterte sie.

„Wir haben nicht erwartet, dich zu sehen, *Sallie*", sagte Lottie, was Kate zusammenzucken ließ, als die Frau neben sie heraneilte.

Kates Herz hämmerte in ihrer Brust, und sie umklammerte ihr Sherryglas mit beiden Händen, um das leichte Zittern ihres Körpers zu verbergen. „Das glaube ich dir", sagte sie und weigerte sich, die Einschüchterung der Frau zuzulassen.

Lotties Aufmerksamkeit richtete sich auf Louise. „Eine Partnerin?", fragte sie und zog eine Augenbraue hoch.

„Das ist meine Freundin, Mary Saunders", log Kate.

„Und woher kommst du, *Mary*?" Lottie betonte Louises Decknamen und kaufte es ihr offensichtlich nicht ab.

„Nun, ich komme aus dem großen Staat Texas, wo das Gesetz regiert." Louise lächelte kühl.

„Das Gesetz sollte vorsichtig sein", sagte Lottie. „Es weiß nicht immer, was es tut."

„Da muss ich widersprechen", sagte Louise sanft. „Ich denke, das tut es sehr wohl."

Lottie wandte sich wieder Kate zu. „Und wo ist dein lieber Gilbert? *Ihn* hatten wir erwartet."

Zusammen mit dem Gold.

„Er wird in Kürze hier sein", log Kate erneut.

Arthur tauchte aus der Menge auf, seine große Gestalt beherrschte den Raum, und Unbehagen drehte Kate den Magen um.

„Denkt nicht einmal daran, Hilfe von den Gesetzeshütern in der Stadt zu holen“, sagte er. „Sie sind mir sehr loyal.“

Kates Zuversicht schwand. War der Haftbefehl in Louises Besitz nutzlos? War es ein Fehler gewesen, hierherzukommen, nur zwei Frauen? Vielleicht hätten sie darauf bestehen sollen, dass Henry und Ian sie begleiten.

„Ich glaube, Sie überschätzen sich“, warf Louise ein, ihre Stimme ruhig, fast unbeschwert, als ob sie belanglosen Smalltalk machten.

Arthur trat näher. „Ihr Frauen fasziniert mich … weibliche Pinkerton-Agentinnen. Ein Fehler, meiner Meinung nach. Frauen haben nicht die Zähigkeit für diese Art von Arbeit.“

„Und das wüssten Sie, weil …“, konterte Louise und wich nicht zurück.

„Kate Ryan?“ Die Stimme einer Frau ertönte aus der Menge.

Niemand anderes als Mrs. Estelle Marsh, die Bekannte ihrer Großmutter, eilte nach vorne. Sie trug eine Tiara auf ihren engen Locken und ein rosa Taftkleid.

Schockiert suchte Kate verzweifelt nach einem Ausweg, aber alles, was sie hatte, war: „Ich glaube, Sie verwechseln mich.“

Der herablassende Ausdruck in Lotties Blick war nicht zu übersehen. „Estelle, kennst du Mrs. Holmes?“

„Ja, das tue ich.“ Sie streckte die Arme nach Kate aus, drückte den ihren und reckte mit einem strahlenden Lächeln den Kopf in die Höhe. „Es ist mir eine Freude, dich zu sehen, meine Liebe. Deine Großmutter hat nie erwähnt, dass du hier sein würdest. Hast du geheiratet?“

„Es tut mir leid. Ich glaube, Sie verwechseln mich mit

jemand anderem." Kate wich einen Schritt zurück, weg von dem Griff der Frau.

Der verwirrte Blick im Gesicht der älteren Frau nagte an Kates Gewissen. Bevor es noch weitergehen konnte, stieß George abrupt zu ihnen, seine Erscheinung zerzaust und müde.

Kate ergriff sofort seinen Arm, um ihn aufrechtzuerhalten. „George, was machst du hier? Du solltest dich ausruhen."

„Ich muss mit dir sprechen", sagte er zu ihr.

„In Ordnung."

Arthurs Blick fiel auf George, scharf und warnend. „Du musst gehen."

„Was willst du mir antun?", konterte George.

„Mach bitte keine Szene", zischte Lottie.

George schüttelte den Kopf. „Ich mache das schon zu lange. Es ist Zeit, damit aufzuhören."

„Womit aufzuhören?", fragte Mrs. Marsh.

„Denk nur an dein Versprechen an Minnie." Lotties Stimme war leise, ihre Lippen bewegten sich kaum.

„Ich fange an zu glauben, dass es ihr in Kalifornien besser gehen würde. Ich werde sie überzeugen. Ich bin fertig mit den Fälschungen."

„Welchen Fälschungen?", rief Mrs. Marsh.

„Das ist nichts", sagte Lottie und tat seine Worte mit einer hastigen Handbewegung ab. „George ist ein Indianer ohne Heimat. Er liebt nichts mehr, als Ärger zu machen."

Der Butler der Wingates gab Lottie von der anderen Seite des Raumes ein Zeichen, und mit sichtbarer Frustration trat sie beiseite.

Auf Arthurs Nicken hin kamen zwei der Kellner zu beiden Seiten von George und drängten Kate von ihm weg.

Während er sich wehrte, wandte er sich wieder Kate zu. „Wo ist es?"

„Was?", fragte sie.

„Das Gold. Ich hatte es, und jetzt ist es weg. Henry hat es genommen. Ich weiß, dass er es war."

Die Menge verstummte, als Lottie eine kleine Glocke läutete. „Darf ich um Ihre aller Aufmerksamkeit bitten", sagte sie, ihre Stimme hallte durch den Raum. „Wir haben heute Abend eine besondere Überraschung. Wie viele von Ihnen wissen, pflegen wir seit Langem eine besondere Beziehung zu dem außergewöhnlichen Maler J. Montgomery. Wir haben das Privileg, Ihnen ein brandneues, noch nie zuvor gesehenes Werk zu präsentieren. Nun", sie hob eine Hand, „bitte beachten Sie, dass dieses Stück bereits vergeben ist, es steht also nicht zum Verkauf. Aber Sie alle sind uns sehr wichtig, deshalb wollten wir, dass Sie bei der Enthüllung dabei sind."

Sie nickte einem Mann aus ihrem Personal zu. Er zog das Tuch weg, und das Publikum japste auf.

Es war das Stück, das Kate in Minnies Haus gefunden hatte. Mit dem aufgeregten Getuschel der Menge und der besseren Beleuchtung war es noch außergewöhnlicher, als sie es in Erinnerung hatte.

Ein Comanchen-Krieger auf einem Pferd, beide in vollem Ornat, blickte dem Publikum entgegen. Das Detail war kunstvoll, und die Präsenz des Mannes war spürbar und sprang mit einer atemberaubenden Unmittelbarkeit von der Leinwand.

Georges Meisterwerk.

Und er verdiente die Anerkennung dafür.

„George", sagte Kate zu ihm, an den Männern vorbei, die ihn festhielten. „Es ist außergewöhnlich."

Mrs. Marsh beobachtete sie. „Ist *er* der Künstler?"

„Ja", sagte Kate.

„Das Gemälde steht nicht zum Verkauf", sagte George. „Ich habe keine Erlaubnis gegeben, es zu verkaufen. Die Wingates haben es genommen."

„Ich kann Ihnen versichern, dass J. Montgomery der

Schöpfer dieses Werkes ist", fuhr Lottie fort, ihre Wangen röteten sich. „Und dass wir eine wunderbare Arbeitsbeziehung zu ihm haben. Dieser Mann", sie nickte in Richtung George, „ist ein Betrüger. Er wird vom Gelände eskortiert werden. Bitte machen Sie sich keine Sorgen um ihn." Sie holte tief Luft. „Und nun freue ich mich sehr, unseren Käufer für dieses einzigartige Stück vorzustellen. Ich glaube, er ist hier, und zwar den ganzen Weg aus Europa. Mr. Thomas? Würden Sie bitte vortreten?"

Ein reifer Herr, glatt rasiert mit ergrauendem Haar, trat aus der Menge hervor, und als Lotties Blick auf ihn fiel, wurde ihr Gesicht leichenblass, als hätte sie einen Geist gesehen.

„Was ist hier los?", murmelte Arthur schwer atmend. Er durchquerte den Raum zu Lottie und sagte zur Menge: „Bitte amüsieren Sie sich. Es gibt reichlich zu trinken und zu essen."

Als seine Augen auf den Käufer fielen, spiegelte sich ein ähnlicher Schock auch auf seinem Gesicht wider. Als der Mann, der ihre Aufmerksamkeit erregte, sich umdrehte, lief Kate ein Schauer über den Rücken.

Hugh Maguire.

Verschwunden war der zottelige Bart von Francis O'Malley, die gebückte Haltung von Dutch, der sie vor zwei Wochen zu den Wingates gebracht hatte. Dieser Mann stand aufrecht. Dieser Mann versteckte sich nicht mehr.

Henry und Ians Ähnlichkeit mit ihm war erschreckend offensichtlich.

Arthur und Lottie kamen näher, als Hugh vor Kate, Louise, George und Mrs. Marsh trat.

George hörte auf, gegen die Männer anzukämpfen, die versuchten, ihn von der Party zu eskortieren. „Wie?", sagte er, seine Stimme brach.

Hugh ließ seinen Blick durch den Kreis schweifen. „Arthur. Lottie. George." Er nahm Kate und Louise mit einem Nicken wahr.

Jede Unsicherheit über O'Malleys Identität war wie weggeblasen. Kate wusste nicht, ob sie sich für Henry freuen oder untröstlich sein sollte. Ihre Intuition sagte ihr, dass er die Nachricht nicht gut aufnehmen würde.

„Ich bin sicher, ihr fragt euch alle, wie es kommt, dass ich hier bin. Sagen wir einfach, Walter Beckett war nicht sehr gut in seinem Job."

Er war dankbarerweise genauso inkompetent gewesen, als er versucht hatte, Kate zu verletzen.

„Du warst es", beschuldigte George. „Nicht Henry. Du hast mein Gold genommen."

„Es war nie deins, George", sagte Hugh.

Lottie trat vor, ihre Stimme ein wütendes Flüstern. „Es ist auch nicht deins."

Hugh richtete seinen Blick auf sie, die Bosheit in seinen Augen war nicht zu übersehen. „Lottie, du überschreitest deine Grenzen. Das hast du schon immer getan."

„Was willst du?", fragte Arthur Hugh.

„Ich kümmere mich nur um meine Interessen. Und nein, ich habe euer Gold nicht."

Jemand zupfte an Kates Arm. Sie drehte sich um und sah eine panisch aussehende Delia, die ein blaues Tageskleid trug und deren Haar aus ihrem Knoten fiel. Warum war sie nicht für die Auktion gekleidet?

„Es ist Gilbert, oder vielmehr Henry. Du musst mit mir kommen."

Henry? Kannte Delia ihre Tarnung auch?

„Wovon sprichst du?", fragte Kate und war sich bewusst, dass jeder in ihrem engen Kreis sie hören konnte.

„Walter plant, ihn zu töten."

Kate traf Louises Blick, die sagte: „Gehen wir."

Henry schreckte hoch. Mit dem Sternenhimmel über sich und dem Klapper-Geräusch von Pferden schloss er, dass er sich auf der Ladefläche eines Wagens befand.

Er versuchte, sich aufzusetzen, aber sowohl seine Hände als auch seine Füße waren fest mit einem Seil gefesselt. Er reckte den Hals und suchte nach dem Fahrer. Da nur der Rücken des Mannes zu sehen war, war es schwer zu sagen, doch dann schossen Erinnerungen an den Abend zurück.

Er und Ian hatten sich in der Wells-Fargo-Kutsche versteckt. Als Clint und wer auch immer er rekrutiert hatte, angriffen, war Henry aus der Kutsche geschlüpft, um sich im nahen Unterholz zu verstecken. Ian sollte bei der Kutsche und dem Geld bleiben, zu zweit würden sie Clint auf frischer Tat ertappen und gleichzeitig das spätere Versteck ausfindig machen. Sie glaubten, dass der vorherige Diebstahl auch dort sein würde, und das würde ihren Fall besiegeln.

Aber dann war es plötzlich schwarz vor seinen Augen geworden.

Jemand hatte Henry und sein Versteck gefunden, und wenn die empfindliche Stelle an seinem Hinterkopf ein Indiz war, hatte man ihn getroffen. Hart.

Aber wer? Dieselbe Person, die ihn in der Nähe der Quelle angegriffen hatte, bevor sie ihn in die Schlucht stieß?

Henry strengte sich erneut an und schaffte es, eine Seitenansicht des Gesichts des Mannes zu erhaschen.

Walter Beckett.

Woher hatte Beckett von der Kutsche gewusst? Woher hatte er gewusst, dass Henry da drin sein würde?

Und was war mit Ian? War er verletzt, oder schlimmer? Oder war er immer noch bei Clint und seinen Männern, auf dem Weg zu dem Ort, wo auch immer sie ihr gestohlenes, gefälschtes Wingate-Geld verstecken wollten?

Henry rutschte zum hinteren Ende des Wagens, als dieser eine Steigung hinauffuhr. Als er zum Stehen kam, vermutete

Henry, dass sie bei der Mine waren, wo er Beckett zum ersten Mal getroffen hatte. Die Mine, in der Hugh Maguire getötet worden war.

Henry erinnerte sich an Kates Vorgehen am Tag zuvor, als Walter sie angegriffen hatte, schloss die Augen und tat so, als sei er bewusstlos, gerade als Beckett die Bremse anzog und zu Boden sprang.

Schritte waren zu hören, als er den Wagen verließ, und ein Vorhängeschloss klickte, dann knarrte eine Holztür auf. Führte er sie dorthin, wo die Ausrüstung gelagert wurde, oder zur Mine selbst?

Eine böse Vorahnung überkam Henry. Beckett hatte vor all den Jahren seinen Vater getötet, und jetzt würde er Henry töten.

Er prüfte die Festigkeit des Seils um seine Handgelenke. Fest. Seine Knöchel bewegten sich auch nicht. Er müsste Beckett überwältigen, während er gefesselt war, und dafür musste der Mann nah herankommen.

Beckett kam zum Ende des Wagens und senkte die Heckklappe. Er sprang auf die Ladefläche, packte Henry und schüttelte ihn. Henry zog seine Knie an und stieß Beckett in den Bauch, während er mit beiden Händen das Hemd des Mannes packte. Er drehte schmerzhaft seinen Körper und stieß Beckett auf den Boden des Wagens, aber der Mann war viel stärker, als Henry erwartet hatte. Beckett stieß einen kehligen Schrei aus und legte seine Hände um Henrys Hals, um zuzudrücken.

Henry keuchte und versuchte, Luft zu holen, während er Becketts Hemd mit genug Kraft verdrehte, um ihn zu würgen. Becketts Griff lockerte sich.

„Was zum Teufel machst du?“, sagte Henry.

„Ich begleiche offene Rechnungen. Und halt dich verdammt noch mal von Delia fern.“

„Ich war nie an ihr interessiert.“

Henrys Muskeln spannten sich an, als er Beckett nur wenige Zentimeter von seinem Gesicht entfernt hielt, aber er verlor schnell den kleinen Vorteil, den er durch den Überraschungsmoment gehabt hatte. Beckett drückte so stark zu, dass Henrys Kopf gegen den Wagen knallte.

„Lass ihn los!“, dröhnte die Stimme eines Mannes.

Dutch?

Beckett wurde von ihm weggezogen. Henry setzte sich unbeholfen auf und versuchte, seine Augen im Dunkeln zu fokussieren. Der Mann drückte Beckett auf den Rücken und hielt ihn dort fest. Henry blinzelte, um seine Sicht zu klären. Das konnte nicht sein …

„Du bist tot“, keuchte Beckett, seine Stimme angestrengt durch den Würgegriff des anderen Mannes. „Ich habe dich getötet.“

„Du warst damals schon ein kleiner Unruhestifter, Walter, und kein besonders schlauer. Du hast versucht, mich unter Drogen zu setzen, aber ich wusste es. Ich habe so getan, als wäre ich bewusstlos, und dich dann angegriffen, als du mich hierhergebracht hast. Hast du dich nie über deinen Blackout gewundert? Über die verlorene Zeit?“

„Du lügst. Es gab Fußspuren zum Rand der Mine, du warst –“

„Es war alles vorgetäuscht.“

„Warum?“, brachte Henry das Wort endlich heraus, trotz des Schocks, seinen Vater zu sehen. Lebendig. Kate hatte die ganze Zeit recht gehabt.

Hugh Maguire richtete seinen Blick auf Henry. „Es tut mir leid. Das tut es wirklich. Es schien der einzige Weg zu sein, und du und Ian wart besser ohne mich dran …“

Beckett nutzte die Gelegenheit, um sich aus Hughs Griff zu winden. Aus seinem Stiefel zog er ein Messer und stieß es in Hughs Schulter. Henry stürzte nach vorne, schlang seine gefesselten Hände um Becketts Hals, und zog fest zu. Hugh fiel zurück gegen die Seite des Wagens, gefährlich nah daran, über die Kante zu stürzen.

Henry ließ Beckett los, warf sich über ihn hinweg und griff nach dem Hosenbein seines Vaters. Beckett krabbelte weg und sprang aus dem Wagen, während Henry Hugh festhielt und ihn in eine sitzende Position brachte.

„Es wird alles gut“, sagte Henry mit Panik in der Stimme. „Du wirst überleben.“

Schüsse hallten durch die Nacht, und Henry versuchte, seinen Vater zu schützen, aber seine Hände und Füße waren immer noch gefesselt, was es schwierig machte.

„Alles in Ordnung, Henry“, sagte sein Vater. „Es ist Kate.“

Sie tauchte aus der Dunkelheit auf, trug ihr schickes Kleid und hielt einen Revolver in ihrer rechten Hand. „Ich habe ihn erwischt“, sagte sie. „Er wird nicht weit kommen. Louise! Delia! Wir müssen Hugh helfen!“

Kate steckte ihre Waffe in eine Rocktasche und hievte sich auf den Wagen. Sie hob ihre Petticoats, zeigte ein wenig Bein und holte ein Messer aus einem Halter, der an ihrem Oberschenkel befestigt war. Sie zerschnitt schnell die Seile von Henry. Er half sofort seinem Vater, sich hinzulegen.

„Wir müssen ihn zum Arzt in der Stadt bringen“, sagte Henry.

„Delia wird euch fahren“, sagte Kate, Sorge stand ihr ins Gesicht geschrieben, zusammen mit einer Entschlossenheit, die er noch nie bei ihr gesehen hatte. „Louise und ich verfolgen Beckett.“

„Nein“, sagte Henry und hielt das für eine schreckliche Idee. Beckett war durchgedreht.

Delia saß bereits auf dem Kutschbock. Kate sprang zu Boden und sicherte die Heckklappe.

„Wo ist Ian?“, fragte Henry.

„Ich weiß es nicht“, antwortete Kate.

„Fahr, Henry“, sagte Louise. „Wir schaffen das schon.“

„Habt ihr Wingate den Haftbefehl zugestellt?“

„Leider nein.“

Delia setzte das Pferd in Bewegung, und der Wagen ruckte nach vorne.

Kate und Louise verschwanden in die Nacht.

Kapitel Einunddreißig

Kate und Louise suchten bis tief in die Nacht nach Walter Beckett, doch nun färbte sich der Himmel von Schwarz zu Grau, als die Morgendämmerung heraufzog.

Kate blieb stehen, um Luft zu holen. „Ich habe ihn definitiv angeschossen."

Die beiden sahen lächerlich aus, wie sie in ihren schicken Kleidern, deren Säume zerfetzt und zerrissen waren, durch den Wald rannten, und Kates Füße schmerzten in den eleganten Schnallenschuhen, die sie trug. Sie stellte sich vor, dass es Louise genauso unangenehm war wie ihr.

Louise strich sich eine lose Haarsträhne hinter ein Ohr, ein Schmutzfleck zierte ihre Wange. „Aber kein tödlicher Schuss?"

„Nein, natürlich nicht. Ich habe ihn an der Schulter gestreift." So wie sie es gelernt hatte.

Louise nickte.

Das Knacken eines Zweiges ließ sie herumwirbeln und ihre Pistolen ziehen. Ian Maguire näherte sich mit erhobenen Händen, obwohl er in der rechten Hand ebenfalls einen Revolver hielt. Sie ließen ihre Waffen sinken.

„Hast du Walter Beckett gesehen?", fragte Louise.

„Nein."

Kate blickte sich um. „Wie hast du uns gefunden?"

„Ich habe euch verfolgt. Wie konntet ihr seine Spur verlieren?"

Vor Erschöpfung sackten Kates Schultern nach vorn. „Er ist wie ein Geist. Was ist mit dir passiert?"

„Ich habe Henry aus den Augen verloren, als die Postkutsche überfallen wurde, aber ich nahm an, dass er klarkommen würde. Ich bin Clint und seinen Männern gefolgt. Das Geld ist in Fässern in Wingates Lagerhaus in der Stadt versteckt."

„Henry und ich haben sie gesehen, als wir in das Gebäude eingebrochen sind", sagte Kate.

„Habt ihr Wingate verhaftet?"

Louise schüttelte den Kopf. „Nein. Dafür war keine Zeit." Sie seufzte. „Wir sollten es jetzt tun. Er wusste nicht, dass du sein Geheimzimmer gefunden hast", sagte sie zu Kate. „Die Beweise sollten noch da sein, und jetzt haben wir den Standort des gestohlenen Geldes." Sie wandte sich an Ian. „Wirst du uns in deiner Rolle als Deputy Marshal helfen?"

„Ja", sagte Ian. „Ich habe meinen Boss benachrichtigt. Ich habe die volle Befugnis, das hier zu Ende zu bringen."

Kate trat auf Ian zu. „Weißt du von Dutch?"

„Dass er mein Vater ist?" Ungläubigkeit zeichnete sich auf Ians Gesicht ab. „Ja."

„Wie schwer ist er verletzt?"

„Er wird wieder. Er wurde operiert, um den Schaden an seiner Schulter und seinem Arm zu beheben. Ich habe Henry gesagt, dass ich euch beide finden würde, damit er bleiben kann. Ich wusste nicht, wie viel Schuld er wegen Pa mit sich herumtrug …" Ian stieß ein trockenes Lachen ohne jede Heiterkeit aus. „Aber Hugh Maguire hat eine Menge zu verantworten."

Etwas bezüglich des Goldes und Hugh ging Kate nicht aus dem Kopf.

„Warum ist er zurückgekommen?“, fragte Kate.

„Für dich und Henry?“, fügte Louise hinzu.

„Ich weiß es nicht.“ Ian rieb sich den Nacken, und die Anspannung des Abends zeichnete sich auf seinem Gesicht ab. „Wenn er es getan hat, würde ich sagen, es ist acht Jahre zu spät.“

Warum war er dann zurückgekehrt?

„Gehen wir zu den Wingates“, sagte Kate, „und verhaften wir Arthur und Lottie.“

Danach musste sie zur Purcell-Hütte zurückkehren und sehen, ob ihre Vermutung stimmte.

Es war später Vormittag, als Kate in der Arztpraxis in der Stadt ankam. Die Verhaftung von Arthur und Lottie war, gelinde gesagt, stürmisch verlaufen. Ian hatte zwei ihm vertraute Männer aus der Gegend zu Hilfe gerufen, die außerhalb von Wingates Einflussbereich standen. Wie Louise vorhergesagt hatte, befand sich die Fälscherausrüstung in dem geheimen Raum.

Als Kate die Bücherregaltür zu dem verborgenen Gang geöffnet hatte, hatte Lottie nach Luft geschnappt. „Woher wussten Sie davon?“

„Sie dachten doch nicht wirklich, ich wäre bewusstlos gewesen, oder?“, hatte Kate gefragt, die von der ganzen Bande die Nase voll hatte. „Während Sie und Walter so gut wie alles ausgeplaudert haben.“

Das hatte die Frau zum Schweigen gebracht.

„Sie werden von meinem Anwalt hören“, hatte Arthur getönt, aber Kate hatte dem keine Beachtung geschenkt.

Sie überließ es Ian und Louise, sich um die Details zu

kümmern. Immer noch in ihrem pfirsichfarbenen Kleid ritt sie auf ihrem Pferd zur Hütte, die sie mit Henry geteilt hatte. Er war natürlich nicht da, aber für einen Moment hatte sie gedacht, vielleicht doch, und Schmetterlinge hatten in ihrem Bauch geflattert.

Sie ging hinein und zog sich schnell eine weiße Bluse und einen dunklen Rock an, ähnlich Louises Kleidung, wenn sie beruflich unterwegs war. Denn es war Zeit für Kate, die Arbeit zu beenden, die sie begonnen hatte.

Sie ging zur Scheune und fand nach kurzer Suche ein Brecheisen, dann ging sie zu den Stufen der Veranda und begann, Risse und Spalten zu untersuchen. In der ersten Nacht, als Dutch sie abgeholt hatte, hatte sie ihn um diese Stufen herumlungern sehen. Es war etwas beunruhigend gewesen, da sie sich für einen kurzen Moment gefragt hatte, ob er ein Spanner sei.

Aber jetzt vermutete sie einen anderen Grund.

Sie fand eine Öffnung in den Holzlatten, setzte das Brecheisen an und entfernte einen Teil der Verkleidung. Sie kniete sich hin, spähte hinein, und obwohl sie abgeleitet hatte, dass es hier war, ließ es ihr Herz doch doppelt so schnell schlagen.

Goldbarren. Stapelweise.

Sie waren die ganze Zeit über direkt vor ihrer und Henrys Nase gewesen.

Sie setzte die entfernte Platte wieder ein, stieg auf ihr Pferd und ritt in die Stadt, ohne anzuhalten, bis sie die Arztpraxis erreichte.

Als sie das Wartezimmer betrat, hielt sie nach Henry Ausschau, aber eine junge Frau in einer weißen Krankenschwesteruniform begrüßte sie.

„Sind Sie wegen Mr. Maguire hier?“, fragte sie.

Kate war sich nicht sicher, auf welchen Maguire sie sich

bezog – Hugh oder Henry –, aber die Antwort war so oder so ja.

Kate nickte. „Ich bin Pinkerton-Detektivin Kate Ryan. Ich muss mit Hugh Maguire sprechen. Ist er wach?“ Sie zeigte ihre Marke, auf der „Pinkerton National Detective Agency“ eingeprägt war. Darüber befand sich das „alles sehende Auge“ und darunter das Pinkerton-Motto „Wir schlafen nie“.

„Ja“, antwortete die Krankenschwester, während sie Kates Ausweis inspizierte.

„Ist Mr. Maguires Sohn hier? Henry?“

„Nein. Er ist vor etwa dreißig Minuten gegangen.“

Enttäuschung überkam Kate, aber sie wusste, dass es das Beste war. Sie brauchte Henry für dieses Gespräch nicht.

Die Frau führte Kate in ein Zimmer im hinteren Teil. Hugh ruhte in einem Bett, seine Schulter war bandagiert.

„Sallie Holmes“, murmelte er.

„Hallo, Mr. Maguire“, sagte Kate, als sie sich auf einen Holzschemel neben sein Bett setzte. „Oder soll ich Sie weiterhin Dutch nennen? Und ich bin sicher, Sie wissen bereits, dass mein Name Kate Ryan ist.“

„Henrys Partnerin.“ Er schenkte ihr ein schwaches Lächeln. „Sie sind hier, um mich zu verhören.“

„Ja. Das ist mein Job.“ Dies war keine Zeit für Sentimentalitäten, und doch konnte sie nicht anders, als zu fragen: „Haben Sie mit Henry gesprochen?“

Hugh seufzte. „Das habe ich.“

„Warum haben Sie ihn und Ian glauben lassen, Sie wären tot?“

Er blickte zur Decke und enthüllte dunkle Ringe unter seinen Augen. „Ich habe festgestellt, dass Ehre eine flüchtige Sache ist und etwas, womit ich zu kämpfen hatte, nehme ich an.“

„Wir alle kämpfen damit, Sir. Wir können nur hoffen, dass

wir es morgen besser machen. Sind Sie nach all den Jahren hierhergekommen, um es wiedergutzumachen?“

„Was? Nein.“

Kate spürte den Stachel von Hughs Ablehnung in Henrys Namen. Sie musste eine knappe Erwiderung herunterschlucken.

„Haben Sie sich nie gefragt, wie es Henry und Ian erging?“, fragte sie mit angespannter Stimme.

„Oh, natürlich habe ich das. Ich habe sie im Auge behalten.“

„Von wo aus?“

„Europa.“

Sie hatte nicht wirklich erwartet, dass Hugh ehrlich zu ihr sein würde, obwohl seine Ehrlichkeit ihn in die gleiche Ecke wie Arthur, Lottie und Walter Beckett stellte. Sie wollte glauben, dass Hugh einen gewissen Charakter besaß, der ihn von den anderen abhob.

„Warum sind Sie zurückgekommen?“, fragte sie.

Seine blauen Augen blitzten sie an und erinnerten sie an Henry, und ihr Herz zog sich bei der Ähnlichkeit zusammen.

„Sie haben von dem Goldbarren gehört, der vor ein paar Monaten gefunden wurde“, sagte sie und antwortete für ihn. „Sie sind wegen des Goldes gekommen.“

„Dafür haben Sie keine Beweise.“

„Dann sagen Sie mir bitte eines. Wenn Sie die konföderierten Goldbarren gefunden hätten, die vor acht Jahren aus Arthur Wingates Haus verschwanden, was würden Sie damit tun? Würden Sie sie den Behörden übergeben und Arthur verhaften lassen?“

„Nun, ich habe gehört, dass Arthur bereits verhaftet wurde“, sagte Hugh. „Sie haben geschafft, was ich nicht konnte.“

Sie musterte ihn. „Nur bin ich mir nicht so sicher, ob es

jemals Ihr Ziel war, Arthur zu verhaften. Sie waren immer auf das Gold aus. Sie und Charlie Purcell."

„Charlie hat mich hintergangen."

Hugh war sich offensichtlich nicht bewusst, wie die Aussage klang, wie belastend sie war.

Kate nickte. „Weil der Plan war, dass Charlie Arthur dazu bringen sollte, ihm zu vertrauen, indem er ihm erzählte, dass Sie im Begriff waren, mit einem Durchsuchungsbefehl bei ihm zu Hause aufzutauchen, basierend auf Informationen, die Minnie Wingates Bruder, George, Ihnen gegeben hatte. Dann würde Charlie das Gold nehmen und verschwinden. Aber Sie beide waren in Wirklichkeit Partner."

„Wir *waren* Partner", sagte Hugh. „Und Charlie ist verschwunden."

„Ich nehme an, das hatten Sie nicht geplant. Sie und Charlie hatten ein gemeinsames Bankkonto, zugegebenermaßen gut versteckt. Ich gehe davon aus, dass Sie beide schon immer zusammengearbeitet haben. Sie hatten nie vor, das Gold abzugeben. Sie wollten es behalten. Die einzige Frage ist, warum? Sie waren ein angesehener Secret-Service-Agent, obwohl ich mich jetzt mal aus dem Fenster lehne und behaupte, kein gut bezahlter." Kate hielt inne, dann sagte sie: „Ich weiß von Ihren Spielproblemen, zumindest von vor acht Jahren." Louise hatte diese Information ausgegraben. „Das fügt alle Teile zusammen. Sie brauchten das Gold, um Ihre Schulden zu bezahlen."

„Das ist eine nette Geschichte, Kate", sagte Hugh, dessen Miene keine Anzeichen seiner Schuld zeigte. „Aber ein kleines Spielproblem ist kein Grund, kriminell zu werden."

„Es war kein kleines Spielproblem", sagte sie leise. Er war bei sechs verschiedenen Casinos hoch verschuldet gewesen.

„Nun, das spielt jetzt keine Rolle mehr. Sobald ich wieder gesund bin, werde ich nach Europa zurückkehren."

„Ich fürchte nicht, Hugh."

Seine Augen trafen ihre, voller Herausforderung. Er war ein beeindruckender Mann, ein Mann, nach dem Henry geraten war, und sie konnte so viele Ähnlichkeiten sehen, obwohl es vielleicht einfach daran lag, dass sie jetzt danach suchte.

Sie hatte gehofft, dieses Gespräch würde anders verlaufen, dass Hugh Maguire vielleicht reinen Tisch machen würde, und dann könnte sie versuchen, um Nachsicht zu verhandeln, wenn ein Richter seinen Fall verhandelte. Aber was hatte sie auch erwartet? Dieser Mann hatte seine Söhne acht Jahre lang glauben lassen, er sei tot. Hugh Maguires moralischer Kompass hatte seine Richtung verloren, wenn er jemals eine gehabt hatte.

Ihr Herz brach für Henry.

„Ich sage Ihnen, was meiner Meinung nach passiert ist", sagte sie. „Vor acht Jahren kamen Sie unter dem Vorwand hierher, Arthur Wingate wegen Fälscherei zu untersuchen, aber worauf Sie wirklich aus waren, war das Konföderiertengold, das Sie, er und Clayton Beckett während Ihrer Zeit als Spione für den Norden im Krieg gefunden hatten. Arthur hatte es gut versteckt, und ich vermute, Sie hatten sogar die Hoffnung aufgegeben. Aber dann war da George, und Sie beide schlossen Freundschaft. Er war verbittert, weil er mit Arthur einen Handel für seine Schwester Minnie abgeschlossen hatte, damit sie nach dem Tod ihres Mannes – Arthurs Vater – ihr Haus behalten konnte. Aber dafür musste er seine künstlerische Seele verkaufen und sich für seine erstaunliche Arbeit unter einem Pseudonym verstecken sowie Fälschungen malen, die Arthur und Lottie halfen, Geld zu waschen. Also versuchte George, Ihnen zu helfen und Arthur zu schaden."

„Sie und Charlie haben einen Plan ausgeheckt, wonach Arthur ihm vertrauen und ihm erlauben würde, das Gold wegzuschaffen. Sie beide sollten damit durchbrennen, aber etwas passierte, und Purcell verschwand. Sie dachten, er hätte Sie hintergangen, aber in Wirklichkeit hatte er höchstwahrscheinlich einen schrecklichen Unfall. Das Gold war acht Jahre lang in der Wildnis verschollen. Aber dann tauchte ein Barren auf, und die Jagd war eröffnet. George hatte gegenüber den anderen jedoch einen Vorsprung."

„Sie, Clayton und George hatten eines gemeinsam – Sie alle wussten von der Höhle nahe der Quelle. George fand das Gold und lagerte es dort, im Glauben, niemand sonst kenne den Ort. Sie und Clayton waren schließlich tot. Aber, getarnt als Francis O'Malley, haben Sie es weggeschafft. An dieser Stelle muss ich Ihren Sinn für Humor würdigen, denn Sie haben es dorthin gebracht, wo Sie und Charlie es ursprünglich verstecken wollten, nicht wahr? Unter die Veranda seiner Hütte, direkt vor Wingates Nase."

Hughs Gesichtsausdruck wandelte sich von selbstgefälliger Zuversicht zu der dämmernden Erkenntnis, dass sein Plan aufgedeckt worden war.

„Ja, ich habe es gefunden."

Kate empfand keine Freude über ihre Entdeckung. Tatsächlich war ihr speiübel.

„Hugh Maguire, Sie sind verhaftet."

Kapitel Zweiunddreißig

Henry fand Ian im Wartezimmer der Arztpraxis, zusammengesunken in einem Stuhl, die Augen geschlossen.

„Du Mistkerl!“, brüllte Henry.

Ian schreckte aus dem Schlaf hoch und sprang auf. „Henry“, sagte er mit warnendem Unterton in der Stimme. Er stieß Henry gegen die Brust, als dieser die Distanz zwischen ihnen schloss.

„Ich habe gerade den Polizeichef gesehen. Er hat mir erzählt, dass Pa unter Hausarrest steht. Wie konntest du nur?“

Ian wich zurück, als sein Bruder weiter auf ihn eindrang. Als sie Jungen gewesen waren, hatte Ian bei Auseinandersetzungen immer die Oberhand gehabt, da er älter und größer war. Und obwohl sie jetzt ungefähr gleich groß waren, wusste Henry, dass Ian ihn ohne Zweifel in die Schranken weisen könnte, wenn er wollte. Dass Ian sich nicht wehrte, irritierte Henry nur noch mehr.

„Henry! Verdammt noch mal, Henry! Hör auf!“

„Wir haben ihn doch gerade erst zurück, und jetzt willst du ihn ins Gefängnis stecken?“

„So einfach ist es nicht, und das weißt du."

Ian sprach die Wahrheit aus, aber alles, was Henry wusste, war, dass die Schuld, die er die letzten acht Jahre mit sich herumgetragen hatte, plötzlich getilgt war, und Henry wollte eine Chance bekommen, alles wiedergutzumachen. Er wollte eine zweite Chance mit seinem Pa, und es war ihm sogar egal, dass Hugh Maguire offensichtlich tiefgreifende elterliche Schwächen hatte. Dass die Ehrlichkeit des Mannes ein schmaler Grat war, der Henry wahrscheinlich zerbrechen würde. Nichts davon zählte angesichts der Tatsache, dass Hugh Maguire am Leben war.

Ian stieß einen schweren Seufzer aus und trat einen Schritt zurück. „Ich war es nicht." Der Widerwille in seiner Stimme war fast greifbar. „Es war Kate."

HENRY FAND sie in der Hütte, wo sie mit Louise die Küche putzte. Sie erwiderte seinen Blick und erstarrte; ihre Wangen waren gerötet und so wunderschön, dass es einen körperlichen Schmerz in seiner Brust verursachte. Sie trug die Kleidung eines Starlings, schlicht und professionell in einer Bluse und einem dunklen Rock. Trotz der Wut, die er empfand, reagierte sein Körper auf sie und sagte ihm, dass er im Begriff war, einen schrecklichen Fehler zu begehen.

Aber Kate Ryan war von Anfang an ein Fehler gewesen.

Wenn er sich das nur oft genug sagte, würde er es sicher irgendwann glauben.

Louise kam auf ihn zu, ein mitfühlender Blick in ihren Augen. „Folge deinem Herzen, Henry", flüsterte sie. „Die Welt wird nicht untergehen, wenn du es tust." Dann trat sie durch die Eingangstür, schloss sie hinter sich und ließ ihn mit Kate allein.

„Henry", begann sie, „ich muss dir etwas sagen."

„Ich weiß bereits, was du meinem Vater angetan hast."

Sie zögerte, und er schwor sich, den gequälten Ausdruck auf ihrem Gesicht nicht als Bedauern zu deuten.

„Du hättest es nicht tun müssen, weißt du", fügte er hinzu und gab sich keine Mühe, die Wut in seinem Ton zu verbergen. Es war weitaus besser, als dem Schmerz, der unter der Oberfläche pochte, freien Lauf zu lassen – der Tatsache, dass er seinen Vater schon wieder verlieren würde, dass Kate Ryan nie etwas für ihn empfunden hatte, dass sie sich nur auf ihr Schauspiel eingelassen hatte, um mehr Informationen über den Fall zu sammeln. Wenn er nicht unter dem Verrat derer taumeln würde, die er liebte – Gott, liebte er sie? –, könnte er ihren Ehrgeiz und ihre Tatkraft nahezu bewundern. Sie würde eine verdammt gute Agentin.

„Hast du mit Hugh gesprochen?", fragte sie. „Hast du ihn nach allem gefragt, was er getan hat?"

„Ich nehme an, du schon. Nur weil du ihn vor mir gefunden hast, macht dich das noch nicht zur Expertin für die Familie Maguire." Er wollte nicht zugeben, dass seine bisherigen Gespräche mit Hugh nicht sehr aufschlussreich gewesen waren. Er hatte nicht gewollt, dass sie es waren. Und das machte Henry zu einem emotional befangenen Agenten, genau das, wovor Louise sich gefürchtet hatte. Genau der Grund, warum Kate darauf angesetzt worden war, *ihn* zu beobachten.

Verdammt, von all den Dingen, die er bei seiner Ankunft hier erwartet hatte, war Hugh Maguire, lebendig und wohlauf, das Letzte gewesen. Es war das einzige Ergebnis, mit dem Henry nicht gerechnet hatte.

Kate sank sichtlich in sich zusammen, ihre Schultern sackten ab und ihr Gesicht wurde ausdruckslos. Sie nickte. „Mein Auftrag ist beendet. Ich werde nach Chicago zurückkehren, um meinen Bericht einzureichen." Sie hielt inne und räusperte sich, sie sah fast so aus, als würde sie gleich weinen. „Es war mir eine Ehre, mit dir zu arbeiten, Henry. Ich wünsche dir für die Zukunft nur das Beste.“

Sie ging an ihm vorbei und erfüllte seine Sinne kurz mit allem, was Kate Ryan ausmachte – ihrem blumigen Duft, der weichen Haut ihrer Wangen, den Kurven, die sich aus ihrer gemeinsamen Zeit in der Schlucht in sein Gedächtnis eingebrannt hatten. Fast hätte er nach ihr gegriffen und alles zum Teufel geschickt, aber es gab keine Zukunft für sie. Sie hatte ihre Rolle als seine Frau wie eine vollendete Schauspielerin übernommen – was sie für ihn empfand, entsprach kaum dem, was er im Gegenzug empfand.

Er schloss die Augen.

Er hatte sich in sie verliebt. Hals über Kopf.

Er rief sich in Erinnerung, dass sie ihm eine zweite Chance mit seinem Vater genommen hatte.

Er würde beantragen, nie wieder mit ihr zusammenzuarbeiten.

Sie hob eine Reisetasche neben der Tür auf. „Ich schicke jemanden für den Koffer“, sagte sie von hinten.

Die Tür klickte ins Schloss, und sie war fort.

Kapitel Dreiunddreißig

Chicago
Pinkerton-Hauptbüro
Drei Wochen später

Henry saß in dem bescheidenen Büro, das er im Pinkerton-Gebäude bewohnte, seinem Chef Edgar Jones gegenüber. Jonesy war zehn Jahre älter als Henry und hatte buschige Brauen und dunkle Koteletten, die Henry an einen Piraten erinnerten. Jones sorgte im Hauptbüro für Ordnung. Er war klug, fair und auch unter Druck gelassen, was Henry nur zu dem Schluss kommen ließ, dass Jonesy mit Papierkram verschwendet war – er gehörte in den Außendienst.

„Schön, dich zu sehen, Henry."

„Tut mir leid, dass ich so lange gebraucht habe, um zurückzukommen."

Jonesy stapelte einige Papiere. „Ich habe Verständnis dafür. Wie geht es deinem Vater?"

„Er hat sich erholt. Ian und ich haben ihm einen Anwalt besorgt, und er wird in Trinidad bleiben, bis der örtliche

Richter seinen Fall verhandeln kann. Das sollte in ein paar Wochen der Fall sein. Dann wird sein Prozess wahrscheinlich auf Bundesebene verlegt."

„Ich habe da Kontakte in Washington", sagte Jonesy. „Ich denke, wir können auf Strafmilderung bei seinem Urteil drängen."

Henry war dankbar für Edgars Hilfe, aber die Wahrheit war, dass Hugh Maguire kein anständiger Geheimagent gewesen war. Vor acht Jahren hatte er die feste Absicht gehabt, Arthur das Gold zu stehlen, und das war auch vor Kurzem seine Absicht gewesen. Er hatte hohe Spielschulden. Er hatte seinen Tod vorgetäuscht und war nach Europa geflohen.

Henry hatte Kates Bericht gelesen.

Sie hatte ihm einen Gefallen getan, als sie Hugh verhaftete. Henry hätte es niemals durchziehen können, und eine Nacht mit mehr als nur einem Glas Bourbon hatte Ian dazu gebracht, dasselbe zuzugeben. Diese Erkenntnis hatte sie beide veranlasst, ihren Beruf infrage zu stellen.

„Was gibt es Neues von den Wingates?", fragte Henry.

„Lottie Wingate hat gestanden", sagte Jonesy und lehnte sich in seinem gepolsterten Sessel zurück. „Ich nehme an, sie hofft, dass das ihre Strafe mildert. Vielleicht. Es stellte sich heraus, dass sie von klein auf eine Betrügerin war, das Handwerk hatte sie von ihrer Mutter gelernt. Anscheinend hat sie immer um die Anerkennung der Frau gebuhlt, selbst nach deren Tod, weshalb sie mit den Séancen angefangen hat. Aber sie sah darin auch eine Möglichkeit, vertrauliche Informationen von anderen zu sammeln und sie für Erpressungen zu nutzen. Nachdem Arthur vor acht Jahren das Gold an Charlie Purcell verloren hatte, war Lottie diejenige, die die Geldfälscherei vorantrieb. Sie hatten das schon vorher gemacht, aber nur im kleinen Stil. Die Operation wurde viel größer, als Arthur durch seine Geschäftsbeziehungen Zugang zu Druckerpressen erhielt."

„Lottie war diejenige, die Walter Beckett angewiesen hatte, deinen Vater zu töten, da sie befürchtete, er wisse zu viel über ihre kriminellen Aktivitäten. Beckett sollte Hugh unter Drogen setzen und dann seine Leiche entsorgen, aber irgendwie wusste Hugh Bescheid und täuschte vor, bewusstlos zu sein. Er überwältigte Beckett und schlug ihn k. o., dann inszenierte er seinen Tod. Lottie sagte, Beckett hätte ihnen nie erzählt, dass er k. o. geschlagen worden war, stattdessen hätte er darauf bestanden, dass der Job erledigt sei. Ich nehme an, es war ihm zu peinlich zuzugeben, dass er vielleicht versagt hatte."

Henry nickte. Sein Vater hatte ihm während der vielen Gespräche, die sie geführt hatten, Ähnliches erzählt. Hugh hatte sein Bedauern über alles zum Ausdruck gebracht, und obwohl Henry wusste, dass es niemals ausreichen würde, um die letzten acht Jahre auszulöschen, war es zumindest etwas.

Jonesy atmete tief durch und fuhr fort. „Laut Jean Beckett hatte ihr Mann, Clayton, einen Handel mit Arthur über einen Teil des Goldes abgeschlossen, aber Arthur hat sich nicht daran gehalten. Als sie von dem Goldbarren erfuhr, der kürzlich gefunden worden war, fühlte sie sich vollkommen im Recht, den Rest für sich zu beanspruchen. Sie und Arthur wussten von dir und Ian. Es stellt sich heraus, dass Arthur die ganze Zeit über deine Identität kannte, und das tut mir leid. Du und Kate wart einem größeren Risiko ausgesetzt als erwartet."

„Sie und Ian wurden hinzugezogen, weil beide Seiten vermuteten, dass Hugh einem von Ihnen beiden hätte verraten können, wo er das Gold versteckt hatte, oder zumindest einen Teil davon. Während Arthur die ganze Zeit angenommen hatte, dass Purcell damit abgehauen war – er hatte sogar Walter Beckett losgeschickt, um nach ihm zu suchen, und das nicht weniger als drei Jahre lang –, ging man nach dem Fund des Barrens in diesem Jahr wieder davon aus, dass Hugh irgendwie beteiligt gewesen sein musste. Sowohl Arthur als auch Jean setzten darauf, dass Sie oder Ian sie dorthin führen würden."

„Ich hatte tatsächlich etwas, das meinem Vater gehörte", sagte Henry und machte reinen Tisch. „Eine Karte, die ich vor ein paar Monaten in seinen Sachen gefunden hatte."

„Warum hast du mir das nicht erzählt?"

„Ich wusste ehrlich gesagt nicht, was es war. Erst als ich dort war, wurde klar, dass es mit den Goldbarren zusammenhing. Ich wollte es melden."

„Sicher." Jonesys Tonfall verriet seine Skepsis.

Henry fuhr sich mit einer Hand durchs Haar. „Wahrscheinlich."

„Ich habe dir bei dieser Sache viel Spielraum gelassen, Henry. Ich heiße es nicht gut, dass Louise hinter meinem Rücken gehandelt hat, als sie Kate anwies, dich zu beobachten, aber im Nachhinein bin ich froh, dass sie es getan hat. Die Sache war dir über den Kopf gewachsen."

„Wahrscheinlich", wiederholte Henry. Die Wiederauferstehung seines Vaters hatte ihn unvorbereitet getroffen. Und Kate … verdammt, er gab nur ungern zu, dass seine Gefühle für sie ihn möglicherweise dauerhaft aus dem Konzept gebracht hatten. „Was ist mit George Ortes?", fragte er und versuchte, das Gespräch wieder auf neutraleres Terrain zu lenken.

„Er wurde natürlich wegen der Fälschungen angeklagt. Wallace Wingate wurde ebenfalls in San Francisco festgenommen, aber es war wieder einmal Lottie, die hinter allem steckte. Sie kauften und verkauften Kunst, um das Falschgeld zu waschen, und die Fälschungen gaben ihnen mehr Reichweite. Aber George wurde als J. Montgomery manipuliert, und das sollte bei seinem Strafmaß helfen. Ich glaube nicht, dass er lange ins Gefängnis muss."

„Und Minnie?"

„George war vernünftig genug, die Eigentumsurkunde für

ihr Land auf ihren Namen umschreiben zu lassen, gemäß seinem Handel mit Arthur, also wird sie bleiben dürfen. Das Anwesen der Wingates wird verkauft, um Arthurs Schulden zu begleichen, die umso beträchtlicher werden, je tiefer die Behörden graben."

„Ich bin froh zu hören, dass sie bleiben kann."

„Jean Beckett wird auch bleiben. Nichts, was sie getan hat, war krimineller Natur. Nun, was ihren Sohn angeht …"

„Ist er aufgetaucht?"

„Nein. Aber ich habe über Umwege gehört, dass Ian sich auf die Suche nach ihm gemacht hat."

„Er hat so etwas angedeutet", sagte Henry. Er hätte geholfen, wäre da nicht die Tatsache gewesen, dass Hugh doch nicht tot war. Wenn es irgendeine Gerechtigkeit gab, dann war Beckett hoffentlich im Wald gestorben, nachdem die Wunde, die Kate ihm zugefügt hatte, geeitert war. Dass Ian ihn verfolgte, schien in Henrys Augen Zeitverschwendung zu sein.

„Ich werde Louise schicken, um ihm zu helfen. Ich glaube, ihm fehlt ein entscheidendes Beweisstück."

„Was denn?"

„Delia Wingate."

Nachdem sich der Staub gelegt hatte, war Delia eines Abends zu Henry in die Pension in Trinidad gekommen, in der er gewohnt hatte, während Hugh sich von seiner Wunde erholte. Obwohl sie niedergeschlagen und mehr als nur ein wenig verwirrt darüber war, wie schnell sich ihr Leben auf den Kopf gestellt hatte, hatte sie ihm erneut romantische Avancen gemacht, im Glauben, das größte Hindernis zwischen ihnen – Kate Ryan – sei aus dem Weg geräumt.

Aber zu Henrys wachsender Frustration stand Kate Ryans Anwesenheit immer noch im Mittelpunkt seines Lebens, eine Barriere, die Delia Wingate niemals überwinden würde.

„Sie scheint nichts von den illegalen Aktivitäten gewusst zu haben, die direkt vor ihrer Nase stattfanden, und sie hat sicherlich versucht zu helfen, als sie erfuhr, dass Beckett dich hatte", fuhr Jonesy fort.

Henry verdankte ihr sein Leben. In der Nacht der Kunstauktion war sie zum Lagerhaus gegangen, um ein Hauptbuch zu holen, das in Lotties Auftrag im Büro ihres Vaters aufbewahrt wurde. Dort hatte sie mitgehört, wie zwei von Walters Kumpanen davon sprachen, dass Henrys Tarnung aufgeflogen war und wie Walter damit umzugehen gedachte. Sie war sofort zur Party gegangen und hatte Kate alarmiert und dabei den Zorn ihrer Tante und ihres Onkels riskiert.

„Jetzt, da sie mittellos ist, hat sie sich nach San Francisco begeben, um das Chaos aufzuräumen, das ihr Vater hinterlassen hat. Walter Beckett war besessen von ihr. Louise ist überzeugt, dass Beckett dorthin gehen wird, falls er noch am Leben ist."

„Ian wird die Hilfe nicht zu schätzen wissen", sagte Henry.

„Ihr Maguires scheint alle gleich zu sein."

Jones stand auf, ging zu einem Beistelltisch und schenkte zwei Schwenker Brandy ein. Er brachte die Gläser zu Henry zurück und reichte ihm eines.

Jones hob sein Glas. „Wir sind in diesen letzten drei Jahren Freunde gewesen. Du bist mein bester Agent, Henry, mit einer tadellosen Bilanz."

Henry unterdrückte eine Grimasse. „Aber …"

„Erzähl mir von deiner Arbeit mit Kate Ryan."

„Ich habe meine Empfehlung eingereicht. Ich denke, das sagt alles."

„Ja", sagte Jonesy. „Du hast ihr eine glänzende Beurteilung gegeben, zusammen mit der Anmerkung, nie wieder mit ihr zu arbeiten. Sag mir, was wirklich passiert ist."

Henry leerte sein Glas in einem Zug und ließ den Alkohol in seiner Kehle brennen. „Warum fragst du mich das?"

„Sie hat eine Auszeit genommen und ist nach Hause nach

Texas gefahren. Sie ist sich nicht sicher, ob sie Agentin bleiben will."

„Was?"

„Sie hat gute Instinkte, scharfe Reflexe und eine ebenso große Intelligenz. Louise hat nichts als Lob für sie übrig. Aber nach einem einzigen Einsatz mit dir ist sie bereit, alles hinzuschmeißen. Warum?"

Henry wusste nicht, wie er antworten sollte. War es seine Schuld?

„Ich weiß es nicht", antwortete er wahrheitsgemäß.

„Solltest du allenfalls einen Abstecher nach Texas machen?" Jonesys Blick wich nicht aus, als er Henry beobachtete.

Wie von einer Strömung erfasst, spürte Henry, wie er auf etwas zuraste. Er stand auf und stellte sein leeres Glas auf einem Beistelltisch ab.

„Ich glaube schon."

Kapitel Vierunddreißig

Nordtexas
Rocking Wren Ranch
Eine Woche später

Kate ritt an der Seite ihres Vaters und ihres älteren Bruders Eli neben der Longhorn-Herde. Sie zog ihren Hut tiefer, um ihre Augen vor der Sonne zu schützen, und legte das um ihren Hals gebundene Tuch über Mund und Nase, als der Wind einen Staubteufel aufwirbelte.

Nach den Rindern zu sehen, die nördlich der Rocking Wren auf der Weide standen, war Balsam für ihre Seele und erinnerte sie an glücklichere Zeiten ihrer Jugend, als Hosen und zu Zöpfen geflochtenes langes Haar zum Alltag gehörten, als sie sich nachts hinlegen und nach einem harten Arbeitstag tief und fest schlafen konnte.

Und die Gedanken an Henry wurden aus ihrem Kopf verdrängt, zusammen mit der Ungewissheit, ob sie weiterhin eine Pinkerton-Agentin sein sollte.

Aber ein Teil von ihr passte hier einfach nicht mehr hin. Vor fast sechs Monaten war sie begeistert nach Chicago gegangen, aber ihre Erfahrungen seither hatten sie verändert, hatten sie irgendwie erweitert. Henry zu kennen, hatte etwas Grundlegendes in ihr verändert, und sie wusste mit einem mulmigen Gefühl, dass sie niemals wieder das Mädchen werden konnte, das sie gewesen war, egal, wie oft sie sich ihrem Vater und Eli unter der strahlenden texanischen Sonne anschloss.

Eli zügelte sein Pferd neben ihrem. „Warum siehst du so verloren aus, Kate?“, fragte er. Er war erst einundzwanzig, aber schon seit einem Jahr verheiratet und hatte mit seiner Frau Cassie einen kleinen Sohn. Kate vergötterte den kleinen Samuel und tat ihr Bestes, um die Anflüge von Sehnsucht nach einem eigenen Baby zu ignorieren. Nach Henrys Baby. So viel zu den Plattitüden, die sie Henry gegenüber von sich gegeben hatte, eine unabhängige Frau zu sein, die nur einen Liebhaber und nichts weiter wollte.

„Ich bin nicht verloren“, erwiderte sie. „Wie kommst du darauf?“

„Seit du vor fünf Tagen angekommen bist, bist du nicht du selbst. Du erledigst doch nur Büroarbeit bei der Pinkerton-Agentur. Sicherlich können die ein paar Wochen ohne dich auskommen.“

Sie hatte ihrer Familie nicht erzählt, dass sie zur Außendienstagentin befördert worden war, auch wenn es bisher nur ein einziger Auftrag gewesen war. Sie fühlte sich schuldig wegen der Lüge, aber sie hatte noch nicht wirklich über den Fall oder über Henry sprechen wollen. Sie hatte das Richtige getan, als sie Hugh für seine Rolle bei dem Versuch, das Konföderiertengold zu stehlen, angezeigt hatte, und sie wusste, ihr Vater würde sie für ihren klaren Kopf und ihre moralische Rechtschaffenheit loben, aber das hieß nicht, dass sie keine zwiespältigen Gefühle deswegen hatte. Oder dass sie ihre Handlungen nicht manchmal infrage stellte. Dass sie in ihren dunkelsten Momenten bezweifelte, ob sie wirklich das

Zeug zur Agentin hatte, weil ihr erster Auftrag sie erschüttert hatte.

Das liegt nur an Henry, erinnerten sie ihr Herz und ihren Verstand. Sie sollte einfach eine Versetzung in ein anderes Büro beantragen, damit es nicht mehr möglich war, wieder mit ihm zusammenzuarbeiteten.

Sie hatte Edgar Jones bei ihrer Nachbesprechung mit ihm ihre Zweifel anvertraut, denn Louise war noch nicht aus Colorado zurückgekehrt, da sie dort geblieben war, um letzte Dinge zu klären, und Kate hatte jemanden zum Reden gebraucht. Er hatte ihr vorgeschlagen, sich ein paar Wochen freizunehmen, um darüber nachzudenken, und als er ihr gesagt hatte, sie solle an einen Ort gehen, der sie glücklich machen würde, der sie nach einem intensiven Undercover-Einsatz wieder erden würde, war nur ein Ziel infrage gekommen – nach Hause.

„Eli“, sagte sie. „Ich bin keine Sekretärin. Na ja, vielleicht war ich es anfangs, aber jetzt nicht mehr. Ich bin Undercover-Agentin.“

Ihr Bruder starrte sie an. „Ist das dein Ernst? Warum hast du uns nichts gesagt? Mom und Dad werden sich solche Sorgen machen.“

„Genau deshalb.“ Sie kaute auf ihrer Unterlippe herum. „Ich werde es ihnen heute Abend sagen.“

„Bist du auf einem Einsatz gewesen?“

„Ja. Einem.“

Sie erzählte ihm die Einzelheiten über den Versicherungsbetrug, das Falschgeld, die Kunstfälschungen und die wahre Identität von J. Montgomery. Sie erwähnte auch das haarsträubende Ergebnis von Hugh Maguires Rückkehr von den Toten und dass sie so getan hatte, als sei sie die Frau eines anderen Agenten.

„Das ist unglaublich“, sagte Eli, und sein Gesicht verriet seinen Schock.

Es erfüllte sie mit Stolz, mit dem Wunsch, zu ihrem Job zurückzukehren.

„Da verdient wohl jemand sein Geld nicht."

Kate zuckte beim Klang der Stimme ihres Vaters zusammen.

Ihr Vater, Matt Ryan, war immer noch eine imposante Erscheinung, sein Haar war nur an den Schläfen leicht ergraut. Er wurde von den anderen Ranchern sehr respektiert, und obwohl es mehr als einen Vorstoß gegeben hatte, ihn zu einem Einstieg in die Lokalpolitik zu bewegen, hatte er sich immer widersetzt. Er schützte nichts mehr als seine Familie und vor allem seine Frau Molly. Er hatte immer gesagt, eine politische Karriere würde eine Vergangenheit aufwühlen, die besser privat bleiben sollte. Kate wusste, dass er sich auf die Vergangenheit ihrer Mutter als Gefangene der Comanchen und die Ermordung von Mollys Eltern, Kates Großeltern, die sie nie gekannt hatte, bezog.

„Wir sind fast fertig", sagte ihr Vater. „Und dann könnt ihr zwei tratschen wie die Hühner."

„Ja, Sir", antwortete Kate.

Eli lenkte seine Stute nah an ihre und sagte mit leiser Stimme: „Sag es ihm." Dann ritt er davon.

Kate blickte zum weiten blauen Himmel und dem strahlenden Sonnenschein auf und genoss es, zu Hause zu sein. Nur dass ein Teil von ihr nun woanders hingehörte.

„Kann ich mit dir reden, Dad?"

„Immer, Katie."

Während sie weiterhin die Herde inspizierten, erzählte sie ihrem Vater alles, einschließlich ihrer Gefühle für Henry.

„Mrs. Marsh, ich weiß nicht, was ich sagen soll", sagte Kate.

Kurz vor dem Abendessen war Estelle Marsh auf der

Ranch erschienen, begleitet von einem Mann. Er hatte eine große, rechteckige Kiste aus dem Heck des Buggys geholt, in dem sie angekommen war, und sie ins Haus getragen.

Kate, ihre Schwester Josie und ihre Mutter, Molly Hart Ryan, standen neben der Frau und bewunderten das Gemälde, das sie mitgebracht hatte. Es war der Comanchen-Krieger von J. Montgomery, oder besser gesagt, George Ortes.

„Ich habe mit Susanna gesprochen“, sagte Mrs. Marsh und bezog sich auf Kates Großmutter väterlicherseits. „Ich wollte das Gemälde für sie kaufen, aber wir waren uns einig, dass Sie es haben sollten.“

„Ich?“, fragte Kate mit gerunzelter Stirn.

„Nun, nein“, antwortete Mrs. Marsh. „Nicht Sie, sondern Ihre Mutter.“ Sie lächelte Molly an.

Kates Mutter nickte anerkennend und konnte ihre Augen nicht von dem Kunstwerk lassen. „Es ist eine außergewöhnliche Darstellung. Wie kann ich Ihnen jemals danken?“

„Nicht nötig“, sagte Mrs. Marsh. „Susanna hat es bezahlt.“

Nachdem Kate ihrem Vater ihre derzeitige Rolle als Pinkerton-Detektivin gestanden hatte, war sie ins Haupthaus zurückgekehrt und hatte sich ihrer Mutter anvertraut. Sie war überrascht, wie gut die beiden das Geständnis aufgenommen hatten, und noch mehr von der Tatsache, dass sie sie für ihren Umgang mit Hugh Maguire gelobt hatten. Beide hatten angemerkt, dass es nicht einfach gewesen sein konnte. Was Kates Verliebtheit in Henry anging … ihr Vater hatte sie gedrängt, sich ihre Optionen offenzuhalten – „es gibt da draußen noch andere Männer, gib nicht alles für den Ersten auf, der daherkommt“ –, während ihre Mutter Kate riet, der Beziehung Raum zum Atmen zu geben. „Du wärst überrascht, was zu dir zurückkommt, wenn du es am wenigsten erwartest“, hatte sie gesagt.

Kate brauchte also nicht zu verbergen, dass Mrs. Marsh mit ihr in Trinidad gewesen war.

Kate wandte sich an die Frau. „Ich wollte Sie schon die ganze Zeit fragen“, sagte sie. „Warum sind Sie an jenem Tag zur Hütte gekommen? Zur Purcell-Hütte, wo ich mit Henry, oder besser gesagt, meinem Ehemann ‚Gilbert‘, gewohnt habe?“

„Oh ja, ich hatte mitbekommen, dass ‚Gilberts‘ Frau angekommen war.“ Mrs. Marsh presste die Lippen zusammen. „Mir waren auch die Avancen bewusst, die Delia Wingate ihm machte. Ich wollte Sie selbst kennenlernen und Sie fairerweise warnen.“

Kate musste lachen, erwärmt von der Geste. „Das ist sehr freundlich von Ihnen. Ich hoffe, Sie verstehen, warum ich Sie gemieden habe.“

„Das tue ich, aber Sie hätten es mir sagen können.“ Mrs. Marsh tätschelte Kates Arm. „Ich hätte Ihr Geheimnis für mich behalten, das kann ich Ihnen versichern.“

„Das werde ich mir für das nächste Mal merken“, neckte Kate sie. „Jetzt erzählen Sie mir, wie Sie das Gemälde bekommen haben, nachdem Arthur und Lottie verhaftet worden waren? Die Kunstauktion muss doch abgesagt worden sein.“

„Das wurde sie, aber als sich alles beruhigt hatte, habe ich direkt bei den Behörden nachgefragt“, sagte Mrs. Marsh. „Und auch bei George. Ich weiß, dass er wegen der Fälschungen festgehalten wird, also schlug ich vor, dass wir das Geld für das Porträt Minnie geben könnten. Alle waren einverstanden, einschließlich George.“

„Das war sehr rücksichtsvoll von Ihnen.“

„Sie plant, es zu verwenden, um einen Anwalt für ihn zu engagieren. Ich halte das für eine großartige Idee. Soweit ich erfahren habe, war George bei all dem nur eine Schachfigur.“

Kate konnte dem nicht widersprechen. Bevor sie Trinidad

verlassen hatte, war sie bei Minnie zu Hause vorbeigekommen, um sich von ihr und Nell zu verabschieden und um Optionen für George zu besprechen. Sie hatte auch Zeit mit Bandito verbracht und sogar angeboten, den Hund bei sich aufzunehmen, da ungewiss war, was Georges Schicksal sein würde, aber Minnie war fest entschlossen, sich um das Tier zu kümmern, optimistisch, dass George schließlich zu ihnen zurückkehren würde. Kate verstand das, obwohl sie immer eine große Zuneigung für den Mischling hegen würde.

Mrs. Marsh verabschiedete sich bald darauf. Nach dem Abendessen saß Kate mit Josie und ihrer Mutter im Wohnzimmer und bewunderte das Kunstwerk von J. Montgomery, das nun Molly Ryan gehörte.

Elis Frau Cassie kam aus dem Foyer und verkündete, dass gerade ein Reiter angekommen war, während ihr zwei Monate alter Sohn eine Faustvoll ihrer dunklen Locken hielt und versuchte, sie sich in den Mund zu stecken.

„Wer ist das?", fragte Molly.

Cassie zuckte mit den Schultern und befreite ihr Haar aus Samuels pausbäckiger Hand. „Ich weiß nicht. Ich erkenne ihn nicht." Ihre Aufmerksamkeit wurde schnell abgelenkt, als Marley und Jeb vorbeirannten, die Zungen heraushängend und die Schwänze wedelnd. Cassie wich ihnen geschickt aus.

Matt und Eli erschienen aus der Küche. „Wir kümmern uns darum", sagte ihr Vater.

Josie stand auf und folgte ihnen, offensichtlich zu neugierig, um zurückzubleiben. Ein Klopfen an der Tür brachte die Hunde auf Trab, die zurückeilten und laut zu bellen begannen. Die Geräusche einer sich öffnenden Tür und gedämpfter Männerstimmen drangen zu ihnen.

Josie beugte sich um die Tür zum Wohnzimmer, ihr dunkles Haar fiel ihr über die Schultern. Der Ärmel ihres Kleides rutschte bis zum Ellbogen und enthüllte die Narben, die jetzt weiß verblasst waren, vom Angriff des Pumas.

„Er ist für dich da“, sagte sie zu Kate.

„Wer ist für mich?“, fragte Kate.

„Der Mann. Er ist gekommen, um dich zu sehen. Sein Name ist Henry.“

Kates Magen fiel ins Bodenlose. „Er ist hier?“

Josie nickte. „Er ist dein Partner, nicht?“ Kate hatte auch ihrer Schwester alles erzählt, obwohl sie ihre wahren Gefühle für ihren Kollegen nur angedeutet hatte.

„Er muss dich wirklich sehen wollen, um den ganzen Weg hierhergekommen zu sein“, sagte ihre Mutter.

„Warte“, sagte Josie und trat vor Kate. Sie steckte lose Haarsträhnen fest und zupfte die Schultern von Kates Bluse zurecht. „Du siehst zerzaust aus“, sagte sie im Flüsterton, dann trat sie zur Seite.

Seit wann kümmerte es Josie, was ein Mann denken könnte?

Aber dann wurde Kate klar, dass sie immer noch die Hosen von ihrem Ausritt trug und ihr Haar wahrscheinlich wirklich furchtbar aussah. Sie wünschte, sie hätte Zeit, den Zopf zu lösen und ihn zu einem Dutt hochzustecken.

Kates Vater und Eli kehrten ins Zimmer zurück, Henry hinter ihnen. Kate hörte auf, an ihrem Haar herumzufummeln, und genoss einfach, dass er hier war und besser aussah, als sie ihn in Erinnerung hatte.

Er war weniger förmlich als während ihres Undercover-Einsatzes, die Ärmel seines Hemdes waren bis zum Ellbogen hochgekrempelt, und in der Hand hielt er einen Hut, der schon bessere Tage gesehen hatte, was sie an ihre Zeit in der Wildnis auf dem Wingate-Grundstück erinnerte.

„Lass mich den nehmen.“ Josie griff nach Henrys Hut, den er ihr gab. Dann streckte sie ihm die Hand entgegen. „Ich bin Josie, Kates Schwester.“

„Freut mich sehr, Sie kennenzulernen“, sagte er und ließ

ihre Hand los. „Ihr beide seht euch ähnlich." Was ihm ein Lächeln von Josie einbrachte.

Kate wünschte, ihr Herz würde in einem erträglicheren Tempo schlagen. „Was machst du hier?", fragte sie.

„Ich bin gekommen, um dich zu sehen." Sein Blick fesselte sie und hielt sie an Ort und Stelle fest.

Sie riss sich los und sagte: „Verzeih meine Manieren. Das ist meine Mutter, Molly Ryan."

Henry nickte. „Es ist mir eine Freude, Ma'am."

„Und meine Schwägerin, Cassie. Und meinen Vater und meinen Bruder hast du ja schon kennengelernt."

„Habe ich."

Die Männer in Kates Familie waren imposant, fast überlebensgroß, und als Henry neben ihnen stand, schaffte er es, genau hineinzupassen. Sie erinnerte sich daran, dass Henrys Anwesenheit in ihrem Leben flüchtig war.

„Das ist Henry Maguire", sagte sie zu allen im Raum. „Ein Kollege von der Pinkerton-Agentur."

„Es ist schön, Sie alle kennenzulernen", sagte er. „Das ist ein wunderschönes Baby", sagte er und nickte in Cassies Richtung.

„Danke. Er ist ein typischer Ryan, sehr stur." Alle lachten.

„Bitte, setzen Sie sich", sagte Kates Mutter. „Sie haben gerade das Abendessen verpasst, aber kann ich Ihnen etwas zusammenstellen?"

„Nein. Alles gut, danke."

„Ich habe gerade Kaffee aufgesetzt. Den kann ich Ihnen zumindest anbieten." Molly ging zurück in die Küche.

„Sind Sie den ganzen Weg aus Chicago gekommen?", fragte Eli Henry.

„Ja, bin ich."

Kate entging der amüsierte Blick nicht, den ihr Bruder ihr zuwarf. Offensichtlich dachten sie alle, Henry sei hier, weil er in sie vernarrt war und nicht wegbleiben konnte.

Stimmte das? Kate versuchte, ihre Hoffnungen im Zaum zu halten.

Sie bemühte sich, ihn nicht anzustarren, aber es war schwierig. Sie hatte ihn mehr vermisst, als sie zugeben wollte. Ihn zu sehen, verstärkte ihre Zuneigung nur, aber sie hatte tief in ihrem Herzen zu fürchten begonnen, dass er nicht halb so viel für sie empfand wie sie für ihn.

Nervosität überkam sie. Vielleicht empfand er immer noch nicht viel für sie. Vielleicht war es nur die Hitze des Gefechts gewesen. Vielleicht war er aus einem ganz anderen Grund hier.

Sie setzte sich in einen nahegelegenen Stuhl und bemühte sich, ruhig zu wirken, legte ihre Hände in den Schoß und hielt sich davon ab, die Dutzend Fragen herauszuplatzen, die ihr auf der Zunge brannten.

„Kate hat uns von Ihrer Arbeit mit Arthur Wingate erzählt", sagte ihr Vater. „Das klang ein wenig gefährlich."

„Ich kann Ihnen versichern, Mr. Ryan, dass Kate der Aufgabe vollkommen gewachsen war. Obwohl es das erste Mal war, dass ich mit ihr zusammengearbeitet habe, war sie professionell und sehr kompetent. Ich hatte Glück, ihr Partner zu sein."

Ihr Vater nickte, sagte aber nichts weiter. Kate spürte seine Vorsicht und nahm an, dass sie ihrem Vater nicht verübeln konnte, Henry nicht mit offenen Armen zu empfangen.

„Warum bist du hierhergekommen, Henry?", fragte sie und zuckte innerlich zusammen. Sie hatte nicht gewollt, dass es so anklagend oder verzweifelt klang.

In seinen Augen lag ein Zögern, aber bevor er sprechen konnte, kam ihre Mutter mit einem Tablett herein, auf dem eine Kaffeekanne und Tassen standen. Alle waren damit beschäftigt, sich ihr Getränk zu nehmen, Zucker und Sahne hinzuzufügen und sich von dem Haufen Kekse auf einem Teller zu bedienen. Ihre Mutter setzte sich neben Henry mit

Cassie an ihrer Seite, sodass jetzt zu viele Leute zwischen ihnen waren, als dass Kate sich auf sinnvolle Weise mit Henry unterhalten konnte.

Sein Blick fiel auf das Gemälde. „Wie sind Sie darangekommen?“, fragte er mit einem Hauch von Ehrfurcht in der Stimme.

„Mrs. Marsh hat es gebracht“, antwortete Kate. „Ich habe es dir nie erzählt, aber sie war auf der Wingate-Party in der ersten Nacht, als ich ankam. Sie kannte meine Großmutter, und ich musste kreativ werden, um zu vermeiden, dass sie mich sieht. Sie hat es für meine Großmutter gekauft, die es dann meiner Mutter geschenkt hat.“

„Ich bin froh, dass es ein gutes Zuhause gefunden hat.“

Nach weiteren dreißig Minuten Smalltalk sagte Molly: „Es wird spät. Henry, Sie können heute Abend nicht zurück in die Stadt reiten, also müssen Sie hierbleiben. Wir haben ein Gästezimmer.“

„Ich möchte nicht zur Last fallen, aber danke.“

„Und ich kann mir vorstellen, dass Sie gerne allein mit Kate sprechen würden.“

Kates Vater wollte unterbrechen, aber ihre Mutter stand auf und brachte ihn damit zum Schweigen. Sie sorgte bald dafür, dass alle gute Nacht sagten, und scheuchte sie hinaus. Aus dem Foyer war Lärm zu hören, als Eli und Cassie sich darauf vorbereiteten, zu ihrem bescheidenen Ranchhaus eine Meile östlich aufzubrechen. Samuel hatte angefangen zu weinen.

Als Letzte drehte sich Josie zu Henry um. „Wie ist es, ein Undercover-Detektiv zu sein?“

„Ehrlich gesagt ist es viel Arbeit und erfordert eine Menge Konzentration.“

„Das klingt nicht sehr spaßig.“

Henry lachte. „Nein, ich nehme an, nicht. Ich schätze, deshalb ist nicht jeder für diese Art von Arbeit geschaffen.“

Josie sah Kate an. „Er ist genau wie du." Und damit sagte ihre Schwester gute Nacht und ging, wobei sie die Tür hinter sich schloss.

Kate war nun allein mit Henry.

„Woher wusstest du, wo ich wohne?", fragte sie.

„Jonesy."

„Henry, ich hatte nie die Gelegenheit, mich zu entschuldigen", sagte sie überstürzt.

„Wofür? Dass du deinen Job gemacht hast?"

„Ich wollte dich niemals so kurz nach seinem Wiederauftauchen von Hugh trennen. Er hat mir keine Wahl gelassen."

„Ich weiß." Sein Gesicht drückte die Aufrichtigkeit seiner Worte aus. „Du hast es durchgezogen. Du hast das Zeug zu einer guten Agentin, aber Jonesy hat mir erzählt, dass du vielleicht aufhörst."

Sie schwieg.

„Tu es nicht meinetwegen", fügte er hinzu.

Er hatte natürlich recht. Aber es war ihr Herz, das seit ihrer Abreise aus Trinidad die Kontrolle übernommen hatte, und es war gebrochener gewesen, als sie erkannt hatte. Henry gegenüberzusitzen, machte diesen Punkt überdeutlich klar.

„Ich habe Zeit zum Nachdenken gebraucht", sagte sie.

Henry rutschte zum Ende des Sofas, sodass er näher bei ihr war. „Ich muss zugeben", sagte er, beugte sich vor und stützte die Ellbogen auf die Knie. „Mein Stolz war verletzt, als ich erfuhr, dass du den Auftrag hattest, auf mich aufzupassen. Dass das, was sich zwischen uns entwickelt hatte, vielleicht nur gespielt war."

„Glaubst du wirklich, ich würde meinen ersten Auftrag gefährden, indem ich mich in meinen Partner verliebe?"

Henrys Blick wich etwas zurück, und Kate erkannte, wie irreführend ihre Worte waren.

„Was ich damit sagen will, ist", verbesserte sie sich, „trotz meiner besten Absichten habe ich mich in meinen Partner verliebt."

Das Licht kehrte in seine blauen Augen zurück. „Das freut mich zu hören. Denn anscheinend habe ich meine beruflichen Regeln gebrochen und mich ebenfalls in meine Partnerin verliebt."

Ihr Puls beschleunigte sich. „Doch nicht in Louise?"

Er lächelte, breit und entspannt, und es verwandelte seine stillen, gutaussehenden Züge in etwas Fesselnderes, als Kate es sich je vorgestellt hatte. Und ihre Vorstellungskraft war ziemlich gründlich gewesen, wenn es um ihn ging.

„Nicht in Louise."

Er griff nach ihr, und sie nahm seine Hand und fühlte eine immense Erleichterung, ihn zu berühren, als wäre sie in den letzten Wochen nur halb lebendig gewesen. War es das, was es bedeutete, wenn sich eine Person in deine Seele einprägte?

„So mag ich dich", sagte er und deutete auf ihr Haar und ihre Kleidung.

„Als Cowgirl?"

„Ja. Du siehst glücklich aus."

Sie wurde ernst. „Du machst mich glücklich, Henry."

Er legte eine Handfläche an ihre Wange, seine Hand war warm, und seine Lippen trafen sanft auf ihre. Sie sank in ihn hinein, und der Knoten in ihrem Magen, der seit dem Tag, an dem sie ihn in der Hütte zurückgelassen hatte, da gewesen war, löste sich endlich.

Sie legte ihren Mund auf seinen, vertiefte den Kuss, und er erwiderte ihn mit der gleichen Sehnsucht, seine Lippen verzehrten ihre. Sie rutschte von ihrem Stuhl, und er zog sie auf seinen Schoß, schlang seine Arme um sie, und der Kuss wurde hungrig vor Verlangen.

Er zog sich zurück, und Kate kämpfte darum, Luft zu holen, sich zu erinnern, wo sie war.

„Jetzt, da ich deinen Vater kennengelernt habe", sagte er,

„habe ich keine Zweifel, dass er mich aufhängen würde, wenn ich dich nicht anständig behandle."

Kate wollte seine Aussage widerlegen, aber er hatte recht.

„Bist du immer noch gegen die Ehe?", fragte er.

„Im Allgemeinen schon, ja. Aber anscheinend hat die Ehe mit dir meine Meinung geändert."

„Du bist meine erste Frau, Kate. Ich möchte, dass du auch meine letzte bist."

„Was ist mit unserer Arbeit?"

„Ich verlange nicht von dir, dass du aufhörst."

„Das ist gut, denn ich habe beschlossen, Agentin zu bleiben."

Er grinste, sein Mund nur wenige Zentimeter von ihrem entfernt. „Dann werden wir Jonesy von uns erzählen, und ich werde ihn anflehen, mich bei Aufträgen mit dir zusammenarbeiten zu lassen."

„Solange du meiner Führung folgst."

Er beugte sich vor und küsste ihren Hals direkt unter ihrem Ohr. „Das kann ich tun."

Seine Lippen und sein Atem auf ihrer Haut ließen einen verlockenden Schauer durch ihren Körper laufen.

„Wie lange kannst du bleiben?", flüsterte sie.

„Lange genug, um dich mit nach Chicago zu nehmen."

„In Ordnung. Ich bin mir sicher, dass mein Vater und mein Bruder sowie meine Onkel dich gerne bei der Arbeit einsetzen würden."

„Ein Test, nehme ich an."

„Musste ich nicht auch dein Vertrauen als deine Partnerin verdienen?"

Er lehnte sich zurück und sah ihr in die Augen. „Ja. Ich nehme an, das hast du. Ich gebe zu, ich war entschlossen, dich auf Abstand zu halten. Aber du hast nie nachgegeben. Ich schätze, so wusste ich, dass du die Richtige für mich bist. Also, wie lange?"

„Wie lange was?“, fragte sie und vergrub ihre Finger in seinem Haar.

„Wie lange werde ich um dich werben müssen?“

Sie zuckte mit den Schultern und schenkte ihm ein verschmitztes Lächeln. „So lange, wie es eben dauert.“

Lies das Abenteuer von Ian und Louise in der Kurzgeschichte „Der Star und der Fuchs“, die für Abonnenten von Kristys Newsletter (kmccaffrey.com/GermanNewsletterSignUp) als kostenloses eBook erhältlich ist.

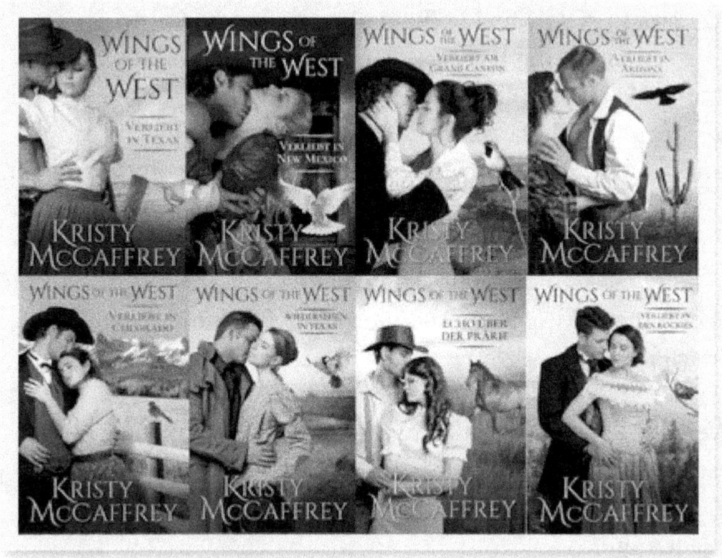

Eine fesselnde Geschichte über Verlust und Liebe im Wilden Westen.

„Ms McCaffrey schreibt aus dem Herzen … definitiv eine Leseempfehlung." ~ The Romance Studio

Verliebt in Texas: Buch 1
Zehn Jahre sind vergangen, seit ihr Zuhause überfallen, ihre Eltern ermordet und Molly Hart entführt wurde. Nachdem sie den Großteil ihrer Kindheit bei den Kwahadi-Comanche verbracht hat, kehrt sie endlich heim nach Texas. Sie findet jedoch nichts weiter vor als ein verfallenes Anwesen. Mit Schaudern entdeckt sie ihren eigenen Grabstein und trifft auf Matt, der ihr schon früher viel bedeutet hat. Entschlossen, das Rätsel ihrer Vergangenheit aufzuklären, beschließt Molly, den Mörder ihrer Eltern zu suchen. Dabei setzt sie nicht nur ihr Leben, sondern auch ihre Liebe zu Matt aufs Spiel …

Verliebt in New Mexico: Buch 2
Die Enttäuschung trifft Ex-Deputy Logan Ryan schwer, als er Claire Waters inmitten einer quirligenStadt am Santa Fe Trail wiedersieht. Die Frau, an die er sich erinnert, ist verschwunden und an ihre Stelle ist eine betörende Bardame getreten, die ihn in die größten Schwierigkeiten bringen kann. Als Claire in ein Netz aus Intrigen gerät, gesponnen von gefährlichen Männern, versucht Logan sie zu beschützen. Doch er erkennt nicht, dass seine eigene Vergangenheit die größte Bedrohung für sie darstellt.

Verliebt am Grand Canyon: Buch 3
Am Grand Canyon stellt sich Emma Hart einer ungewissen Zukunft – und der Begegnung mit Texas Ranger Nathan Blackmore.

Verliebt in Arizona: Buch 4
Kopfgeldjäger Cale Walker ist nach Tucson gereist, um J. Howard „Hank" Carlisle auf Bitten seiner Tochter Tess zu suchen. Hank hat Cale unter seine Fittiche genommen, bevor ein Streit die beiden entzweite und Cale durch einen Puma-Angriff beinahe ums Leben kam. Er wurde von einer Gruppe Nednhi-Apachen gerettet, die seine Wunden für ein mächtiges Omen hielten. Deshalb führte man ihn in die Kunst eines *di-yin* ein, eines Schamanen. Um Hank zu finden, muss Cale sich zu den Dragoon Mountains begeben und sich mit zwei Welten auseinandersetzen, die nicht länger im Gleichgewicht sind. Doch er hat noch ein viel größeres Problem – sich in das Herz einer jungen Frau zu schmuggeln, die entschlossen ist, das Leben an sich vorbeirauschen zu lassen.

Verliebt in Colorado: Buch 5
Hungrig nach neuen Abenteuern verlässt Molly Rose Arizona, um ihren Bruder in Colorado zu besuchen. Dieser weilt seit

zwei Jahren in der boomenden Silberstadt Creede, wo er sein Glück zu finden hofft. Nun möchte Molly Rose ihn dazu überreden, sie nach San Francisco, New York City oder sogar Europa zu begleiten. Doch statt Robert findet Molly Rose nur seinen Partner, einen mysteriösen Mann, der als Schakal bekannt ist.

Wiedersehen in Texas: Buch 6
Eine lange Novelle
15 Jahre nach VERLIEBT IN TEXAS droht Mollys Vergangenheit bei den Comanchen sie erneut einzuholen. In dieser Novelle treffen Sie auf Matt und Molly, ebenso wie auf weitere Paare aus der *Wings of the West*-Serie, und Sie lernen die Töchter der zweiten Generation kennen, denen jeweils ein eigener Roman gewidmet sein wird.

Echo über der Prärie: Buch 7
Eine Kurzgeschichte
Ecacusayet. Blitz. Der rebellische Hengst mit Namen Echo floh kurz nach seiner Geburt von der Ranch der Ryans und widersetzt sich seitdem jedem Versuch, ihn einzufangen. Der siebzehnjährige Eli Ryan hat sich vorgenommen, das zu ändern.

Verliebt in den Rockies: Buch 8
Kate Ryan wurde gerade zur Außendienstmitarbeiterin bei der Detektei Pinkerton befördert. Ihr erster Auftrag? Die Rolle der „Ehefrau" ihres Kollegen Henry Maguire zu übernehmen, der bereits verdeckt ermittelt. Allerdings hat Henry nicht mit ihr gerechnet …

Als Kind hat Kristy McCaffrey sich selbst häufig Geschichten erzählt. Schon bald wurde offensichtlich, dass sie eine Neigung zum Schreiben verspürte. Sie ist mit Science-Fiction, Fantasy und den Legenden um König Artus aufgewachsen und übertrug diese Vorliebe für Mythen schon bald auf das Schreiben eigener Westernromane. Nach einer Ingenieurausbildung entschied sie sich dafür, Hausfrau und Mutter zu werden und nebenbei Romane zu schreiben. Sie und ihr Ehemann leben in der Wüste von Arizona, wo ihre vier Kinder nach und nach flügge werden. Kristy ist fest davon überzeugt, dass man dem Leben mit Neugier, Mitgefühl und Dankbarkeit begegnen sollte, möglichst mit Hund an der Seite. Sie schläft gerne lange aus, mag mexikanisches Essen und Yoga im Pyjama.

Wenn Sie regelmäßig über Neuerscheinungen informiert werden wollen, können Sie Kristys englischsprachigen Newsletter (kmccaffrey.com/subscribe) abonnieren oder besuchen Sie ihre englische Webseite (kmccaffrey.com) oder ihren Blog, um mehr über ihre Arbeit zu erfahren. Sie finden sie außerdem auf Facebook (facebook.com/AuthorKristyMcCaffrey), Instagram (instagram.com/kristymccaffreybooks) und TikTok (tiktok.com/@kristymccaffrey).

Melden Sie sich für Buchneuigkeiten zu Kristys deutschem Newsletter an: kmccaffrey.com/GermanNewsletterSignUp

www.ingramcontent.com/pod-product-compliance
Lightning Source LLC
LaVergne TN
LVHW010051110826
845155LV00028B/287

* 9 7 8 1 9 5 2 8 0 1 7 6 1 *